W9-AVJ-189

SUSAN ELIZABETH PHILLIPS es autora de numerosas novelas que han sido best sellers del *New York Times* y se han traducido a varios idiomas. Entre ellas se cuentan *Toscana para dos* y *Ella es tan dulce*, así como *Este corazón mío*, todas ellas publicadas en los diferentes sellos de B. Phillips ha ganado el prestigioso premio Rita, y mereció en dos oportunidades el premio al Libro Favorito del Año de Romance Writers of America. Romantic Times la hizo acreedora del Career Achievement Award, un premio a su carrera literaria.

Vive en las afueras de Chicago con su marido y sus dos hijos.

www.susanelizabethphillips.com

Título original: *Call Me Irresistible*
Traducción: Ana Isabel Domínguez Palomo y María del Mar Rodríguez Barrena
1.ª edición: abril, 2013

© Susan Elizabeth Phillips, 2011
© Ediciones B, S. A., 2013
  para el sello B de Bolsillo
  Consell de Cent, 425-427 - 08009 Barcelona (España)
  www.edicionesb.com

Printed in Spain
ISBN: 978-84-9872-792-0
Depósito legal: B. 4.960-2013

Impreso por NOVOPRINT
          Energía, 53
          08740 Sant Andreu de la Barca - Barcelona

Llámame irresistible

SUSAN ELIZABETH PHILLIPS

A Iris, Miss Irresistible

Antes de que Teddy lo supiera, su madre y Dallie no paraban de abrazarlo y felicitarlo, y allí estaban los tres, delante de la oficina de seguridad de la estatua de la Libertad, abrazándose y felicitándose la una a la otra como un hatajo de crías tontas.

de *Fancy Pants*

1

Más de un residente de Wynette, Texas, creía que Ted Beaudine se iba a casar con una mujer inferior. No había que olvidar que la madre de la novia ya no era la presidenta de Estados Unidos. Cornelia Jorik había terminado su mandato hacía más de un año. Y Ted Beaudine era, al fin y al cabo, Ted Beaudine.

Las residentes más jóvenes querían que se casara con una estrella del rock, pero ya había tenido su oportunidad y no la había aprovechado. Lo mismo le había sucedido con una actriz muy estilosa. La mayoría, en cambio, creía que debería escoger a una deportista profesional, en concreto a una que perteneciera a la liga profesional de golf. Lucy Jorik ni siquiera practicaba el deporte.

Eso no impidió que los comerciantes locales estamparan las caras de Lucy y de Ted en ediciones especiales de pelotas de golf. Sin embargo, los hoyitos hacían que parecieran bizcos, de modo que muchos de los turistas que abarrotaban el pueblo para ver las celebraciones se decantaron por las toallas de golf, mucho más favorecedoras. Entre los éxitos de ventas se incluían platos conmemorativos y tazas, todo producido en cantidades industriales gracias a la asociación de jubilados del pueblo, cuyos beneficios se destinarían a reparar la biblioteca pública de Wynette, dañada por un incendio.

Como pueblo natal de dos de los mejores jugadores profesionales de golf, Wynette, situado en el estado de Texas, estaba acostumbrado a ver sus calles llenas de famosos, aunque no era normal ver a una ex presidenta de Estados Unidos. Los hoteles y los moteles en un radio de setenta kilómetros estaban repletos de políticos, deportistas, actores y jefes de Estado. Los agentes del servicio secreto habían tomado toda la zona y en el Roustabout había demasiados periodistas ocupando gran parte de la barra. Sin embargo, dado que sólo una empresa mantenía la economía local y el pueblo estaba pasando por una mala racha, los habitantes de Wynette recibieron con los brazos abiertos tanta actividad. Los Kiwani fueron muy ingeniosos al convertir las escaleras de acceso a la iglesia presbiteriana de Wynette en gradas y al vender los asientos a veinte dólares cada uno.

La opinión pública se había quedado de piedra al enterarse de que la novia había escogido ese pueblecito de Texas para la ceremonia en vez de casarse con toda la pompa y el boato, pero Ted era un chico de campo de los pies a la cabeza, y a los lugareños nunca se les pasó por la cabeza que se casara en otro sitio. Se había convertido en un hombre delante de sus narices y lo conocían tan bien como conocían a sus familiares. Ni un solo habitante del pueblo podía decir algo malo de él. Incluso sus antiguas novias se limitaban a suspirar de pena. Así era Ted Beaudine.

Meg Koranda podía ser la hija de una importante familia de Hollywood, pero estaba a dos velas, sin casa y desesperada; una situación que no propiciaba el mejor de los ánimos para ser dama de honor en la boda de su mejor amiga. Más aún cuando sospechaba que dicha amiga estaba a punto de cometer un tremendo error al casarse con el hijo predilecto de Wynette, Texas.

Lucy Jorik, la novia, se paseaba de un lado para otro en su suite del Wynette Country Inn, el hotel donde su ilustre familia se hospedaba para los festejos.

—No me lo dicen a la cara, Meg, ¡pero toda la gente del pueblo cree que Ted se está casando con alguien inferior!

Lucy estaba tan alterada que a Meg le entraron ganas de abrazarla, aunque tal vez fuera ella quien necesitaba consuelo. Se juró que no iba a agobiar a su amiga con sus problemas.

—Menuda conclusión han sacado estos paletos, considerando que eres la primogénita de la ex presidenta de Estados Unidos. Una cualquiera no eres, vamos.

—Soy hija adoptiva. Lo digo en serio, Meg. La gente de Wynette me interroga. Cada vez que salgo a la calle.

No podía decirse que dicha noticia fuera una novedad, ya que Meg había hablado por teléfono con Lucy varias veces esa misma semana; sin embargo, las conversaciones telefónicas no habían revelado las arruguitas que parecían haberse fijado en el ceño de Lucy, justo encima de su naricilla, por culpa de los nervios. Meg se dio un tironcito de uno de sus pendientes de plata, que podían o no ser de la dinastía Sung, ya que dependía de la palabra del conductor del *rickshaw* que se los había vendido.

—Seguro que sabes defenderte de los habitantes de Wynette.

—Es irritante —siguió Lucy—. Intentan ser sutiles, pero no puedo dar dos pasos sin que alguien me pare y me pregunte si sé en qué año ganó Ted el campeonato de golf amateur de Estados Unidos o cuánto tiempo pasó entre que se licenciara y se sacara el máster... una pregunta trampa, porque consiguió los dos títulos a la vez.

Meg había dejado la universidad antes siquiera de conseguir la licenciatura, así que la idea de que alguien se sacara dos títulos superiores a la vez le parecía una locura. Claro que Lucy también podía ser un poquito obsesiva.

—Es una experiencia nueva para ti, nada más. Es la primera vez que la gente no te dora la píldora.

—Ni va a hacerlo nunca, te lo aseguro. —Lucy se apartó un mechón castaño claro de la cara y se lo colocó detrás de la oreja—. En una fiesta a la que asistí la semana pasada, alguien me preguntó como quien no quiere la cosa, como si fuera normal hablar de eso durante los entrantes, si sabía cuál era el cociente intelectual de Ted, que no lo sé, pero supuse que la mujer tampoco lo sabía, así que dije que era ciento treinta y ocho. ¡Pero sí lo sabía! Y yo metí la pata hasta el fondo, porque parece que Ted sacó un ciento cincuenta y cinco la última vez que hizo la prueba. Y según el camarero, si no hubiera tenido la gripe, habría sacado mejor puntuación.

A Meg le entraron ganas de preguntarle a su amiga si había reflexionado bien acerca de la idea de casarse, pero, a diferencia de ella, Lucy no hacía nada de forma impulsiva.

Ambas se conocieron en la universidad cuando Meg era una rebelde novata y Lucy una lista, aunque solitaria, alumna de segundo. Dado que Meg también había crecido con unos padres famosos, entendía a la perfección los recelos de Lucy a la hora de hacer nuevos amigos, pero poco a poco crearon un vínculo pese a sus diferentes personalidades, y Meg no tardó en descubrir lo que a los demás se les escapaba. Bajo la feroz determinación de Lucy Jorik de no avergonzar a su familia, latía el corazón de una rebelde nata. Aunque nadie lo diría por su aspecto.

Sus rasgos aniñados y sus espesas pestañas la hacían aparentar mucho menos de sus treinta y un años. Desde la época universitaria, se había dejado crecer el pelo y lucía una larga melena castaña clara que en ocasiones se recogía con diademas de terciopelo negro que Meg no se pondría ni muerta, de la misma forma que jamás se pondría el traje que llevaba su amiga, que le sentaba como una segunda piel, con su bonito cinturón negro a juego. Meg, en cambio, llevaba varias piezas de seda de colores diversos envueltas alrededor de su larguirucho cuerpo y anudadas en un hombro. Calzaba sandalias romanas *vintage* (del número 43) atadas a la pantorrilla y justo sobre el canalillo llevaba un colgante de plata hecho con una cajita para nueces de areca que compró en un mercado de Sumatra. En las orejas, se había puesto las posibles falsificaciones de la dinastía Sung y en las muñecas un montón de pulseras que había comprado por seis dólares en T. J. Maxx y que había adornado con cuentas africanas. Llevaba la moda en la sangre.

«Y es muy ecléctica», dijo en una ocasión un tío suyo, que también era un famoso diseñador de Nueva York.

Lucy retorció el collar de perlas que llevaba al cuello.

—Ted es... es lo más cerca que ha estado el universo de crear al hombre perfecto. ¿Has visto mi regalo de boda? ¿Qué clase de hombre le regala a su novia una iglesia?

—Tengo que admitir que es impresionante.

Esa misma tarde, Lucy la había llevado a ver la iglesia de madera abandonada que se erigía al final de un estrecho camino en las afueras del pueblo. Ted la había comprado para evitar que la derribaran y había vivido allí unos cuantos meses, mientras le terminaban la casa. Aunque estaba vacía, era un edificio precioso, y Meg entendía a la perfección por qué lo adoraba Lucy.

—Según él, todas las mujeres casadas necesitan un lugar propio para conservar la cordura. ¿No te parece que es el hombre más atento del mundo?

Meg tenía una visión un poco más cínica: ¿Qué mejor estrategia para un ricachón casado con la intención de tener un picadero propio?

—Es increíble —se limitó a decir—. Me muero por conocerlo.

Meg se enfadó al recordar la serie de crisis financieras y personales que habían evitado que se subiera a un avión meses atrás para conocer al prometido de Lucy. De hecho, se había perdido la fiesta de compromiso de Lucy y se había visto obligada a conducir hasta el pueblo desde Los Ángeles en una tartana que le había comprado al jardinero de sus padres.

Con un suspiro, Lucy se sentó a su lado en el sofá.

—Mientras Ted y yo vivamos en Wynette, nunca estaré a la altura de las expectativas.

Meg no pudo resistirlo más y abrazó a su amiga.

—Siempre has sobrepasado todas las expectativas puestas en ti. Evitaste que tu hermana y tú pasarais de un hogar de acogida a otro cuando erais niñas. Te adaptaste a la Casa Blanca como una campeona. Y en cuanto a tu inteligencia... tienes un máster.

Lucy dio un respingo.

—Pero no lo conseguí hasta después de haberme licenciado.

Meg pasó por alto esa tontería.

—Tu trabajo a favor de los niños ha cambiado vidas, y en mi opinión eso vale más que un cociente intelectual estratosférico.

Lucy suspiró.

—Lo quiero, pero a veces...

—¿Qué?

Lucy agitó una mano, cuyas uñas acababa de pintarse con un tono muy claro, nada que ver con el verde esmeralda que Meg llevaba.

—Nada, es una tontería. Nervios de última hora. No me hagas caso.

La preocupación de Meg aumentó.

—Lucy, llevamos doce años siendo amigas. Nos contamos hasta los secretos más oscuros. Si algo va mal...

—No es que vaya mal... exactamente. Es que la boda y toda la atención que está generando me ponen nerviosa. Hay periodistas por todas partes. —Se sentó en el borde del colchón y se pegó un cojín al pecho, tal como solía hacer en la universidad cuando estaba preocupada por algo—. Pero... ¿y si es demasiado bueno para mí?

15

Soy lista, pero él lo es más. Soy guapa, pero él quita el hipo. Intento ser una buena persona, pero él es casi un santo.

Meg reprimió la creciente oleada de rabia.

—Te han lavado el cerebro.

—Los tres, Ted, tú y yo, hemos crecido con padres famosos... pero Ted ha hecho su propia fortuna.

—Eso no es justo. Tú has estado trabajando en proyectos pro bono, no montando una empresa para hacerte rica.

No obstante, Lucy podía mantenerse sola, algo que ella nunca había conseguido. Había estado demasiado ocupada viajando a lugares remotos con el pretexto de estudiar los problemas medioambientales de cada zona y la artesanía local, pero en realidad sólo se lo había estado pasando en grande. Quería a sus padres, pero no le hacía ni pizca de gracia que le hubieran cerrado el grifo. Además, ¿por qué en ese preciso momento? Si lo hubieran hecho cuando tenía veintiún años, no con treinta, tal vez no se sintiera tan fracasada.

Lucy apoyó su puntiaguda barbilla en el cojín, que le rodeó esa carita de niña buena.

—Mis padres lo adoran y ya sabes cómo han actuado siempre con los chicos con los que he salido.

—Ni mucho menos tan hostiles como mis padres con mis novios.

—Pero eso es porque siempre has salido con inútiles.

Meg no podía discutírselo. Entre esos inútiles se incluía un surfero esquizofrénico que conoció en Indonesia y un guía de *rafting* australiano que tenía un problema muy gordo para controlar su ira. Algunas mujeres aprendían de sus errores. Saltaba a la vista que ella no se encontraba en ese grupo.

Lucy soltó el cojín.

—Ted amasó su fortuna a los veintiséis años después de crear un *software* revolucionario que ayudaba a las comunidades a no desperdiciar electricidad. Un paso enorme para crear una red eléctrica inteligente de ámbito nacional. Ahora puede escoger el trabajo como asesor que más le guste. Cuando está en casa, conduce una vieja camioneta Ford con una batería de hidrógeno que él mismo diseñó, por no hablar del aire acondicionado que se alimenta de energía solar y un montón de cosas más que se me escapan por completo. Ni te imaginas todo lo que es capaz de hacer. Yo tampoco, la verdad, pero estoy segurísima de que cualquiera del pueblo lo sabe. Y lo peor de todo es que no se cabrea por nada. ¡Por nada!

—Parece Jesucristo. Pero en versión rica y sexy.

—Ándate con ojo, Meg. Bromear con Jesucristo en este pueblo es una falta gravísima. Nunca he visto a tantos creyentes armados. —La expresión preocupada de Lucy dejaba bien claro que temía que le disparasen a ella.

En breve tenían que marcharse para el ensayo de la boda y a Meg se le estaba acabando el tiempo de las sutilezas.

—¿Qué me dices del sexo? Porque has sido muy parca en detalles; sólo me has contado que insististe en un periodo de abstinencia los tres meses previos a la boda.

—Quiero que nuestra noche de bodas sea especial. —Se mordió el labio inferior—. Es el amante más increíble que he tenido en la vida.

—Tampoco es que la lista sea muy larga que digamos.

—Es increíble. Y no me preguntes cómo lo sé. Es el amante perfecto para cualquier mujer. Generoso. Romántico. Es como si supiera lo que una mujer quiere antes de que ella lo sepa. —Soltó un largo suspiro—. Y es mío. Para siempre.

Lucy no parecía tan feliz como debería. Meg se sentó sobre los talones.

—Seguro que tiene algún defecto.

—Ninguno.

—Se pone las gorras al revés. Le huele el aliento por las mañanas. Está obsesionado con Kid Rock. Tiene que haber algo.

—Bueno... —Una expresión impotente apareció en el rostro de Lucy—. Es perfecto. Ése es su defecto.

Y en ese preciso momento, Meg lo comprendió. Lucy era incapaz de enfrentarse a la idea de decepcionar a sus seres queridos, y su futuro marido era una persona más ante la cual tendría que responder.

La madre de Lucy, la ex presidenta de Estados Unidos, escogió ese preciso momento para asomarse por la puerta.

—Parejita, es hora de marcharse.

Meg se puso en pie de un salto. Aunque había crecido rodeada de famosos, nunca había conseguido superar lo mucho que la afectaba la presencia de la presidenta Cornelia Case Jorik.

Las facciones elegantes y serenas de Nealy Jorik, junto con su melena castaña de reflejos dorados y los trajes de chaqueta que eran su seña de identidad, eran muy conocidas gracias a miles de fotografías, pero pocas fotos mostraban a la persona real que se escondía detrás de la cara de Estados Unidos, a la mujer compleja que en una ocasión se escapó de la Casa Blanca para vivir una aventura por todo el país que la condujo hasta Lucy y su hermana Tracy, así como a su amado esposo, el periodista Mat Jorik.

Nealy las miró.

—Al veros a las dos juntas... Parece que fue ayer cuando ibais a la universidad. —Unas cuantas lágrimas emocionadas suavizaron los ojos azules de la que fuera líder del mundo libre—. Meg, has sido una buena amiga para Lucy.

—Alguien tenía que serlo.

La ex presidenta sonrió.

—Siento que tus padres no hayan podido venir.

Meg no era de la misma opinión.

—No soportan estar separados mucho tiempo y era el único momento para que mi madre se escapara del trabajo y se fuera con mi padre a China mientras rueda.

—Espero ansiosa su nueva película. Nunca se sabe qué te vas a encontrar.

—Sé que les habría encantado estar en la boda de Lucy —dijo Meg—. Sobre todo a mi madre. Sabes lo que siente por ella.

—Lo mismo que yo siento por ti —replicó la ex presidenta con demasiada amabilidad, ya que, al lado de Lucy, Meg había resultado ser todo un fiasco.

Ese momento, sin embargo, no era el adecuado para pensar en sus errores pasados ni en su desolador futuro. Necesitaba meditar sobre su creciente convicción de que su mejor amiga estaba a punto de cometer el peor error de su vida.

Lucy había decidido tener sólo cuatro damas de honor, sus tres hermanas y Meg. Se reunieron en el altar a la espera de que apareciera el novio con sus padres. Holly y Charlotte, las hijas biológicas de Mat y de Nealy, estaban pegadas a sus padres, al igual que la hermanastra de Lucy, Tracy, que tenía dieciocho años, y André, su hermano adoptado de diecisiete años. En la columna que Mat escribía para un periódico de tirada nacional, Mat había dicho: «Si las familias tienen pedigrís, la nuestra es un chucho de pura cepa estadounidense.» A Meg se le formó un nudo en la garganta. Por mucho que sus hermanos la hicieran sentirse inferior, los echaba muchísimo de menos en ese instante.

De repente, las puertas de la iglesia se abrieron de par en par. Y apareció el novio, recortado contra el sol poniente. Theodore Day Beaudine.

En ese momento, sonaron unas trompetas. Unas trompetas reales que entonaban aleluyas.

—¡Por Dios! —susurró Meg.

—Lo sé —replicó Lucy también en voz baja—. Le pasan cosas así a todas horas. Pero él dice que son coincidencias.

Pese a todo lo que Lucy le había dicho, Meg no estaba preparada para esa primera imagen de Ted Beaudine. Tenía unos pómulos perfectamente delineados, una nariz recta y un mentón de estrella de cine. Podía haber salido de una de las vallas publicitarias de Times Square, salvo por el hecho de que no tenía ese aire artificial de los modelos.

Lo vio recorrer el pasillo con paso lento y seguro, con ese pelo castaño oscuro veteado de mechones cobrizos. La luz multicolor que se filtraba por las vidrieras arrojaba destellos a su paso, como si una mera alfombra roja no fuera lo bastante buena para que semejante hombre la pisara. Meg apenas se percató de que sus famosos padres lo seguían unos pasos por detrás. Era incapaz de apartar los ojos del novio de su mejor amiga.

Ted saludó a la familia de su novia con voz agradable y ronca. Las trompetas que estaban practicando en el coro llegaron al crescendo, él se giró... y para Meg fue como si le dieran un puñetazo.

Esos ojos... De color ámbar mezclado con miel y ribeteados de negro. Unos ojos con un brillo inteligente e intuitivo. Unos ojos que atravesaban. Mientras estaba allí, delante de él, Meg sintió que Ted Beaudine escudriñaba su alma y se percataba de todo lo que se había esforzado por ocultar: su falta de ambición, su incompetencia y su fallo total a la hora de reclamar un puesto valioso en el mundo.

«Los dos sabemos que eres una fracasada —decían sus ojos—,

19

pero estoy seguro de que ya se te pasará. Si no se te pasa... En fin, ¿qué se puede esperar de una niña mimada de Hollywood?»

Lucy los estaba presentando.

—... me alegro muchísimo de que os podáis conocer por fin. Mi mejor amiga y mi futuro marido.

Meg se enorgullecía de su dura fachada, pero sólo logró asentir con la cabeza.

—Si pudieran prestarme atención un momento... —dijo el párroco.

Ted le dio un apretón a Lucy en la mano y le sonrió; una sonrisa afectuosa y satisfecha que no disipó el desapego que brillaba en esos ojos ambarinos. La preocupación de Meg aumentó. Sintiera lo que sintiera por Lucy, entre dichos sentimientos no estaba la pasión exultante que se merecía su mejor amiga.

Los padres del novio ofrecían una cena la noche del ensayo de la boda, una barbacoa por todo lo alto para cien personas, en el club de campo del pueblo, un lugar que representaba todo lo que Meg detestaba: ricachones blancos demasiado absortos en su propio placer como para pensar siquiera en el daño que sus campos de golf, tratados con pesticidas y otros productos químicos, le estaban haciendo al planeta. Ni siquiera cambió de opinión cuando Lucy le explicó que se trataba de un campo semiprivado en el que cualquiera podía jugar. Los agentes del servicio secreto frenaron a la prensa internacional, que se agolpó a las puertas del campo de golf junto con una multitud de curiosos a la espera de ver una cara conocida.

Y había caras conocidas por todas partes, no sólo entre los invitados a la boda. Los padres del novio eran conocidos internacionalmente. Dallas Beaudine era una leyenda del golf profesional, mientras que la madre de Ted, Francesca, era una de las entrevistadoras televisivas mejor consideradas del país. Un montón de gente rica y poderosa deambulaba por el porche de la casa de campo de estilo colonial hasta llegar al primer hoyo. Había políticos, estrellas de cine, golfistas profesionales de élite y un contingente de lugareños de varias edades y etnias (profesores, comerciantes, mecánicos, fontaneros, el barbero del pueblo y un motero con pinta aterradora).

Meg observó cómo Ted se movía entre la multitud. Se comportaba con sencillez y discreción, pero daba la sensación de que un foco lo seguía a todas partes. Lucy permanecía a su lado, visiblemente tensa mientras una persona tras otra los detenía para charlar. Durante todo el tiempo, Ted permaneció impasible, y aunque el ambiente y las conversaciones eran muy animados, a Meg cada vez le costaba más mantener la sonrisa. Más que un novio enamorado la víspera de su boda, Ted le parecía un hombre empeñado en llevar a cabo una misión sin dar un paso en falso.

Acababa de terminar la misma conversación de siempre con un antiguo presentador de telediarios sobre lo poco que se parecía a su guapísima madre, cuando Ted y Lucy aparecieron a su lado.

—¿Qué te había dicho? —Lucy cogió su tercera copa de champán de la bandeja de un camarero que pasó junto a ellos—. ¿A que es maravilloso?

Haciendo oídos sordos al elogio, Ted observó a Meg con esos ojos que lo habían visto todo, aunque era imposible que Ted hubiera estado ni en la mitad de sitios que ella había visto.

«Aunque afirmes ser una ciudadana del mundo —decían sus ojos—, eso sólo quiere decir que no perteneces a ninguna parte.»

Tenía que concentrarse en el problema de Lucy, no en los suyos, y tenía que hacer algo a la orden de ya. ¿Qué más daba si parecía una borde? Lucy estaba acostumbrada a su franqueza y lo que Ted Beaudine opinara de ella le daba igual. Se tocó el nudo que le sujetaba el pareo de seda en el hombro.

—A Lucy se le olvidó decirme que también eres el alcalde de Wynette... además de ser su santo patrón.

El comentario de Meg no pareció ofenderlo, agradarlo ni sorprenderlo.

—Lucy exagera.

—De eso nada —replicó Lucy—. Te juro que esa mujer que estaba junto a la vitrina con los trofeos se arrodilló cuando pasaste a su lado.

Ted sonrió y Meg se quedó sin aliento. Esa lenta sonrisa le confería un peligroso aire aniñado que Meg no se tragó ni por un segundo. Siguió a lo suyo.

—Lucy es mi mejor amiga... la hermana que siempre quise tener, pero ¿sabes cuántas manías tiene?

Lucy frunció el ceño, pero no censuró el giro que había tomado la conversación, un detalle muy elocuente.

—Sus defectos son una nimiedad al lado de los míos.

Ted tenía las cejas más oscuras que el pelo, pero sus pestañas eran más claras, con las puntas doradas, como si las hubiera impregnado de polvo de oro.

Meg se acercó más a él.

—¿Y cuáles son esos defectos exactamente?

Lucy parecía tan interesada como ella en la respuesta.

—Puedo ser un poco inocentón —contestó él—. Como ejemplo, me dejé enredar para aceptar el puesto de alcalde aunque no quería serlo.

—Así que te gusta complacer a los demás. —La intención de Meg era que sonara a lo que era: una acusación. A lo mejor conseguía alterarlo.

—No es que me guste complacer a los demás —replicó Ted con tranquilidad—. Pero sí me sorprendió escuchar mi nombre cuando se contaron los votos. Debería haberlo pensado.

—Sí que te gusta complacer a los demás —consiguió decir Lucy—. No se me ocurre una sola persona a quien no complazcas.

Ted le dio un beso en la nariz. Como si fuera su mascota.

—Mientras te complazca a ti...

Meg arrojó la educación por la borda.

—Así que eres un inocentón a quien le gusta complacer a los demás. ¿Qué más?

Ted ni parpadeó.

—Intento no resultar aburrido, pero a veces me enrollo con temas que no siempre gustan a todo el mundo.

—Un bicho raro —concluyó Meg.

—Eso es —confirmó él.

Lucy permaneció fiel a su novio.

—A mí no me importa. Eres una persona muy interesante.

—Me alegra que pienses así.

Ted bebió un sorbo de cerveza sin apartar esa mirada seria y algo desagradable.

—Soy un cocinero espantoso.

—¡Es verdad! —Lucy parecía haber encontrado una mina de oro.

Su alegría le hizo gracia, y la lenta sonrisa volvió a aparecer en el rostro de Ted.

—Y no pienso apuntarme a un curso de cocina, así que vas a tener que vivir con eso.

La expresión de Lucy se tornó extasiada y Meg se dio cuenta de que la lista de defectos que acababa de recitar Ted sólo conseguía mejorarlo, de modo que cambió de táctica.

—Lucy necesita a un hombre que le permita ser tal como es.

—No creo que Lucy necesite a un hombre para que le permita hacer nada —replicó él en voz baja—. Es una persona con derecho a hacer lo que quiera.

Lo que demostraba lo poco que conocía a la mujer con la que estaba a punto de casarse.

—Lucy no ha sido una persona con derecho a hacer lo que quiera desde que tenía catorce años y conoció a sus nuevos padres —lo contradijo Meg—. Es una rebelde. Nació para crear problemas, pero se niega a agitar las aguas porque no quiere avergonzar a sus seres queridos. ¿Estás preparado para lidiar con eso?

Ted fue directo al grano.

—Pareces albergar dudas sobre nuestra relación.

Lucy confirmó dichas dudas al ponerse a juguetear con su collar de perlas en vez de defender con uñas y dientes su decisión de casarse. De modo que Meg siguió atacando.

—Salta a la vista que eres un tío genial. —Fue incapaz de hacer lo sonar como un halago—. Pero ¿y si eres demasiado genial?

—Me temo que me he perdido.

«Una novedad para un tío tan inteligentísimo, seguro.»

—¿Y si...? —comenzó—. ¿Y si eres demasiado bueno para ella?

En vez de protestar, Lucy adoptó la sonrisa oficial de la Casa Blanca y comenzó a jugar con las perlas como si fueran un rosario.

Ted soltó una carcajada.

—Si me conocieras mejor, sabrías lo ridícula que es esa pregunta. Ahora, si nos disculpas, quiero que Lucy conozca al líder de mi grupo de *boy scouts*. —Le pasó un brazo por los hombros a Lucy y se la llevó.

Meg necesitaba reagruparse, de modo que corrió al tocador de señoras, pero una vez dentro la asaltó una mujer bajita y llamativa con el pelo rojo fuego y la cara muy maquillada.

—Soy Birdie Kittle —dijo al tiempo que la miraba por debajo de unas larguísimas pestañas pintadas—. Seguro que eres la amiga de Lucy. No te pareces en nada a tu madre.

Birdie debía de tener unos cuarenta, lo que significaba que sólo era una niña cuando Fleur Savagar Koranda estaba en la cima de su carrera como modelo, pero el comentario no la sorprendió en absoluto. Todo el mundo que estaba al tanto del famoseo conocía a su madre. Fleur Koranda había dejado las pasarelas hacía muchos años para fundar una de las agencias de talentos más poderosas del país, pero para la opinión pública siempre sería la Chica Dorada.

Meg adoptó la misma sonrisa oficial que había puesto Lucy momentos antes.

—Eso es porque mi madre es una de las mujeres más guapas del mundo y yo no.

Cosa que era cierta. Aunque Meg compartía bastantes rasgos físicos de su madre, se podía decir que sólo eran los malos. De ella había heredado las marcadas cejas, sus grandes manos, sus pies enormes y el más de metro ochenta. Sin embargo, la piel morena, el pelo castaño y las facciones irregulares que había heredado de su padre le impedían lucir la extravagante belleza de su madre, aunque sus ojos eran una mezcla interesante de azul y verde que cambiaban según la luz. Por desgracia, no había heredado ni el talento ni la ambición que sus padres poseían a raudales.

—Supongo que eres bastante mona a tu manera. —Birdie acarició con un pulgar la joya que adornaba el cierre de su bolso de mano negro—. Exótica. Ahora le dicen «supermodelo» a cualquiera que se plante delante de una cámara. Pero tu madre era una de las de verdad. Y mira lo bien que le ha ido como empresaria. Como empresaria que soy, admiro su determinación.

—Sí, es increíble.

Meg adoraba a su madre, pero eso no le impedía desear que Fleur Savagar Koranda metiera la pata de vez en cuando, que perdiera a un cliente importante, fastidiara unas negociaciones o le saliera un grano. Sin embargo, su madre había pasado su racha de mala suerte de joven, antes de que ella naciera, legándole el título de fracasada oficial de la familia.

—Supongo que te pareces más a tu padre —siguió Birdie—. Te juro que he visto todas sus películas. Bueno, excepto las deprimentes.

¿Como la que ganó el Oscar?

—Bueno, ésa sí la vi.

El padre de Meg era una amenaza triple. Actor de fama internacional, dramaturgo premiado con un Pulitzer y escritor de enorme éxito. Con unos padres tan prolíficos, ¿quién podía culparla por estar hecha un lío? Ningún crío era capaz de estar a la altura de semejante legado.

Salvo sus dos hermanos pequeños...

Birdie se colocó bien los tirantes de su vestido negro con escote en forma de corazón, que le apretaba un poco más de la cuenta en la cintura.

—Tu amiga Lucy es una preciosidad. —No parecía un halago precisamente—. Espero que sepa apreciar a Teddy.

Meg se esforzó por mantener las formas.

—Estoy segura de que lo aprecia tanto como él la aprecia a ella. Lucy es una persona muy especial.

Birdie aprovechó la oportunidad para sentirse ofendida.

—No tan especial como Ted, pero hay que vivir aquí para entender lo que estoy diciendo.

Meg no pensaba rebajarse a discutir con esa mujer, por más que quisiera hacerlo, de modo que mantuvo la sonrisa.

—Vivo en Los Ángeles, así que no me hace falta entender nada.

—Me refiero a que por ser la hija de la presidenta no es mejor que Ted ni va a conseguir que la gente la trate de forma especial. Es el mejor muchacho de todo el estado. Lucy va a tener que ganarse nuestro respeto.

Meg se esforzó para no perder el control.

—Lucy no tiene que ganarse el respeto de nadie. Es amable, inteligente y elegante. Ted es el afortunado.

—¿Estás diciendo que no es elegante?

—No, sólo digo que...

—A lo mejor Wynette no te parece gran cosa, pero resulta que es un pueblo muy elegante y no nos gusta que vengan de fuera a juzgarnos sólo porque no somos peces gordos de Washington. —Cerró el bolso de golpe—. Ni famosos de Hollywood.

—Lucy no es...

—La gente tiene que labrarse su propio camino en este pueblo. Nadie va a besarle los pies a nadie por tener unos padres famosos.

Meg no sabía si Birdie se refería a ella o a Lucy, pero le daba igual.

—He visitado pueblecitos de todo el mundo, y los que no tienen nada que demostrar siempre reciben con los brazos abiertos a la gente que viene de fuera. Es precisamente en los sitios decrépitos, en los pueblos que han perdido el lustre, donde se sienten amenazados por las caras nuevas.

Las cejas pintadas de Birdie amenazaron con rozarle el nacimiento del pelo.

—Wynette no es un pueblo decrépito. ¿Eso es lo que piensa Lucy?

—No, es lo que pienso yo.

Birdie torció el gesto, enfadada.

—En fin, eso lo dice todo, ¿verdad?

La puerta se abrió de golpe y una adolescente con una larga melena de color castaño claro asomó la cabeza.

—¡Mamá! Lady Emma y las demás quieren que salgas para las fotos.

Tras lanzarle una mirada hostil a Meg, Birdie salió en tromba del tocador, lista para repetir la conversación a todo aquel que quisiera escucharla.

Meg hizo una mueca. En su afán por defender a Lucy, había causado más daño que otra cosa. Estaba deseando que ese fin de semana llegara a su fin. Volvió a atarse la seda sobre el hombro, se pasó los dedos por el pelo corto y despeinado, y se obligó a regresar a la fiesta.

Mientras la multitud disfrutaba de la barbacoa y de las risas por todo el porche, Meg parecía ser la única que no se lo pasaba bien. Cuando se descubrió a solas con la madre de Lucy, supo que tenía que decir algo, pero aunque escogió las palabras con mucho tiento, la conversación no fue muy agradable.

—¿De verdad estás sugiriendo que Lucy no debería casarse con Ted? —preguntó Nealy Jorik con el tono de voz que reservaba para el partido de la oposición.

—No es eso. Sólo que...

—Meg, sé que estás pasando una etapa difícil y lo siento muchísimo, pero no dejes que tu estado emocional enturbie la felicidad de Lucy. No podría haber escogido a un hombre mejor que Ted Beaudine. Te aseguro que tus dudas no tienen fundamento. Y quiero que me prometas que te las vas a reservar.

—¿Qué dudas? —preguntó una voz con un ligero acento británico.

Meg se dio la vuelta y vio a la madre de Ted junto a ella. Francesca Beaudine parecía una Vivien Leigh moderna con la cara en forma de corazón, el pelo negro y el ceñido vestido verde que se amoldaba a una silueta todavía estupenda. El programa de Francesca Today llevaba tres décadas en antena y había desafiado a Barbara Walters como reina de las entrevistadoras de famosos. Si bien Walters era mejor periodista, Francesca era muchísimo más entretenida.

Nealy se apresuró a tranquilizar las aguas.

—Nervios de la dama de honor... Francesca, la velada es perfecta. No tengo palabras para decirte lo bien que nos lo estamos pasando Mat y yo.

Francesca Beaudine no era tonta. Le lanzó una mirada fría y calculadora a Meg antes de llevarse a Nealy hacia un grupo en el que estaba la pelirroja del tocador de señoras y Emma Traveler, la mujer del padrino, Kenny Traveler, otro golfista profesional.

Después de eso, Meg buscó al invitado más inadecuado que pudo encontrar, un motero que decía ser amigo de Ted, pero ni siquiera la distracción de sus estupendos pectorales la animó. De hecho, el motero la hizo pensar en lo encantadísimos que estarían sus padres si alguna vez les hubiera presentado a un chico que se pareciese, aunque fuera un poquito, a Ted Beaudine.

Lucy tenía razón. Era perfecto. Y no podía ser una peor elección para su amiga.

Daba igual las veces que Lucy cambiara la almohada de sitio, era incapaz de encontrar una postura cómoda. Su hermana Tracy dormía a pierna suelta a su lado, ya que había insistido en compartir la cama. «Nuestra última noche para ser hermanas...», había dicho. Pero a Tracy no la entristecía la boda. Adoraba a Ted como todos los demás.

Lucy y Ted debían agradecerles a sus respectivas madres que los hubieran presentado.

—Es increíble, Lucy —le dijo Nealy—. Tienes que conocerlo. Y era increíble... Meg no debería haberle suscitado tantas dudas. El problema era que dichas dudas llevaban meses en su cabeza, por mucho que hubiera intentado calmarlas. ¿Qué mujer en su sano juicio no se enamoraría de Ted Beaudine? La deslumbraba.

Lucy apartó las sábanas de una patada. Todo era culpa de Meg. Ése era el problema con su amiga. Que lo volvía todo del revés. Ser la mejor amiga de Meg no le impedía reconocer sus defectos. Meg era una mujer consentida, impulsiva e irresponsable que se fijaba el objetivo en la siguiente cima de una montaña en vez de en su interior. También era decente, cariñosa, leal y la mejor amiga que había tenido en la vida. Cada una había encontrado una forma personal de vivir a la sombra de sus famosos padres. En su caso, se había conformado; en el caso de Meg, se había ido a recorrer el mundo en un intento por dejar atrás el legado de sus padres.

Meg ignoraba su potencial: la increíble inteligencia que había heredado de sus padres y nunca había sabido cómo aprovechar; el aspecto desaliñado y poco convencional que la convertían en una mujer mucho más atractiva que cualquier belleza clásica. Meg era tan buena en tantas cosas que había llegado a la conclusión de que no era buena en nada. En cambio, se había resignado a ser inapropiada, y nadie (ni sus padres ni ella) era capaz de quitarle esa idea de la cabeza.

Ocultó la cara en la almohada en un intento por desterrar el espantoso momento que había vivido esa noche, después de regresar al hotel, cuando Meg la había abrazado.

—Lucy, es maravilloso —le susurró su amiga—. Es todo lo que me has dicho. Y no puedes casarte con él de ninguna de las maneras.

La advertencia de Meg no había sigo tan aterradora como su propia respuesta.

—Lo sé —se había oído responder—. Pero voy a hacerlo. Es demasiado tarde para echarme atrás.

Meg le había dado una fuerte sacudida.

—No es demasiado tarde. Te ayudaré. Haré todo lo que esté en mi mano.

En ese momento, se apartó de su amiga y corrió a refugiarse en su habitación. Meg no lo entendía, se había criado en Hollywood, donde los escándalos estaban a la orden del día; pero ella se había criado en Washington, y entendía a la perfección el alma conservadora del país. La opinión pública estaba pendiente de esa boda. Habían visto crecer a los niños Jorik y los habían acogido pese a algún que otro tropezón adolescente. Habían acudido medios de todo el mundo para cubrir el evento, y no podía cancelar la boda por motivos que ni siquiera era capaz de expresar. Además, si Ted era tan malo para ella, ¿no se habría dado cuenta alguien más? ¿Sus padres? ¿Tracy? ¿No se habría dado cuenta Ted, que lo veía todo tan claro?

El recordatorio del infalible buen juicio de Ted Beaudine la tranquilizó lo suficiente como para no caer en un duermevela intranquilo. Sin embargo, la tranquilidad brillaba por su ausencia al día siguiente.

2

El nártex de la iglesia presbiteriana de Wynette olía a viejos libros de himnos y a la última comida que celebró la comunidad. Fuera, reinaba el caos. La sección habilitada para la prensa estaba a rebosar de periodistas, los espectadores llenaban las escaleras y había más gente colocada a los lados. Mientras la procesión de la novia se colocaba para entrar en la iglesia, Meg miró a Lucy. El ceñido vestido de encaje le sentaba de maravilla a su figura, pero ni siquiera el maquillaje profesional podía ocultar su nerviosismo. Llevaba todo el día tan nerviosa que Meg había sido incapaz de repetirle que esa boda era un error. Claro que tampoco podría haberlo hecho, ya que Nealy Case Jorik no le quitaba el ojo de encima.

La orquesta terminó el preludio y sonaron las trompetas para anunciar la llegada de la procesión nupcial. Las dos hermanas pequeñas de Lucy abrieron la marcha, seguidas de Meg y de Tracy, que sería la madrina. Todas las damas de honor llevaban sencillos vestidos de crepé de seda natural en color champán y los pendientes de topacio que Lucy les había regalado.

Holly, que tenía trece años, echó a andar hacia el altar. Cuando llegó a la mitad del pasillo, su hermana Charlotte la siguió. Meg le sonrió por encima del hombro a Lucy, que había decidido entrar sola en la iglesia y reunirse con sus padres en mitad de la nave, simbolizando así el modo en el que habían llegado a su vida. Meg se colocó delante de Tracy para hacer su entrada, pero cuando estaba preparada para dar el primer paso, escuchó un frufrú a su espalda y alguien la agarró del brazo.

Tengo que hablar con Ted ahora mismo —le susurró Lucy, presa del pánico.

Tracy, cuyos rizos rubios estaban recogidos en un artístico moño, soltó un gemido.

—Lucy, ¿qué haces?

Lucy se desentendió de su hermana.

—Ve a buscarlo, Meg. Por favor.

Meg no era precisamente una obsesa del protocolo, pero la petición le pareció un poco escandalosa.

—¿Ahora? ¿No crees que podrías haberlo hecho hace unas cuantas horas?

—Tenías razón. En todo lo que me dijiste. Tenías toda la razón del mundo. —Pese a los metros de tul que le cubrían el rostro, saltaba a vista que Lucy tenía la cara desencajada—. Ayúdame. Por favor.

Tracy se volvió hacia su hermana.

—No entiendo nada. ¿Qué le dijiste? —En vez de esperar una respuesta, cogió a Lucy de la mano—. Lucy, tienes un ataque de pánico. Todo va a salir bien.

—No. Tengo... tengo que hablar con Ted.

—¿Ahora? —repitió Tracy—. Ahora no puedes hablar con él.

Pero tenía que hacerlo. Meg lo entendía, aunque Tracy no lo hiciera. Aferró con más fuerza el ramo de lirios enanos, esbozó una sonrisa forzada y avanzó por la prístina alfombra blanca.

Un pasillo dividía la parte trasera de la iglesia de la parte delantera. La ex presidenta de Estados Unidos y su marido esperaban en ese punto, con los ojos llenos de lágrimas y rebosantes de orgullo, para acompañar a su hija en los últimos pasos que daría como mujer soltera. Ted Beaudine estaba en el altar, junto a su padrino y a tres amigos más. Un rayo de sol caía directamente sobre su cabeza, formando (¡cómo no!) un halo.

La noche anterior, durante el ensayo, le habían pedido educadamente a Meg que caminara más despacio por el pasillo, pero en ese momento la velocidad no era un problema, ya que había reducido sus largas zancadas a pasitos minúsculos. ¿Qué había hecho? Los invitados se habían girado, expectantes, para ver llegar a la novia. Meg llegó al altar demasiado pronto y se detuvo delante de Ted en vez de ocupar su lugar junto a Charlotte.

Ted la miró sin comprender. A lo que ella respondió clavando la mirada en su frente para no tener que mirar esos desconcertantes ojos ambarinos.

—Lucy quiere hablar un momento contigo —susurró.

Lo vio ladear la cabeza mientras asimilaba sus palabras. Cualquier otro hombre habría hecho alguna que otra pregunta, pero no Ted Beaudine. Su desconcierto se convirtió al instante en preocupación. Con paso firme y sin señal externa de vergüenza, recorrió el pasillo.

La ex presidenta y su marido se miraron cuando Ted pasó junto a ellos, y lo siguieron. Los murmullos comenzaron a extenderse entre los invitados. La madre del novio se puso en pie, y lo mismo hizo el padre. Meg no podía dejar que Lucy se enfrentara a esa situación sola, de modo que voló por el pasillo. A cada paso que daba crecía la sensación de pánico.

Cuando llegó al nártex, vio la parte alta del tocado de Lucy por encima del hombro de Ted mientras Tracy y los padres de la novia la rodeaban. Un par de agentes del servicio secreto montaba guardia junto a las puertas. Los padres del novio aparecieron justo en el momento en el que Ted apartaba a Lucy del grupo. Sujetándola con fuerza del brazo, la condujo a una puertecita lateral. Lucy se volvió, buscando a alguien con la mirada. Encontró a Meg. Pese al velo, su petición era clara: «Ayúdame.»

Meg se acercó a toda prisa, pero el sereno Ted Beaudine le lanzó tal mirada que se detuvo en seco; era una mirada tan peligrosa como cualquiera de las que su padre había lanzado en la pantalla de cine cuando interpretó *Cazador indomable*. Lucy meneó la cabeza; y Meg comprendió que su amiga no le había suplicado que intercediera con Ted. Lucy quería que se encargara del grupo al completo, como si supiese cómo hacerlo.

Cuando la puerta lateral se cerró tras los novios, el padre de Lucy se acercó a ella.

—Meg, ¿qué pasa? Tracy dice que tú estás al corriente.

Meg aferró con fuerza el ramo de dama de honor. ¿Por qué había esperado tanto Lucy para revelar su alma rebelde?

—Esto... Bueno, Lucy tenía que hablar con Ted.

—Eso salta a la vista. ¿De qué?

—Es que... —Vio la cara descompuesta de Lucy—. Tiene algunas dudas.

—¿Dudas? —Francesca Beaudine, hecha una furia con su vestido de Chanel, se acercó a ella—. Tú tienes la culpa. Te escuché anoche. Es culpa tuya. —Echó a andar hacia la estancia donde su hijo había desaparecido con su novia, pero su marido la detuvo en el último momento.

—Espera, Francesca —dijo Dallas Beaudine, con un fuerte acento texano que nada tenía que ver con el británico de su mujer—. Tienen que solucionarlo ellos solos.

Las damas de honor y los amigos del novio salieron al nártex. Los hermanos de Lucy estaban juntos: André, Charlotte y Holly, y Tracy, que miraba a Meg con expresión asesina. El párroco se acercó a la ex presidenta y los dos mantuvieron una conversación apresurada. El párroco asintió con la cabeza y regresó a la iglesia, donde Meg oyó que pedía a los invitados que disculparan el «pequeño retraso» y que permanecieran en sus asientos.

La orquesta comenzó a tocar. La puerta lateral siguió cerrada. A Meg se le revolvió el estómago.

Tracy se apartó de su familia y se abalanzó sobre Meg, con los labios apretados por el enfado.

—Lucy era feliz hasta que apareciste. ¡Es culpa tuya!

Su padre se colocó a su lado y le puso una mano en el hombro mientras miraba a Meg con frialdad.

—Nealy me ha contado lo que dijiste anoche. ¿Qué sabes de este lío?

Los padres del novio escucharon la pregunta y se acercaron. Meg sabía que Lucy contaba con ella y reprimió el impulso de echar a correr.

—Lucy... intenta con todas sus fuerzas no decepcionar a sus seres queridos. —Se humedeció los labios secos—. A veces se le... se le olvida ser fiel a sí misma.

Mat Jorik era un periodista de la vieja escuela, y no tenía paciencia para los rodeos.

—¿Qué quieres decir exactamente? Desembucha.

Todas las miradas se posaron en ella. Meg apretó todavía más el ramo que tenía entre las manos. Por muchas ganas que tuviera de salir corriendo, tenía que intentar allanarle el camino a Lucy sentando las bases para las difíciles conversaciones que la esperaban. Volvió a humedecerse los labios.

—Lucy no era todo lo feliz que debería ser. Tenía dudas.

—¡Qué tontería! —exclamó la madre de Ted—. No tenía dudas. No hasta que tú se las metiste en la cabeza.

—Es la primera vez que escuchamos eso de las dudas —intervino Dallas Beaudine.

Meg sopesó la idea de fingir que no sabía nada, pero Lucy era la hermana que siempre había deseado tener y era lo mínimo que podía hacer por ella.

—Es posible que Lucy se haya dado cuenta de que se iba a casar con Ted por los motivos equivocados. De que... a lo mejor no es el hombre adecuado para ella.

—¡Menuda locura! —Los ojos verdes de Francesca la atravesaron—. ¿Sabes cuántas mujeres lo darían todo por casarse con Teddy?

—Muchas, no me cabe la menor duda.

Francesca no se calmó.

—El sábado por la mañana desayuné con Lucy y me dijo que nunca había sido más feliz. Pero cambió cuando tú llegaste. ¿Qué le has dicho?

Meg intentó eludir la pregunta.

—A lo mejor no era tan feliz como parecía. A Lucy se le da muy bien fingir.

—Da la casualidad que soy una experta en personas que fingen —soltó Francesca—. Lucy no lo hacía.

—Es buena de verdad.

—Pues yo propongo otra posibilidad. —La madre del novio tenía la misma tenacidad que un fiscal pese a su pequeña estatura—. ¿Es posible que tú, por razones que sólo tú conoces, hayas decidido aprovecharte de unos simples nervios?

—No. Ni hablar. —Retorció el lazo de color bronce que sujetaba el ramo. Comenzaron a sudarle las manos—. Lucy sabía lo mucho que todos querían que estuvieran juntos, de modo que se convenció de que saldría bien. Pero no era lo que quería de verdad.

—¡No te creo! —Los ojos azules de Tracy se llenaron de lágrimas—. Lucy quiere a Ted. ¡Estás celosa! Por eso lo has hecho.

Tracy siempre había adorado a Meg, por eso le dolió tanto su hostilidad.

—No es verdad.

—Pues cuéntanos qué le dijiste —exigió Tracy—. Cuéntaselo a todos.

Una de las cintas del ramo se deshizo entre sus húmedos dedos.

—Me limité a recordarle que tenía que ser fiel a ella misma.

—¡Y lo estaba siendo! —exclamó Tracy—. Lo has estropeado todo.

—Quiero la felicidad de Lucy lo mismo que vosotros. Y no lo estaba siendo.

—¿Y lo supiste por una conversación ayer por la tarde? —preguntó el padre de Ted en voz muy baja.

—La conozco muy bien.

—¿Y nosotros no? —replicó Mat Jorik con frialdad.

A Tracy le temblaron los labios.

—Todo era maravilloso hasta que apareciste.

—No era maravilloso. —Meg sintió cómo le corría el sudor por el canalillo—. Eso era lo que Lucy quería que creyerais.

La madre de Lucy le lanzó una larga mirada interrogante y rompió el silencio con una pregunta en voz baja:

—Meg, ¿qué has hecho?

Ese suave reproche le indicó a Meg lo que debería haberse imaginado desde un principio: iban a echarle la culpa de todo. Y tal vez tuvieran razón. Nadie más pensaba que esa boda fuera una pésima idea. ¿Por qué una inútil como ella iba a llevar razón en contra de lo que pensaban los demás?

Se desinfló bajo la poderosa mirada de la ex presidenta de Estados Unidos.

—Yo... No era mi intención... Lucy no estaba... —Ver la decepción en los ojos de una mujer a la que admiraba tanto fue peor que soportar las críticas de sus propios padres. Al menos, a eso ya estaba acostumbrada—. Lo... lo siento.

La ex presidenta meneó la cabeza. La madre del novio, conocida por aniquilar estrellas ególatras en sus entrevistas, se preparó para hacer lo propio con Meg, pero la distante voz de su marido la detuvo.

—A lo mejor nos estamos precipitando. Seguramente estén arreglando las cosas ahora mismo.

Sin embargo, no estaban arreglando nada. Meg lo sabía, al igual que Nealy Jorik. La madre de Lucy conocía a su hija lo suficiente como para saber que Lucy jamás los haría pasar por semejante situación a menos que hubiera tomado una decisión irrevocable.

Uno a uno le dieron la espalda a Meg. Los padres de los novios. Los hermanos de Lucy. Los amigos y el padrino del novio. Como si hubiera dejado de existir. Primero sus padres y luego eso. Todas las personas que le importaban, todos sus seres queridos, la habían abandonado.

No era de las que lloraban, pero las lágrimas amenazaban con brotar de sus ojos, de modo que supo que tenía que salir de allí. Nadie se percató de que echaba a andar hacia la puerta de la iglesia. Giró el pomo y salió al exterior, momento en el que comprendió su error.

Los flashes la cegaron. Las cámaras comenzaron a grabar. La repentina aparición de una dama de honor justo cuando la boda debía de estar celebrándose causó una tremenda conmoción. Algunos de los espectadores que había en las escaleras se pusieron en pie para ver a qué se debía tanto jaleo. Los periodistas se pegaron a la valla. Meg soltó el ramo, dio media vuelta y agarró el pomo de hierro con ambas manos. No se movió. Cómo no. Las puertas estaban cerradas por motivos de seguridad. Y ella estaba atrapada.

Los periodistas cargaron contra ella, apretujados contra las vallas de seguridad situadas al pie de las escaleras.

—¿Qué está pasando?

—¿Ha pasado algo?

—¿Ha habido un accidente?

—¿Le ha pasado algo a la presidenta Jorik?

Meg pegó la espalda a la puerta. El volumen de las preguntas fue subiendo, a medida que se hacían más imperiosas.

—¿¡Dónde están los novios!?

—¿¡Ha terminado la ceremonia!?

—¡Díganos qué está pasando!

—Yo...yo no me siento bien, eso es todo... —contestó.

Los gritos de los periodistas ahogaron su débil respuesta. Alguien les gritó que se callaran de una vez. Meg se había enfrentado a falsificadores en Tailandia y a matones en Marruecos, pero jamás se había sentido tan fuera de lugar. Una vez más, se giró hacia la puerta, aplastando el ramo con los tacones, pero no se abría. O en el interior no se habían percatado de su situación o la habían echado a los leones.

Los espectadores de las escaleras estaban de pie. Buscó a la desesperada hasta dar con dos estrechos escalones que conducían a un sendero que a su vez rodeaba la iglesia. Los bajó a la carrera y estuvo a punto de caerse. Los mirones que no habían encontrado sitio en las escaleras se agolpaban en la acera situada al otro lado de la valla de la iglesia, algunos con cochecitos de bebés y otros con neveras. Meg se recogió las faldas y corrió por el irregular pavimento hasta los aparcamientos de la parte posterior. Seguro que algún miembro del equipo de seguridad la dejaría entrar en la iglesia. Una idea aterradora, pero cualquier cosa era mejor que enfrentarse a la prensa.

Nada más llegar al asfalto, vio a uno de los amigos del novio, de espaldas a ella, mientras abría la puerta de un Mercedes gris. Era evidente que la ceremonia se había cancelado. Como no se veía volviendo al pueblo en la limusina con el resto de los familiares de la novia, corrió hacia el Mercedes. Abrió la puerta del acompañante justo cuando se ponía en marcha el motor.

—¿Podrías dejarme en el hotel?

—No.

Cuando levantó la vista, Meg se topó con los fríos ojos de Ted Beaudine. Le bastó un vistazo al gesto tenso de su mandíbula para saber que jamás creería que ella no tenía la culpa de lo que había pasado, mucho menos después del interrogatorio al que lo sometió durante la cena de la noche anterior. Iba a decirle que sentía mucho el dolor que le había causado la cancelación, pero no parecía estar muy dolido. Más bien parecía contrariado. Ted Beaudine era un robot sin sentimientos y Lucy había hecho bien al dejarlo plantado.

Meg se alisó la falda y retrocedió con incomodidad.

—Ah... pues vale.

Ted se tomó su tiempo para abandonar el aparcamiento. Nada de quemar goma ni pisar a fondo el acelerador. Incluso saludó con la mano a varias de las personas que estaban en la acera. La hija de la ex presidenta de Estados Unidos acababa de dejarlo plantado delante de medio mundo, pero no daba señales de que hubiera pasado nada grave.

Meg se arrastró hacia el guardia de seguridad más cercano, que por fin la dejó entrar en la iglesia, donde su reaparición recibió la recepción hostil que había esperado.

En el exterior de la iglesia, el secretario de prensa de la ex presidenta estaba ofreciendo un breve comunicado en el que no explicaba nada, sólo anunciaba que la ceremonia se había cancelado. Después de la obligatoria petición de que la opinión pública respetara la intimidad de la pareja, el secretario de prensa regresó al interior sin responder pregunta alguna. En medio del caos que se produjo a continuación, nadie se percató de que una figura bajita ataviada con una de las togas azul marino del coro y con zapatos blancos de tacón salía por la puerta lateral y desaparecía por la calle.

3

Emma Traveler nunca había visto a Francesca Beaudine tan histérica. Habían pasado cuatro días desde la desaparición de Lucy Jorik y estaban sentadas bajo la pérgola del jardín trasero del hogar de los Beaudine. El reflejo de Francesca en la bola plateada colocada entre los rosales la hacía parecer todavía más pequeña de lo que era. En todos esos años, Emma jamás había visto llorar a su amiga, pero en ese momento Francesca tenía una sospechosa mancha de rímel bajo uno de sus ojos verdes, el pelo castaño alborotado y una expresión agotada en su rostro con forma de corazón.

Aunque Francesca tenía cincuenta y cuatro años, casi quince años más que Emma, y era muchísimo más guapa, su amistad tenía unos profundos cimientos basados en todo lo que compartían. Ambas eran británicas, ambas se habían casado con golfistas profesionales y ambas preferían un buen libro a un campo de golf. Pero lo más importante era que ambas adoraban a Ted Beaudine. Francesca con un feroz amor maternal y Emma con una firme lealtad que Ted conquistó el mismo día que se conocieron.

—Esa dichosa Meg Koranda le ha hecho algo horrible a Lucy. Lo sé. —Francesca tenía la vista clavada en la mariposa cola de golondrina que revoloteaba entre los lirios—. Ya tenía mis dudas sobre ella antes de conocerla, pese a lo bien que Lucy hablaba de ella. Si era tan amiga suya, ¿cómo es que no la conocimos hasta la víspera de la boda? ¿Qué clase de amiga es si no ha asistido a ninguna de las despedidas de soltera que ha celebrado Lucy?

Emma se hacía la misma pregunta. Gracias al poder de Google, los rumores sobre el estilo de vida despreocupado de Meg comenzaron a extenderse desde que se anunció la lista de las damas de honor. Sin embargo, a Emma no le gustaba juzgar mal a las personas sin pruebas, por lo que se había negado a difundir rumores malintencionados. Por desgracia, en esa ocasión las habladurías parecían ser ciertas.

El marido de Emma, Kenny, era el mejor amigo de Ted y no entendía por qué la gente estaba más enfadada con Meg que con la novia que había dejado plantado al novio en el altar, pero ella sí lo entendía. A la gente de Wynette le gustaba Lucy, al menos lo poco que podía gustar una extraña que les había quitado a Ted, y todos estaban dispuestos a aceptarla justo hasta la noche de la cena de la víspera de la boda, que fue cuando se produjo el cambio en ella. Todos la vieron pasar más tiempo hablando con Meg Koranda que con su prometido. Se había mostrado seca y distraída con los invitados, y apenas había sonreído durante los brindis más graciosos.

Francesca se sacó un pañuelo de papel arrugado del bolsillo de los pantalones capri blancos de algodón que llevaba, y que acompañaba con una vieja camiseta de manga corta, unas sandalias italianas y sus inseparables diamantes.

—He conocido a muchos niños mimados de Hollywood como para no calarlos a estas alturas. Las chicas como Meg Koranda no han tenido que trabajar ni un solo día de su vida y creen que sus famosos apellidos son licencia suficiente para hacer lo que les apetezca. Precisamente por eso Dallie y yo nos hemos asegurado de que Ted tuviera muy claro que tendría que trabajar para ganarse la vida. —Se sonó la nariz—. ¿Sabes lo que creo que pasó? Que le echó el ojo a mi Teddy y decidió que tenía que ser suyo.

Aunque era cierto que las mujeres perdían el sentido común al conocer a Ted Beaudine, Emma no creía que Meg Koranda hubiera usado la estrategia de chafar la boda de Ted para intentar quedarse con él. Su opinión era mucho más minoritaria y pocos la compartían. En su caso, estaba convencida de que Meg había aguado la felicidad de Lucy porque estaba celosa de la maravillosa vida de su amiga. Sin embargo, lo que no entendía era cómo había podido lograrlo en tan poco tiempo.

—Lucy era como una hija para mí. —Francesca se retorcía los dedos en el regazo—. Ya había perdido la esperanza de que Ted encontrara a alguien especial, pero Lucy era perfecta. Todos los que los veían juntos lo sabían. —La cálida brisa agitó las hojas que cubrían la pérgola—. Ojalá hubiera ido detrás de ella, pero no —siguió—. Sé lo que es el orgullo. Bien sabe Dios que su padre y yo tenemos de sobra. Pero me habría gustado que lo dejara a un lado. —Las lágrimas volvieron a anegarle los ojos—. Deberías haber conocido a Ted cuando era pequeño. Tan callado y tan serio... Tan precioso. Era un niño sorprendente. El niño más sorprendente del mundo.

Emma pensaba que sus tres hijos eran los más sorprendentes del mundo, pero decidió no contradecir a su amiga, que soltó una carcajada seca.

—Era un desastre para todo. No cruzaba una habitación sin tropezarse al menos una vez. Todo ese talento atlético que tiene ahora se desarrolló mucho más tarde, te lo aseguro. ¡Y menos mal que todas sus alergias desaparecieron! —Se sonó la nariz—. También era feúcho. Tardó bastante en tener el aspecto que tiene ahora. Pero era muy listo. Más listo que todos los que lo rodeábamos (mucho más listo que yo, desde luego), pero nunca se mostraba superior a los demás. —Su sonrisa lacrimógena enterneció a Emma—. Siempre ha creído que todas las personas tienen algo que enseñarle.

Emma se alegraba de que Francesca y Dallie tuvieran previsto marcharse en breve a Nueva York. Francesca se crecía con el trabajo duro y su nueva temporada de entrevistas sería una distracción estupenda. En cuanto se instalaran en su apartamento de Manhattan, se dejarían llevar por la frenética vida de la ciudad, algo mucho más saludable para ellos que seguir en Wynette.

Francesca se puso en pie y se frotó la mejilla.

—Lucy era la respuesta a todas mis plegarias. Pensaba que mi Teddy por fin había encontrado una mujer que lo merecía. Una chica inteligente, decente, que sabía lo que era crecer en un entorno privilegiado sin que la malcriaran. Siempre la he visto como a una mujer de carácter. —Su expresión se agrió—. Estaba equivocada, ¿verdad?

—Como todos.

Mientras rompía el pañuelo de papel en pedazos, Francesca le dijo a Emma en voz tan baja que apenas pudo oírla:

—Emma, estoy desesperada por tener nietos. Sueño con ellos... sueño con abrazarlos, con acercar la nariz a sus cabecitas para olerlos. ¡Los niños de Teddy!

Emma estaba al tanto de la historia de Francesca y Dallie, y sabía que su amiga estaba expresando mucho más que el simple anhelo de una mujer de cincuenta y cuatro años, deseosa de tener nietos. Dallie y Francesca estuvieron separados durante los primeros nueve años de la vida de Ted, justo hasta que Dallie descubrió que tenía un hijo. Un nieto serviría para rellenar ese vacío que había quedado en sus vidas.

Como si le hubiera leído el pensamiento, Francesca añadió:

—Dallie y yo no compartimos sus primeros pasos, sus primeras palabras. —Su voz se tiñó de amargura—. Meg Koranda nos ha dejado sin los bebés de Ted. Nos ha dejado sin Lucy y sin nuestros nietos.

Emma fue incapaz de seguir soportando su tristeza. Se puso en pie y se acercó para abrazarla.

—Cariño, tendrás esos nietos. Ted encontrará otra mujer. Una mujer muchísimo mejor que Lucy Jorik.

Francesca no la creía. Y Emma se dio cuenta. Y en ese momento decidió no decirle lo peor de todo. Que Meg Koranda seguía en el pueblo.

—¿Tiene otra tarjeta de crédito, señorita Koranda? —le preguntó la guapa recepcionista rubia—. Ésta ha sido rechazada.

—¿Rechazada? —preguntó Meg como si no comprendiera la palabra, aunque la comprendía a la perfección. La última tarjeta de crédito que le quedaba desapareció en el interior del cajón del mostrador del hotel Wynette Country Inn con rapidez.

La recepcionista no se molestó en disimular la satisfacción que sentía. Meg se había convertido en el enemigo público número uno de Wynette, a medida que se extendía por la pequeña localidad, cual virus altamente contagioso, una versión distorsionada del papel que había interpretado en la debacle que había supuesto una humillación internacional para el santo del pueblo, donde todavía quedaban algunos miembros de la prensa. También circulaba una versión exageradísima de la discusión que había mantenido con Birdie Kittle la noche de la cena del ensayo de la boda. Si hubiera podido marcharse de Wynette, nada de eso habría sucedido, pero le había sido imposible.

La familia de Lucy se había marchado del pueblo el domingo, veinticuatro horas después de que Lucy se fugara. Meg sospechaba que no se habrían movido de no ser por los compromisos de la ex presidenta, que había accedido a participar en la conferencia que la Organización Mundial de la Salud celebraría en breve en Barcelona, y los de su marido, que era el organizador del congreso de prensa médica que se llevaría a cabo de forma paralela al anterior. Meg era la única que había hablado con Lucy desde que desapareció.

Había recibido la llamada el domingo por la tarde, más o menos a la hora en que los novios habrían abandonado el banquete de bodas para irse de luna de miel. Apenas había cobertura, de modo que le costó reconocer la voz de su amiga, que sonaba frágil y titubeante.

—Meg, soy yo.

—¿Lucy? ¿Estás bien?

Lucy soltó una carcajada un tanto ahogada e histérica.

—Depende. En fin, como siempre me estás hablando de ese lado salvaje que llevo dentro... Pues creo que lo he encontrado.

—¡Ay, cariño!

—Yo... soy una cobarde, Meg. No puedo mirar a mi familia a la cara.

—Lucy, todos te quieren. Y te entenderán.

—Diles que lo siento mucho. —Se le quebró la voz—. Diles que los quiero y que sé que lo he fastidiado todo, y que volveré para solucionar las cosas, pero... que todavía no. Todavía no puedo.

—Vale. Se lo diré. Pero...

Lucy cortó la llamada antes de que pudiera añadir algo más.

Meg se armó de valor para hablar con los padres de su amiga sobre la llamada.

—Lo está haciendo porque lo ha decidido así —dijo la ex presidenta, tal vez recordando los rebeldes días de su fuga—. De momento le daremos el espacio que necesita. —Y obligó a Meg a prometerle que se quedaría unos cuantos días más en Wynette por si Lucy volvía—. Es lo menos que puedes hacer después de todo el lío que has provocado.

Meg se sentía demasiado culpable como para protestar. Por desgracia, ni la presidenta ni su marido repararon en el detalle de costear la prolongación de su estancia en el hotel.

—Qué raro —le dijo a la recepcionista.

Además de su belleza natural, el aspecto de la chica (con sus mechas, su maquillaje exquisito, sus blanquísimos dientes y el surtido de pulseras y anillos con que se adornaba) dejaba bien claro que invertía mucho más tiempo y dinero en su persona de los que invertía Meg.

—Lo malo es que no tengo más tarjetas. Pagaré con un cheque.

—Imposible, ya que había vaciado la cuenta asociada al talonario hacía ya tres meses y desde entonces había estado sobreviviendo gracias a la última tarjeta de crédito que le quedaba. Rebuscó en el bolso—. ¡Ay, no! Se me ha olvidado el talonario.

—Tranquila. Hay un cajero a la vuelta de la esquina.

—Genial. —Meg cogió su maleta—. Dejaré esto en el coche de camino.

La recepcionista rodeó el mostrador como una flecha y le arrebató la maleta con brusquedad.

—Le guardaremos esto hasta que vuelva.

Meg le lanzó una mirada asesina mientras decía algo que jamás habría imaginado que saldría de sus labios.

—¿Sabes quién soy?

«Nadie, no soy nadie», se respondió en silencio.

—Sí, desde luego. Todos lo sabemos. Pero tenemos nuestras normas.

—Muy bien. —Cogió el bolso, un modelo de Prada que su madre le había dado porque ya no lo usaba, y salió del vestíbulo. Llegó al aparcamiento empapada de sudor frío.

Su enorme Buick Century, que ya tenía quince años, la esperaba como una verruga oxidada entre un flamante Lexus y un Cadillac CTS. Por más que le pasara la aspiradora, la Tartana seguía oliendo a tabaco, sudor, comida rápida y moho. Bajó la ventanilla para que entrara un poco de aire. El sudor le cubría la piel por debajo del top de gasa que llevaba con unos vaqueros, unos pendientes de plata que había hecho con un par de hebillas que encontró en Laos, y un sombrero de fieltro de color marrón que había comprado en su tienda de ropa *vintage* favorita de Los Ángeles y que supuestamente había pertenecido a Ginger Rogers.

Apoyó la frente en el volante, pero por mucho que se devanara los sesos, no encontraba una salida a sus problemas. Sacó el móvil del bolso para hacer lo que se había jurado no hacer nunca. Llamar a su hermano Dylan.

A pesar de ser tres años menor que ella, Dylan era un mago de las finanzas. Cada vez que le hablaba de su trabajo, la mente de Meg tendía a divagar, pero sabía que las cosas le iban genial. Como se había negado a darle su número del trabajo, lo llamó al móvil.

—Hola, Dyl, llámame, por favor. Es una emergencia. Lo digo en serio. Tienes que llamarme ahora mismo.

Llamar a Clay, el gemelo de Dylan, no le serviría de nada. Clay seguía siendo un actor en ciernes que apenas ganaba lo suficiente para pagar el alquiler, aunque esa etapa no duraría mucho, ya que había terminado sus estudios de Arte Dramático en Yale, tenía muy buena reputación fuera de Broadway y contaba con un gran talento para respaldar su famoso apellido. A diferencia de Meg, sus hermanos no habían vivido de sus padres desde que salieron de la universidad.

Su móvil sonó y lo cogió a toda prisa.

—Sólo te estoy llamando por curiosidad —le dijo Dylan—. ¿Por qué se largó Lucy el día de su boda? Mi secretaria me ha dicho que por Internet circula el rumor de que fuiste tú quien la convenció de que no se casara. ¿Qué está pasando?

—Nada bueno. Dyl, necesito un préstamo.

—Mamá me lo advirtió. La respuesta es no.

—Dyl, lo digo en serio. Tengo un problemón. Me han quitado la tarjeta de crédito y...

—Madura un poco, Meg. Tienes treinta años. Es el momento de hundirse o seguir a flote.

—Lo sé. Y voy a cambiar. Pero...

—Sea cual sea tu problema, lo solucionarás. Eres mucho más lista de lo que crees. Aunque no creas en ti, yo sí lo hago.

—Te lo agradezco, pero necesito ayuda ahora mismo. De verdad. Tienes que ayudarme.

—¡Por Dios, Meg! ¿Es que no tienes orgullo?

—Eso es un golpe bajo muy asqueroso.

—Te lo has ganado a pulso. Eres capaz de manejar tu vida perfectamente. Busca trabajo. Sabes lo que es eso, ¿verdad?

—Dyl...

—Eres mi hermana y te quiero, y precisamente porque te quiero voy a colgar ahora mismo.

Meg clavó la vista en el teléfono, enfadada pero no sorprendida por la conspiración familiar. Sus padres estaban en China, y le habían dejado clarísimo que no volverían a rescatarla. Su abuela Belinda, una mujer aterradora, no regalaba nada. La obligaría a matricularse en algún curso de interpretación o algo igual de rastrero. En cuanto a su tío Michel... la última vez que lo vio, le soltó un sermón sobre la responsabilidad. Con Lucy a la fuga, sólo le quedaban tres amigas a quienes recurrir, pero ninguna de ellas le prestaría dinero.

¿O sí? Con ellas nunca se sabía. Georgie, April y Sasha eran mujeres independientes e impredecibles que llevaban años repitiéndole que ya era hora de que dejase de tontear y se dedicara a hacer algo. Claro que si les explicaba lo desesperada que era su situación...

«¿Es que no tienes orgullo?»

¿De verdad quería darles a sus amigas más evidencias de su inutilidad? Aunque tampoco tenía más alternativas. Le quedaban unos cuantos cientos de dólares en la cartera, no tenía tarjetas de crédito, su cuenta estaba a cero, el depósito de gasolina estaba a la mitad y su coche se caía a pedazos. Dylan tenía razón. Por mucho que aborreciera la idea, tenía que conseguir trabajo... y rápido.

Lo meditó un instante. Su condición de persona no grata en el pueblo le impediría conseguir un trabajo, pero San Antonio y Austin apenas estaban a dos horas, una distancia accesible con medio depósito de gasolina. Seguro que en cualquiera de esas dos ciudades encontraría trabajo. Aunque para eso tendría que dejar la cuenta del hotel sin pagar, cosa que jamás había hecho, pero estaba con el agua al cuello.

Le sudaban las palmas de las manos mientras salía despacio del aparcamiento. El rugido del tubo de escape, provocado por un problema en el silenciador, le hizo desear tener de nuevo el Nissan Ultima, un vehículo híbrido al que había tenido que renunciar cuando su padre dejó de pagarlo. Así que sólo le quedaba la ropa que llevaba puesta y el contenido del bolso. Dejar atrás la maleta la desquiciaba, pero dado que le debía tres noches al Wynette Country Inn (más de cuatrocientos dólares) poco podía hacer al respecto. Les pagaría la cuenta con intereses en cuanto consiguiera trabajo. ¿Qué tipo de trabajo? No tenía ni idea. Algo temporal y, si tenía suerte, bien remunerado. Al menos hasta que pensara en otra cosa.

Una mujer que caminaba con un cochecito de bebé se detuvo a

mirar el Buick marrón, que acababa de soltar una nube de humo oscuro. Ese detalle, junto con su ensordecedor tubo de escape, no ayudaba a que la Tartana pasara desapercibida y, dado que iba a la fuga, se agachó un poco en el asiento. Pasó junto al edificio de los juzgados con su fachada de piedra caliza y dejó atrás la biblioteca pública de camino a las afueras del pueblo. Siguió conduciendo hasta ver el cartel que anunciaba los límites de la localidad.

ACABA DE SALIR DE
WYNETTE, TEXAS
Theodore Beaudine, alcalde

No había vuelto a ver a Ted desde su espantoso encuentro en el aparcamiento de la iglesia, y ya no tendría que volver a verlo. Estaba segura de que todas las mujeres del estado se habían puesto en fila para ocupar el lugar de Lucy.

Escuchó una sirena a su espalda. Miró de inmediato el retrovisor y vio las luces rojas de un coche patrulla. Apretó con fuerza el volante mientras detenía el coche en el arcén, deseando que el motivo fuera el silenciador y dándose de tortas por no haberlo arreglado antes de salir de Los Ángeles.

El miedo le provocó un nudo en el estómago mientras esperaba a que los dos agentes comprobasen su matrícula. Al cabo de un rato, el agente que iba al volante salió del coche y se acercó a ella con parsimonia. Un hombre con barriga cervecera que le caía por encima del cinturón, cara rubicunda, nariz grande y pelo estropajoso que sobresalía por debajo del sombrero.

Meg bajó la ventanilla y se obligó a sonreír.

—Hola, agente. —«Por favor, Señor, que sea el silenciador y no la cuenta que he dejado en el hotel», deseó para sus adentros. Le entregó al hombre el carnet de conducir y el seguro del coche antes de que se lo pidiera—. ¿Hay algún problema?

El agente comprobó su carnet y después clavó la mirada en su sombrero de fieltro. Estuvo tentada de decirle que había pertenecido a Ginger Rogers, pero no parecía un amante del cine antiguo.

—Señora, nos han informado de que ha abandonado el hotel sin pagar la cuenta.

Se le cayó el alma a los pies.

—¿¡Yo!? Eso es ridículo. —Con el rabillo del ojo, vio en el retrovisor que su compañero decidía salir del coche para unirse a la fiesta.

Sin embargo, el otro agente no iba de uniforme, sino que llevaba vaqueros y una camiseta negra de manga corta. Su compañero era...

Movió la cabeza para ver mejor. ¡No!

Escuchó las pisadas sobre la gravilla. Y sintió la sombra que oscurecía su ventanilla. Alzó la vista y se encontró mirando los impasibles ojos ambarinos de Ted Beaudine.

—Hola, Meg.

4

—¡Ted! —Intentó actuar como si fuera la persona que más deseaba encontrarse en el mundo y no su peor pesadilla—. ¿Te has unido a las fuerzas de seguridad?

—Estaba dando una vuelta. —Ted apoyó el codo en el coche y la observó con detenimiento. Meg tuvo la impresión de que su atuendo no le gustaba. Como tampoco le gustaba el resto de su persona—. Tengo la agenda muy despejada para las dos próximas semanas.

—¡Ah!

—He oído que te has largado del hotel sin pagar la cuenta.

—¿Yo? No. Es un error. Sólo estaba dando una vuelta. Hace un día precioso. ¿Largarme sin pagar? No. Tienen mi maleta. ¿Cómo voy a largarme?

—Supongo que metiéndote en el coche y arrancándolo —contestó Ted, como si fuera el agente de policía—. ¿Adónde ibas?

—A ningún sitio. Estaba explorando. Me gusta hacerlo cuando voy a sitios nuevos.

—Es mejor pagar las cuentas antes de explorar.

—Tienes razón. Estaba distraída. Lo haré ahora mismo. —Salvo que era imposible.

Junto a ellos pasó un camión acompañado por el rugido del motor, y sintió que le caía un hilillo de sudor por el canalillo. Necesitaba pedirle ayuda a alguien, y no tardó mucho en hacer la elección.

—Agente, ¿puedo hablar con usted en privado?

Ted se encogió de hombros y se alejó hasta la parte trasera del coche. El agente se rascó el pecho. Meg se mordió el labio inferior y dijo en voz baja:

—Verá, es que... he cometido un error. Con tanto viaje y eso, el correo no ha llegado a tiempo y tengo un problema con la tarjeta de crédito. El hotel tendrá que cargarme la cuenta a la tarjeta, no creo que se nieguen. —La vergüenza hizo que se sonrojara. Tenía tal nudo en la garganta que apenas podía articular palabra—. Seguro que sabe quiénes son mis padres.

—Sí, señorita, lo sé. —El agente echó la cabeza hacia atrás. Tenía el cuello muy corto y grueso—. Ted, parece que tenemos a una vagabunda.

«¡Una vagabunda!», repitió para sus adentros mientras salía del coche hecha una furia.

—¡Un momento! No soy una...

—No dé un paso más, señorita. —El agente colocó la mano en la funda de su arma.

Ted, que había apoyado un pie en el parachoques trasero, observaba la escena con interés.

Meg se volvió hacia él.

—¡Decirle al hotel que cargue la cuenta en mi tarjeta de crédito no es ser una vagabunda!

—¿Ha oído lo que le he dicho, señorita? —masculló el agente—. Vuelva al coche.

Ted se acercó antes de que tuviera tiempo de moverse.

—Veo que se resiste, Sheldon. Creo que tendrás que detenerla.

—¿¡Detenerme!?

Ted parecía un poco apesadumbrado por la situación, actitud que la llevó a pensar que poseía una vena sádica. Se metió en el coche sin más y Ted se alejó.

—Sheldon, ¿qué te parece si seguimos a la señorita Koranda de vuelta al hotel para que se encargue de ese asunto que ha dejado sin resolver?

—Claro. —El agente Gruñón señaló hacia delante con la mano—. Dé la vuelta aprovechando esa entrada de ahí. Nosotros iremos detrás.

Diez minutos después volvía a estar frente al mostrador de recepción del hotel Wynette Country Inn, en esa ocasión acompañada por Ted Beaudine, ya que el agente Gruñón se había detenido en la puerta y estaba hablando a través del micrófono que llevaba en la solapa.

La rubia y guapa recepcionista se alegró de inmediato al ver a

Ted y sonrió de oreja a oreja. Hasta su pelo pareció brillar más. Sin embargo, frunció el ceño como si estuviera preocupada.

—¡Hola, Ted! ¿Cómo andas?

—Bien, Kayla. ¿Y tú?

Ted le devolvió la sonrisa bajando la barbilla de una forma muy peculiar, tal y como Meg había comprobado la noche de la cena del ensayo de la boda cuando le sonreía a Lucy. No bajaba mucho la cabeza, sólo un pelín, lo justo para transformar su sonrisa en un certificado de vida sana e intenciones honorables. En ese momento, le estaba regalando a la recepcionista del hotel la misma sonrisa que le había dedicado a Lucy. Sí, saltaba a la vista que estaba hecho polvo...

—No puedo quejarme —dijo la rubia—. Todos rezamos por ti.

Ted no parecía ni remotamente un hombre que necesitara ayuda divina, pero asintió con la cabeza.

—Gracias.

Kayla ladeó la cabeza y el gesto hizo que su lustrosa melena rubia le cayera sobre un hombro.

—¿Por qué no cenas este fin de semana con papá y conmigo en el club? Siempre os lo pasáis bien cuando estáis juntos.

—Es posible que lo haga.

Conversaron unos minutos más sobre «papá», sobre el tiempo y sobre las responsabilidades de la alcaldía. Kayla empleó todo su arsenal: se atusó el pelo, pestañeó de forma exagerada, puso la mirada de Tyra Banks...

—No se habla de otra cosa que no sea la llamada que recibiste ayer. Todo el mundo pensaba que Spencer Skipjack se había olvidado de nosotros. Es increíble que Wynette vuelva a estar en las quinielas. Siempre he dicho que lo conseguirías.

—Te agradezco el voto de confianza, pero no hay nada firmado todavía. Recuerda que hasta el viernes pasado Spencer prefería San Antonio.

—Si alguien puede convencerlo de que cambie de opinión y construya en Wynette, eres tú. Necesitamos todos esos puestos de trabajo.

—¿A mí me lo vas a decir?

Las esperanzas de que siguieran con la conversación se vieron truncadas cuando Ted se volvió hacia Meg.

—Tengo entendido que la señorita Koranda os debe dinero. Al parecer, puede solucionarlo.

—Vaya, pues eso espero.

La recepcionista parecía esperar más bien lo contrario, y Meg sintió que el pánico le provocaba un intenso rubor que le cubrió la cara y el pecho. Se humedeció los labios.

—Quizá pueda... hablar con el gerente.

Ted no parecía muy convencido.

—No creo que sea buena idea.

—Tendrá que hacerlo —dijo Kayla—. Yo sólo estoy echando una mano. Este tipo de problema no es responsabilidad mía.

Ted sonrió.

—En fin, ¿¡por qué no!? A ver si eso nos alegra un poco el día. Ve a por ella.

El agente Gruñón dijo desde la puerta:

—Ted, se ha producido un accidente en Cemetery Road, ¿te encargas de esto?

—Claro, Sheldon. ¿Algún herido?

—Creo que no. —Señaló a Meg con la cabeza—. Acompáñala a la comisaría cuando acabes aquí.

—Hecho.

¿Acompañarla a la comisaría? ¿Iban a detenerla de verdad?

El agente se marchó y Ted se apoyó en el mostrador, relajado en ese mundo que lo había coronado su rey. Meg aferró con fuerza el bolso.

—¿Qué has querido decir con eso de que no era una buena idea hablar con la gerente?

Ted echó un vistazo por el vestíbulo, un lugar muy acogedor, y pareció sentirse satisfecho con lo que veían sus ojos.

—Simplemente que no creo que sea miembro de tu club de admiradores.

—No la conozco.

—Sí que la conoces. Y por lo que me han dicho, no te fue muy bien con ella. Parece que no le gustó mucho tu opinión sobre Wynette... ni sobre mí.

La puerta situada detrás del mostrador se abrió y apareció una mujer pelirroja vestida con un traje de punto de color turquesa.

Birdie Kittle.

—Buenas tardes, Birdie —dijo Ted mientras la dueña del hotel se acercaba a ellos. Su corta melena creaba un intenso contraste con los tonos neutros de las paredes—. Te veo estupenda.

—¡Ay, Ted! —La mujer parecía estar al borde de las lágrimas—. Siento muchísimo lo de la boda. Ni siquiera sé qué decirte.

Cualquier otro hombre se sentiría avergonzado de ser el objeto de tantas muestras de lástima, pero él no parecía estarlo en absoluto.

—Cosas que pasan. Gracias por preocuparte por mí. —Señaló a Meg con la cabeza—. Sheldon ha detenido a la señorita Koranda en la salida del pueblo... huyendo de la escena del crimen, por así decirlo. Pero ha habido un accidente en Cemetery Road y me ha pedido que me ocupe del tema. No cree que haya habido heridos.

—Hay demasiados accidentes en esa zona. ¿Te acuerdas de la hija de Jinny Morris? Habría que eliminar esa curva.

—Sería lo suyo, pero sabes muy bien cuál sería el coste.

—Las cosas irán mucho mejor en cuanto nos consigas ese resort de golf. Estoy temblando de la emoción. Los clientes que vengan a jugar pero que no quieran pagar los precios de alojamiento del complejo podrán quedarse aquí. Y por fin podré abrir el salón de té y la librería que siempre he deseado. Creo que el nuevo establecimiento se llamará «Libros a sorbitos».

—Suena bien. Pero lo del complejo está en el aire.

—Lo conseguiremos, Ted. Tú lo conseguirás. Necesitamos muchísimo esos puestos de trabajo.

Ted asintió con la cabeza, como si se creyera totalmente capaz de concederle sus deseos.

Birdie eligió ese momento para prestarle atención a Meg. Llevaba una discreta sombra de ojos de color bronce metalizado y su actitud era mucho más hostil que la que le demostró durante su enfrentamiento en el tocador.

—Me han dicho que no ha pagado la cuenta antes de marcharse. —Rodeó el mostrador—. No sé si los hoteles de Los Ángeles son gratis, pero aquí en Wynette no somos tan sofisticados.

—Ha habido un error —dijo Meg—. Un error muy tonto, la verdad. Es que creía que... Mmmm... que los Jorik se harían cargo de mi estancia. Me refiero a que cuando... que pensé que... —Estaba quedando como una incompetente total.

Birdie cruzó los brazos por delante del pecho.

—¿Cómo va a pagar su cuenta, señorita Koranda?

Meg se recordó que jamás volvería a ver a Ted después de ese día.

—Yo... yo, en fin, me he dado cuenta de que es usted una persona que viste muy bien. Tengo unos pendientes increíbles de la dinastía Sung en mi maleta. Son únicos. Los compré en Shangai. Valen mucho más de cuatrocientos dólares. —Al menos, según el conductor del *rickshaw*. Y ella había decidido confiar en su palabra—. ¿Le interesaría hacer un trueque?

—No me gusta ponerme las sobras de los demás. Supongo que eso es más típico de Los Ángeles.

Eso dejaba fuera el sombrero de fieltro de Ginger Rogers.

Meg lo intentó de nuevo.

—Los pendientes no son sobras. Son antigüedades muy valiosas.

—Señorita Koranda, ¿puede pagar la cuenta o no?

Meg se devanó los sesos en busca de una respuesta, pero fue en vano.

—Creo que eso responde a tu pregunta. —Ted señaló el teléfono que descansaba en el mostrador—. ¿Quieres llamar a alguien? No me gustaría tener que acompañarte hasta el otro lado de la calle.

Era un mentiroso. Si pudiera, la detendría él mismo y lo haría encantado. Seguro que se ofrecía voluntario para cachearla.

«Inclínese hacia delante, señorita Koranda.»

Se estremeció de repente y Ted le regaló esa sonrisa tan lenta, como si le hubiera leído el pensamiento.

Birdie demostró los primeros signos de emoción.

—Tengo una idea —dijo—. Me encantaría hablar con su padre. Para explicarle la situación.

«No hace falta que lo jures», replicó para sus adentros.

—Por desgracia es imposible contactar con mi padre ahora mismo.

—Es posible que la señorita Koranda pueda pagarte la cuenta trabajando en el hotel —sugirió Ted—. He oído que necesitas una camarera.

—¿¡De camarera!? —exclamó Birdie—. ¡Es demasiado elegante para limpiar habitaciones de hotel!

Meg tragó saliva.

—Me... me gustaría saldar mi deuda de esa forma.

—Deberías pensártelo bien —dijo Ted—. ¿Cuál es el sueldo, Birdie? Siete a la hora o siete cincuenta, ¿verdad? Una vez descontados los impuestos, y suponiendo que trabaje la jornada completa... necesitaría trabajar dos semanas. Dudo mucho que la señorita Koranda sea capaz de estar dos semanas limpiando cuartos de baño.

—No tienes ni idea de lo que la señorita Koranda es capaz de hacer —replicó Meg, intentando mostrarse más dura de lo que en realidad se sentía—. He recogido ganado en Australia y he recorrido el circuito del Annapurna en Nepal. —No había llegado a los veinte kilómetros, pero...

Birdie enarcó sus afiladas cejas e intercambió una mirada con Ted como si no necesitaran comunicarse con palabras.

—En fin... la verdad es que necesito una camarera —dijo Birdie—. Pero si cree que podrá pagar la cuenta haciéndose la remolona, se va a llevar un chasco.

—Ni lo había pensado siquiera.

—Muy bien. Si hace su trabajo, no interpondré denuncia. Pero como intente escaquearse, irá directa a la cárcel.

—Me parece justo —comentó Ted—. Ojalá todos los conflictos se resolvieran de esta forma tan pacífica. El mundo sería un lugar mejor, ¿verdad?

—Desde luego que sí —respondió Birdie. Miró de nuevo a Meg y señaló la puerta situada tras el mostrador—. La acompañaré para presentarle a Arlis Hoover, nuestra gobernanta. Ella será su jefa.

—¿Arlis Hoover? —dijo Ted—. Joder, no me acordaba.

—Ya trabajaba aquí cuando me quedé con el establecimiento —le recordó Birdie—. ¿Cómo has podido olvidarte de ella?

—No sé. —Ted se sacó las llaves del coche del bolsillo—. Supongo que es una de esas personas en las que intento no pensar.

—Dímelo a mí... —murmuró Birdie.

Y con esas aciagas palabras procedió a acompañar a Meg hacia las entrañas del establecimiento hotelero.

5

A Emma Traveler le encantaba la casa de caliza color crema que Kenny y ella compartían con sus tres hijos. Los caballos pastaban alegremente en el prado que se extendía al otro lado de los robles y un arrendajo trinaba desde lo alto de la valla recién pintada de blanco. Dentro de poco, estarían recogiendo los primeros melocotones de la huerta.

A excepción de un miembro, el comité para la reconstrucción de la biblioteca pública de Wynette se había reunido al completo en la piscina para celebrar la reunión de todos los sábados por la tarde. Kenny se había llevado a los niños al pueblo para que el comité pudiera mantener la reunión sin interrupciones, aunque Emma sabía por experiencia que no se podría discutir nada hasta que todos los miembros, cuyas edades iban desde los treinta y dos años hasta sus cuarenta, hubieran terminado de hablar de cualquier cosa que se les pasara por la cabeza.

—Llevo años ahorrando para pagarle a Haley la universidad y ahora me dice que no quiere ir. —Birdie Kittle le dio un tironcito a su nuevo bañador de Tommy Bahama, con pliegues en diagonal para ocultar la barriga. Su hija había terminado el instituto hacía un par de semanas con sobresaliente en todas las asignaturas. Birdie no entendía la determinación de Haley de matricularse en la escuela universitaria del condado en vez de hacerlo en la Universidad de Texas, de la misma manera que era incapaz de aceptar que su cuadragésimo cumpleaños era inminente—. Esperaba que tú pudieras hacerla entrar en razón, lady Emma.

Dado que era la única descendiente del difunto quinto conde

de Woodbourne, Emma estaba en su derecho a usar el título, pero no lo hacía. Sin embargo, eso nunca les había impedido a los habitantes de Wynette (salvo a sus propios hijos y a Francesca) llamarla «lady Emma» sin que les importara cuántas veces les había pedido que no lo hicieran. Incluso su marido la llamaba así. A menos que estuvieran en la cama, claro, porque entonces...

Emma se controló a duras penas, a fin de que sus pensamientos no se convirtieran en una fantasía erótica. Era una antigua profesora, llevaba muchos años en el consejo escolar, era la concejal de cultura municipal y la presidenta de la Asociación de Amigos de la Biblioteca Pública de Wynette, por lo que estaba acostumbrada a que le hicieran preguntas referentes a los hijos.

—Haley es muy lista, Birdie. Tienes que confiar en ella.

—No sé de dónde ha sacado el cerebro. Del trápala de su padre o de mí desde luego que no. —Birdie se tragó una de las barritas de limón que Patrick, el mayordomo de los Traveler, había preparado para el grupo.

Shelby Traveler, que era amiga de Emma y su jovencísima suegra, a sus treinta y siete años, se colocó un florido sombrero sobre la melenita rubia.

—Míralo por el lado bueno: quiere quedarse en casa —dijo—. Yo me moría por separarme de mi madre.

—No tiene nada que ver conmigo. —Birdie se sacudió las miguitas del bañador—. Si Kyle Bascom fuera a la Universidad de Texas en vez de a la escuela universitaria del condado, Haley ya estaría haciendo las maletas para irse a Austin. Y eso que el chico ni la mira. No soporto la idea de que otra Kittle eche a perder su vida por un hombre. He intentado que Ted hable con ella (ya sabes lo mucho que lo respeta), pero me ha dicho que Haley es lo bastante mayor como para tomar sus propias decisiones, y no es verdad.

Todas levantaron la vista cuando Kayla Garvin apareció por una esquina de la casa, con la parte de arriba del biquini dejando bien a la vista los generosos implantes que su padre le había regalado varios años atrás con la esperanza de que Ted se uniera a la familia Garvin.

—Siento llegar tarde. Han llegado algunas novedades a la tienda. —Frunció la nariz demostrando así la aversión que sentía por la tienda de ropa de segunda mano que regentaba a tiempo parcial para mantenerse ocupada, pero se le iluminó la cara al ver que Torie no estaba por ninguna parte.

Aunque Torie era una buena amiga, a Kayla no le gustaba estar rodeada de mujeres con tan buen cuerpo como ella, mucho menos si estaba en bañador.

Ese día, Kayla se había recogido el pelo rubio con un moño descuidado en la coronilla y se había puesto un pareo blanco. Como de costumbre, iba maquilladísima y llevaba su nuevo colgante de diamantes con forma de estrella. Se sentó en una silla junto a Emma.

—Os juro que como otra mujer intente colocarme el jersey que le regaló alguna vieja en Navidad, voy a echarle el candado a la tienda y a ponerme a trabajar para ti, Birdie.

—Gracias por ayudarme la semana pasada. Es la segunda vez en este mes que Mary Alice llama para avisar de que está enferma. —Birdie colocó las piernas, llenas de pecas, a la sombra—. Aunque me venía bien el dinero, me alegro de que los periodistas se hayan ido. Eran como una bandada de buitres, metiéndose donde nadie los llamaba y riéndose del pueblo. Y no dejaban de acosar a Ted.

Kayla sacó su brillo de labios preferido, cómo no, de MAC.

—Soy yo quien debería darte las gracias por dejarme ayudar. Ojalá hubierais visto a doña Hollywood dejándose la piel para pagar la factura. Pues no va y me pregunta si sé quién es, como si tuviera que hacerle una reverencia o algo. —Kayla se aplicó el brillo de labios.

—Tiene la peor disposición que he visto en la vida. —Zoey Daniels llevaba un bañador muy conservador un poco más oscuro que su tono de piel. Fiel defensora de que las mujeres negras tenían que protegerse del sol tanto como sus congéneres de piel más clara, había decidido sentarse bajo una de las sombrillas a rayas.

A sus treinta y dos años, Zoey y Kayla eran los miembros más jóvenes del grupo. Pese a sus diferencias (una era una reina de la belleza rubia obsesionada por la moda y la otra era una cerebrito que ostentaba el cargo de directora de la escuela elemental Sybil Chandler), eran muy buenas amigas desde niñas. Zoey, que apenas medía metro sesenta y era muy delgada, tenía el pelo corto y sin teñir, enormes ojos verdosos y un aire de preocupación cada vez más acusado a medida que crecía la ratio de alumnos por clase y descendía el montante del presupuesto.

En ese momento, Zoey se dio un tironcito de la pulsera adornada con lo que parecían coloridos trocitos de plastilina.

—Me deprimo con verla. Estoy frita porque se vaya del pueblo. Pobre Ted.

Shelby Traveler se puso protección solar en los pies.

—Está siendo muy valiente con todo lo sucedido. Se me parte el corazón al pensarlo.

Ted era especial para todas ellas. Birdie lo adoraba, y Ted había estado entrando y saliendo de la casa de Shelby desde que se casó con Warren, el padre de Kenny. Kayla y Zoey habían estado enamoradas de él, toda una prueba para su amistad. Kayla decía que fueron los mejores seis meses de su vida. En cuanto a Zoey, como se limitaba a suspirar y a poner cara de cordero degollado, las demás dejaron de hacerle preguntas.

—A lo mejor lo hizo por celos. —Zoey cogió el ejemplar de *Ciencias sociales para escuela primaria* que se le había salido de la mochila y lo devolvió a su lugar—. O no quería que Lucy se quedara con él o le echó un vistazo y quiso quedárselo ella.

—Todas conocemos a más de una que se ha obsesionado con Ted. —Shelby no miró a Zoey ni a Kayla, pero tampoco hacía falta—. Pero me encantaría saber qué le dijo a Lucy para convencerla de que cancelara la boda.

Kayla jugueteó con su colgante.

—Ya conocéis a Ted. Es un trozo de pan. Pero no con doña Presumida. —Se estremeció—. Quién iba a pensar que Ted Beaudine tenía un lado oscuro.

—Eso aumenta todavía más su morbo. —Zoey soltó otro de sus sentidos suspiros.

Birdie resopló.

—La hija de Jake Koranda está limpiando mis cuartos de baño...

Emma se puso un sombrero de paja muy gracioso.

—Me cuesta entender que sus padres no la ayuden.

—Le han cerrado el grifo —dijo Kayla con sequedad—. Y es lógico. Meg Koranda se droga.

—No es seguro que lo haga —comentó Zoey.

—Tú siempre piensas bien de los demás —replicó Kayla—.

Pero está más claro que el agua. Seguro que su familia ya se ha hartado de ella.

Ésos eran los chismes que Emma detestaba.

—Es mejor no decir algo a menos que se pueda demostrar —les aconsejó, aunque sabía que estaba malgastando saliva.

Kayla se colocó bien la parte de arriba del biquini.

—Asegúrate de cerrar bien la caja registradora, Birdie. Los drogadictos son capaces de dejarte seca.

—No me preocupa —se jactó Birdie—. Arlis Hoover no le quita la vista de encima.

Shelby se santiguó y el resto se echó a reír.

—A lo mejor tienes suerte y Arlis acepta un trabajo en el nuevo resort de golf.

La intención de Emma era la de aligerar el ambiente, pero se hizo el silencio mientras todas las presentes pensaban en cómo podría mejorarles la vida el proyecto del resort de golf y el complejo de apartamentos. Birdie tendría su salón de té y su librería; Kayla podría abrir la tienda de ropa de diseño con la que siempre había soñado; y el sistema escolar conseguiría los fondos extras que Zoey añoraba.

Emma miró a Shelby. Su joven suegra ya no tendría que ver a su marido lidiar con el estrés de ser el único empresario que ofrecía trabajo en un pueblo con una tasa de paro altísima. En cuanto a la propia Emma... Kenny y ella tenían dinero de sobra para vivir sin apuros, con independencia de que se llevara a cabo el proyecto o no, pero muchos de sus seres queridos no tenían tanta suerte, y el bienestar del pueblo era muy importante para ellos.

Sin embargo, Emma no era partidaria de lamentarse.

—Con *resort* de golf o sin él —soltó con sequedad—, necesitamos discutir cómo vamos a reunir los fondos necesarios para reparar la biblioteca y ponerla en funcionamiento. Incluso con el cheque de la aseguradora, nos falta muchísimo dinero.

Kayla se rehízo el moño.

—No soporto la idea de otra ridícula venta de pasteles. Zoey y yo acabamos hartas en el instituto.

—Y nada de donaciones anónimas —añadió Shelby.

—Ni de un lavado de coches ni de una rifa. —Zoey apartó una mosca.

—Necesitamos algo gordo —dijo Birdie—. Algo que llame la atención de todo el mundo.

Discutieron el asunto durante una hora, pero a nadie se le ocurrió qué podría ser ese algo.

Arlis Hoover señaló con un dedo regordete la bañera que Meg acababa de limpiar por segunda vez.

—¿Te parece que eso está limpio, doña Estrella de cine? Pues a mí no.

Meg ya no se molestaba en decir que no era una estrella de cine. Arlis lo sabía perfectamente. Por eso mismo lo repetía sin cesar.

Arlis llevaba el pelo teñido de negro y tenía un cuerpo que parecía un muñón retorcido. Desprendía un aura de injusticia permanente, ya que estaba convencida de que sólo la mala suerte le impedía ser rica, guapa e influyente. Se pasaba el día escuchando programas de radio donde unos desquiciados aseguraban que Hillary Clinton llegó a comerse la carne de un recién nacido y que la televisión pública estaba fundada por artistas de izquierdas empeñados en darles a los homosexuales el control del mundo. Como si eso les interesara, vamos.

Arlis era tan mala persona que Meg sospechaba que incluso Birdie le tenía un poco de miedo, aunque Arlis hacía todo lo que estaba en su mano para refrenar sus impulsos más psicóticos cuando su jefa andaba cerca. Pero como le ahorraba a dicha jefa mucho dinero al exprimir al máximo a una plantilla de camareras muy reducida, Birdie la dejaba tranquila.

—Dominga, ven a ver esta bañera. ¿A los mexicanos os parecería que eso está limpio?

Dominga era una inmigrante sin papeles, de modo que no estaba en posición de llevarle la contraria a Arlis y negó con la cabeza.

—No, está muy sucia —contestó.

Meg odiaba a Arlis Hoover más que a ninguna otra persona, con la excepción de Ted Beaudine.

«¿Cuál es el sueldo, Birdie? Siete a la hora o siete cincuenta, ¿verdad?»

No. Birdie les pagaba a diez dólares y medio la hora a las camareras de su hotel, como Ted sabía muy bien. A todas menos a Meg.

Le dolía la espalda, le fallaban las rodillas, se había cortado un dedo con un cristal roto y tenía hambre. A lo largo de esa semana, había sobrevivido a base de juanolas y de las magdalenas que sobraban del desayuno del hotel, que Carlos, el de mantenimiento, le daba a escondidas. Sin embargo, ese ahorro no podía compensar el error que había cometido la primera noche al alquilar una habitación en un motel barato para darse cuenta al día siguiente de que incluso el motel más barato costaba dinero y de que los cien dólares que tenía en la cartera se habían reducido a cincuenta de la noche a la mañana. Desde entonces, dormía en el coche, junto a la cantera, y esperaba a que Arlis se fuera a casa por las noches para ducharse en alguna habitación vacía.

Era una existencia miserable, pero todavía no había usado el teléfono. No había intentado ponerse en contacto con Dylan de nuevo ni había llamado a Clay. Tampoco había llamado a Georgie, a Sasha ni a April. Y lo más importante de todo era que no les había mencionado su situación a sus padres cuando la llamaron. Cada vez que desatascaba un retrete apestoso o sacaba una maraña de pelos del desagüe de la bañera se aferraba a esa idea. En cuestión de una semana, se marcharía. Y después ¿qué? No tenía la menor idea.

Dado que estaban esperando que llegara un buen número de personas para celebrar un evento familiar, Arlis sólo tenía unos minutos para torturar a Meg.

—Dale la vuelta al colchón antes de cambiar las sábanas, doña Estrella de cine, y quiero que limpies todas las puertas correderas de esta planta. No quiero ver ni una sola huella en ellas.

—¿Tienes miedo de que el FBI descubra una tuya? —preguntó Meg con voz melosa—. ¿Por qué te buscan?

A Arlis casi le daba un pasmo cada vez que Meg le replicaba, y en ese momento casi le explotó una vena de la sien.

—Basta con una sola palabra mía a Birdie para que acabes entre rejas.

Era posible, pero como el hotel estaba lleno para el fin de semana y había pocas camareras, Arlis no podía permitirse el lujo de perderla. Aun así, era mejor dejarlo correr.

Cuando Meg por fin se quedó sola, miró con anhelo la reluciente bañera. La noche anterior, Arlis se quedó hasta tarde para hacer el inventario, de modo que no pudo colarse en una habitación libre para darse una ducha, y dado que el hotel estaba completo para el fin de semana, no tenía muchas posibilidades de hacerlo esa noche. Se recordó que había pasado muchos días en caminos embarrados sin pensar siquiera en un cuarto de baño. Sin embargo, dichas excursiones habían sido por placer, no eran la vida real. Aunque, sinceramente, parecía que su vida sólo consistía en esas excursiones por placer.

Estaba luchando con el colchón para darle la vuelta cuando presintió que había alguien tras ella. Se preparó para otro enfrentamiento con Arlis, pero al girarse vio a Ted Beaudine en la puerta. Estaba apoyado en una jamba, con las piernas cruzadas a la altura de los tobillos, tan a gusto en su reino.

El sudor hacía que se le pegara el uniforme de poliéster a la piel y se limpió la frente con un brazo.

—Es mi día de suerte. Ha venido ha verme el Elegido. ¿Has curado a algún leproso últimamente?

—Estaba demasiado ocupado con lo de los panes y los peces.

Ted ni siquiera sonrió. En un par de ocasiones a lo largo de esa semana, mientras corría las cortinas o limpiaba el alféizar de las ventanas con uno de los productos tóxicos que la dueña del hotel insistía en usar, lo había visto en el exterior. Daba la casualidad de que el ayuntamiento estaba en el mismo edificio que la comisaría. Esa mañana, mientras estaba en una ventana del segundo piso, lo vio parar el tráfico para ayudar a cruzar a una ancianita. También se percató de que un grupito de jóvenes entraba en el edificio por una puerta lateral que conducía directamente a los despachos municipales. A lo mejor por asuntos relacionados con el pueblo. Aunque seguramente fuera por algún chanchullo.

Lo vio señalar el colchón con la cabeza.

—Parece que te vendría bien que te echaran una mano.

Estaba agotada y el colchón pesaba una tonelada, de modo que se tragó el orgullo.

—Pues sí, gracias.

Ted miró a su espalda.

—No, no veo a nadie por aquí.

El hecho de que la hubiera engañado de esa manera le dio fuerzas para meter el hombro debajo de la esquina inferior del colchón y levantarlo.

—¿Qué quieres? —gruñó.

—Sólo quería ver cómo vas. Una de mis funciones como alcalde es asegurarme de que los vagabundos no acosan a los ciudadanos inocentes.

Metió el hombro más hacia el centro del colchón y replicó con lo peor que se le ocurrió:

—Lucy me ha estado mandando mensajes. De momento, no te ha mencionado. —Tampoco había mencionado mucho, apenas un par de frases para decirle que se encontraba bien y que no quería hablar. Levantó el colchón más alto.

—Salúdala de mi parte —le dijo él, a la ligera, como si hablaran de una prima lejana.

—Ni siquiera te preocupa dónde está, ¿verdad? —Levantó el colchón un par de centímetros más—. Si está bien o no... Podrían haberla secuestrado unos terroristas. —Era fascinante ver cómo una persona tan agradable como ella en circunstancias normales podía convertirse en una arpía en un abrir y cerrar de ojos.

—Estoy seguro de que alguien lo habría mencionado.

Meg intentó recuperar el aliento.

—Parece que a ese supuesto cerebro de genio que tienes se le ha escapado que yo no soy responsable de que Lucy te dejara plantado, ¿por qué me has convertido en tu saco de boxeo particular?

—Tengo que descargar mi furia con alguien. —Volvió a cruzar las piernas a la altura de los tobillos.

—Eres patético.

Sin embargo, apenas habían salido esas palabras de su boca cuando perdió el equilibrio y cayó sobre el somier. El colchón la aplastó al punto.

Sintió que el aire le refrescaba la parte trasera de los muslos. Tenía la falda del uniforme enrollada en las caderas, lo que le ofrecía a Ted una estupenda visión de sus bragas amarillas y seguramente también del dragón tatuado en su cadera. Dios la estaba castigando por ser desagradable con su Creación Perfecta convirtiéndola en un sándwich del descanso ergonómico.

Escuchó la voz de Ted un poco amortiguada.

—¿Estás bien ahí debajo?

El colchón no se movió.

Meg se retorció para liberarse ya que él no la ayudaba. La falda se le subió a la cintura. Se olvidó de las bragas amarillas y del tatuaje, y juró que Ted no la vería derrotada por un colchón. Intentó tomar aire, clavó los pies en la moqueta y, con una última sacudida, dejó el peso muerto del colchón en el suelo.

Ted silbó.

—Joder, el cabrón pesa, ¿eh?

Meg se levantó y se bajó la falda.

—¿Y tú cómo lo sabes?

La miró de arriba abajo y sonrió.

—Es una suposición.

Meg cogió una esquina del colchón y consiguió reunir la fuerza necesaria para darle la vuelta a ese trasto y colocarlo encima del somier.

—Bien hecho —dijo él.

—Eres un loco cruel y vengativo —le soltó al tiempo que se apartaba el pelo de los ojos.

—Me ofendes.

—¿Soy la única persona del mundo que no se traga el numerito de san Ted?

—Más o menos.

—Mírate. Hace menos de dos semanas, Lucy era el amor de tu vida. Y ahora ni siquiera recuerdas su nombre. —Movió el colchón de una patada.

—El tiempo lo cura todo.

—¿Once días?

Lo vio encogerse de hombros y entrar en la habitación para cotillear la conexión a Internet. Meg lo siguió.

—Deja de machacarme por lo que sucedió. Yo no tuve la culpa de que Lucy se fugara. —No era del todo cierto, pero casi.

Ted se agachó para inspeccionar los cables.

—Las cosas iban bien antes de que tú aparecieras.

—Eso es lo que te parecía a ti.

Ted volvió a conectar el cable y se puso en pie.

—Te voy a decir lo que pienso: por razones que sólo tú conoces (aunque me hago una idea de cuáles son), le lavaste el cerebro a una mujer maravillosa para que cometiera un error con el que tendrá que vivir el resto de su vida.

—No fue un error. Lucy se merece mucho más de lo que tú estabas dispuesto a darle.

—No tienes ni idea de lo que estaba dispuesto a darle —replicó él al tiempo que se dirigía a la puerta.

—Una pasión desenfrenada desde luego que no.

—Deja de fingir que sabes de lo que hablas.

Meg salió tras él.

—Si quisieras a Lucy como se merece que la quieran, removerías cielo y tierra para encontrarla y para convencerla de que te acepte. Y no tengo un plan oculto. Sólo me preocupa la felicidad de Lucy.

Ted aminoró el paso y se volvió.

—Los dos sabemos que eso no es del todo cierto.

Esa forma de mirarla parecía decir que comprendía aspectos de su personalidad que a ella misma se le escapaban. Meg apretó los puños.

—¿Crees que estaba celosa? ¿Eso es lo que quieres decir? ¿Crees que me propuse fastidiarla? Tengo muchos defectos, pero no les pongo la zancadilla a mis amigos. Jamás.

—¿Y por qué se la pusiste a Lucy?

Ese ataque, tan letal como injusto, la encendió.

—¡Fuera!

Ted ya se marchaba, pero antes de hacerlo le lanzó una última miradita.

—Bonito dragón.

Cuando por fin terminó su turno, todas las habitaciones del hotel estaban ocupadas, de modo que le fue imposible colarse en una para ducharse. Carlos le había pasado una magdalena, lo único que comió en todo el día. Además de Carlos, la otra persona que no parecía odiarla en todo el pueblo era la hija de Birdie, una chica de dieciocho años llamada Haley, algo que le resultó sorprendente, sobre todo porque se presentó como la asistente personal de Ted. Sin embargo, pronto quedó patente que sólo le hacía algún que otro recado.

Haley trabajaba en el club de campo los veranos, de modo que Meg no la veía muy a menudo, pero a veces se pasaba a verla por la habitación que estuviera limpiando.

—Sé que Lucy es amiga tuya —le dijo Haley una tarde mientras la ayudaba a colocar sábanas limpias—. Y era muy agradable con todo el mundo. Pero creo que no hubiera sido feliz en Wynette.

Haley se parecía muy poco a su madre. Era varios centímetros más alta, con la cara alargada y el pelo castaño claro, se ponía ropa demasiado pequeña y se maquillaba más de la cuenta para sus delicadas facciones. Por una conversación que escuchó entre madre e hija, se enteró de que la afición de la chica por la ropa escasita era algo bastante reciente.

—Lucy se adapta muy bien —replicó Meg mientras cambiaba la funda de la almohada.

—No lo dudo, pero me parecía una persona más acostumbrada a la gran ciudad. Y aunque Ted viaja por todo el mundo cuando trabaja de asesor, vive aquí.

Meg apreciaba saber que alguien más en ese pueblo compartía sus dudas, pero eso no la ayudaba a librarse de la creciente depresión. Cuando salió del hotel esa noche, estaba sucia y cansada. Vivía en su viejo Buick, que cada noche aparcaba en una zona desierta de la cantera del pueblo mientras rezaba para que nadie la descubriera. Pese al hambre, se sentía muy pesada, y conforme se iba acercando al coche que se había convertido en su casa, fue aminorando el paso. Algo no iba bien. Lo observó con más detenimiento.

La parte trasera del coche, por el lado del conductor, parecía más baja. Tenía una rueda pinchada.

Se quedó quieta mientras intentaba asimilar ese último desastre. Sólo le quedaba el coche. Antes, cuando se le pinchaba una rueda, se limitaba a llamar a la grúa y a pagar para que se la cambiaran, pero apenas le quedaban veinte dólares. Y aunque consiguiera averiguar cómo se cambiaba, no sabía si la rueda de repuesto estaba en buenas condiciones. En el caso de tener rueda de repuesto, claro.

Con un nudo en la garganta, abrió el maletero del coche y levantó la moqueta, pringada de aceite, polvo y sólo Dios sabía qué más. Dio con la rueda de repuesto, pero estaba desinflada. Iba a tener que conducir con una rueda pinchada hasta la estación de servicio más cercana y rezar para no dañar el eje.

El dueño de la estación de servicio sabía quién era, al igual que el resto de los habitantes del pueblo. Le soltó con gran bordería que sólo era un humilde mecánico de pueblo y después le contó cómo el santísimo Ted Beaudine había evitado sin ayuda de nadie que cerrara el banco de alimentos del condado. Cuando terminó de hablar, le exigió veinte dólares por adelantado para cambiarle la rueda pinchada por la de recambio.

—Tengo diecinueve.

—Dámelos.

Meg vació el monedero y entró en la estación de servicio mientras el hombre le cambiaba la rueda. Sólo le quedaban las monedas que había guardado en el fondo del bolso. Mientras contemplaba el expositor de chucherías que ya no se podía permitir, la vieja camioneta de Ted Beaudine se paró al lado de un surtidor. Lo había visto conducir esa camioneta por el pueblo y recordó que Lucy le había dicho que la había modificado con algunos de sus inventos, pero a ella le seguía pareciendo una vieja tartana.

Una mujer con una larga melena oscura estaba en el asiento del acompañante. Cuando Ted se bajó del coche, la mujer levantó un brazo y se apartó el pelo de la cara con un gesto tan elegante que parecía una bailarina. Meg recordó haberla visto en la cena del ensayo, pero había tantas personas que no las presentaron.

Ted regresó al coche mientras se llenaba el depósito. La mujer le colocó la mano en la nuca. Ted ladeó la cabeza y se besaron.

Meg observó la escena, asqueada. ¡Y Lucy se sentía culpable por haberle roto el corazón a Ted!

La camioneta no parecía necesitar mucho combustible, tal vez se debiera a la batería de hidrógeno que Lucy le había mencionado. En circunstancias normales, le habría interesado mucho algo así, pero en ese momento estaba ocupadísima contando las monedas que le quedaban en el bolso. La suma ascendía a un dólar y seis centavos.

Mientras se alejaba de la estación de servicio, por fin aceptó el hecho al que no quería enfrentarse: había tocado fondo. Estaba hambrienta y sucia, y su único hogar estaba a punto de quedarse sin combustible. De todos sus amigos, Georgie York Shepard era la más transigente. La infatigable Georgie, que llevaba buscándose las habichuelas sola desde niña.

«Georgie, soy yo. Soy inconstante e indisciplinada, y necesito que te ocupes de mí porque yo soy incapaz de hacerlo.»

Una autocaravana pasó junto a ella en dirección al pueblo. Era incapaz de regresar a la cantera y pasar otra noche intentando convencerse de que se trataba de una aventura más. Aunque había dormido en sitios oscuros e inhóspitos, sólo lo había hecho unos cuantos días, con un guía amable y con un hotel de cuatro estrellas esperándola al final del camino. En ese momento, sin embargo, estaba sin casa. A un paso de empujar un carrito por la calle.

Quería a su padre. Quería que la abrazara con fuerza y le dijera que todo se iba a solucionar. Quería que su madre le acariciara el pelo y le asegurara que no había monstruos en el armario. Quería acurrucarse en su antiguo dormitorio, en la casa donde siempre se había sentido tan inquieta.

Sin embargo, y por mucho que la quisieran sus padres, nunca la habían respetado. Tampoco lo habían hecho Dylan, Clay o el tío Michel. Y en cuanto le pidiera dinero a Georgie, su amiga se uniría al club.

Empezó a llorar. Lágrimas de asco por la hambrienta y desahuciada Meg Koranda, que había nacido con una cuchara de plata en la mano pero era incapaz de labrarse un futuro. Dejó la carretera y aparcó junto a un destartalado motel. Tenía que llamar a Georgie ya, antes de que su padre recordara que seguía pagándole la factura del móvil y también se lo cortara.

Pasó un dedo por las teclas e intentó imaginarse cómo se las estaba apañando Lucy. Su amiga tampoco había vuelto a casa. ¿Qué estaba haciendo que a ella no se le había ocurrido todavía?

Las campanas de una iglesia dieron las seis, lo que hizo que se acordara de la iglesia que Ted le había regalado a Lucy para la boda. Una camioneta pasó por su lado, con un perro en el cajón, y el móvil se le cayó de los dedos. ¡La iglesia de Lucy! ¡Vacía!

Recordó haber dejado atrás el club de campo cuando fueron a verla porque Lucy se lo señaló. Recordó un montón de giros y de vueltas, pero Wynette tenía muchas carreteras secundarias. ¿Cuál había tomado Lucy?

Dos horas más tarde, cuando estaba a punto de darse por vencida, Meg encontró lo que estaba buscando.

6

La antigua iglesia de madera se alzaba sobre una pequeña elevación del terreno, al final de un camino de gravilla. Las luces del coche de Meg iluminaron un instante el campanario blanco situado justo sobre la puerta principal. En la oscuridad, no distinguía el cementerio cubierto por las malas hierbas, pero recordaba haberlo visto a la derecha del edificio. También recordaba que Lucy sacó una llave de un escondrijo situado a los pies de la escalera. Dejó las luces encendidas para poder ver y empezó a buscar entre las piedras y la hierba. La gravilla se le clavó en las rodillas y se arañó los nudillos, pero no encontró ni rastro de la llave. Romper una ventana parecía un sacrilegio, pero tenía que entrar como fuese.

La luz de los faros convertía su sombra en una figura grotesca y enorme que cubría parte de la sencilla fachada de madera. Al volverse hacia el coche, reparó en una rana esculpida de forma tosca que descansaba bajo un matorral. La levantó y encontró la llave debajo. Una vez que la tuvo a salvo en el bolsillo, aparcó la Tartana, sacó la maleta y subió los escalones de madera.

Según Lucy, los luteranos habían abandonado esa diminuta iglesia local en la década de los sesenta. La puerta principal, de doble hoja, estaba flanqueada por un par de ventanas de medio punto. La cerradura se abrió sin ningún problema. El interior olía a moho y hacía mucho calor. El día que estuvo con Lucy, vio la iglesia bañada por la luz del sol, pero en ese momento la oscuridad le recordó todas y cada una de las películas de terror que había visto en la vida. Tanteó las paredes en busca de un interruptor, con la esperanza de que estuviera conectada a la red eléctrica. Como por arte de magia, se encendieron dos lámparas redondas de color blanco. No podía tardar mucho en apagarlas porque la luz la delataría, pero decidió dejarlas encendidas lo justo para explorar el lugar. Soltó la maleta y cerró la puerta.

No había bancas, de modo que el interior era espacioso y tenía eco. Los padres fundadores no creían en la decoración. No había vidrieras de colores, bóvedas altísimas ni columnas de piedra para los sencillos luteranos. La iglesia era de planta estrecha y rectangular, apenas tendría nueve metros de ancho, con suelo de madera de pino y un par de ventiladores en el techo, construido con sencillas planchas metálicas. En los muros laterales, había cinco ventanas alargadas. En la parte trasera, se emplazaba el coro, al que se accedía por una sencilla escalera de madera, el único ornamento de la iglesia.

Lucy le había dicho que Ted había vivido en ese lugar unos cuantos meses mientras construían su casa, pero era evidente que se había llevado los muebles al irse. Sólo quedaba un espantoso sillón marrón al que se le salía el relleno por una de las esquinas, y un futón metálico de color negro que descubrió en el coro. Lucy había planeado amueblar la iglesia dividiéndola en acogedores espacios con sillones, mesas pintadas y objetos decorativos de estilo folk. Lo único que le importaba a Meg en ese momento era descubrir si había agua corriente.

Las viejas tablas de madera crujieron bajo sus zapatos mientras caminaba hacia la puertecilla situada a la derecha del lugar donde en otra época estuvo el altar. Al otro lado, descubrió una estancia pequeña que hacía las veces de cocina y de almacén. Un viejo y silencioso frigorífico descansaba junto a una ventana. También había una antigua cocina esmaltada con cuatro quemadores, un armario metálico y un fregadero de porcelana. Situada de forma perpendicular a la puerta de entrada, había otra puerta a través de la que se accedía a un cuarto de baño más moderno que el resto de la construcción y que contaba con un inodoro, un lavabo de pie blanco y una ducha. Con la vista clavada en los grifos, Meg se acercó al lavabo para comprobar si había agua.

Un chorro de agua limpia cayó del grifo. Algo tan básico. Todo un lujo.

Le daba igual que no hubiera agua caliente. Al cabo de unos

minutos, estaba en la ducha después de ir en busca de la maleta, de quitarse la ropa y de coger el champú y el jabón que había mangado del hotel. El agua fría le arrancó un jadeo. Jamás volvería a dar por sentado el lujo de una ducha.

Después de secarse, se envolvió con el pareo de seda que se había puesto para la cena del ensayo. Acababa de encontrar una caja de galletas saladas sin abrir y seis latas de sopa de tomate en el armario metálico cuando sonó su móvil. Lo cogió y escuchó una voz conocida.

—¿Meg?

Soltó la lata de tomate.

—¿Lucy? Cariño, ¿cómo estás? —Habían pasado casi dos semanas desde la noche que Lucy se fugó, y no habían hablado desde entonces.

—Estoy bien —contestó su amiga.

—¿Por qué hablas tan bajito?

—Porque... —Una pausa—. ¿Quedaría como un... como un pendón si me acuesto con otro tío? Dentro de unos diez minutos, me refiero.

Meg se enderezó.

—No sé. Es posible.

—Eso es lo que pensaba.

—¿Te gusta?

—Más o menos. No es Ted Beaudine, pero...

—No hay peros que valgan, tienes que acostarte con él —dijo con más ímpetu del que quería, pero Lucy no se percató.

—Quiero hacerlo, pero...

—Lucy, despendólate. Lo necesitas.

—Supongo que si en realidad no quisiera hacerlo, habría llamado a alguien que me hiciera cambiar de opinión.

—Pues ya está todo dicho.

—Tienes razón. —El agua que sonaba de fondo dejó de escucharse de repente—. Tengo que irme —dijo Lucy a toda prisa—. Te llamaré cuando pueda. Te quiero. —Y colgó.

Lucy parecía cansada, pero también emocionada. Meg reflexionó sobre la llamada mientras se tomaba un cuenco de sopa. A lo mejor todo acababa saliendo bien. Al menos para Lucy.

Suspiró mientras lavaba el cazo y después lavó la ropa con el detergente para la vajilla que encontró debajo del fregadero, entre las cagadas de los ratones. Por las mañanas tendría que asegurarse de no dejar rastros de su presencia, hacer la maleta y llevársela en el coche por si acaso Ted aparecía para echar un vistazo. Pero de momento tenía comida, refugio y agua corriente. Había conseguido un poco más de tiempo.

Las siguientes semanas fueron las peores de su vida. Mientras Arlis hacía de sus días un infierno, Meg soñaba con volver a Los Ángeles; aunque, en caso de poder hacerlo, no tenía ningún lugar donde quedarse. No podía quedarse con sus padres, llevaba el sermoncito de la responsabilidad grabado a fuego en el cerebro. Tampoco podía quedarse con sus amigas, porque todas tenían familia y consideraba excesivo quedarse más de una noche con ellas. Cuando Birdie le informó a regañadientes de que había saldado su deuda, Meg sintió una oleada de desesperación. No podía marcharse del hotel hasta que tuviera otra fuente de ingresos y tampoco podía irse a otro sitio para no alejarse de la iglesia, su único refugio. Necesitaba otro trabajo. En Wynette. Preferiblemente, un trabajo que le ofreciera dinero en metálico con rapidez.

Se ofreció para limpiar mesas en el Roustabout, un bareto de mala muerte que era el centro de reunión del pueblo.

—Te cargaste la boda de Ted —le dijo el dueño— y después intentaste engañar a Birdie. ¿Crees que voy a contratarte?

Adiós al Roustabout.

A lo largo de los siguientes días, entró en todos los bares y restaurantes del pueblo, pero ninguno necesitaba empleados. O al menos no la necesitaban a ella. No tenía provisiones, el coche no paraba de tragar gasolina y pronto tendría que comprar tampones. Necesitaba dinero, y lo necesitaba ya.

Mientras quitaba otro asqueroso mechón de pelo del desagüe de otra asquerosa bañera, pensó en las veces que había salido de la habitación de un hotel sin ni siquiera dejarles propina a las camareras que limpiaban. De momento, sólo había conseguido unos tristes veintiocho dólares en propinas. Habría conseguido más, pero Arlis tenía la misteriosa habilidad de distinguir a los clientes susceptibles de mostrarse generosos, de modo que se encargaba en persona de sus habitaciones antes de que ella llegara. El siguiente fin de semana podría ser muy lucrativo, si conseguía adelantarse a Arlis.

Kenny Traveler, el que iba a ser el padrino de la boda, organizaba un torneo de golf para sus amigos, que acudirían desde varias partes del país y se alojarían en el hotel. Meg no veía con buenos ojos ese deporte por el despilfarro de recursos naturales que conllevaba, pero los golfistas dejaban dinero, de modo que se pasó todo el jueves planeando el modo de sacar algún beneficio del fin de semana. Cuando llegó la noche, ya tenía un plan. Supondría un gasto que apenas podía permitirse, pero se obligó a hacer un alto en la tienda de comestibles después del trabajo y se pulió veinte dólares de su ya de por sí ridículo sueldo a modo de inversión para su futuro más inmediato.

Al día siguiente, esperó hasta que los golfistas fueron apareciendo después de sus partidos de la tarde. Cuando vio que Arlis no la vigilaba, cogió unas cuantas toallas y empezó a llamar a las puertas de las habitaciones.

—Buenas tardes, señor Samuel. —Esbozó una radiante sonrisa cuando un hombre canoso le abrió la puerta—. He pensado que podía necesitar algunas toallas extra. Hace mucho calor ahí fuera. —Colocó sobre las toallas una de las caras barritas de caramelo que había comprado la noche anterior—. Espero que le haya ido bien esta tarde, pero si no ha sido así, aquí le dejo un poco de azúcar para que se anime. Es un regalo de mi parte.

—Gracias, guapa. Es todo un detalle. —El señor Samuels sacó la billetera y le ofreció un billete de cinco dólares.

Cuando salió del hotel esa noche, llevaba cuarenta dólares en el bolsillo. Estaba tan orgullosa de sí misma como si hubiera ganado su primer millón. Pero si quería repetir la treta al día siguiente, tenía que introducir algún elemento nuevo, y eso conllevaba más gastos.

—Joder. Hace años que no pruebo uno de ésos —dijo el señor Samuels cuando abrió su puerta el sábado por la tarde.

—Es casero. —Le regaló su sonrisa más grande y encantadora mientras le ofrecía las toallas limpias junto con una de las barritas de arroz inflado envueltas individualmente que había estado cocinando la noche anterior hasta bien pasada la medianoche. Unas galletas habrían estado mejor, pero sus habilidades culinarias eran muy limitadas— . Ojalá pudiera ofrecerle una cerveza —añadió—. Nos alegramos mucho de su estancia en nuestro establecimiento.

En esa ocasión, el billete fue de diez.

Arlis, que ya sospechaba al ver cómo menguaba el inventario de toallas, estuvo a punto de pescarla en dos ocasiones, pero Meg se las arregló para esquivarla; y mientras se dirigía a la suite de la tercera planta, registrada a nombre de un tal Dexter O'Connor, llevaba un agradable peso en el bolsillo del uniforme. El señor O'Connor no estaba en su habitación cuando llamó el día anterior a su puerta, pero en esa ocasión le abrió una mujer despampanante y alta, envuelta en uno de los albornoces del hotel. Ni recién salida de la ducha, con la cara lavada y la melena negra chorreando, podía achacársele defecto alguno. Alta, delgada, de ojos verdes y con unos impresionantes pendientes de diamantes. No podía ser Dexter. Y tampoco parecía ser Dexter el hombre que Meg atisbó por encima del hombro de la mujer.

Ted Beaudine estaba sentado en el sillón de la habitación, descalzo y con una cerveza en la mano. De repente, a Meg se le encendió la bombilla y reconoció a la mujer. Era la morena que Ted estaba besando en la gasolinera unas cuantas semanas antes.

—¡Ah, genial! Más toallas. —El solitario de su alianza relució cuando extendió la mano para coger el paquetito que descansaba sobre ellas—. ¡Y una barrita de arroz inflado casera! ¡Mira, Teddy! ¿Cuánto hace que no te comes una?

—No me acuerdo, la verdad —contestó Teddy.

La mujer se colocó las toallas bajo un brazo y procedió a quitarle el envoltorio plástico a la barrita.

—¡Me encantan! Dale diez pavos, ¿quieres?

Ted no se movió.

—No tengo billetes de diez. De hecho, no tengo ni un céntimo.

—Espera. —La mujer se volvió, supuestamente para ir en busca de su bolso, pero se dio media vuelta de repente—. ¡Por Dios! —Dejó caer las toallas—. ¡Eres la que se cargó la boda! No te había reconocido con el uniforme.

Ted se puso en pie y se acercó a la puerta.

—Meg, ¿estás vendiendo comida casera sin tener el carnet de manipulador de alimentos? Estás infringiendo las normativas municipales.

—Son regalos, señor alcalde.

—¿Birdie y Arlis están al tanto de tus regalos?

La mujer se plantó delante de él.

—Qué más da eso. —Sus ojos verdes brillaban por la emoción—. ¡Te cargaste la boda! No me lo puedo creer. Pasa. Tengo que preguntarte un par de cosas. —Abrió la puerta de par en par y obligó a Meg a entrar, tirándole del brazo—. Quiero que me digas exactamente por qué pensabas que... no recuerdo su nombre, como se llame, no era adecuada para Teddy.

Meg por fin había dado con alguien, aparte de Haley Kittle que no la odiaba por lo que había hecho. Y no le sorprendía que se tratara de la amante, supuestamente casada, del novio abandonado.

Ted se plantó delante de la mujer y la obligó a soltar a Meg.

—Será mejor que vuelvas al trabajo —dijo—. Me aseguraré de comentarle a Birdie lo diligente que eres.

Meg apretó los dientes, pero todavía había más.

—La próxima vez que hables con Lucy, asegúrate de decirle lo mucho que la echo de menos, ¿sí? —Y con un solo dedo le desató a la mujer el cinturón del albornoz, tras lo cual tiró de ella para abrazarla y besarla con pasión.

Al cabo de unos segundos, le estampó la puerta en las narices a Meg.

Si había algo que repateara a Meg, era la hipocresía. Y saber que la gente del pueblo veía a Ted como un tío decente y ejemplar cuando en realidad se estaba tirando a una mujer casada, la encendió. Apostaría cualquier cosa a que ya estaban juntos mientras Ted estaba comprometido con Lucy.

En cuanto llegó esa noche a la iglesia, comenzó con el laborioso proceso de meter todas sus posesiones: la maleta, las toallas, la comida, las sábanas que había cogido prestadas del hotel y que pensaba devolver en cuanto pudiera. Se negaba a pasar otro segundo más pensando en Ted Beaudine. Era mejor concentrarse en lo positivo. Gracias a los golfistas tenía dinero para gasolina, para tampones y para comida. No era mucho, pero sí lo suficiente como para retrasar la humillación de llamar a sus amigas a fin de pedirles ayuda.

Sin embargo, el alivio no le duró mucho. El domingo por la noche, cuando estaba a punto de salir del trabajo, descubrió que uno de los golfistas (no hacía falta ser un genio para imaginar quién había sido) se había quejado a Birdie sobre la camarera que iba por las habitaciones en busca de propina. Birdie la llamó a su despacho y, con evidente satisfacción, la despidió al instante.

El comité para la reconstrucción de la biblioteca disfrutaba de los famosos mojitos de piña de Birdie en el salón de su casa.

—Haley vuelve a estar enfadada conmigo. —La anfitriona se acomodó en el sillón de estilo años cincuenta que acababa de tapizar con lino de color vainilla, una tela que no habría durado ni un telediario en casa de Emma—. Porque he despedido a Meg Koranda, ¡vaya por Dios! Dice que no podrá encontrar otro trabajo. El sueldo de las camareras de mi hotel ya es decente, no creo que tenga que ir por ahí buscando propinas.

Las mujeres intercambiaron unas cuantas miradas. Todas sabían que Birdie le había pagado a Meg tres dólares menos a la hora que a las demás. Detalle que nunca le había gustado a Emma, aunque la idea hubiera partido de Ted.

Zoey jugueteaba con un macarrón rosa que se le había caído del broche que llevaba prendido en la solapa de su blusa blanca sin mangas.

—Haley siempre ha sido un trozo de pan. Estoy segura de que Meg se ha aprovechado de eso.

—Yo diría que tiene muchos pájaros en la cabeza —replicó Birdie—. Sé que todas habéis reparado en cómo se viste últimamente, y os agradezco que no lo hayáis mencionado. Parece pensar que si lleva las tetas al aire, Kyle Bascom se fijará en ella.

—Lo tuve en sexto —comentó Zoey—. Y te aseguro que Haley es demasiado lista para él.

—Díselo a ella, verás lo que te replica... —Birdie comenzó a tamborilear con los dedos sobre el brazo del sillón.

Kayla soltó el brillo de labios para coger el mojito.

—Haley tiene razón en una cosa. Nadie va a contratar a Meg Koranda en Wynette, no si quieren seguir mirando a Ted Beaudine a la cara —dijo.

A Emma nunca le había gustado ese tipo de acoso, y la actitud

77

vengativa que el pueblo le demostraba a Meg comenzaba a molestarla. Sin embargo, no podía perdonar a la chica por haber sido partícipe del daño ocasionado a uno de sus seres más queridos.

—Llevo un tiempo pensando mucho en Ted —confesó Shelby al tiempo que se colocaba un mechón de pelo rubio detrás de la oreja, con los ojos clavados en sus nuevas bailarinas con la punta descubierta.

—¿No lo hacemos todas? —replicó Kayla con el ceño fruncido, llevándose una mano al colgante que llevaba al cuello, una estrella con diamantes incrustados.

—Demasiado —añadió Zoey, que comenzó a morderse el labio inferior.

El hecho de que Ted hubiera recuperado su estado de soltero sin compromiso había vuelto a darles esperanzas. Ojalá reconocieran que Ted nunca aceptaría una relación con ninguna de las dos, pensó Emma. Kayla tenía unos gustos demasiado caros y Zoey se había ganado su respeto, pero no su amor.

Había llegado la hora de que la conversación se centrara en el tema que llevaban toda la tarde evitando: cómo recaudar la cantidad de dinero que les faltaba para reconstruir la biblioteca. Las fuentes habituales de ingreso del pueblo, Emma y su marido Kenny, seguían sin recuperarse del revés que habían sufrido sus inversiones con la crisis económica, y ya habían colaborado en otros proyectos benéficos muy necesarios para el pueblo.

—¿A alguien se le ocurre qué podemos hacer para recaudar fondos? —preguntó Emma.

Shelby se dio unos golpecitos en los dientes con el dedo índice.

—A mí se me ha ocurrido algo.

Birdie gimió.

—Nada de bizcochos, galletas ni pasteles. La última vez que hicimos una venta benéfica, cuatro personas sufrieron una intoxicación alimentaria por comer la tarta rellena de crema de coco que hizo Mollie Dodge.

—La rifa del edredón hecho a mano fue un momento muy embarazoso —añadió Emma sin poder contenerse, aunque no le gustaba fomentar la negatividad.

—¿Quién quiere encontrarse una ardilla muerta cada vez que entre en el dormitorio? —adujo Kayla.

Era un gatito, no una ardilla muerta —aclaró Zoey.

—Pues a mí me parecía una ardilla muerta —replicó Kayla.

—Fuera la venta de dulces y fuera las rifas de edredones. —Shelby tenía una mirada distante—. Otra cosa. Algo... más espectacular. Más interesante.

Todas la miraron con curiosidad, pero Shelby acabó negando con la cabeza.

—Antes tengo que pensarlo bien.

Por más que lo intentaron, no lograron sonsacarle nada.

Nadie quería contratar a Meg. Ni siquiera el motel de diez habitaciones situado en el límite del pueblo.

—¿Sabes la cantidad de permisos que se necesitan para mantener el negocio abierto? —le preguntó el gerente, un hombre de cara rubicunda—. No pienso hacer algo que moleste a Ted Beaudine, no mientras sea alcalde. Joder, ni siquiera lo haría si no lo fuera...

Así que Meg fue de negocio en negocio, mientras su coche consumía gasolina cual albañil bebiendo agua una tarde de verano. Pasaron tres días, y luego cuatro. Para el quinto día, mientras miraba desde el otro lado del escritorio al nuevo encargado del Club de Campo Windmill Creek, su desesperación tenía un deje amargo. En cuanto acabara con la entrevista, tendría que tragarse el poco orgullo que le quedaba y llamar a Georgie.

El encargado era un chico con pinta de pijo, delgado, con gafas y con una barba muy bien arreglada que no paraba de atusarse mientras le explicaba que, aunque el club no era un establecimiento muy prestigioso, ya que sólo era semiprivado y carecía de la fama de otros clubes como en el que él había trabajado antes, Windmill Creek seguía siendo el hogar de Dallas Beaudine y Kenny Traveler, dos de las leyendas del golf profesional. Como si Meg no lo supiera.

Windmill Creek también era el club de Ted Beaudine y de sus colegas, y jamás habría malgastado gasolina en ese trayecto si no hubiera visto el artículo en el periódico local donde se anunciaba que el nuevo encargado del club había trabajado hasta hacía en un club de golf de Waco, lo que lo convertía en un forastero si acaso todavía ignoraba su estatus como Voldemort d

Meg se apresuró a llamar por teléfono y, para su asombro, consiguió la entrevista para esa misma tarde.

—Su turno será de ocho a cinco —dijo el encargado—. Y tendrá los lunes libres.

Estaba tan acostumbrada a las negativas que su mente se había puesto a divagar. De modo que no tenía ni idea del puesto de trabajo que había conseguido y tampoco sabía si realmente se lo estaba ofreciendo.

—Es... es... perfecto —afirmó—. De ocho a cinco, muy bien.

—El sueldo no es gran cosa, pero si hace bien su trabajo, las propinas pueden ser generosas, sobre todo los fines de semana.

«¡Propinas!», pensó.

—¡Me lo quedo!

El encargado ojeó su currículo falso y después observó el atuendo que se había puesto tras rebuscar en su reducido armario. Una vaporosa falda de gasa, un top blanco, un cinturón negro con tachuelas, sandalias romanas y los pendientes de la dinastía Sung.

—¿Está segura? —le preguntó con escepticismo—. Conducir el carrito de las bebidas no es un gran trabajo.

Meg se contuvo para no replicarle que ella tampoco era una gran trabajadora.

—Es perfecto. —La desesperación era tal que olvidó al instante sus creencias sobre lo perjudiciales que resultaban los campos de golf para el medio ambiente.

Mientras el encargado la acompañaba a la tienda de aperitivos para presentarle a su supervisor, Meg seguía intentando asimilar que por fin tenía un empleo.

—Los campos de golf exclusivos no cuentan con el carrito de las bebidas —comentó el encargado, que sorbió por la nariz como si estuviera molesto con la situación—, pero se ve que los miembros de este club no pueden esperar a jugar los nueve primeros hoyos para beberse la siguiente cerveza.

Meg no tenía ni idea de golf, ella había crecido entre caballos, pero le daba igual si el club era exclusivo o no. Tenía un trabajo.

Esa noche llegó a casa y aparcó debajo de un viejo cobertizo que había descubierto al otro lado de la cerca envuelta en maleza que rodeaba el cementerio. Hacía mucho que había perdido el tejado y ⁺aba rodeado de plantas trepadoras, chumberas y pasto seco. Sopló para apartarse el pelo de la sudorosa frente mientras sacaba la maleta del maletero. Al menos podría guardar sus reducidas provisiones en la cocina, disimuladas detrás de los electrodomésticos, pero la constante tarea de cargar y descargar el coche comenzaba a pasarle factura. Mientras arrastraba sus posesiones por el cementerio, se distrajo soñando con un lugar con aire acondicionado donde quedarse, un lugar donde no tuviera que borrar las señales de su presencia todas las mañanas.

Casi estaban en julio y el interior de la iglesia era prácticamente un horno. Las motas de polvo flotaron cuando conectó los ventiladores del techo. Refrescaban bien poco porque sólo movían el aire, pero no quería arriesgarse a abrir las ventanas, como tampoco se arriesgaba a encender las luces cuando oscurecía. De modo que lo único que podía hacer era meterse en la cama más o menos a la misma hora en la que en circunstancias normales se habría arreglado para salir.

Se quitó la ropa hasta quedarse en bragas y sujetador, se puso las sandalias y salió por la puerta trasera. Mientras atravesaba el cementerio, echó un vistazo a los nombres grabados en las lápidas. Dietzel. Meusebach. Ernst. Las penalidades que sufría ella no eran nada comparadas con lo que habían padecido esos pobres alemanes después de dejar su país para hacerse un hogar en un país hostil.

Más allá del cementerio había una arboleda. Al otro lado, corría un arroyo ancho que desembocaba en el río Pedernales y que formaba una especie de charca muy tranquila para nadar. Lo había descubierto poco después de trasladarse a la iglesia. El agua era cristalina y la charca parecía bastante profunda en el centro, así que había tomado por costumbre darse un chapuzón todas las tardes para refrescarse. Mientras se zambullía, reflexionaba sobre la triste perspectiva de que el club de fans de Ted Beaudine intentaría echarla de su trabajo en cuanto la descubrieran. Tenía que asegurarse de no darles un motivo de peso además del odio visceral que le profesaban. ¿Qué podía decirse de su vida si su máxima aspiración era no meter la pata mientras conducía el carrito de las bebidas?

Esa noche hacía mucho calor en el coro, de modo que no paraba de dar vueltas en el futón. Tenía que aparecer temprano en el club de campo, así que quería dormirse pronto, pero acababa de conciliar el sueño cuando la despertó un chirrido. Tardó unos segundos en comprender que la puerta de la iglesia se había abierto.

Se incorporó de golpe en cuanto alguien encendió la luz. El despertador marcaba las doce de la noche y el corazón se le aceleró. Estaba convencida de que Ted aparecería en la iglesia el día menos pensado cuando ella estuviera trabajando, pero no se esperaba una visita nocturna. Intentó recordar si se había dejado algo en la nave principal. Salió de la cama y se acercó a la barandilla del coro para echar un vistazo hacia abajo.

El hombre que vio en el centro de la iglesia no era Ted Beaudine. Aunque tenían casi la misma altura, ése tenía el pelo más oscuro que Ted y era más corpulento. Se trataba de Kenny Traveler, la leyenda del golf, y padrino de Ted Beaudine. Se lo presentaron, a él y a Emma, su mujer, la noche de la cena del ensayo.

El corazón le dio un vuelco cuando escuchó que la gravilla crujía bajo las ruedas de otro coche. Levantó un poco más la cabeza y vio que no se había dejado ni los zapatos ni la ropa tirados por ahí.

—La puerta estaba abierta —comentó Kenny al cabo de unos segundos, cuando entró la persona que acababa de llegar.

—A Lucy se le olvidaría cerrar con llave la última vez que vino —aventuró una voz masculina muy desagradable.

Apenas había pasado un mes desde que se cancelara la boda y Ted Beaudine pronunciaba el nombre de su antigua prometida de forma impersonal.

Meg levantó de nuevo la cabeza. Ted se había adentrado hasta el lugar donde antiguamente estaba el altar. Llevaba vaqueros y una camiseta de manga corta en vez de un hábito y unas sandalias, pero casi esperaba que levantara los brazos y se dirigiera al Todopoderoso.

Kenny era un cuarentón alto, atlético y guapísimo, con un estilo muy distinto al de Ted. Era evidente que en Wynette había hombres que quitaban el hipo. Kenny cogió una de las cervezas que Ted le ofrecía y se la llevó hasta el otro extremo de la iglesia, donde se sentó con la espalda apoyada en la pared entre la segunda y la tercera ventana.

—¿En qué lugar deja a este pueblo que tengamos que escondernos para mantener una conversación privada? —le preguntó a Ted mientras abría la cerveza.

Yo diría que dice mucho de la cotilla de tu mujer —respondió Ted, que se sentó a su lado con otra cerveza en la mano.

—A lady Emma le gusta estar al tanto de lo que pasa. —La forma de pronunciar el nombre de su mujer puso de manifiesto lo que sentía por ella—. Lleva dándome el coñazo desde la boda para que pase más tiempo contigo. Cree que necesitas el consuelo de la compañía masculina y todas esas pamplinas.

—Así es lady Emma. —Ted bebió un trago de cerveza—. ¿Y por qué quiere que pasemos más tiempo juntos?

—No he querido preguntárselo.

—Últimamente, está que se sale con sus comités culturales y demás.

—No deberías haberla nombrado concejal de cultura del pueblo. Ya sabes que se toma muy en serio ese tipo de cosas.

—Tienes que dejarla embarazada otra vez. Los embarazos le restan energía.

—Tres niños son suficientes. Sobre todo hablando de los míos. —Sus palabras volvieron a estar teñidas de orgullo.

Siguieron bebiendo cerveza en silencio durante unos minutos. Meg se permitió sentir un poco de esperanza. Mientras no se asomaran a la parte trasera donde había dejado tendida la ropa, saldría de ese apuro.

—¿Crees que comprará el terreno esta vez? —preguntó Kenny.

—Es difícil saberlo. Spencer Skipjack es impredecible. Hace seis semanas nos dijo que se había decidido por San Antonio, pero aquí lo tienes otra vez.

Meg había escuchado suficientes conversaciones como para saber que Spencer Skipjack era el dueño de Viceroy Industries, una gigantesca empresa dedicada a los suministros de fontanería, y, además, el hombre en el que todos habían depositado sus esperanzas, ya que era posible que construyera un *resort* de lujo con campos de golf y apartamentos que atraería tanto a los turistas como a los jubilados, y que rescataría al pueblo de la pésima situación económica en la que se encontraba. Al parecer, la única empresa importante de Wynette se dedicaba a la electrónica y pertenecía en parte al padre de Kenny, Warren Traveler. Sin embargo, una sola empresa no bastaba para sostener la economía local, y el pueblo necesitaba urgentemente trabajos y una nueva fuente de ingresos.

—Tenemos que conseguir que Spencer se lo pase en grande mañana —comentó Ted—. Que vea cómo será su futuro si se decide por Wynette. Esperaré a sacarle el tema hasta la hora de la cena, ya sabes, los incentivos fiscales, y la ganga que se llevará si se queda con el terreno.

—Ojalá tuviéramos más terreno en el club de campo para echarlo abajo y construir el *resort* ahí. —A juzgar por la entonación de Kenny, era un tema que habían tratado con frecuencia.

—Sí, los costes de construcción se reducirían mucho, está claro. —Ted soltó la botella de cerveza, que resonó al golpear el suelo—. Torie quiere jugar mañana con nosotros, así que le he dicho que como se acerque al club de campo, ordeno que la arresten.

—Eso no la detendrá —replicó Kenny—. Sólo nos faltaba que mi hermana se presente allí mañana. Spencer sabe que no puede ganarnos, pero le repatea perder con una mujer, y Torie juega prácticamente igual que yo.

—Dex va a decirle a Shelby que entretenga a Torie.

Meg se preguntó si «Dex» era el diminutivo de Dexter, el nombre al que habían registrado el picadero de Ted en el hotel.

Ted se apoyó contra la pared.

—En cuanto me enteré de que Torie planeaba ser la cuarta jugadora, llamé a mi padre para invitarlo a jugar mañana. Viene desde Nueva York.

—Eso engordará el ego de Spencer... jugar con el gran Dallas Beaudine. —Meg detectó cierta irritación en la voz de Kenny, y al parecer a Ted le sucedió lo mismo.

—No seas idiota. Eres casi tan famoso como mi padre. —La sonrisa de Ted se esfumó mientras dejaba caer las manos entre las rodillas—. Como no consigamos esto, el pueblo va a sufrir un revés que no quiero ni imaginar.

—Ya va siendo hora de que la gente sepa lo seria que es la situación.

—Ya lo saben, pero de momento no quiero que vayan comentándolo por ahí.

Se produjo un nuevo silencio mientras apuraban las cervezas. En un momento dado, Kenny por fin se levantó para marcharse.

—Ted, tú no tienes la culpa. Las cosas ya iban de culo antes de que te dejaras convencer para ocupar la alcaldía.

Lo sé.

—No puedes hacer milagros. Lo único que puedes hacer es dar el máximo.

—Llevas demasiado tiempo casado con lady Emma —refunfuñó Ted—. Ya hasta hablas como ella. Dentro de nada, me invitarás a hacerme miembro de tu club de lectura.

Siguieron lanzándose pullas mientras salían de la iglesia y se alejaban, hasta que sus voces se perdieron en la distancia. Se escuchó el rugido de un motor y Meg se sentó sobre los talones y se permitió respirar por fin.

Pero entonces se dio cuenta de que las luces seguían encendidas.

La puerta volvió a abrirse y los pasos de una única persona resonaron en la estancia. Meg echó un vistazo. Ted estaba en el centro de la iglesia con los pulgares en los bolsillos traseros del pantalón. Estaba mirando hacia el lugar que antiguamente ocupaba el altar, pero en esa ocasión tenía los hombros un poco inclinados. La postura le ofreció una imagen del hombre indefenso que se escondía detrás de esa fachada compuesta y segura.

El momento de debilidad pasó rápido. Ted echó a andar hacia la puerta de la cocina. Meg sintió que el miedo le atenazaba el estómago. Al cabo de un momento, escuchó una furiosa palabrota pronunciada a voz en grito.

Meg agachó la cabeza y enterró la cara en las manos. Las furiosas pisadas de Ted resonaron por la iglesia. A lo mejor si se quedaba quietecita y no hacía ruido...

—¡Meg!

7

Meg se lanzó sobre el futón.

—¡Estoy intentando dormir! —gritó, preparándose para un enfrentamiento—. ¿Te importa?

Ted subió los escalones de dos en dos, haciendo temblar el suelo bajo sus pies.

—¿Qué narices crees que estás haciendo?

Meg se sentó en el borde del futón e intentó poner cara de recién levantada.

—Pues dormir no, eso seguro. ¿De qué vas? Entras en plena noche y te pones a usar ese tono en una iglesia.

—¿Desde cuándo duermes aquí?

Se desperezó y bostezó en un intento por darle veracidad a su actuación. Le habría resultado más sencillo si llevara puesto algo más impresionante que unas bragas con calaveras y una camiseta de propaganda que uno de los invitados se había dejado olvidada.

—¿Por qué gritas tanto? —preguntó—. Estás molestando a los vecinos. Y están muertos.

—¿Desde cuándo?

—No estoy segura. Algunas de las lápidas tienen fecha de 1840.

—Me refiero a ti.

—Ah, bueno, llevo ya un tiempo. ¿Dónde creías que me quedaba?

—Ni me lo había planteado. ¿Y sabes por qué? Porque me importa una mierda. Quiero que te vayas.

—Ya, pero esta iglesia es de Lucy y me ha dicho que podía quedarme todo lo que quisiera. —O eso habría hecho si se lo hubiera preguntado.

Te equivocas. La iglesia es mía y tú te vas a ir a primera hora. Y no vas a volver.

—Un momento, tú le regalaste la iglesia a Lucy.

—Fue un regalo de boda. Sin boda no hay regalo.

—No creo que eso se sostenga en un tribunal.

—¡Ni siquiera hay contrato legal!

—O eres una persona de palabra o no lo eres. Y la verdad es que estoy empezando a pensar que no lo eres.

Ted frunció el ceño.

—La iglesia es mía y tú te has colado.

—Tú lo ves de una manera y yo lo veo de otra. Estamos en Estados Unidos. Tenemos derecho a una opinión propia.

—Ahí te equivocas. Estamos en Texas. Y mi opinión es la única que importa.

Una verdad como un templo, aunque Meg no quisiera aceptarlo.

—Lucy quiere que me quede, así que pienso hacerlo. —Su amiga querría que se quedara si estuviera al tanto de su situación.

Ted apoyó una mano en la barandilla.

—Al principio, me hacía gracia torturarte, pero ya me he cansado. —Se metió la mano en el bolsillo y sacó un fajo de billetes sujeto por un clip—. Quiero que te vayas mañana mismo del pueblo. Seguro que con esto tienes para empezar.

Quitó el clip, se lo guardó en el bolsillo y extendió los billetes para que Meg pudiera contarlos. Cinco billetes de cien dólares. Meg tragó saliva.

—No deberías llevar tanta pasta encima.

—Y no suelo hacerlo, pero uno de los terratenientes se pasó por el ayuntamiento después de que cerraran los bancos para pagar una antigua deuda. ¿No te alegra saber que fui incapaz de dejar el dinero por ahí tirado? —Lanzó los billetes al futón—. En cuanto hagas las paces con tu padre, que me mande un cheque. —Se volvió hacia las escaleras.

Meg no soportaba que dijera la última palabra.

—La escenita con la que me topé el sábado en el hotel fue de traca. ¿Le pusiste los cuernos a Lucy durante todo el compromiso o sólo durante un tiempo?

Ted se volvió y la recorrió con la mirada, deteniéndose en el logotipo que caía justo sobre sus pechos.

—Se los he puesto siempre. No te preocupes. Ni siquiera se lo olió.

Bajó las escaleras como una exhalación. Y, al cabo de un momento, la iglesia se quedó a oscuras y la puerta principal se cerró de un portazo.

A la mañana siguiente, Meg condujo hasta el trabajo con los ojos enrojecidos y el dinero abriéndole un agujero radiactivo en el bolsillo de sus feísimas bermudas color caqui. Con los quinientos que le había dado Ted, podría haber llegado a Los Ángeles y haberse atrincherado en un motel de mala muerte hasta encontrar un trabajo. En cuanto sus padres se dieran cuenta de que era capaz de trabajar duro, seguro que cedían y la ayudaban a empezar desde cero, pero a hacerlo bien.

Pero no. En vez de salir pitando hacia los límites del pueblo con el dinero de Ted, iba a quedarse para comenzar a trabajar en un empleo sin futuro: la encargada del carrito de las bebidas de un club de campo.

Al menos, el uniforme no era tan malo como el de poliéster de camarera, aunque por poco, la verdad. Al final de la entrevista, el asistente del encargado le dio un polo amarillo muy pijo con el logotipo del club de campo en verde camuflaje. Se había visto obligada a gastar sus preciadas propinas para comprarse sus propias bermudas (del largo estándar) y unas zapatillas blancas muy baratas, así como unos espantosos calcetines con pompones que no podía ni mirar.

Mientras enfilaba el camino de servicio del club de campo, podría haberse dado de tortas por ser demasiado terca como para aceptar el dinero de Ted y salir corriendo. Si se lo hubiera dado cualquier otra persona, a lo mejor lo habría hecho, pero no soportaba la idea de aceptar un solo centavo de él. Sabía muy bien que esa decisión era todavía más tonta porque Ted haría todo lo posible porque la echaran en cuanto se enterase de que trabajaba en el club. Meg ya no podía fingir que sabía lo que estaba haciendo, porque ni ella misma se lo creía.

El aparcamiento para empleados estaba más vacío de lo que había esperado a las ocho de la mañana. Mientras se dirigía a la entrada de empleados, se recordó que tenía que evitar que Ted y sus colegas la vieran. Se dirigió al despacho del asistente del encargado, pero estaba cerrado, y la planta principal del club de campo estaba desierta. Regresó al exterior. Había unos cuantos golfistas en una calle del campo, pero el único trabajador a la vista era el que estaba regando los rosales. Cuando le preguntó dónde se había metido todo el mundo, el hombre le dijo que estaban enfermos. Acto seguido, le indicó la puerta que daba al nivel inferior del club.

Se trataba de la puerta de la tienda de accesorios, decorada como un antiguo pub inglés, con madera oscura, adornos de bronce y una moqueta a cuadros verdes y azules. Pirámides de palos de golf montaban guardia entre los estantes llenos de ropa de golf, zapatos y viseras con el logotipo del club. La tienda estaba desierta salvo por un chico muy bien vestido detrás del mostrador, que no paraba de marcar números en su móvil. Cuando se acercó más, leyó su nombre en la chapa identificativa que llevaba: Mark. No era tan alto como ella, y tendría unos veintitantos años, delgado, con el pelo castaño bien cortado y unos buenos dientes. En resumen, un niño pijo que, a diferencia de ella, se sentía muy a gusto llevando un polo con el logotipo de un club de campo.

Cuando se presentó, Mark la miró.

—Has elegido un día de perros para empezar a trabajar —le dijo—. Dime por lo menos que has hecho de *caddie* antes o que sabes jugar.

—No. Soy la nueva encargada del carrito de las bebidas.

—Sí, eso lo sé, pero ya has hecho de *caddie*, ¿verdad?

—He visto *El club de los chalados*. ¿Eso cuenta?

El chico no tenía mucho sentido del humor.

—Mira, no tengo tiempo para tonterías. Están a punto de llegar cuatro personas muy importantes. —Después de la conversación de la noche anterior, Meg no tuvo problemas para identificar a esas cuatro personas—. Y acabo de enterarme de que uno de nuestros *caddies* está en cama por una intoxicación alimentaria, al igual que la mayoría de nuestro personal. La cocina sirvió ensalada de col en mal estado a los empleados, y seguro que alguien se va a ir a la calle por eso.

A Meg no le gustaba el cariz que estaba tomando la conversación. No le gustaba ni un pelo.

—Yo voy a ser el *caddie* de nuestro invitado VIP —continuó el chico, que salió de detrás del mostrador—. Lenny (es uno de nuestros *caddies* habituales) odia las coles, así que viene de camino. Skeet será el *caddie* de Dallie, como siempre, y eso ya es un alivio. Pero me sigue faltando uno y no tengo tiempo para buscar a otro.

Meg tragó saliva.

—Ese hombre tan agradable que estaba regando las flores...

—Es demasiado mayor. —Mark la empujó hacia la puerta trasera de la tienda.

—Seguro que hay algún otro miembro del personal que no comió la ensalada de col.

—Sí, nuestro barman, pero tiene un tobillo roto, y Jenny de contabilidad, que tiene ochenta años. —Mientras abría la puerta y le hacía un gesto para que pasara delante, Meg se dio cuenta de que la observaba con detenimiento—. No parece que vayas a tener problemas para llevar una bolsa durante dieciocho hoyos.

—Pero nunca he jugado al golf y no tengo ni idea de cómo se hace. Ni siquiera respeto el deporte. Todos esos árboles talados y todos esos pesticidas que provocan cáncer en las personas... Será un desastre.

Más de lo que Mark podía imaginarse. Apenas unos minutos antes, Meg había estado dándole vueltas a las posibles formas de que Ted Beaudine no la viera. Vaya mala pata había tenido.

—Yo te iré guiando. Si lo haces bien, ganarás muchísimo más de lo que sacarías con el carrito de las bebidas. La tarifa de un *caddie* es de veinticinco dólares, pero a esta gente le gusta dar buenas propinas. Como poco sacarás cuarenta más. —Le sostuvo la puerta para que pasara—. Ésta es la sala de los *caddies*.

En la atestada sala había un sofá destartalado y unas cuantas sillas plegables metálicas. Encima de una mesa plegable con unas cartas y unas cuantas fichas de póquer sobre el tablero, había un tablón de anuncios con un letrero que prohibía el juego. Mark encendió el televisor y cogió un DVD de la estantería.

—Es un vídeo de entrenamiento que les pasamos a los niños que participan en el programa para futuros *caddies*. Acuérdate siempre de no separarte de tu jugador, pero no te pegues tanto como para distraerlo. Mantén los ojos en la pelota y sus palos, limpios. Lleva una toalla siempre preparada. Recoloca siempre las chuletas que deje en la calle y encárgate de marcar sus bolas en el *green*... Tú mírame. Y no hables. A menos que uno de los jugadores te dirija la palabra.

No se me da bien eso de no hablar

—Pues será mejor que se te dé bien hoy, sobre todo en lo concerniente a los campos de golf. —Se detuvo en la puerta—. Y nunca te dirijas a un miembro del club de otra forma que no sea «señor» o «señora». Nada de nombres de pila. Jamás.

Meg se dejó caer en el sofá cuando Mark desapareció. El vídeo de entrenamiento empezó a correr. Ni de coña iba a llamar a Ted Beaudine «señor». Ni por la propina más alta del mundo.

Media hora más tarde, estaba fuera de la tienda con un espantoso babero de *caddie* que le llegaba a la altura de las rodillas por encima del polo, intentando por todos los medios pasar desapercibida detrás de Mark. Dado que le sacaba unos cinco centímetros, no lo estaba consiguiendo. Por suerte, los cuatro hombres que se acercaban estaban tan absortos en una conversación acerca del desayuno que acababan de tomar y de la cena que pensaban regalarse esa noche que no se fijaron en ella.

Con la excepción de un hombre que Meg supuso que se trataba de Spencer Skipjack, reconoció a los demás: Ted; su padre, Dallie; y Kenny Traveler. Y con la excepción de Spencer Skipjack, no recordaba haber visto tantos especímenes masculinos perfectos juntos, ni siquiera sobre una alfombra roja. Ninguno de esos dioses del golf mostraba indicios de transplantes capilares, de alzas en los zapatos o de bronceadores. Eran texanos de pura cepa (altos, delgados, rudos y de ojos acerados), hombres muy viriles que jamás habían oído hablar de cremas hidratantes, depilación de los pectorales o cortes de pelo de más de veinte dólares. Eran auténticos, los arquetipos del héroe americano que civilizaba el Oeste, pero en esta ocasión, con palos de golf en vez de con rifles.

Salvo por la altura y la constitución, Ted y su padre no se parecían en nada. Ted tenía los ojos ambarinos, mientras que los de Dallie eran azules y no acusaban el paso del tiempo. Mientras la cara de Ted era angulosa, los años habían suavizado la de Dallie. El padre tenía los labios más carnosos que el hijo, resultando casi femeninos, y su perfil era más suave; pero los dos estaban cañón, y con ese paso confiado era imposible no reconocerlos como padre e hijo.

Un hombre con una coleta canosa, ojos pequeños y nariz chata salió de lo que más adelante supo que era la sala de las bolsas. Sólo podía ser Skeet Cooper, el hombre que Mark le había dicho que era el mejor amigo de Dallie Beaudine y su *caddie* de toda la vida. Cuando Mark se acercó al grupo, Meg agachó la cabeza, se arrodilló y fingió atarse los cordones.

—Buenos días, caballeros —oyó que decía Mark—. Señor Skipjack, yo seré su *caddie* hoy. Tengo entendido que es muy bueno jugando y estoy deseando verlo con mis propios ojos.

Hasta ese preciso momento, a Meg no se le había pasado por la cabeza preguntar a qué jugador la había asignado.

Lenny, el *caddie* que odiaba las coles, apareció. Era un hombre bajito, curtido y con un problema dental. Cogió una de las enormes bolsas de golf que descansaban en sus perchas, se la echó al hombro como si fuera una chaquetita y se encaminó hacia Kenny Traveler.

Eso dejaba... Por supuesto que tenía que hacerle de *caddie* a Ted. Su vida iba cuesta abajo y sin frenos, ¿qué más podía esperar?

Ted aún no la había visto, de modo que comenzó a atarse el otro cordón.

—Señor Beaudine —dijo Mark—, hoy va a tener un *caddie* nuevo...

Meg apretó los dientes, pensó en el personaje más amenazador que había interpretado su padre en la gran pantalla, Cazador Indomable, y se puso en pie.

—Sé que Meg hará un buen trabajo —terminó Mark.

Ted se quedó de piedra. Kenny la miró con interés, mientras que Dallie lo hizo con evidente hostilidad. Meg levantó la barbilla, cuadró los hombros y obligó a Cazador Indomable a enfrentar los gélidos ojos ambarinos de Ted Beaudine.

Vio que aparecía un tic nervioso en su mandíbula.

—Meg.

De repente, Meg se dio cuenta de que mientras Spencer Skipjack estuviera delante, Ted no podía desahogarse a gusto. De modo que asintió con la cabeza y sonrió, pero ni siquiera contestó con un simple «hola», porque nada la obligaría a llamarlo «señor». En cambio, se acercó a las perchas y cogió la única bolsa que quedaba.

Pesaba tanto como parecía, y se tambaleó un poco al echársela al hombro. Mientras se colocaba bien la ancha tira de la bolsa, se preguntó cómo iba a cargar con esa cosa a lo largo de más de seis kilómetros por un campo de golf lleno de pendientes bajo el abrasador sol texano. Definitivamente iba a volver a la universidad. Iba a sacarse una diplomatura y después se licenciaría en derecho. O haría algo relacionado con la administración de empresas. Pero no quería ser abogada ni contable. Quería ser una mujer rica con fondos ilimitados para poder viajar por todo el mundo, conocer a gente interesante, empaparse de la artesanía local y encontrar a un amante que no estuviera loco ni fuera un capullo.

El grupo echó a andar hacia el campo de prácticas para calentar. Ted intentó quedarse rezagado para poder ponerla a caldo de nuevo, pero no podía separarse de su invitado de honor. Meg los siguió, jadeando desde el principio por el peso de la bolsa.

Mark se puso a su lado y le dijo en voz baja:

—En cuanto llegue a la zona de prácticas, Ted va a querer su cucharilla. Después querrá un hierro nueve, un hierro siete, seguramente un hierro tres y, por último, el *driver*, que es una madera. Recuerda limpiar los palos en cuanto termine con ellos. Y no pierdas sus nuevos protectores.

Las instrucciones comenzaban a mezclarse en su cabeza. Skeet Cooper, el *caddie* de Dallie, la miró y la observó con esos ojos hundidos. Llevaba el pelo recogido debajo de la gorra de béisbol, y su coleta canosa caía por debajo de sus hombros. Su piel le recordaba al cuero secado al sol.

Cuando llegaron al campo de prácticas, soltó la bolsa de palos y le dio a Ted un hierro marcado con la letra «S». Ted casi se lo arrancó de la mano. Los hombres comenzaron a practicar la salida y ella por fin tuvo la oportunidad de estudiar a Spencer Skipjack, el magnate de los suministros de fontanería. Era un cincuentón, con una cara huesuda y cierto aire a Johnny Cash, y una barriga que había comenzado a expandirse pero que todavía no se había desarrollado del todo. Aunque estaba bien afeitado, su barbilla tenía una sombra oscura, señal de una barba espesa. La piedra negra del anillo de plata que llevaba en el meñique lanzaba destellos, y un carísimo reloj cronógrafo adornaba su muñeca peluda. Tenía una voz grave y estentórea, y unos ademanes que manifestaban un enorme ego y su afán por convertirse en el centro de atención.

—Jugué en el campo de Pebble la semana pasada con un par de chicos de la liga —anunció Skipjack al tiempo que se ponía un guante—. Pagué el privilegio de todos. Pero jugué de maravilla.

—Me temo que nuestro campo no puede compararse con el de Pebble —dijo Ted—. Pero haremos todo lo que esté en nuestra mano para que te diviertas.

Los hombres comenzaron a calentar. Meg supuso que Skipjack parecía un jugador experto, pero le daba en la nariz que no tenía nada que hacer al lado de dos golfistas profesionales y de Ted, que había ganado el torneo de golfistas *amateurs*, tal como le habían repetido hasta la saciedad. Se sentó en uno de los bancos de madera para mirar.

—Arriba —masculló Mark—. Los *caddies* no se sientan. Jamás.

Por supuesto, sentarse habría sido lo lógico.

Cuando por fin abandonaron el campo de prácticas (los *caddies* cargados detrás de los golfistas), los jugadores estaban discutiendo el partido. Meg consiguió entender lo bastante como para saber que iban a jugar a algo llamado «Mejor bola», de modo que Ted y Dallie se enfrentarían a la pareja formada por Kenny y Spencer Skipjack. Al final de cada hoyo, el jugador que hubiera conseguido menos golpes para dicho hoyo se anotaría un punto para su equipo. El equipo que terminase con más puntos ganaría el encuentro.

—¿Qué me decís de una apuesta? ¿Os valen veinte dólares al estilo Nasau? —preguntó Kenny.

—Joder, tíos —dijo Skipjack—, mis compañeros y yo nos jugamos mil dólares todos los sábados.

—Va en contra de nuestra religión —replicó Dallie—. Somos baptistas.

Difícilmente, ya que la boda de Ted se iba a celebrar en la iglesia presbiteriana y Kenny Traveler era católico.

Cuando llegaron a la primera salida, Ted se acercó a ella, extendió una mano y le lanzó una mirada asesina.

—*Driver*.*

—Conduzco desde los dieciséis —contestó ella—. ¿Y tú?

Ted pasó de ella, quitó uno de los protectores y cogió el palo más largo de todos.

Skipjack fue el primero en salir. Mark susurró que, debido a su hándicap, el resto de los jugadores tendría que darle unos siete gol-

* «Conductor» en inglés. (*N. de las T.*)

pes de ventaja entre todos para que el encuentro fuera justo. El golpe de Skipjack parecía impresionante, pero como nadie abrió la boca, Meg supuso que no lo era. Kenny fue el siguiente y Ted lanzó a continuación. Aunque incluso ella pudo ver la fuerza y la elegancia con la que ejecutó el golpe, algo falló en el momento clave. Justo cuando iba a golpear la bola, perdió el equilibrio y mandó la bola hacia la izquierda.

Todos la miraron. Ted esbozó esa sonrisa angelical que tenía en público, pero echaba chispas por los ojos.

—Meg, si no te importa...

—¿Qué he hecho?

Mark se la llevó aparte y le explicó que permitir que los palos de golf hicieran ruido mientras un jugador ejecutaba un golpe era un crimen de lesa humanidad... Como si la contaminación de los acuíferos y la destrucción de los humedales no lo fuera.

Después de eso, Ted hizo todo lo posible por quedarse atrás con ella, pero Meg consiguió evitarlo hasta el tercer hoyo, cuando un golpe desastroso lo mandó a una trampa de arena. O, como ellos lo llamaban, a un búnker. Toda esa parafernalia servil de tener que llevarle la bolsa y de obligarla a llamarlo «señor» (algo que había evitado de momento) la instaba a atacar primero.

—Nada de esto habría pasado si no hubieras hecho que me despidieran del hotel.

Ted cometió la osadía de ofenderse.

—Yo no hice que te despidieran. Fue Larry Stellman. Lo despertaste dos días seguidos de su siesta.

—Los quinientos dólares que me diste están en el bolsillo superior de tu bolsa. Espero recuperar parte de ellos a modo de generosa propina.

Ted apretó los dientes.

—¿Sabes lo importante que es este día?

—Os escuché anoche, ¿recuerdas? Así que sé lo mucho que hay en juego y lo mucho que quieres impresionar a tu invitado estrella.

—Pero aquí estás.

—Bueno, pero yo no tengo la culpa. Aunque veo que crees que la tengo.

—No sé cómo te las has apañado para conseguir que te dejaran ser *caddie*, pero si se te ha pasado por la cabeza...

—Para el carro, Theodore. —Golpeó la bolsa de palos con una mano—. Me han obligado, ¿vale? Odio el golf y no tengo ni idea de lo que estoy haciendo. Ni puñetera idea. Así que te sugiero que no me pongas más nerviosa de lo que ya estoy. —Retrocedió—. Ahora deja de hablar y dale a la dichosa pelota. Y esta vez te agradecería que lo hicieras bien para no tener que ir siguiéndote por todo el campo.

Ted la miró con una expresión asesina que desentonaba por completo con su reputación angelical y sacó un palo de la bolsa, demostrando así que era muy capaz de encargarse de su propio equipo.

—En cuanto el partido acabe, tú y yo vamos a zanjar este asunto de una vez por todas.

Golpeó la pelota con un movimiento furioso que la mandó por los aires. La pelota cayó a unos diez metros del *green*, rodó por la suave pendiente hasta el hoyo, se quedó suspendida en el borde un segundo y después entró.

—Impresionante —dijo ella—. No sabía que fuera tan buena entrenadora.

Ted le tiró el palo a los pies y se alejó mientras los otros jugadores lo felicitaban por el golpe desde el otro lado de la calle.

—¿Por qué no me prestas un poco de esa suerte? —El acento texano de Skipjack no podía ser real porque era de Indiana, pero saltaba a la vista que era un hombre a quien le gustaba sentirse incluido.

En el siguiente *green*, Meg era la *caddie* que se encontraba más cerca de la bandera. Cuando Ted se colocó en posición para patear, Mark le hizo una señal en silencio. Meg ya había aprendido la lección y sabía que no debía realizar movimientos bruscos, y aunque todos comenzaron a gritar, esperó a que la bola de Ted golpeara la bandera y cayera en el hoyo antes de sacarla.

Dallie gimió. Kenny sonrió. Ted agachó la cabeza y Spencer Skipjack se echó a reír.

—Parece que tu *caddie* acaba de hacerte perder el hoyo, Ted.

Meg olvidó que se suponía que debía ser muda, además de eficiente, alegre y servil.

—¿Qué he hecho?

Mark se había quedado más blanco que el logotipo de su polo.

—Lo siento muchísimo, señor Beaudine —dijo antes de dirigirse a ella con paciencia y seriedad—. Meg, no puedes dejar que la bola golpee la bandera. Se considera falta.

—¿El jugador es penalizado por el error de un *caddie*? —preguntó—. Menuda tontería. La pelota habría entrado de todas maneras.

—No te preocupes, preciosa —dijo Skipjack con voz cantarina—. Podría haberle pasado a cualquiera.

Debido a su hándicap, Skipjack consiguió un golpe de más y no hizo nada por disimular su satisfacción después de que todos hubieran pateado.

—Parece que mi *birdie* ha hecho que ganemos el hoyo, compañero. —Le dio una palmada a Kenny en la espalda—. Eso me recuerda aquella vez que jugué con Bill Murray y Ray Romano en Cypress Point. Menudos personajes...

Ted y Dallie iban perdiendo por un hoyo, pero Ted puso buena cara... algo que no era de extrañar.

—Ya os pillaremos en el siguiente hoyo. —La mirada que le lanzó a Meg le transmitió un mensaje que no le costó interpretar.

—Es un deporte ridículo —masculló unos veinte minutos después, cuando hizo que penalizaran a Ted una vez más por haber infringido otra ridícula norma.

Intentando ser un buen *caddie*, había recogido la pelota de Ted para limpiar los restos de barro que tenía, pero le dijeron que no le estaba permitido hacerlo hasta que la pelota estuviera en el *green* y la hubiera marcado. Como si eso tuviera sentido.

—Menos mal que hiciste *birdie* en los dos primeros hoyos —dijo Dallie—. Porque menudo gafe tenemos encima.

Meg no vio necesario andarse con rodeos.

—Yo soy la gafe.

Mark le reprochó con la mirada haberse saltado la norma de no hablar, así como el hecho de que no hubiera llamado «señor» a Dallie, pero Spencer Skipjack se echó a reír.

—Al menos es sincera. Es más de lo que puedo decir de la mayoría de las mujeres.

En ese momento fue Ted quien le lanzó una mirada para que se mordiera la lengua y no le echara en cara lo imbécil que era por soltar semejante topicazo sobre las mujeres. A Meg no le hacía gracia que Ted fuera capaz de leerle el pensamiento. Y tampoco le hacía gracia Spencer Skipjack, un hombre engreído a quien le gustaba ir soltando nombrecitos de famosos a diestro y siniestro.

—La última vez que estuve en Las Vegas, me encontré con Michael Jordan en una de las estancias privadas...

Meg consiguió sobrevivir al hoyo siete sin infringir más normas, pero le dolían los hombros, las zapatillas nuevas le estaban haciendo una ampolla en el dedo meñique, el calor comenzaba a afectarla y aún le quedaban once espantosos hoyos por delante. Obligarla a cargar con una bolsa con palos de golf que pesaba casi veinte kilos para un deportista de élite que medía casi metro noventa (y que era más que capaz de llevar él solito) le parecía cada vez más ridículo. Si esos tíos tan sanos y corpulentos eran demasiado vagos como para llevar sus propios palos, ¿por qué no usaban los carritos de golf? Eso de tener *caddies* era una idiotez. Salvo que...

—Buen tiro, señor Skipjack. Ha estado estupendo —dijo Mark, y asintió con la cabeza para expresar su admiración.

—Muy bien aprovechado el viento, señor Traveler —dijo Lenny.

—Le has dado como un campeón —le dijo Skeet Cooper al padre de Ted.

Mientras escuchaba las alabanzas de los otros *caddies*, Meg llegó a la conclusión de que todo era cuestión de ego. De tener tu propio club de fans. Decidió poner a prueba la teoría.

—¡Genial! —exclamó en la siguiente salida, después de que Ted golpeara la pelota—. Menudo golpe. La has mandado lejos. Muy lejos. Hasta... hasta allí abajo.

Los hombres se volvieron para mirarla. Se produjo un largo silencio. Al final, Kenny dijo:

—Ojalá pudiera golpear la pelota así. —Otra pausa prolongada—. Tan lejos.

Meg se juró no volver a abrir la boca, y es posible que lo hubiera conseguido si a Spencer Skipjack no le hubiera gustado hablar tanto.

—Fíjate bien, Meg. Voy a usar un truquito que aprendí de Phil Mickelson para dejar esta pelota justo al lado de la bandera.

Ted se tensó tal como había hecho cada vez que Skipjack le hablaba. Esperaba que le pusiera la zancadilla, y lo habría hecho de tratarse únicamente de su felicidad y de su bienestar. Pero se estaban jugando algo mucho más importante.

Meg se enfrentaba a un dilema imposible. Lo último que le hacía falta al planeta era otro campo de golf para malgastar los recursos naturales, pero incluso ella se daba cuenta de la mala situación en la que estaba el pueblo. Cada nueva edición del periódico local hablaba de otra pequeña empresa que cerraba y de otra organización benéfica que no podía seguir realizando su labor pese a la creciente demanda de sus servicios. Además, ¿cómo podía criticar a los demás cuando su vida no tenía nada de ecológica, empezando por el devorador de gasolina que tenía por coche? Hiciera lo que hiciese, sería una hipócrita, de modo que le hizo caso a su instinto, dejó por el camino unos cuantos principios más y se propuso defender la causa del pueblo que la odiaba.

—Verlo golpear la pelota es una maravilla, señor Skipjack.

—¡Qué va! Sólo soy un aficionado al lado de estos tres.

—Pero ellos pueden jugar al golf cuando quieran —señaló ella—. Usted tiene un trabajo de verdad.

Meg creyó escuchar el resoplido de Kenny Traveler.

Skipjack se echó a reír y le dijo que le gustaría que ella fuera su *caddie*, aunque Meg no tuviera ni puñetera idea de golf y necesitara más de siete golpes para compensar todos sus errores.

Cuando se detuvieron en el club para hacer un descanso entre los hoyos nueve y diez, el partido estaba en tablas: cuatro hoyos para Ted y Dallie, otros cuatro para Kenny y Spencer, y un hoyo empatado. Meg tuvo un respiro. No era la siesta que añoraba, pero sí tuvo el tiempo suficiente para refrescarse la cara con agua y ponerse apósitos en las ampollas. Mark se acercó a ella y le echó un sermón por intimar demasiado con los miembros del club, por hacer demasiado ruido, por no acercarse lo suficiente a su jugador y por mirar mal a Ted.

—Ted Beaudine es el miembro más agradable de todo el club. No sé qué te pasa. Trata a todo el personal con muchísimo respeto y deja unas propinas estupendas.

Mucho se temía Meg que ése no sería su caso.

Cuando Mark se alejó para lamerle el culo a Kenny, Meg se acercó a la enorme bolsa azul marino de Ted con cara de asco. Los protectores dorados hacían juego con las puntadas de la bolsa. Sólo había dos protectores. Al parecer, ya había perdido uno.

Ted se plantó detrás de ella, frunció el ceño al ver que faltaba un protector y después la miró con la misma expresión.

—Te estás pasando con Skipjack. Déjalo ya.

Y eso que lo hacía por el bien del pueblo... Meg replicó en voz baja:

—Me he criado en Hollywood y entiendo a los ególatras como Skipjack muchísimo mejor de lo que tú llegarás a hacerlo jamás.

—Eso te crees tú. —Le colocó la gorra que él llevaba en la cabeza—. Y ponte la dichosa gorra. Aquí el sol pega de verdad, no como en California.

En los últimos nueve hoyos, Meg hizo que Ted y su padre perdieran otro por arrancar unas cuantas briznas de hierba para que Ted tuviera un mejor tiro. Sin embargo, pese a los tres hoyos que les había costado en total, y al ocasional tiro fallido de Ted (que sucedía cada vez que intentaba ocultar lo cabreado que estaba con ella), seguía siendo muy competitivo.

—Hoy estás jugando muy raro, hijo —dijo Dallie—. Destellos brillantes seguidos de golpes absolutamente disparatados. No te había visto jugar así de bien, y de mal, desde hace años.

—Eso es lo que le pasa a un hombre cuando le parten el corazón. —Kenny pateó desde el borde del *green*—. Se vuelve un poco loco. —Su pelota se detuvo a escasos centímetros del hoyo.

—Además, está la humillación de saber que todos los habitantes del pueblo le tienen lástima a sus espaldas. —Skeet, el único *caddie* al que se le permitía hablarles sin pelos en la lengua a los jugadores, apartó unas cuantas hojas que habían caído en el *green*.

Dallie se dispuso a patear.

—Intenté enseñarle con mi ejemplo a conservar a una mujer. Pero no me prestó atención.

Los hombres parecían disfrutar de lo lindo cuando se reían de los puntos débiles de un congénere. Incluso el padre de Ted lo hacía. Era como una prueba de hombría o algo parecido. Si sus amigas se hubieran picado como esos tíos, alguna habría acabado llorando. Pero Ted se limitó a regalarles su sonrisa serena, a esperar su turno y a meter la pelota en el hoyo con un *putt* desde más de dos metros y medio.

Mientras se alejaban del *green*, Kenny Traveler decidió decirle a Spencer Skipjack, por motivos que a Meg se le escapaban, quiénes eran sus padres. Los ojos de Skipjack se iluminaron.

—¿Jake Koranda es tu padre? ¡Qué maravilla! Y yo que creía

que estabas haciendo de *caddie* por dinero. —Los miró a Ted y a ella—. ¿Sois pareja?

—¡No! —exclamó ella.

—Me temo que no —contestó Ted con tranquilidad—. Como te puedes imaginar, sigo intentando sobreponerme a la ruptura de mi compromiso.

—No creo que se llame así cuando te dejan plantado en el altar —señaló Kenny—. Creo que eso se conoce comúnmente como «catástrofe».

¿Por qué se preocupaba tanto Ted de que ella lo avergonzara cuando sus propios amigos lo estaban haciendo a las mil maravillas sin su ayuda? Sin embargo, Skipjack parecía estar pasándoselo en grande y se dio cuenta de que toda esa conversación de índole personal hacía que se sintiera incluido. Kenny y Dallie, aunque parecieran unos paletos atontados, lo tenían calado.

Después de enterarse de quiénes eran sus famosos padres, Skipjack no se separó de ella.

—Dime, ¿cómo fue crecer con Jake Koranda como padre?

Meg había escuchado muchísimas veces esa pregunta y le seguía resultando muy ofensivo que la gente no metiera a su madre en el mismo saco, ya que era tan famosa como su padre. De modo que le dio la respuesta tipo:

—Para mí sólo eran mis padres.

Ted por fin se dio cuenta de que Meg podría serle de utilidad.

—La madre de Meg también es famosa. Es la dueña de una conocida agencia de talentos, pero antes fue supermodelo y actriz.

Su madre había actuado en una sola película, *Eclipse dominical*, en la que conoció a su padre.

—¡Un momento! —exclamó Skipjack—. ¡La madre que...! Tenía un póster de tu madre en la puerta de mi dormitorio cuando era niño.

Otro comentario que había escuchado infinidad de veces.

—¡Mira qué casualidad! —Ted le lanzó otra miradita.

Skipjack no dejó de hablar de sus padres hasta que llegaron al hoyo diecisiete. Debido a un mal pateo, Kenny y Skipjack iban perdiendo por un hoyo de diferencia, y el empresario no estaba contento. Su descontento aumentó cuando Kenny le cogió el teléfono a su mujer antes de dar el primer golpe y se enteró de que se había cortado en el jardín y de que había tenido que ir al médico para que le dieran un par de puntos. Por lo que Kenny estaba diciendo, era evidente que se trataba de una herida sin importancia y que su mujer no quería que dejara el partido, pero estuvo distraído a partir de ese momento.

Meg se daba perfecta cuenta de lo mucho que Skipjack quería ganar, al igual que se daba perfecta cuenta de que ni a Ted ni a Dallie se les ocurriría reprimirse, ni siquiera por el futuro del pueblo. Dallie había mantenido su nivel de juego y los golpes erráticos de Ted habían pasado a la historia. Meg comenzaba a tener la extraña sensación de que a Ted incluso le gustaba el desafío de tener que remontar los tres hoyos que ella les había costado.

Skipjack le habló de mala manera a Mark por tardar demasiado en darle un palo. Veía cómo se le escapaba la victoria y, junto a ella, la posibilidad de alardear de que había vencido a Dallie y a Ted Beaudine en su propio campo jugando con Kenny Traveler. Incluso dejó de darle la tabarra a ella.

Los Beaudine sólo tenían que fallar un par de pateos y así tendrían a un Spencer Skipjack de buen humor para seguir con las negociaciones, pero no parecían darse cuenta de ese detalle. Meg no lo entendía. Deberían estar inflando el enorme ego de su invitado, no jugando como si sólo importara el resultado de ese partido. Al parecer, creían que bastaba con gastarse unas cuantas bromas y hacer que Skipjack se sintiera integrado. La pega era que Skipjack no llevaba bien que lo contrariasen. Si Ted quería que estuviera abierto a su oferta, su padre y él tenían que perder el partido. En cambio, estaban haciendo todo lo posible por conservar la ventaja de un hoyo.

Por suerte, Kenny se recuperó en el *green* del diecisiete y metió la pelota con un pateo de casi ocho metros, lo que empataba el partido.

A Meg no le gustó el brillo decidido que vio en los ojos de Ted cuando salió en el hoyo final. Lo vio sujetar el palo con fuerza, ajustar su postura, girar la cintura... y en ese preciso momento dejó caer su bolsa de palos...

8

Los palos golpearon el suelo con fuerza. Los siete hombres situados en la salida se volvieron para mirarla. Meg intentó parecer avergonzada.

—¡Oh, oh! Joder. He metido la pata.

La bola de Ted acabó en los matojos de la izquierda y Skipjack sonrió.

—Meg, no sabes cuánto me alegro que no seas mi *caddie*.

Meg golpeó el suelo con la punta de un pie.

—Lo siento muchísimo. —Mentira.

¿Y cómo reaccionó Ted ante su error? ¿Le agradeció que le hubiera recordado lo que importaba de verdad? ¿O, por el contrario, se acercó a ella y la ahogó con uno de sus palos de golf como ella bien sabía que deseaba hacer? Pues no. Don Perfecto sabía controlarse. Lo que hizo fue regalarle su sonrisa de niño bueno mientras se acercaba a ella tranquilamente para enderezar la bolsa.

—Meg, no te pongas nerviosa. Gracias a ti, las cosas se han puesto muy interesantes.

Era el mejor cuentista que había conocido en toda su vida, pero aunque los demás no lo notaran, ella sabía que estaba cabreadísimo.

El grupo se encaminó a la calle. Skipjack estaba muy colorado y tenía el polo pegado a su generoso torso. A esas alturas, sabía lo suficiente de golf como para entender qué era lo que tenía que pasar. Skipjack tenía un golpe extra en ese hoyo debido a su hándicap, así que, si todos lo hacían según el par, Skipjack lo ganaría para su equipo. Pero si Dallie o Ted hacían uno bajo par, Skipjack necesitaría hacerlo también para ganar, lo que parecía muy improbable. Si no, acabarían en un insatisfactorio empate.

Por culpa de su interferencia, la bola de Ted era la más alejada del *green*, así que él sería el primero en hacer el segundo golpe. Como no había nadie cerca que pudiera escucharlos, aprovechó para decirle exactamente lo que pensaba.

—¡Déjalo ganar, imbécil! ¿Es que no ves la importancia que le da?

En vez de prestarle atención, Ted golpeó la bola con el hierro cuatro y la dejó en lo que hasta ella sabía que era el lugar perfecto.

—Eres un idiota —murmuró Meg—. Si haces uno bajo par, tu invitado no tendrá opción de ganar. ¿De verdad crees que es la mejor manera de que tenga ánimo para negociar después?

Ted la apuntó con el hierro.

—Sé de qué va esto, Meg, y Skipjack también. Ya está crecidito. —Y se alejó con evidente enfado.

Dallie, Kenny y un ceñudo Skipjack también colocaron sus respectivas bolas en el *green*, pero la de Ted estaba más cerca. Se le había ido la cabeza. Al parecer, perder era un pecado mortal para los practicantes del sagrado juego del golf.

Meg fue la primera en llegar a la bola de Ted. Descansaba sobre el césped nutrido por un sinfín de abonos químicos en la posición perfecta para lograr un golpe bajo par. Meg soltó la bolsa, se replanteó de nuevo sus principios y después pisó la bola con todas sus fuerzas. Cuando escuchó que Ted se acercaba, meneó la cabeza y dijo con gesto triste:

—Qué mal. Parece que la has colocado en un agujero.

—¿En un agujero? —Ted la apartó para mirar la bola, que estaba enterrada en el césped.

Mientras Meg retrocedía se percató de que Skeet Cooper se encontraba al borde del *green*, observándola con atención. Ted seguía mirando la bola.

—¿Pero qué c...?

—Algún roedor —lo interrumpió Skeet con un tono que dejó claro que había sido testigo de lo ocurrido.

—¿Un roedor? ¡No hay ningún roedor que...! —Ted se volvió hacia ella—. No me digas que...

—Ya me lo agradecerás luego —replicó ella.

—Ted lo tiene un poco crudo —les dijo Skeet a los demás.

Necesitó dos golpes para salir del hoyo donde ella lo había enterrado. Sin embargo, hizo par. Claro que no bastaba. Kenny y Skipjack acabaron ganando.

Kenny parecía más interesado en volver a casa con su mujer que en celebrar la victoria, pero Spencer se pasó todo el camino de vuelta al club riéndose.

—Menudo partido de golf. Una lástima que lo perdieras al final, Ted. Mala suerte. —Mientras hablaba, sacó un fajo de billetes y separó algunos para dárselos a Mark a modo de propina—. Has hecho un buen trabajo. Te buscaré la próxima vez.

—Gracias, señor. Ha sido un placer.

Kenny le dio unos cuantos billetes de veinte a Lenny, se despidió de su compañero con un apretón de manos y se marchó a casa. Ted rebuscó en uno de sus bolsillos, le dejó la propina a Meg en la mano y le dio un apretón, obligándola a cubrir el dinero con los dedos.

—Sin resentimientos, Meg. Lo has hecho lo mejor que has podido.

—Gracias —replicó ella. Se le había olvidado que estaba tratando con un santo.

Spencer Skipjack se acercó a ella por detrás, le colocó una mano en la base de la espalda y se la frotó. El gesto le puso los pelos de punta.

—Meg, Ted y sus amigos van a invitarme a cenar esta noche. Me encantaría que fueras mi pareja.

—¡Vaya por Dios! Me encantaría, pero...

—Le encantará —la corrigió Ted—. ¿Verdad, Meg?

—Pues en circunstancias normales, sí, pero resulta...

—No seas tímida. Pasaremos a por ti a las siete. Es un poco complicado llegar hasta la casa donde se aloja Meg, así que yo conduciré. —La miró con un brillo en los ojos que ponía de manifiesto que o cooperaba o se buscaba otro alojamiento.

—¿Atuendo informal? —preguntó después de tragar saliva.

—Muy informal —contestó él.

Mientras los hombres se alejaban, reflexionó sobre lo desagradable que era que la obligaran a salir en pareja con un fanfarrón egocéntrico tan viejo como su padre. Por si no fuera suficiente con eso, para colmo Ted estaría vigilándola atentamente.

Se frotó el hombro dolorido y extendió los dedos para ver qué propina había recibido después de pasar cuatro horas y media subiendo y bajando cuestas con quince kilos de palos de golf al hombro bajo el ardiente sol de Texas.

Descubrió un billete de un dólar.

La barra de madera situada en el centro del Roustabout estaba adornada con luminosos de marcas de cerveza, cornamentas y objetos conmemorativos de tipo deportivo. Las mesas estaban alineadas junto a dos de las paredes, cerca de otra había varias mesas de billar y en la cuarta y última estaban las máquinas recreativas. Los fines de semana había música en directo, pero de momento la música procedía de la gramola situada cerca de una pista de baile pequeña y rallada.

Meg era la única mujer sentada a la mesa, y tenía la impresión de ser una camarera en un club masculino, aunque se alegraba de que no estuvieran presentes las mujeres de Dallie y Kenny, ya que ambas la odiaban. Se había sentado entre Spencer y Kenny, con Ted justo enfrente, a cuyo lado se sentaba su padre y su fiel *caddie*, Skeet Cooper.

—El Roustabout es toda una institución en el pueblo —comentó Ted mientras Skipjack se ventilaba un plato de costillas—. Ha sido testigo de muchas historias. Buenas, malas y feas.

—Recuerdo las feas perfectamente —aseguró Skeet—. Como aquella vez que Dallie y Francesca discutieron en el aparcamiento. Fue hace más de treinta años, antes de que se casaran, pero la gente todavía lo comenta.

—Cierto —corroboró Ted—. No sé cuántas veces he escuchado esa historia. A mi madre se le olvidó que mi padre abultaba el doble que ella e intentó tirarlo al suelo.

—Y a punto estuvo de conseguirlo. Aquella noche parecía una fiera, te lo juro —añadió Skeet—. La ex mujer de Dallie y yo intentamos separarlos, pero no lo conseguimos.

—Las cosas no fueron exactamente así —protestó Dallie.

—Las cosas fueron así tal cual —lo contradijo Kenny mientras se guardaba el móvil después de hablar con su mujer.

—¿Y tú qué sabes? —refunfuñó Dallie—. Por aquel entonces

eras un niño y ni siquiera estabas por aquí. Además, tú también tienes tu historia en el aparcamiento del Roustabout. Como aquella noche que lady Emma se enfadó contigo y te robó el coche. Recuerdo que tuviste que perseguirla corriendo por la autopista.

—No tardé mucho en alcanzarla —puntualizó Kenny—. Mi mujer no era una gran conductora.

—No ha mejorado con el tiempo —apostilló Ted—. No conozco a nadie que conduzca más despacio. La semana pasada creó un atasco en Stone Quarry Road. Me llamaron tres personas para quejarse.

Kenny se encogió de hombros.

—Mira que lo hemos intentado todos, pero no hay quien la convenza de que la velocidad que marcan las señales son simples sugerencias, y ella las cumple al pie de la letra.

Así llevaban toda la noche, los cinco entreteniendo a Skipjack con sus anécdotas, mientras Spencer, que había pedido que lo tuteara todo el mundo, los escuchaba con una mezcla de buen humor y arrogancia. Le encantaba que esos tres hombres tan famosos lo agasajaran. Le encantaba saber que poseía algo que ellos querían, algo que tenía el poder de negarles. Se pasó la servilleta por los labios para limpiarse la salsa barbacoa.

—Tenéis unas costumbres un tanto raras en este pueblo.

Ted se acomodó en su asiento con pose relajada.

—La burocracia no nos agobia, la verdad. No nos gusta el papeleo. Si queremos conseguir algo, lo hacemos y punto.

Spencer miró a Meg con una sonrisa.

—Creo que estoy a punto de escuchar un discurso político.

Ya era hora, pensó ella. Estaba agotada y lo único que le apetecía era acurrucarse en su futón y echarse a dormir. Después de la desastrosa jornada como *caddie*, se había pasado el resto del día en el carrito de las bebidas. Por desgracia, su jefe era un niñato fumado con nula capacidad para comunicarse y que ignoraba cómo iba el tema de las bebidas. ¿Cómo iba a saber ella que las golfistas habituales eran adictas al té helado y que se mosqueaban muchísimo si no las estaba esperando cuando llegaran a la salida del hoyo catorce? Claro que peor había sido quedarse sin cerveza Bud Light. Los golfistas parecían sufrir un curioso caso de autoengaño colectivo y pensaban que la palabra «Light» significaba que podían beber el doble. El tamaño de sus barrigas debería haberles indicado lo contrario, pero al parecer no habían reparado en ese detalle.

No obstante, lo más sorprendente del día era que no lo había aborrecido. Debería haber detestado el hecho de trabajar en un club de golf, pero le había gustado mucho pasar el día al aire libre, aunque no le permitieron recorrer todo el campo de golf con el carrito y tenía que parar bien en el hoyo cinco o en el catorce. Y que no la despidieran había sido un extra.

Spencer intentó mirarle el canalillo con disimulo. Se había puesto el pareo de seda que llevó para la cena del ensayo, pero en esa ocasión a modo de top, con unos vaqueros. El tipo se había pasado toda la noche sobándola, acariciándole la muñeca, el hombro y la base de la espalda, y fingiendo curiosidad por los pendientes, aunque no era más que una excusa para tocarle la oreja. Ted se había percatado de cada uno de esos roces y por primera vez desde que se conocieron parecía contento con su presencia. Spencer se acercó más de la cuenta.

—Meg, tengo un dilema.

Ella se acercó más a Kenny, cosa que llevaba haciendo toda la noche, de forma que prácticamente estaba en su regazo. Sin embargo, él parecía no darse cuenta. Debía de estar tan acostumbrado al acoso femenino que ya ni se percataba. Pero Ted sí se percataba y lo que quería era que se quedara quietecita para que Skipjack la manoseara. Meg ignoraba cómo era capaz de leerle el pensamiento, ya que su sonrisa no cambió en ningún momento, pero decidió que la próxima vez que estuvieran a solas pensaba decirle que añadiera la palabra «proxeneta» a su impresionante currículo.

Spencer siguió jugueteando con sus dedos.

—Estoy interesado en un par de magníficos terrenos, uno en las afueras de San Antonio, una ciudad con gran actividad comercial, y otro en mitad de la nada.

Ted odiaba ese tipo de jueguecitos. Y ella se percató porque lo vio acomodarse aún más en su asiento, tan tranquilo como si no tuviera una preocupación en la vida.

—La nada más bonita del mundo —puntualizó.

Un lugar que querían destrozar con un hotel, bloques de apartamentos y un campo de golf de avenidas artificiales y césped inmaculado.

—Recuerda que hay una pista de aterrizaje a sólo treinta kilómetros del pueblo —apostilló Kenny, que no paraba de toquetear su móvil.

—Y poco más —replicó Spencer—. No hay *boutiques* prestigiosas para las damas. Ni clubes ni restaurantes.

Skeet se rascó el mentón, cubierto por una incipiente barba canosa.

—No me parece que eso sea una desventaja. Eso significa que la gente gastará más dinero en tu *resort*.

—O que vendrán a Wynette para ver lo que es el verdadero estilo de vida de la América rural —añadió Ted—. Como el Roustabout, por ejemplo. Esto es genuino. No es una franquicia extendida por el país con cuernos falsos en las paredes. Todos sabemos que los ricos aprecian la autenticidad.

Una observación interesante dado que la había pronunciado un multimillonario. Meg cayó en la cuenta de que, salvo ella, todos los ocupantes de la mesa tenían muchísima pasta. Seguro que Skeet Cooper tenía un par de millones guardados después de todos los años que llevaba trabajando como *caddie* de Dallie.

Spencer rodeó la muñeca de Meg.

—Meg, vamos a bailar. Necesito bajar la cena.

Meg no quería bailar con él y se zafó de sus dedos con la excusa de coger la servilleta.

—No entiendo por qué estás tan interesado en construir un *resort*. Ya diriges una empresa muy importante. ¿Por qué quieres complicarte más la vida?

—Algunos hombres estamos destinados a hacer ciertas cosas. —Parecía una frase sacada de una de las películas malas de su padre—. ¿Ha oído hablar de un tipo llamado Herb Kohler?

—No me suena.

—Kohler Company. Suministros de fontanería. Mi mayor rival.

La verdad era que no le prestaba mucha atención a los sanitarios de los cuartos de baño, pero hasta ella había oído hablar de Kohler, de modo que asintió con la cabeza.

—Herb es el dueño del American Club en Kohler, Wisconsin, y de cuatro de los mejores campos de golf del Medio Oeste. Las habitaciones del American Club cuentan con las últimas novedades en el campo de la fontanería. Incluso tienen un museo dedicado a nuestro negocio. Todos los años consigue excelentes calificaciones en las listas de establecimientos hoteleros.

—Herb Kohler es un hombre importante —comentó Ted con tal falta de astucia que Meg estuvo a punto de poner los ojos en blanco. ¿Acaso era ella la única que había calado a Spencer Skipjack?—. La verdad es que se ha convertido en una leyenda del golf por méritos propios.

Y Spencer Skipjack quería superar a su rival. Por eso era tan importante construir el *resort*.

—Es una lástima que Herb no construyera el club en un sitio donde la gente pueda jugar todo el año —comentó Dallie—. En Wisconsin hace mucho frío.

—Ésa es la razón por la que he elegido Texas —dijo Spencer—. Cuando era pequeño, venía mucho por aquí para visitar a la familia de mi madre. Siempre me he sentido como en casa cuando estaba en el estado de la estrella solitaria. Me siento más de Texas que de Indiana, la verdad. —Volvió a mirar a Meg—. Sin importar donde acabe construyendo el complejo, asegúrate de decirle a tu padre que está invitado a jugar cuando le apetezca.

—Lo haré. —A su atlético padre le seguía gustando el baloncesto, y gracias a su madre montaba a caballo por placer, pero no se lo imaginaba jugando al golf.

Ese mismo día, había hablado por separado con sus padres, pero en vez de suplicarles que le mandaran dinero, les había dicho que había conseguido un trabajo genial en un importante club de campo texano. No les había dicho abiertamente que era la encargada de las actividades, pero tampoco había corregido a su madre cuando llegó a esa conclusión y le dijo que le parecía fantástico que por fin hubiera encontrado una salida rentable para su creatividad. Su padre también se alegró mucho de que tuviera trabajo.

Decidió que ya no podía seguir mordiéndose la lengua.

—¿Alguno ha pensado en dejar ese terreno tranquilo? A ver, ¿de verdad necesita el mundo otro campo de golf que agote un poco más nuestros recursos naturales?

Ted frunció el ceño de forma casi imperceptible.

—Los espacios verdes dedicados al ocio son saludables para todos.

—Desde luego que sí —convino Spencer antes de que Meg pudicra sacar a colación a los golfistas y sus cervezas—. Ted y yo hemos hablado mucho del tema. —Se levantó de su silla, empujándola con las piernas—. Vamos, Meg. Me gusta esta canción.

Spencer le había cogido el brazo, sí. Pero juraría que podía sentir la mano invisible de Ted empujándola hacia la pista de baile.

Spencer no bailaba mal, y la canción era movidita, así que las cosas empezaron bien. Sin embargo, después llegó una lenta y la acercó tanto que sintió la hebilla del cinturón, por no mencionar algo más objetable, en el abdomen.

—No sé qué te habrá pasado para caer en desgracia —le dijo el hombre mientras le frotaba la oreja con la nariz—. Pero me parece que te vendría bien que alguien te echara una mano hasta que vuelvas a la normalidad.

Meg deseaba que la indirecta no significara lo que se temía que significaba, pero la prueba de que lo había entendido bien estaba por debajo de la hebilla del cinturón.

—Eso sí, no me refiero a algo que te resulte incómodo —añadió—. Nosotros dos juntitos y solos.

Meg le dio un pisotón de forma deliberada.

—¡Uf! Necesito sentarme. Las rozaduras me están matando.

Spencer no tuvo más remedio que acompañarla de vuelta a la mesa.

—Es incapaz de seguir mi ritmo —refunfuñó mientras se sentaba.

—Estoy seguro de que les pasa a muchos —comentó don Pelota.

Spencer acercó más su silla a la de Meg y le pasó un brazo por los hombros.

—Tengo una idea genial, Meg. Esta noche nos iremos a Las Vegas. Tú también, Ted. Llama a alguna chica y nos ponemos en marcha. Llamaré a mi piloto.

Estaba tan seguro de que accederían, que incluso cogió el teléfono. Puesto que ninguno de los hombres sentados a la mesa intentó disuadirlo, Meg comprendió que la habían abandonado.

—Lo siento, Spencer. Mañana tengo que trabajar.

Spencer le guiñó un ojo a Ted.

—El club de campo para el que trabajas no es gran cosa y me apuesto lo que quieras a que Ted convence a tu jefe para que te dé unos días libres. ¿Qué dices, Ted?

—Si él no lo convence, lo haré yo —respondió Dallie, arrojándola a los leones.

Kenny se sumó.

—Yo lo hago. No me importa llamar ahora mismo.

Ted la observaba por encima de la cerveza, sin decir nada. Meg
le devolvió la mirada, tan furiosa que le quemaba la piel. Últimamente había tragado mucho para sobrevivir, pero no estaba dispuesta a pasar por ahí.

—El problema es que... —dijo muy despacio—. Que no estoy
libre. Sentimentalmente hablando.

—¿Y eso? —le preguntó Spencer.

—Es un poco... complicado. —Comenzaba a sentir náuseas.
¿Por qué no tenía la vida un botón de pausa? Eso era lo que necesitaba en esos momentos, porque, sin unos minutos para pensar en una
estrategia, iba a decir lo primero que se le ocurriera, lo más absurdo, pero claro, como no había ningún botón para detener las cosas...—. Ted y yo estamos juntos.

Ted se golpeó los dientes con la botella. Kenny se enderezó en
la silla. Spencer parecía confundido.

—Esta mañana decíais que no estabais juntos.

Meg se obligó a sonreír.

—Y no lo estamos —dijo—. Todavía. Pero tengo esperanzas.
—Las palabras se le atragantaban en la garganta, pero se obligó
a pronunciarlas. Acababa de confirmar el motivo por el que la gente pensaba que había manipulado a Lucy para que cancelara la
boda.

Sin embargo, Kenny volvió a acomodarse en su silla con un brillo jovial en la mirada. No parecía estar enfadado.

—A Ted le pasan estas cosas con las mujeres todos los días. A
todos nos resulta increíble.

—Sobre todo a mí. —El padre de Ted la miró de reojo de una
forma extraña—. Era el niño más tranquilo que he visto en la vida.

—No va a pasar, Meg —le aseguró Ted, que consiguió mascullar las palabras a pesar de mantener una sonrisa serena.

—El tiempo lo dirá. —Al ver lo molesto que estaba, decidió
agrandar la bola pese a las posibles repercusiones—. Es típico de
mí enamorarme de los hombres que no me convienen. —Guardó
silencio para que la frase tuviera más impacto—. Y no digo que Ted

no sea perfecto. Es evidente que es demasiado perfecto, pero... la atracción no siempre obedece a la lógica.

Spencer arqueó sus pobladas cejas oscuras.

—Pero, ¿no se iba a casar el mes pasado con la hija de la ex presidenta?

—A finales de mayo —precisó ella—. Y Lucy es mi mejor amiga. Fue una catástrofe, como estoy segura de que habrás leído en la prensa. —Ted la observaba con su serena sonrisa en los labios, pero tenía un tic nervioso casi imperceptible en el rabillo de un ojo. La cosa empezaba a animarse—. Pero Lucy no era la mujer adecuada para él. Y ahora me lo agradece. La verdad es que me sentiría un poco avergonzada por sus muestras de agradecimiento si no estuviera tan coladita por él.

—¿Que te lo agradezco? —le preguntó Ted con voz acerada.

«A la porra con todo», decidió ella. Agitó una mano en el aire y comenzó a embellecer la historia con todo el talento artístico heredado de su padre.

—Podría disimular un poco y decir que no estoy enamorada hasta la médula de él, no exagero, de verdad, pero no soy de las que juegan con estas cosas. Me gusta poner las cartas sobre la mesa. A la larga es lo mejor.

—La sinceridad es una gran virtud —afirmó Kenny, que se lo estaba pasando en grande.

—Sé lo que estáis pensando todos. Que es imposible que me haya enamorado tan rápidamente de él. Pero os prometo que, aunque la gente está convencida de lo contrario, yo no fui la culpable de que la boda se cancelara. Pero... —Miró a Ted con adoración—. Esta vez es distinto. Muy distinto. —No pudo evitar añadir un poco más leña al fuego—. Y a juzgar por la visita que Ted me hizo anoche...

—¿Os visteis anoche? —preguntó Dallie.

—Romántico, ¿verdad? —Meg esbozó una sonrisa soñadora—. A medianoche. En el coro de...

Ted se puso en pie de un brinco.

—Vamos a bailar.

Meg ladeó la cabeza e hizo un mohín como si estuviera sufriendo muchísimo.

—Tengo ampollas.

—Es una lenta —señaló Ted con voz engañosamente suave—. Puedes apoyarte en mis pies.

Antes de que pudiera buscar una excusa convincente, la agarró del brazo y tiró de ella hasta la atestada pista de baile. Una vez allí, la acercó tanto a su cuerpo que estuvo a punto de asfixiarla. Por lo menos no llevaba cinturón, pensó Meg, o ningún otro objeto duro que se clavara en su anatomía. Lo único duro de Ted Beaudine era la expresión de sus ojos.

—Siempre que pienso que ya no puedes ocasionar más problemas, acabas sorprendiéndome.

—¿Qué querías que hiciera? —replicó ella—. ¿Irme a Las Vegas con él? ¿Y desde cuando las labores de la alcaldía incluyen el oficio de proxeneta?

—No habría llegado tan lejos. Sólo tenías que ser agradable.

—¿Por qué? Odio este pueblo, ¿se te ha olvidado o qué? Me importa un comino si construyen tu *resort* de golf o no. Por mi parte, prefiero que no lo hagan.

—Entonces, ¿por qué has llegado tan lejos?

—Porque me he vendido. Por comida.

—¿Y nada más?

—No sé. Me pareció lo correcto. A saber por qué. En contra de lo que afirma la opinión popular, no soy la zorra mala por la que todos me tienen. Pero eso no significa que esté dispuesta a prostituirme por vosotros.

—Nunca he dicho que fueras una zorra mala. —Tuvo la desfachatez de parecer ofendido.

—Sabes que me ha echado el ojo por mi padre —masculló Meg—. Es un tipejo con un ego enorme. Estar cerca de gente famosa, aunque sea alguien cercano a ese estatus como yo, lo hace sentirse importante. Si no fuera por mis padres, ni me habría mirado.

—No sé yo.

—Venga ya, Ted. No soy exactamente la típica tía buena que les gusta a los ricos.

—Eso es cierto —dijo con voz compasiva—. Las tías buenas suelen ser chicas agradables con quienes da gusto estar.

—Estoy segura de lo que dices por experiencia. Por cierto, en el campo de golf serás un dios imbatible, pero en la pista de baile eres un desastre. Déjame que yo te lleve.

114

Ted perdió el ritmo y la miró de forma extraña, como si por fin lo hubiera sorprendido, aunque no alcanzaba a entender por qué. Meg decidió proseguir con el ataque.

—Tengo una idea. ¿Por qué no le dices a tu amante que te acompañe y os vais con Spencer a Las Vegas? Estoy seguro de que le alegraréis la noche.

—Eso te escuece, ¿verdad?

—¿Te refieres a los cuernos que le pusiste a Lucy? Pues sí. No sabes lo arrepentida que está. Y que sepas que en cuanto tenga la oportunidad de hablar tranquilamente con ella, voy a ponerla al día de la sórdida vida paralela que llevabas.

—Dudo mucho que te crea.

—No entiendo por qué le propusiste matrimonio.

—La soltería comenzaba a ser un lastre —adujo—. Estaba preparado para dar el siguiente paso en la vida, pero para eso necesitaba una esposa. Alguien espectacular. La hija de la ex presidenta encajaba a la perfección.

—¿Alguna vez la has querido? ¿Aunque sea un poquito?

—¿Estás loca? Todo era mentira, desde el principio.

Algo le dijo a Meg que estaba lanzando una cortina de humo, pero sus habilidades para leerle el pensamiento le fallaron en esa ocasión.

—Debe de ser duro ser Ted Beaudine —comentó—. Don Perfecto por fuera. Don Imperfecto por dentro.

—Qué va. El resto del mundo no es tan intuitivo como tú.

Le regaló una de sus sonrisas y Meg sintió una pequeña descarga, pequeñísima, un pinchacito apenas reseñable. Pero que ahí estaba. Por minúsculo que fuera. Más abajo del ombligo...

—¡Mierda! —exclamó Ted, como si él también le hubiera leído el pensamiento.

Meg se volvió y vio lo que le había llamado la atención. Su preciosa amante iba directa a por Spencer.

Ted la dejó en la pista de baile y se dirigió a la mesa con un paso tan decidido que Meg le sorprendió que no horadase el suelo. Pisó el freno justo cuando su amante le tendía la mano a su invitado.

—Hola. Soy Torie Traveler O'Connor.

9

¿Torie Traveler O'Connor? Meg recordó la conversación que había escuchado la noche anterior entre Ted y Kenny. ¿La amante casada de Ted era la hermana de Kenny?

El acento texano de Torie derrochaba sensualidad.

—He oído que los últimos nueve hoyos se te han dado de vicio, Spencer. No te importa que te llame Spencer, ¿verdad? Tenía que conocer al hombre que ha dejado en ridículo a estos dos.

Spencer se quedó pasmado durante unos segundos. Una reacción bastante normal teniendo en cuenta su cutis de alabastro, su pelo negro y esas largas piernas enfundadas en unos ceñidos vaqueros de marca. Llevaba un top muy escotado, tres diminutos colgantes de plata al cuello, un enorme solitario en la mano izquierda y otros dos diamantes más, casi igual de grandes, adornando las orejas.

Kenny la miró con el ceño fruncido. Al verlos juntos, saltaba a la vista que eran hermanos.

—¿Por qué no estás en casa con mis sobrinas?

—Porque por fin se han dormido. He tenido que meterles unas pastillitas en los bollos de crema, pero... En fin, son unos monstruitos.

—Echan de menos a su padre —dijo Kenny—. La única influencia equilibrada en sus vidas.

Torie sonrió.

—Volverá mañana. —Y se dispuso a meterse con su hermano—. Acabo de hablar con lady Emma. Me ha dicho que tiene bien la mano y que, como vuelvas a llamarla, esta noche te quedas sin

116

postre. —Le dio un beso a Ted en la mejilla—. Hola, alcalde, dicen que hoy has jugado de pena.

—Salvo por un *eagle* y unos cuantos *birdies* —señaló su hermano—. El juego más irregular que he visto en la vida.

Torie echó un vistazo a su alrededor en busca de un asiento libre, pero al ver que no había, se sentó en la pierna derecha de Ted.

—Qué raro, porque sueles ser muy regular.

—Spencer me ha intimidado —replicó Ted con sinceridad—. Es tan bueno como un golfista con un hándicap siete.

Kenny se acomodó en la silla.

—Han pasado un montón de cosas interesantes hoy, Torie. Meg acaba de decirle a Spencer que está enamorada de Ted, aunque él no la corresponda. Quién lo iba a decir, ¿verdad?

Torie puso los ojos como platos por la sorpresa, aunque su expresión se volvió expectante. Y Meg lo entendió por fin. Pese a la pose de Torie, que parecía una pantera devoradora de hombres sentada en el muslo de Ted, con un brazo echado por encima de sus hombros, Meg supo que no eran amantes. No sabía muy bien cuál era la relación que mantenían, ni por qué estaban en la misma habitación del hotel, ni qué hacía Torie tapada sólo con una toalla, ni por qué se habían besado en el coche. Pese a todas las evidencias que indicaban lo contrario, y pese a las palabras de Ted, supo con absoluta certeza que no estaban liados.

Torie le dio un trago a la cerveza de Ted y la miró.

—Nunca me canso de escuchar las historias de las mujeres, sobre todo cuando hay hombres de por medio. Te juro que me leería una novela romántica por día si no tuviera que correr detrás de mis hijas. ¿Lo has soltado así sin más y le has dicho a Ted lo que sientes?

Meg intentó ponerse seria.

—Creo en la sinceridad.

—Está convencida de que cambiará de opinión —dijo Kenny.

Torie le devolvió a Ted su cerveza sin apartar los ojos de Meg.

—Admiro tu confianza.

Meg extendió las manos con las palmas hacia arriba.

—¿Y por qué no iba a cambiar de opinión? Mírame.

Aunque esperaba que se echaran a reír, nadie lo hizo.

—Interesante —comentó Torie.

117

—Nada de interesante. —Ted apartó la cerveza para que Torie no pudiera volver a cogerla.

Torie clavó la mirada en los pendientes de la dinastía Sung que llevaba Meg.

—Me alegro de que no te hayas enterado del nuevo plan de mi madrastra para recaudar fondos que destinaremos a la reconstrucción de la biblioteca.

—Shelby no me ha hablado de ningún plan —dijo Ted.

Torie le restó importancia con un gesto de la mano.

—Alguien te lo dirá tarde o temprano. El comité todavía no ha perfilado los detalles.

Ted miró a Kenny.

—¿Lady Emma te ha dicho algo?

—Ni una palabra.

Torie tenía una misión y no iba a dejar que la distrajeran mucho tiempo.

—Tu sinceridad es refrescante, Meg. ¿Cuándo te diste cuenta exactamente de que estabas enamorada de Ted? ¿Antes o después de que Lucy lo plantara?

—Déjalo ya —le ordenó Ted con voz serena.

Torie levantó esa naricilla perfecta.

—No estoy hablando contigo. Cuando se trata de mujeres, siempre te saltas las partes más interesantes.

—Después de que se marchara —dijo Meg, y después añadió con más tiento—: Y no hay nada más que decir. Sigo esperando poder... solucionar los problemas de Ted.

—Recuérdame cuáles son esos problemas —le soltó Torie—. Porque como es tan perfecto... —Se escapó un jadeo de sus labios pintados—. ¡Ay, Dios, Teddy! ¡Ese problema no! Nos dijiste que la Viagra lo solucionó. —Se inclinó hacia Spencer y bajó la voz de forma teatral para decirle—: Ted está librando una tremenda batalla contra la disfunción eréctil.

Skeet se atragantó con su cerveza. Kenny soltó una carcajada. Dallie hizo una mueca. Y Spencer frunció el ceño, porque no sabía si Torie hablaba o no en serio y no le gustaba sentirse excluido. Meg experimentó el primer ramalazo de compasión, pero no por Spencer, sino por Ted, que parecía tan tranquilo como de costumbre, pero que no lo estaba ni mucho menos.

—Torie está de coña, Spencer. —Meg puso los ojos en blanco, exagerando la expresión—. Está bromeando, te lo digo yo. —Y después, con fingida culpa, añadió—: O eso he oído.

—Vale, se acabó. —Ted estuvo a punto de tirar a Torie al suelo al ponerse en pie de un salto, tras lo cual la cogió de la muñeca—. Vamos a bailar.

—Si quisiera bailar, se lo pediría a mi hermano —replicó Torie—. Él no me pisa.

—No se me da tan mal —protestó Ted.

—No, sólo un poco...

Kenny le dijo a Spencer:

—Mi hermana es la única mujer de Wynette, y posiblemente del universo entero, capaz de decirle a Ted lo mal que baila. Las demás pestañean de forma exagerada y fingen que es Justin Timberlake. Es para morirse.

Los ojos de Ted se detuvieron en Meg, apenas un segundo, antes de que se diera la vuelta y arrastrara a Torie hacia la gramola.

Spencer los miró.

—Tu hermana es una mujer muy poco convencional.

—Dímelo a mí.

—Ted y ella parece que son íntimos.

—Torie es la mejor amiga de Ted desde que eran pequeños —explicó Kenny—. Te juro que es la única mujer de menos de sesenta años que nunca se ha enamorado de él.

—¿A su marido no le molesta esa amistad?

—¿A Dex? —Kenny sonrió—. No, Dex es un tipo muy seguro de sí mismo.

Ted parecía estar echando un sermón más que bailando, y cuando Torie y él volvieron a la mesa, se aseguró de coger una silla libre y de sentarla lo más lejos posible de Spencer. Eso no fue impedimento para Torie, que empezó a cantar las alabanzas de Wynette como el lugar perfecto para un *resort* de golf, después intentó calcular el dinero que tenía Spencer, siguió invitándolo a la fiesta que organizaba su madre el lunes para la celebración del Cuatro de julio y acabó obligándolo a aceptar un partido de golf para el sábado por la tarde.

Ted se quedó blanco y se apresuró a decir que Kenny y él se sumarían al partido. Torie miró a Meg, y el brillo travieso de sus

119

ojos explicó por qué Ted quería mantenerla alejada de Skipjack a toda costa.

—Meg será la *caddie* de Ted, ¿verdad?

Meg y Ted respondieron a la vez.

—¡No!

Sin embargo, Kenny, por alguna inexplicable razón, decidió que era una gran idea. Y dado que Spencer dijo que el partido no sería tan divertido sin Meg, no hubo más que hablar.

Cuando Spencer fue al cuarto de baño, la conversación tomó un cariz mucho más serio.

—Es que no lo entiendo —le dijo Torie a Ted—. La gente de Spencer nos dejó claro que había eliminado a Wynette y que se había decidido por San Antonio. Pero hace un mes, de repente, reaparece y dice que el nombre de Wynette sigue en las quinielas. Me gustaría saber qué lo ha hecho cambiar de opinión.

—Los de San Antonio están igual de sorprendidos que nosotros —les aseguró Ted—. Creían que ya estaba todo decidido.

—Lo siento por San Antonio. —Torie saludó a alguien que estaba al otro lado del establecimiento—. Lo necesitamos más que ellos.

Cuando llegó la hora de irse, Dallie insistió en dejar a Spencer en el hotel, de modo que Meg acabó a solas con Ted en el Mercedes. Esperó hasta que salieron a la autopista para romper el silencio.

—No estás liado con la hermana de Kenny.

—Tendré que decírselo.

—Y no le has puesto los cuernos a Lucy.

—Lo que tú digas.

—Y... —Al percatarse de la facilidad con la que manejaba el volante, se preguntó si esa criatura mágica había tenido que esforzarse alguna vez para conseguir algo—. Y si quieres que siga ayudándote con Spencer (y desde ya te digo que quieres que lo haga), tenemos que llegar a un acuerdo.

—¿Quién dice que necesito tu ayuda?

—Desde luego que la necesitas. —Se pasó las manos por el pelo—. ¿No te parece fascinante lo impresionado que está Spencer con mi padre y, por tanto, conmigo? Ha insultado a mi madre, eso sí, al pasar por alto lo poderosa que es dentro de la industria del cine, por no mencionar que es una de las mujeres más guapas del mundo. Aun así, dijo que tenía un póster suyo en su dormitorio, y está coladito por mí, aunque sea por motivos retorcidos. Eso quiere decir que he pasado de ser una desventaja a ser una ventaja, y tú, querido amigo, tienes que esforzarte un poquito más por complacerme, empezando por esas propinas tan rácanas. Spencer le ha dado hoy cien pavos a Mark.

—Mark no le costó a Spencer tres hoyos y un sinfín de golpes malos. Pero me parece bien. Mañana te daré cien de propina. Menos cincuenta dólares por cada hoyo que me cuestes.

—Si son menos diez dólares por cada hoyo que te cueste, hay trato. Por cierto, no me van los diamantes y las rosas, pero una cuenta en el supermercado me iría de vicio.

Ted le lanzó una de sus miradas angelicales.

—Creía que eras demasiado orgullosa como para aceptar mi dinero.

—Para aceptarlo, sí. ¿Si me lo gano? Es distinto.

—Spencer no ha llegado donde está dejándose engañar. Dudo mucho que se haya tragado esa gilipollez de tu amor no correspondido.

—Pues será mejor que se la haya tragado, porque no pienso dejar que me vuelva a manosear, ni por todos los *resort* de golf del mundo. Y tu irresistible persona es mi excusa.

Ted la miró con una ceja enarcada antes de enfilar el estrecho y oscuro camino que conducía a su casa provisional.

—A lo mejor deberías reconsiderarlo. Parece un tío decente y es rico. La verdad es que debería ser la respuesta a todas tus plegarias.

—Si alguna vez les pusiera precio a mis partes íntimas, me buscaría un comprador que me entrara más por los ojos.

A Ted le gustó el comentario; de hecho, seguía sonriendo al llegar a la iglesia. Cuando Meg abrió la puerta para salir, él pasó el brazo por encima de su respaldo y la miró con una expresión que no supo descifrar.

—Supongo que estoy invitado a entrar —dijo—. Teniendo en cuenta los arrolladores sentimientos que albergas por mí...

Esos ojos ambarinos la miraron fijamente, envolviéndola en su hechizo como si sólo estuviera pendiente de ella, como si la comprendiera, la apreciara y le perdonara todos sus pecados.

Le estaba comiendo la cabeza, ni más ni menos.

Meg consiguió soltar un sentido suspiro.

—Tengo que sobreponerme a tu perfección sobrenatural antes de pensar siquiera en exponerte a mi lado salvaje.

—¿Es muy salvaje?

—Animal. —Salió del coche—. Buenas noches, Theodore. Que duermas bien.

Subió las escaleras de la iglesia con los faros del coche iluminándole el camino. Cuando llegó a la puerta, introdujo la llave en la cerradura y entró. La iglesia la rodeó. Oscura, vacía y solitaria.

Pasó el día siguiente al cargo del carrito de las bebidas sin que la despidieran, algo que consideró como un gran logro, dado que fue incapaz de no recordarles a un par de golfistas que tiraran sus puñeteras latas en el cubo de reciclado correspondiente en vez de usar las papeleras normales. Bruce Garvin, el padre de Kayla, fue especialmente hostil, y Meg sospechaba que el interés que demostraba Spencer Skipjack por ella era la causa de que conservara el trabajo. Agradeció mucho que su declaración de amor por Ted no se hubiera propagado más de la cuenta. Al parecer, los testigos de la noche anterior habían decidido mantener la boca cerrada, todo un milagro en ese pueblo.

Saludó a Haley, la hija de Birdie, cuando entró en la tienda de aperitivos en busca de hielo y más bebidas. O bien Haley había entrado a las costuras de su polo o se lo había cambiado con alguien que usaba una talla menos, porque le quedaba muy entallado de pecho.

—El señor Collins juega hoy —dijo la chica— y le encanta el Gatorade, así que asegúrate de estar bien surtida.

—Gracias por el aviso. —Meg señaló el expositor de chocolatinas—. ¿Te importa que me lleve unas cuantas? Las pondré encima del hielo a ver si se venden.

—Buena idea. Si te encuentras con Ted, ¿podrías decirle que tengo que hablar con él?

Meg esperaba de todo corazón no encontrarse con él.

—Ha apagado el móvil —siguió Haley— y se supone que hoy tengo que hacerle la compra.

—¿Tú le haces la compra?

—Le hago los recados. Le recojo el correo. Esas cosas para las que no tiene tiempo. —Sacó unas cuantas salchichas de la plancha—. Creo que te dije que soy su asistente personal.

—Cierto, me lo dijiste. —Meg contuvo una sonrisa. Había crecido rodeada de asistentes personales y se encargaban de muchísimas cosas aparte de hacer recados.

Cuando llegó a casa esa noche, abrió las ventanas, agradeciendo que ya no fuera necesario ser discreta, y después se dio un chapuzón rápido en la charca. Más tarde, se sentó con las piernas cruzadas en el suelo y se dedicó a examinar algunas joyas que le habían permitido llevarse de la caja de objetos perdidos del club de golf. Le gustaba trabajar con joyas y se le había ocurrido una idea a la que llevaba varios días dándole vueltas. Cogió un par de viejísimos alicates de punta cónica que había encontrado en un cajón de la cocina y comenzó a desmontar una pulsera barata.

Un coche se detuvo en la puerta y al cabo de unos momentos Ted entró con aspecto desaliñado pero elegante con sus pantalones de pinzas azul marino y una camiseta gris arrugada.

—¿Sabes lo que es llamar a la puerta? —le preguntó.

—¿Sabes lo que es allanamiento de morada?

El cuello abierto de la camiseta dejaba a la vista la piel bronceada de su garganta. Meg estuvo mirando ese punto demasiado tiempo antes de atacar con saña el eslabón que estaba pegado al cierre de la pulsera.

—Hoy he recibido un mensaje de Lucy.

—Me da igual. —Se adentró más en la estancia, llevando consigo el nauseabundo olor del bien supremo.

—Se niega a decirme dónde está o lo que está haciendo. —Se le escaparon los alicates e hizo una mueca al pincharse el dedo—. Sólo me ha dicho que no está secuestrada por una banda de terroristas y que no es necesario que me preocupe.

—Te repito que me da igual.

Meg se chupó el dedo.

—De eso nada, aunque no te comportas como la mayoría de los novios abandonados. Tienes el orgullo herido, pero tu corazón no parece afectado, mucho menos destrozado.

—¿Qué sabrás tú de mi corazón?

La necesidad de ser desagradable estaba siempre presente y, mientras se obligaba una vez más a apartar la vista de ese dichoso cuello abierto, recordó un cotilleo que le había contado Haley.

—¿No crees que es un poco ridículo que un hombre de tu edad siga viviendo con sus padres?

—No vivo con mis padres.

—Casi. Tienes una casa en la misma propiedad.

—Es una propiedad muy grande y les gusta tenerme cerca.

A diferencia de sus propios padres, que le habían cerrado la puerta en las narices.

—¡Qué bonito! —dijo ella—. ¿Tu mami te arropa por las noches?

—No a menos que se lo pida. Y tú no eres la más indicada para hacer bromas con las madres.

—Cierto, pero yo no vivo con la mía. —No le gustaba que Ted se quedara por encima, de modo que se levantó y se acercó al único mueble que había en la iglesia, un feísimo sillón orejero que Ted se había dejado olvidado—. ¿Qué quieres?

—Nada, sólo me estoy relajando. —Se acercó a una ventana y recorrió el marco con el pulgar.

Meg se sentó en uno de los brazos del sillón.

—Qué vida más dura tienes. ¿Trabajas en algo? Además de tu supuesto trabajo como alcalde, me refiero.

Su pregunta pareció hacerle gracia.

—Claro que trabajo. Tengo un escritorio con un sacapuntas y todo.

—¿Dónde?

—El lugar es secreto.

—¿Para mantener a raya a las mujeres?

—Para mantener a raya a todo el mundo.

Meg sopesó esas palabras.

—Sé que creaste un *software* ultrarrevolucionario que te hizo ganar una pasta gansa, pero no he oído mucho al respecto. ¿A qué te dedicas exactamente?

—A algo muy lucrativo. —Ladeó la cabeza como si quisiera disculparse—. Lo siento, esa palabra te resulta totalmente desconocida.

—Eso ha sido muy cruel.

Ted sonrió y miró el ventilador del techo.

—Aquí dentro hace un calor espantoso y eso que estamos a primeros de julio. Imagínate cómo será más adelante... —Meneó la cabeza y puso cara de no haber roto un plato en la vida—. Iba a instalar aire acondicionado para Lucy, pero ahora me alegro de no haberlo hecho. La emisión de todos esos fluorocarbonos a la atmósfera te habría impedido dormir. ¿Tienes cerveza?

Meg lo fulminó con la mirada.

—Apenas tengo pasta para la leche del desayuno.

—Vives de gorra —le recordó él—. Qué menos que tener cerveza en el frigorífico para las visitas.

—Tú no eres una visita, eres una plaga. ¿Qué quieres?

—Este sitio es mío, ¿recuerdas? No me hace falta un motivo para venir. —Señaló las joyas desparramadas en el suelo con la punta de un mocasín desgastado, pero carísimo—. ¿Qué es eso?

—Piezas de bisutería. —Se arrodilló y comenzó a recoger las piezas.

—Espero que no hayas pagado por ellas. Aunque supongo que sobre gustos no hay nada escrito.

Meg lo miró.

—¿La iglesia tiene dirección postal?

—Claro que sí. ¿Por qué lo preguntas?

—Sólo quiero saber dónde vivo, nada más. —Porque necesitaba que le mandaran algunas cosas que había guardado en casa. Cogió un trozo de papel y anotó la dirección que Ted le dio. Señaló la entrada con la cabeza—. Y ya que estás aquí... ¿puedes abrir la llave del agua caliente? Estoy harta de duchas frías.

—Qué me vas a contar.

Meg sonrió.

—Es imposible que sigas sufriendo los efectos del periodo de abstinencia sexual de tres meses que te impuso Lucy.

—Joder, sí que le dais a la lengua las mujeres.

—Le dije que era una tontería. —Ojalá fuera lo suficientemente cruel como para decirle que Lucy ya tenía un amante.

—Menos mal que estamos de acuerdo en algo —comentó él.

—Aun así... —Siguió guardando las joyas—. Todo el mundo sabe que puedes tirarte a cualquier imbécil de Wynette. No entiendo por qué te cuesta tanto encontrar compañeras de cama.

Ted la miró como si acabara de soltar la mayor chorrada de la historia.

—Vale —reconoció ella—. Estamos hablando de Wynette y tú eres Ted Beaudine. Si te acuestas con una, tendrás que acostarte con todas.

Ted sonrió.

Como su intención había sido la de enfadarlo, no la de hacerlo reír, probó de nuevo.

—Qué pena que me equivocara con Torie y contigo. Una aventura clandestina con una mujer casada resolvería tu problema. Casi tan bien como haberte casado con Lucy.

—¿A qué te refieres?

Meg extendió las piernas y se apoyó en las manos.

—Nada de chorradas emocionales. Ya sabes, el amor verdadero, la pasión de la buena... esas cosas.

Ted la miró un buen rato en silencio con una expresión inescrutable en esos ojos ambarinos.

—¿Crees que entre Lucy y yo no había pasión?

—Sin ánimo de ofender... Vale, puede que quiera ofender un poquito... El caso es que dudo mucho que conozcas siquiera lo que es eso.

Cualquier mortal se habría ofendido, pero no san Theodore. Él se limitó a analizar esas palabras.

—A ver si lo he pillado bien: ¿una fracasada como tú me está analizando?

—Tengo un punto de vista novedoso sobre tu persona.

Ted asintió con la cabeza. Analizó sus palabras. Y después hizo algo muy impropio de Ted Beaudine. Entornó los párpados y la miró con deseo. Comenzó por su coronilla y fue bajando por su cuerpo, deteniéndose de vez en cuando. En su boca. En sus pechos. En su entrepierna. Y dejando a su paso un rastro excitante.

El temor de no ser inmune a sus encantos la hizo actuar y la llevó a ponerse en pie de un salto.

—Ahórrate el esfuerzo, guapo. A menos que pagues, claro.

—¿Que pague?

—Ya sabes, un buen fajo de billetes de veinte sobre la cómoda antes de irte. ¡Vaya por Dios, no tengo cómoda! En fin, pues nada.

Por fin había conseguido enfadarlo. Ted se alejó hasta el otro extremo de la iglesia, aunque Meg no supo si lo hacía para abrir el agua caliente o para volar el edificio. Esperaba que fuera lo primero. Poco después, escuchó que la puerta trasera se cerraba y unos segundos más tarde escuchó cómo el coche de Ted se alejaba. Por extraño que pareciera, fue una decepción.

El partido de golf comenzó al día siguiente tal como lo habían planeado. Ted y Torie jugarían contra Kenny y Spencer.

—Ayer tuve que ir a Austin —le dijo Spencer a Meg— y cada vez que veía a una mujer guapa, me acordaba de ti.

—¿Y eso por qué?

Ted le lanzó una miradita de reojo. Spencer, en cambio, echó la cabeza hacia atrás y soltó una carcajada.

—Eres de lo que no hay, Meg. ¿Sabes a quién me recuerdas?

—Espero que digas que a una versión joven de Julia Roberts.

—Me recuerdas a mí, como lo oyes. —Se volvió a poner el sombrero panamá—. He tenido que enfrentarme a muchos desafíos en la vida, pero siempre los he conquistado.

Ted le dio una palmada en la espalda.

—Sí, ésa es nuestra Meg.

Cuando llegaron al tercer *green*, Meg estaba medio derretida por el sol, pero se alegraba de encontrarse al aire libre. Se obligó a concentrarse en ser el *caddie* perfecto, mientras le hacía ojitos a Ted cada vez que Spencer se propasaba.

—¡Para ya! —le ordenó Ted aprovechando que nadie los escuchaba.

—¿Y a ti qué más te da?

—Me pone de los nervios —respondió—. Es como estar atrapado en una realidad alternativa.

—Ya deberías estar acostumbrado a que te pongan ojitos.

—Cuando tú los pones, no.

Pronto quedó patente, incluso para Meg, que Torie era una deportista muy competitiva, pero en el hoyo nueve comenzó a patear mal. Ted no perdió su soltura, y cuando se quedó a solas con ella le confirmó sus sospechas. Torie lo hacía a propósito.

—Era un *putt* de menos de un metro —masculló— y Torie ha pasado rozando el hoyo. Spencer puede tirarse semanas aquí. Si alguien piensa que voy a dejarlo ganar todos los partidos, está loco.

—Razón por la que Torie ha fallado el golpe. —Al menos alguien más, aparte de ella, entendía el ego de Spencer. Buscó en los alrededores el protector que acababa de perder—. No pierdas de vista la imagen completa, alcalde. Si estás decidido a destruir el medio ambiente local con este proyecto, necesitas parecerte a Torie y esforzarte por contentar a Spencer.

Ted hizo caso omiso de la pulla.

—Mira quién habla de contentar a Spencer. No te vendría mal ser un poquito más agradable con él. Te juro que pienso montar una escena en público para que descubra hasta qué punto no te correspondo.

Dio un golpe largo que mandó la pelota al *green*, le tiró el palo y se alejó a grandes zancadas.

Gracias a Torie, Spencer y Kenny consiguieron ganar por un hoyo. Después, Meg se dirigió al vestuario femenino, que, técnicamente, los empleados no debían usar, pero que ella usaba porque estaba equipado con un montón de productos de higiene personal de los que, por desgracia, ella carecía. Mientras se echaba agua fría en la cara, Torie se reunió con ella junto a los lavabos. A diferencia de Meg, el calor no parecía afectarla, ya que se limitó a quitarse la visera para rehacerse la coleta, tras lo cual echó un vistazo a su alrededor a fin de asegurarse de que estaban solas.

—Bueno, ¿qué hay entre Ted y tú?

—¿A qué te refieres? ¿No te han llegado los rumores de que espanté a Lucy para poder quedármelo?

—Soy mucho más lista de lo que parezco. Y tú no eres de las que se enamoran de un tío que te detesta.

—Creo que a estas alturas ya lo ha superado un poco. Ahora es más un desagrado profundo.

—Interesante. —Torie sacudió su larga melena antes de recogérsela de nuevo.

Meg cogió una toalla de tocador del montón que había junto al lavabo y la mojó.

—Tú tampoco pareces odiarme. ¿Por qué? El resto del pueblo lo hace.

—Tengo mis motivos. —Se hizo la coleta—. Pero eso no quiere

decir que no vaya a sacarte los ojos si creo que supones una amenaza para Ted.

—Le chafé la boda, ¿recuerdas?

Torie se encogió de hombros sin responder.

Meg la observó, pero Torie se mantuvo impasible, de modo que se pasó la toalla húmeda por la nuca.

—Ya que estamos charlando con el corazón en la mano, me pregunto cómo se sentiría tu marido si supiera que estabas prácticamente desnuda en una habitación de hotel con Ted.

—¡Bah! A Dex no le importó lo de estar prácticamente desnuda (acababa de salir de la ducha), pero no le hizo gracia que Ted me besara así, incluso después de que le explicara que yo me limité a dejarlo hacer. —Entró en el retrete más cercano sin dejar de hablar—. Dex se enfadó bastante y le dijo a Ted que lo del beso era inaceptable. Yo le dije que me encantaría que no lo fuera, porque aunque sabía que Ted no le había puesto mucho empeño, a mí me había encantado. En ese momento, Dex me soltó algo sobre lo que me gustaba y lo que no, algo que, conociendo a mi marido, te haría reír, pero es que el pobre estaba picado porque hace un par de semanas lo engañé para que se quedara con las niñas mientras Ted y yo íbamos a probar el nuevo GPS que ha desarrollado para su coche. Y Dex quería ser él quien lo probara.

Ésa debió de ser la tarde que Meg los vio juntos. Cada vez le picaba más la curiosidad por conocer a Dexter O'Connor.

—¿Tu marido sabía que estabas sola con Ted en una habitación de hotel? —Cogió el protector solar—. Tiene que ser muy comprensivo.

Torie tiró de la cisterna.

—¿Qué quieres decir con «sola»? Dex estaba en la ducha. Era nuestra habitación. Ted sólo estaba de visita.

—¿Que era vuestra habitación? Creía que vivíais en Wynette.

Torie se acercó a ella y la miró con expresión lastimera.

—Tenemos hijos, Meg. Hijos. Dos niñas preciosas a las que quiero con toda mi alma, pero que se parecen mucho a mí, lo que quiere decir que Dex y yo intentamos escaparnos, solos los dos, cada dos meses o así. —Se lavó las manos—. A veces conseguimos pasar un fin de semana en Dallas o en Nueva Orleans. Pero normalmente suele ser una noche en el hotel.

Meg tenía muchísimas más preguntas, pero tenía que guardar los palos de Ted y recoger su propina.

Lo encontró junto a la tienda de accesorios, hablando con Kenny. Lo vio meterse la mano en el bolsillo mientras se acercaba y contuvo el aliento. Cierto que le había perdido los dos últimos protectores, pero no le había costado ni un solo hoyo, y como el muy rácano...

—Aquí tienes, Meg.

Los cien dólares.

—Vaya —susurró—. Ya me veía comprando una cómoda para ganar tanta pasta.

—No te acostumbres —le dijo—. Tus días como mi *caddie* se han acabado.

Justo en ese momento, Spencer salió de la tienda junto con una chica que llevaba un vestido negro ceñido y sin mangas, pendientes de perlas y un Birkin verde. Era alta y voluptuosa, aunque ni mucho menos gorda. Tenía unas facciones marcadas, una cara alargada con cejas oscuras bien delineadas, una buena nariz y una boca sensual. Llevaba mechas claras que le alegraban un poco el tono castaño de su melena y aunque parecía tener veintitantos años, se movía con la seguridad de una mujer mayor y la sensualidad de una más joven acostumbrada a salirse con la suya.

Skipjack le echó un brazo sobre los hombros.

—Ted, tú ya conoces a Sunny, pero creo que los demás no conocéis a mi preciosa hija.

Sunny estrechó las manos de todos mientras repetía los nombres y los memorizaba, empezando por Kenny, siguiendo con Torie (mientras miraba a Meg de reojo) y deteniéndose al llegar a Ted.

—Es genial volver a verte, Ted. —Lo observó como si fuera un buen chuletón, cosa que ofendió a Meg.

—Lo mismo digo, Sunny.

Spencer le dio un apretón a su hija en el brazo.

—Torie nos ha invitado a una fiestecilla para celebrar el cuatro de julio. Una buena oportunidad para conocer a más paisanos y ver por dónde van los tiros.

Sunny miró a Ted con una sonrisa.

—Me parece genial.

—¿Quieres que pasemos a recogerte, Meg? —preguntó Spencer . Torie también te ha invitado. Y Sunny y yo estaremos en cantados de recogerte de camino.

Meg hizo un mohín.

—Lo siento, tengo que trabajar.

Ted le clavó el pulgar en la espalda. Con fuerza.

—Ojalá todos los trabajadores del club fueran tan laboriosos. —Deslizó el pulgar por debajo del omóplato y dio con uno de esos puntos letales que sólo conocían los asesinos—. Por suerte, la fiesta de Shelby no empieza hasta bien avanzada la tarde. Puedes venir en cuanto salgas del trabajo.

Meg consiguió esbozar una sonrisa falsa, pero después decidió que la comida gratis, la curiosidad que le despertaban Sunny y Skipjack, y la oportunidad para irritar a Ted eran alicientes muchísimo más interesantes que pasar otra noche sola.

—Muy bien, pero iré con mi coche.

Sunny tenía bastantes problemas para dejar de mirar a Ted.

—Eres un empleado público muy dedicado.

—Hago lo que puedo.

—Supongo que lo menos que puedo hacer es pujar —dijo Sunny. Al sonreír, enseñó sus dientes, grandes y perfectos.

Ted ladeó la cabeza.

—¿Cómo dices?

—La subasta —contestó ella—. Voy a pujar, que lo sepas.

—Lo siento, Sunny, pero me he perdido.

Sunny abrió su Birkin y sacó una octavilla roja.

—La encontré en el parabrisas de mi coche de alquiler después de aparcar en el pueblo.

Ted miró la octavilla. A lo mejor eran imaginaciones de Meg, pero le pareció ver que se estremecía.

Kenny, Torie y Spencer se acercaron para leer por encima de su hombro. Spencer le lanzó a Meg una mirada interrogante. Kenny meneó la cabeza.

—Ésta es la gran idea de Shelby. Oí cómo se lo contaba a lady Emma, pero no creí que pudiera llegar tan lejos.

Torie soltó una carcajada.

—Pienso pujar. Y me importa un comino lo que diga Dex.

Kenny arqueó una ceja.

—Pues lady Emma no va a pujar.

—Que te lo crees tú —replicó su hermana. Le tendió la octavilla a Meg—. Échale un vistazo. Qué lástima que seas pobre.

La octavilla estaba impresa en letras bien grandes:

¡GANA UN FIN DE SEMANA CON TED BEAUDINE!

Una cita con el soltero predilecto de Wynette para pasar un fin de semana romántico en
San Francisco.
Podrás hacer turismo, cenar en buenos restaurantes, dar románticos paseos en barco por la noche
y mucho más. Muchísimo más...

SEÑORAS, ¡A PUJAR! (MÍNIMO 100 $)

¡Casadas! ¡Solteras! ¡Maduras! ¡Jóvenes!
Sois todas bienvenidas. El fin de semana puede ser tan platónico (o íntimo) como quieras.

www.findeconted.com

Todo el dinero recaudado se destinará a la reconstrucción de la Biblioteca Pública de Wynette.

Ted le quitó la octavilla de las manos, la leyó y luego hizo una bola con ella.

—¡De todas las ideas ridículas y absurdas...!

Meg le dio un golpecito en el hombro y le susurró:

—Yo que tú compraría una cómoda.

Torie echó la cabeza hacia atrás y soltó una carcajada.

—¡Me encanta este pueblo!

10

De vuelta a casa esa misma noche, Meg hizo un alto en la tienda de segunda mano. Le encantaban las tiendas *vintage*, así que decidió parar. En la puerta habían pegado una de las octavillas rojas que anunciaban la subasta para ganar un fin de semana con Ted Beaudine. Abrió la antigua y pesada puerta de madera. El luminoso interior olía a humedad, al igual que la mayoría de tiendas de segunda mano, pero la mercancía estaba bien organizada, con mesas y arcones que servían tanto de expositores como de elementos para separar ambientes. Meg reconoció a la dependienta. Era Kayla, la amiga de Birdie, la rubia que estaba detrás del mostrador de recepción del hotel cuando la humillaron.

El vestido sin mangas en tonos rosa y gris, con efecto camuflaje, que llevaba Kayla no era de segunda mano. Lo complementaba con tacones de aguja y unas pulseras lacadas en negro. Aunque la tienda estaba a punto de cerrar, su maquillaje seguía perfecto. Y con el perfilador de ojos, el colorete y el tono *nude* de los labios, era la personificación de la belleza sureña. No fingió ignorar quién era, y al igual que los demás palurdos de ese pueblo tampoco sabía lo que era la sutileza.

—He oído que Spencer Skipjack está coladito por ti —dijo Kayla al tiempo que se alejaba del expositor de las joyas.

—Pues yo no estoy coladita por él.

Le bastó un vistazo para comprobar que la mercancía era una aburrida colección de prendas deportivas, trajes color pastel y sudaderas de abuela con calabazas y dibujos animados. Nada que encajara con la elegante criatura que regentaba el establecimiento.

—Eso no te impide ser amable con él —replicó Kayla.

—Soy amable con él.

Kayla puso los brazos en jarras.

—¿Sabes lo mucho que se beneficiaría este pueblo del *resort* de golf? ¿Sabes la cantidad de negocios que podrían abrirse?

Era una tontería mencionar la cantidad de ecosistemas que destruiría.

—Supongo que unos cuantos.

Kayla recogió un cinturón que se había caído de un estante.

—Sé que la gente del pueblo no se ha desvivido por acogerte precisamente, pero estoy segura de que todo el mundo te agradecería mucho que no lo usaras como excusa para hacernos la puñeta con Spencer Skipjack. Hay cosas más importantes que vengarse.

—Lo tendré en cuenta. —Justo cuando estaba a punto de marcharse, un maniquí le llamó la atención: una camisa gris de hombre con un top elástico a juego y unos pantalones con cinturilla rizada. Las prendas eran una versión actualizada de la moda veraniega de los cincuenta, de modo que se acercó para examinarlas más de cerca. Cuando encontró la etiqueta, se quedó de piedra—. Es de Zac Posen.

—Lo sé.

Meg parpadeó al ver el precio. ¿Cuarenta dólares? ¿Por un conjunto de tres piezas de Zac Posen? No podía permitirse cuarenta dólares en ese momento, ni siquiera con la propina de Ted, pero era una ganga. Muy cerca del conjunto había un bonito vestido vanguardista con un precioso corsé verde y amarillo, que debería valer unos dos mil dólares nuevo, pero que costaba cien. En la etiqueta estaba el nombre de su tío, Michel Savagar. Les echó un vistazo al resto de las prendas de la estantería y encontró un vestido de seda amarillo con la cara de una modelo de Modigliani, una sorprendente chaqueta origami con pantalones de pitillo grises y una minifalda blanca y negra de Miu Miu. Sacó del perchero una rebeca fucsia muy femenina con rosas de croché, y se la imaginó con una camiseta, unos vaqueros y unas Converse All Stars.

—Bonito, ¿verdad? —preguntó Kayla.

—Muy bonito. —Meg dejó la rebeca en su sitio y acarició una chaqueta de Narciso Rodríguez.

Kayla la miró con expresión casi ladina.

—Pocas mujeres tienen el cuerpo adecuado para ponerse esta ropa. Hay que ser muy alta y delgada.

«¡Gracias, mamá!», pensó ella.

Meg hizo un rápido cálculo mental y diez minutos después salía de la tienda con la minifalda de Miu Miu y el vestido de Modigliani.

El día siguiente era domingo. La mayoría de los empleados almorzaba algo ligero en la sala de los *caddies* o en un rincón de la cocina, pero a ella no le gustaba ninguno de esos lugares. En cambio, se dirigió a la piscina con el sándwich de mantequilla de cacahuete que se había preparado esa mañana. Cuando cruzó la terraza, vio a Spencer, a Sunny y a Ted sentados en una de las mesas bajo una de las sombrillas. Sunny tenía una mano en el brazo de Ted, y él parecía contento con la situación. Ted era el que hablaba mientras que Spencer escuchaba con atención. Ninguno la vio.

La piscina estaba atestada de familias que disfrutaban del largo fin de semana. Consciente de que sólo era una trabajadora, buscó un sitio en la hierba una vez que pasó junto a la tienda de los aperitivos, lejos de los miembros del club. Se estaba sentando con las piernas cruzadas cuando apareció Haley, que llevaba en la mano un vaso adornado con el logotipo verde del club de campo.

—Te he traído una Coca-Cola.

—Gracias.

Haley se soltó la coleta obligatoria en el trabajo y se sentó junto a Meg. A continuación se desabrochó todos los botones del polo amarillo, pero aun así seguía siendo demasiado entallado en el pecho.

—El señor Clements viene a jugar con sus hijos a la una. Ya sabes, 7UP y cerveza Bud Light.

—Ya lo he visto.

Meg comprobaba los horarios del campo cada mañana con la esperanza de mejorar sus propinas memorizando los nombres, las caras y lo que más le gustaba beber a cada miembro. No la habían acogido con los brazos abiertos, pero salvo por la excepción de Bruce, el padre de Kayla, nadie había hablado de deshacerse de ella, situación que atribuía más al interés de Spencer Skipjack que a sus dotes como trabajadora.

Haley miró el colgante que Meg llevaba y que se veía por el escote de su espantoso polo.

—Tienes unos complementos geniales.

—Gracias. Este colgante lo hice anoche.

Había diseñado un colgante muy mono con la bisutería que había desmontado: la esfera de nácar de un reloj roto de Hello Kitty, unas cuantas cuentas rosas que le había quitado a un pendiente y un pececillo de plata que parecía haber estado en un llavero. Con un poco de pegamento y alambre, había creado una pieza muy interesante, perfecta para el cordón de seda negra que había acortado.

—Eres muy creativa —la alabó Haley.

—Me encantan las joyas. Comprarlas, hacerlas y ponérmelas. Cuando viajo, busco artesanos locales y me fijo en su trabajo. He aprendido mucho. —Guiada por un impulso, se desabrochó el cordón—. Toma, que lo disfrutes.

—¿Me lo das?

—¿Por qué no? —Le colocó el cordón alrededor del cuello. El colgante ayudaba a mitigar el exceso de maquillaje.

—Es genial. Gracias.

El regalo disipó gran parte de la reserva natural de Haley, y mientras Meg comía, la chica le contó que en otoño comenzaría las clases en la escuela universitaria del condado.

—Mi madre quiere que vaya a la Universidad de Texas. No para de darme la tabarra, pero no pienso ir.

—Me sorprende que no quieras ir a la gran ciudad —comentó Meg.

—Aquí no se está tan mal. Zoey y Kayla se pasan la vida diciendo que les encantaría mudarse a Austin o a San Antonio, pero nunca lo hacen. —Le dio un sorbo a su refresco—. Todo el mundo dice que el señor Skipjack está obsesionado contigo.

—Está obsesionado con mis contactos con el famoseo, y es muy insistente. Ahora que no nos escucha nadie, he intentado disuadirlo diciéndole que estoy enamorada de Ted.

Los enormes ojos de Haley se abrieron como platos.

—¿Estás enamorada de Ted?

—¡Por Dios, no! Soy demasiado lista como para eso. Es lo único que se me ocurrió con tan poco tiempo.

Haley arrancó unas briznas del césped que tenía junto al tobillo. Guardó silencio un rato y después dijo:

—¿Has estado enamorada alguna vez?

Me ha parecido estarlo un par de veces, pero no era verdad. ¿Y tú?

—Durante un tiempo estuve con un compañero del instituto, Kyle Bascom. El año que viene también va a ir a la escuela universitaria del condado. —Miró el reloj que había en la tienda de los aperitivos—. Tengo que volver al trabajo. Gracias por el colgante.

Meg apuró el sándwich, cogió un carrito de golf vacío y se acercó al hoyo catorce. A las cuatro de la tarde, el campo comenzó a vaciarse, dejándola sin nada que hacer salvo contemplar sus errores.

Esa noche, cuando llegó con la Tartana a la iglesia, encontró un coche desconocido aparcado junto a las escaleras. Al salir, Sunny Skipjack apareció por el cementerio. Se había cambiado el vestidito amarillo que llevaba durante el almuerzo por unos pantalones cortos, un top blanco y unas gafas de sol color cereza.

—¿No te molesta vivir aquí sola? —le preguntó Sunny.

Meg señaló el cementerio con la cabeza.

—Son inofensivos. Aunque algunas de esas lápidas negras me ponen los pelos como escarpias.

Sunny se acercó a ella, contoneándose de una forma que resaltaba sus caderas y sus pechos. No era una mujer obsesionada con la delgadez, detalle que a Meg le gustaba. Lo que no le gustaba era la actitud agresiva, porque eso quería decir que estaba dispuesta a aplastar a cualquiera que cometiese la osadía de llevarle la contraria.

—No me vendría mal una cerveza fría —dijo Sunny—. He pasado las dos últimas horas con mi padre y con Ted, recorriendo el terreno que mi padre está pensando en comprar.

—No tengo cerveza, pero sí té helado.

Sunny no era de las que se conformaban con algo que no fuera lo que ella quería, de modo que rehusó el ofrecimiento. Dado que Meg estaba ansiosa por darse un baño, decidió ir al grano.

—¿Querías algo? —Como si no lo supiera... Sunny quería que dejara tranquilo a su padre.

Sunny hizo una pausa bastante larga antes de contestar:

—La... la vestimenta adecuada para la fiesta de mañana, ¿sabes cómo debe ser?

Era una excusa lamentable. Meg se sentó en un escalón.

—Estamos en Texas. Las mujeres suelen arreglarse mucho.

Sunny casi no le prestó atención.

—¿Cómo es que la hija de Jake Koranda ha acabado en un pueblucho perdido como éste?

Meg tenía motivos de sobra para ridiculizar ese pueblucho, pero Sunny lo hacía porque era una engreída.

—Necesitaba un respiro de Los Ángeles.

—Menudo cambio —comentó Sunny.

—A veces hace falta un buen cambio. Supongo que nos permite ver la vida desde otra perspectiva. —Se había convertido en toda una filósofa.

—No quiero cambiar ni un solo aspecto de mi vida. —Sunny se colocó las gafas de sol en el pelo, de modo que las patillas apartaron los largos mechones de pelo castaño oscuro de su cara, acentuando así su parecido con Spencer. Tenían la misma nariz, los mismos labios carnosos y el mismo aire de superioridad—. Me gustan las cosas como están. Formo parte de la junta directiva de la empresa de mi padre. Diseño productos. Es una vida genial.

—Impresionante.

—Soy perito industrial y tengo un máster en administración de empresas —añadió Sunny, aunque ella no se lo había preguntado.

—Qué bien. —Meg pensó que ella no tenía título alguno.

Sunny se sentó en un escalón por encima.

—Parece que has alborotado un poco el pueblo desde que llegaste.

—Es un sitio pequeño. Es fácil alborotarlo.

Sunny se limpió una mancha que tenía en el tobillo y que seguramente se habría hecho durante el recorrido por la propiedad.

—Mi padre no para de hablar de ti. Le gustan las mujeres jóvenes.

Por fin había llegado al motivo de su visita, cosa de lo que Meg se alegró muchísimo.

—Y es evidente que a ellas también les gusta —siguió Sunny—. Es un hombre de éxito, muy extrovertido, a quien le gusta pasárselo bien. No para de hablar de ti, así que sé que te ha echado el ojo. Me alegro por los dos.

—¿En serio? —Meg no se esperaba eso. Quería una aliada, no una casamentera. Hizo un poco de tiempo al desatarse las zapatillas—. Pues la verdad es que me sorprende. ¿No te preocupan las...

cazafortunas? Supongo que ya te habrás enterado de que estoy sin blanca.

Sunny se encogió de hombros.

—Mi padre ya es mayorcito. Sabe cuidarse solo. El hecho de que supongas un desafío hace que seas muchísimo más interesante a sus ojos.

Lo último que quería Meg era ser interesante. Se quitó las zapatillas y los calcetines, y dijo con mucho tiento:

—No me van los hombres maduros.

—Pues creo que deberías reconsiderar tu postura. —Sunny se puso en pie y bajó hasta el escalón de Meg—. Voy a hablarte claro: mi padre se divorció de mi madre hace casi diez años. Ha trabajado muchísimo toda la vida y merece pasárselo bien. Así que puedes estar tranquila porque no pienso entrometerme. No me importa que os lo paséis bien. Además, ¿quién sabe en qué acabará la cosa? Siempre es generoso con las mujeres con las que sale.

—Pero...

—Nos vemos mañana en la fiesta. —Una vez cumplida la misión, se alejó hasta su coche de alquiler.

Mientras la veía marcharse en el coche, a Meg se le encendió la bombilla. Era evidente que Sunny había oído los rumores sobre su amor por Ted y no le habían gustado ni un pelo. Así que quería mantenerla ocupada con su padre para poder quedarse a solas con don Sexy. Si Sunny supiera la verdad, no habría perdido el tiempo.

Meg no tuvo dificultades para encontrar la mansión de estilo morisco donde vivían Shelby y Warren Traveler. Se rumoreaba que a Kenny y a Torie no les había hecho gracia que su padre se casara con una mujer treinta años menor que, además, estaba en la misma hermandad universitaria que Torie. Ni siquiera el nacimiento de un hermanastro consiguió calmar los ánimos, pero de aquello hacía ya once años, Kenny y Torie se habían casado y todo parecía agua pasada.

Delante de la casa, una construcción de estuco rosado con tejado almenado que parecía sacado de las *Mil y una noches*, se alzaba una impresionante fuente de mosaico. Un miembro del servicio de *catering* la invitó a pasar por la puerta de madera tallada flanqueada por un par de ventanas. La decoración de influencia inglesa contrastaba enormemente con la arquitectura de influencia morisca, pero la cretona, los cuadros con escenas cinegéticas y los muebles de Hepplewhite que Shelby Traveler había elegido combinaban a la perfección.

Una puerta de doble hoja con mosaicos incrustados daban paso a una terraza con paredes estucadas, bancos alargados cubiertos por telas de colores intensos y mesas plegables decoradas con centros de bronce cuajados de flores azules, blancas y rojas, amén de sus correspondientes banderitas estadounidenses. La sombra de los árboles y el sistema de refrigeración por nebulizador que refrescaba el ambiente aliviaban el intenso calor.

Meg vio a Birdie Kittle y a Kayla juntas, acompañadas de la mejor amiga de Kayla, Zoey Daniels, la directora de la escuela infantil. Varios trabajadores del club de campo estaban ayudando a servir y Meg saludó a Haley, que llevaba una bandeja con entrantes. Kenny Traveler estaba junto a una mujer muy atractiva de pelo castaño claro y mejillas sonrosadas. Meg la reconoció porque la vio durante la cena del ensayo de la boda. Era su mujer, Emma.

Meg se había duchado en el vestuario femenino, se había aplicado un poco de espuma en sus rebeldes rizos, se había pintado los labios y los ojos, y se había puesto el vestido ceñido que compró en la tienda de segunda mano. Con la cara de la mujer en el frontal, no necesitaba collar, pero no pudo resistirse y les añadió un par de discos de plástico a los pendientes de la dinastía Sung. El enorme contraste entre lo moderno y lo antiguo combinaba a la perfección con el estampado del vestido y le daba un aire ecléctico. A su tío Michel le habría encantado.

Unas cuantas cabezas se volvieron al verla, pero no, mucho se temía, por sus enormes pendientes. Esperaba hostilidad por parte de las mujeres, pero no entendía las miradas cómplices que intercambiaron al ver su vestido. Como era estupendo y le sentaba de maravilla, no le importó.

—¿Te traigo una copa?

Meg se volvió y vio a un hombre alto y delgado, de unos cuarenta y tantos años, con pelo castaño despeinado y unos ojos grises un poco separados, ocultos tras unas gafas de montura metálica. Le recordó a un profesor universitario de literatura.

—¿De arsénico? —preguntó a su vez.

—No creo que sea necesario.

—Si tú lo dices...

—Soy Dexter O'Connor.

—¡Venga ya! —se le escapó antes de poder evitarlo, pero no podía creerse que ese hombre de aspecto erudito fuera el marido de la elegante Torie O'Connor. Era la pareja peor avenida de la historia.

Lo vio sonreír.

—Es evidente que has conocido a mi mujer.

Meg tragó saliva.

—Esto... es que...

—Torie es Torie y yo... no lo soy... —La miró con una ceja enarcada.

—En fin, yo... Supongo que eso es bueno, ¿no? Depende de cómo se mire, ¿verdad? —Acababa de insultar a su mujer sin pretenderlo. Dexter esperó con una sonrisa paciente en los labios—. No quiero decir que Torie no sea fantástica... —Se obligó a continuar—. Torie es una de las poquísimas personas agradables que he conocido en este pueblo, pero es muy... —Como sabía que se estaba enterrando ella solita, se dio por vencida—. ¡Dios, lo siento! Soy de Los Ángeles, así que no tengo modales. Me llamo Meg Koranda, como seguro que ya sabes, y tu mujer me cae bien.

A Dexter le hacía gracia su incomodidad, pero tenía una expresión más comprensiva que cruel.

—Pues ya somos dos.

En ese preciso momento, Torie se acercó a ellos. Estaba guapísima con un top rojo sin mangas de corte oriental y una minifalda azul marino que dejaba bien a la vista sus largas y morenas piernas. ¿Cómo era posible que semejante cañón de mujer se hubiera casado con un hombre que parecía tan formal?

Torie se colgó del brazo de su marido.

—Dex, ahora que ya conoces a Meg sabes que no es la zorra que todo el mundo cree. Al menos, no creo que lo sea.

Dex miró a su mujer con una sonrisa tolerante y a Meg con una lastimera.

—Tienes que perdonar a Torie. Suelta por la boca todo lo que se le pasa por la cabeza. No puede evitarlo. La han malcriado y no tiene remedio.

Torie sonrió y miró al cerebrito de su marido con tanto cariño que a Meg se le formó un nudo en la garganta de repente.

—Sigo sin entender por qué te parece un problema, Dex.

El aludido le dio unas palmaditas en la mano.

—Lo sé.

Meg comprendió que la impresión de que Dexter O'Connor era un cerebrito ingenuo tal vez fuera equivocada. Aunque pareciera un hombre formal y serio, no era tonto.

Torie soltó el brazo de su marido y la cogió a ella de la muñeca.

—Me aburro. Es hora de presentarte a algunas personas. Seguro que eso anima el cotarro.

—No creo que sea...

Sin embargo, Torie ya la estaba arrastrando hacia la mujer de Kenny Traveler, que había escogido un vaporoso vestido de color naranja con pétalos calados en el bajo. El tono resaltaba sus ojos castaños y sus rizos rubios.

—Lady Emma, no creo que te hayan presentado a Meg Koranda —dijo Torie, antes de decirle a Meg—: Y para que lo sepas, una de las mejores amigas de lady Emma es la madre de Ted, Francesca. La mía también, pero yo soy más abierta. Lady Emma te odia con toda su alma, como el resto.

La mujer de Kenny la escuchó sin pestañear siquiera.

—Les has hecho mucho daño a Francesca —le dijo a Meg en voz baja y con un fuerte acento británico—. Sin embargo, no estoy al tanto de todos los detalles, así que eso de «odiar» es un poco exagerado, pero a Torie le encanta exagerar.

—¿A que tiene un acento precioso? —Torie miró a la otra mujer con una sonrisa deslumbrante—. Lady Emma es una firme defensora del juego limpio.

Meg decidió que había llegado el momento de responder con su propia medicina a esas mujeres que se jactaban de hablar tan claro.

—Si le incomoda darme el beneficio de la duda, lady Emma, le doy permiso para que dejé de lado sus principios.

La aludida ni parpadeó.

—Emma a secas, y tutéame —dijo—. No tengo título, sólo es honorífico, como todos saben muy bien.

Torie la miró con expresión tolerante.

—Vamos a dejar las cosas claras: si mi padre fuera el quinto conde de Woodbourne como lo era el tuyo, te aseguro que obligaría a la gente a llamarme «lady» y a hablarme de usted.

—Me lo has dicho mil veces. —Lady Emma miró a Meg—. Tengo entendido que el señor Skipjack está muy interesado en ti. ¿Es mucho preguntar si piensas usarlo en nuestra contra?

—Resulta muy tentador —contestó Meg.

Ted salió al patio con Spencer y Sunny. Llevaba unos pantalones cortos de color marrón y una aburrida camiseta de manga corta con el logotipo de la Cámara de Comercio en el pecho. Como era de esperar, un rayo de luna escogió ese preciso momento para atravesar las copas de los árboles y caer sobre él, creando el efecto de que caminaba entre luces celestiales. Debería darle vergüenza.

Haley se tomaba muy en serio su trabajo como asistente personal. Abandonó al anciano que iba a coger una de las alitas de la bandeja y corrió al lado de Ted para servirle.

—Vaya —dijo Emma—, Ted está aquí. Será mejor que vaya a la piscina y vea cómo están los niños.

—Shelby ha contratado a tres socorristas —le recordó Torie—. Lo que pasa es que no quieres enfrentarte a él.

Emma resopló.

—La subasta para pasar un fin de semana con Ted fue idea de Shelby, pero sabes muy bien que me echará la culpa a mí.

—Tú eres la presidenta de la Asociación de Amigos de la Biblioteca.

—Y había pensado hablar con él antes. Pero no sabía que iban a imprimir tan pronto las octavillas.

—Tengo entendido que la puja ya va por tres mil dólares —dijo Torie.

—Tres mil cuatrocientos —puntualizó Emma, un poco aturdida—. Más de lo que recaudaríamos con diez o doce rifas. Y porque Kayla tuvo problemas anoche con la web, que si no la cantidad sería mayor.

Torie frunció la nariz.

—Creo que será mejor no mencionarle la web a Ted. Es un tema un poco delicado.

Emma se mordió el carnoso labio inferior antes de decir:

—Todos nos aprovechamos muchísimo de él.

—No le importa.

—Claro que le importa —la corrigió Meg—. No sé cómo os aguanta.

Torie le restó importancia a sus palabras con un gesto de la mano.

—Tú no eres de aquí. Tendrías que vivir en el pueblo para entenderlo. —Miró a Sunny Skipjack, que estaba al otro lado del patio e iba muy elegante con unos pantalones blancos y una túnica azul de escote en forma de lágrima que dejaba a la vista un generoso canalillo—. Se está empleando a fondo con Ted. Mírala, restregándole las tetas contra el brazo.

—A él parece gustarle —comentó Emma.

¿Le gustaba? Tratándose de Ted era imposible saberlo. Pese a sus treinta y dos años cargaba no sólo con el peso de los pechos de Sunny Skipjack, sino con el de todo el pueblo.

Ted ojeó la multitud y la localizó casi de inmediato. Meg tuvo la sensación de que unas lucecitas de neón empezaban a parpadear en su interior.

Torie se apartó la melena de la nuca.

—Meg, te enfrentas a un buen dilema. Spencer está poniendo toda la carne en el asador para ponerte las manos encima. Al mismo tiempo, su hija tiene a tu amorcito en su punto de mira. Una situación complicada. —Y, por si Emma no se había enterado, añadió—: Meg le dijo a Spencer que está enamorada de Teddy.

—¿Quién no lo está? —Emma frunció el ceño—. Será mejor que vaya a hablar con él.

Sin embargo, Ted ya había dejado a los Skipjack a cargo de Shelby Traveler para poder ir en busca de la mujer de Kenny. Aunque primero miró de arriba abajo a Meg mientras meneaba la cabeza.

—¿Qué pasa? —quiso saber Meg.

Ted miró a Torie y a Emma.

—¿Es que nadie va a decírselo?

Torie se soltó el pelo.

—Yo no.

—Ni yo —dijo Emma.

Ted se encogió de hombros antes de que Meg pudiera preguntarle a qué se refería y la miró con esos ojos ambarinos.

—Spencer quiere verte y será mejor que le des el gusto. Sonríele y hazle preguntas sobre su empresa. Está por las nubes con su nueva gama de inodoros. —Al ver que Meg lo miraba con una ceja enarcada, se concentró en Emma—. En cuanto a ti...

—Lo sé, y lo siento muchísimo. De verdad. Quería hablar contigo antes para comentarte lo de la subasta.

Torie le clavó un dedo en el hombro.

—Ni se te ocurra quejarte. La puja ya va por tres mil cuatrocientos dólares. Como no tienes niños, no sabes lo mucho que la biblioteca significa para esos angelitos, que se duermen llorando todas las noches porque no tienen libros nuevos.

No coló.

—Los gastos del fin de semana se comerán esos tres mil cuatrocientos pavos. ¿A nadie se le ha ocurrido pensar en eso?

—Bueno, ya lo tenemos solucionado —le aseguró Emma—. Uno de los amigos de Kenny ha ofrecido su jet privado, así que nos ahorramos el billete de avión a San Francisco. Y los contactos de tu madre nos harán descuentos importantes en el hotel y en los restaurantes. En cuanto le digamos que nos hacen falta, claro.

—Yo no contaría con su ayuda.

—Nada de eso, le encantará la idea... una vez que le diga lo bien que te ha venido la subasta para olvidar tu reciente...

Mientras Emma buscaba la palabra adecuada, Meg se aprestó a ayudarla.

—¿Humillación nacional? ¿Ignominia pública? ¿Cara de gilipollas?

—Eso ha sido cruel —protestó Torie—. Considerando que tú tienes la culpa.

—Yo no fui quien lo dejó plantado —replicó Meg—. ¿Por qué no se os mete eso en la cabeza de una vez?

Esperó la respuesta de costumbre, que todo iba bien hasta que ella apareció. Que se había aprovechado cruelmente de los nervios de la novia. Que estaba celosa y quería a Ted para ella. En cambio, Ted se desentendió de ella con un gesto de la mano y se concentró en Emma.

—No sé cómo has podido apoyar esa idea tan ridícula.

—Deja de mirarme de esa manera. Sabes muy bien que me siento fatal cuando frunces el ceño. Échale la culpa a Shelby. —Emma buscó a su suegra con la mirada—. Que parece haber desaparecido... Cobarde.

Torie le clavó los dedos en las costillas a Ted.

—Mira, tu nueva conquista viene hacia aquí. Con su padre.

Meg habría jurado que vio a Ted fruncir el ceño, pero en realidad lo que hizo fue esbozar una de sus aburridas y predecibles sonrisas. Sin embargo, y antes de que los Skipjack pudieran llegar hasta él, se escuchó un grito.

—¡Madre mía!

La gente guardó silencio y se volvió en busca del origen del grito. Kayla estaba atónita mirando la pantalla de su móvil rojo mientras Zoey, de puntillas, hacía lo propio por encima de su hombro. Un mechón de pelo se soltó del habitual recogido de Kayla cuando levantó la cabeza.

—¡Alguien acaba de subir la puja mil dólares!

Los labios carmesí de Sunny Skipjack esbozaron una sonrisa satisfecha, y Meg alcanzó a ver cómo se metía el móvil en el bolsillo de la túnica.

—¡Por Dios! —masculló Torie—. Ahora tendré que gastarme un buen pico de mis ahorros para subir la puja.

—¡Papá! —Kayla se separó de Zoey con expresión angustiada y corrió hacia su padre, abriéndose paso entre la multitud.

Esa misma mañana, Meg le había servido a Bruce Garvin un refresco de naranja y no había recibido propina alguna. Kayla cogió el brazo de su padre y entablaron una conversación furiosa.

La sonrisa serena de Ted vaciló.

—Míralo por el lado bueno —susurró Meg—, los angelitos de Wynette están a un paso de poder disfrutar de la nueva novela de John Grisham.

Ted hizo oídos sordos.

—Dime que no vas a pujar —le dijo a Torie.

—Pues claro que voy a pujar. ¿Crees que voy a pasar por alto la oportunidad de pasar un fin de semana en San Francisco sin mis hijas? Eso sí, Dex se viene con nosotros.

Un brazo sudoroso rodeó la cintura de Meg, acompañado por un agobiante olor a colonia.

—Todavía no has bebido nada, Meg. Vamos a solucionar ese problemilla.

El rey de los suministros de fontanería se parecía a Johnny Cash allá por 1985. Su pelo canoso resplandecía y su carísimo reloj relucía entre el vello de la muñeca. Aunque la mayoría de los hombres llevaba pantalones cortos, él había elegido unos pantalones largos y un polo de marca, a través de cuyo escote asomaba el vello de su pecho. Mientras la alejaba de los demás, le frotó la base de la espalda con la mano.

—Esta noche pareces una estrella de cine. Bonito vestido. ¿Por casualidad conoces a Tom Cruise?

—Nunca he tenido el placer.

Era mentira, pero no pensaba dejar que la arrastrara a una conversación sobre todas y cada una de las estrellas a quienes había conocido. Con el rabillo del ojo, vio que Sunny le regalaba una sonrisa ladina a Ted y que él se la devolvía. Escuchó un retazo de su conversación.

—... y con mi *software* —estaba diciendo Ted— las comunidades mejoran su eficiencia energética. Es el equilibrio de la carga dinámica.

Sunny se humedeció los labios, haciendo que su respuesta pareciera sacada de una peli porno.

—Para optimizar así la infraestructura ya existente. Es brillante, Ted.

Pronto formaron un cuarteto. Según vio Meg, Sunny lo tenía todo. Era sexy, inteligente y profesional. Era evidente que su padre la adoraba, porque no dejaba de cantar sus alabanzas, desde sus notas en la universidad hasta los premios de diseño que había ganado para la empresa. Ted los presentó a todo el mundo, cosa que resultó muy graciosa, ya que incluso Birdie, Kayla y Zoey tuvieron que ser amables con Meg delante de los Skipjack. Meg no había visto tantos lameculos en la vida, ni siquiera en Hollywood.

—Wynette es el secreto mejor guardado de Texas —afirmó Birdie—. Es un lugar escogido por Dios.

—Vas por la calle y te puedes encontrar con Dallie Beaudine o con Kenny Traveler —añadió el padre de Kayla—. ¿En qué otro sitio puede suceder algo así?

—Nadie puede igualar nuestros paisajes —comentó Zoey—, y la gente de Wynette sabe cómo hacer que los desconocidos se sientan como en casa.

Meg podría haber rebatido ese punto, pero una mano que no era la de Spencer le dio un pellizco en el codo para que guardara silencio.

Cuando se sirvió la barbacoa, Sunny trataba a Ted como si fuera su novio de toda la vida.

—Tienes que acompañarnos a Indianápolis, ¿verdad, papá? Te va a encantar. Es la ciudad más subestimada del Medio Oeste.

—Eso tengo entendido —comentó el señor alcalde con admiración.

—Sunny tiene razón. —Spencer miró a su hija con cariño—. Y supongo que entre Sunny y yo conocemos a todos los habitantes de la ciudad.

Kayla se acercó para coquetear con Ted y anunciar que la puja había ascendido en quinientos dólares. Dado que estaba muy contenta, Meg suponía que su padre era el responsable. Sunny no se sintió amenazada por la sobrepuja ni por el encanto rubio de Kayla.

Cuando Zoey se unió al grupo, Ted la presentó a los Skipjack. Aunque no era tan descarada como Kayla, las miraditas que le lanzaba a Ted dejaban claro lo que sentía por él. Meg se moría por decirles a las dos que disimularan un poquito. Era evidente que Ted les tenía cariño, aunque era igual de evidente que no sentía nada más por ellas. Aun así, le daban un poco de lástima. Ted trataba a todas las mujeres (menos a ella, que era la excepción que confirmaba la regla) como a criaturas muy deseables, de modo que no era de extrañar que siguieran albergando esperanzas.

Llegados a ese punto, Sunny se aburría.

—Me han dicho que hay una piscina estupenda. ¿Te importaría enseñármela, Ted?

—Buena idea —contestó él—. Meg también tenía ganas de verla. Iremos los cuatro.

Meg le habría dado las gracias por asegurarse de no dejarla a solas con Spencer si no supiera su verdadero motivo: no quería quedarse a solas con Sunny.

Se acercaron a la piscina. Meg conoció a su anfitrión, el padre de Kenny, Warren Traveler, que parecía una versión madura y más tosca de su hijo. Su esposa, Shelby, tenía toda la pinta de ser una cabeza de chorlito, aunque Meg sabía que en Wynette las apariencias engañaban. Y de hecho, no tardó en enterarse de que Shelby era la presidenta del claustro del internado británico del que Emma Traveler había sido directora.

—Antes de que empieces a gritarme —le dijo Shelby a Ted—, deberías saber que Margo Ledbetter ha montado un vídeo tuyo y lo ha enviado a ese programa de solteros de la tele. Creo que deberías empezar a practicar tus buenos modales.

Ted dio un respingo justo cuando se escuchaban los primeros fuegos artificiales y Meg se inclinó hacia él lo justo para susurrarle:

—Yo que tú me iba de este pueblo lo antes posible.

Ese tic nervioso con el que empezaba a familiarizarse apareció en la barbilla de Ted, pero lo vio sonreír y fingir que no la había escuchado.

11

Ya en la piscina, Meg observó cómo Torie envolvía en sendas toallas de playa a dos futuras bellezas. Los sentidos besos que les plantó en la nariz pusieron de manifiesto que no hablaba en serio cuando se quejaba sobre sus hijas. Kenny, entre tanto, mediaba en una discusión entre dos niños tan morenos de pelo como él, mientras que una pequeñaja con los mismos rizos rubios que su madre les robaba la disputada colchoneta sin que se dieran cuenta y corría a meterse con ella en el agua.

Meg logró por fin librarse de los demás con la excusa de ir al baño, pero al salir se encontró con que Spencer la esperaba en el pasillo, copa de vino en mano.

—Creo recordar que estabas tomando un sauvignon blanc. —Pronunció el nombre del vino con un acento muy marcado, como si no tuviera paciencia para otro idioma que no fuera el propio, y después se asomó al baño—. Los sanitarios son de Kohler —afirmó—. Pero la grifería es mía. Níquel cepillado. Forma parte de nuestra línea Chesterfield.

—Son... preciosos.

—Los diseñó Sunny. Esa chica es un genio.

—Se le nota, sí. —Meg intentó avanzar por el pasillo, pero Spencer era un hombre corpulento y le bloqueó el paso. Notó que le colocaba la mano en ese sitio que tanto le gustaba, la base de la espalda.

—Tengo que volver a Indiana durante unos días. Después, me iré a Londres para echarle un vistazo a un fabricante de cocinas. Sé que tienes trabajo, pero... —dijo antes de guiñarle un ojo—, ¿qué te parece si intento conseguirte un par de días libres para que vengas conmigo?

Meg comenzaba a ponerse nerviosa.

—Spencer, eres un buen hombre... —Un buen hombre que llevaba un trozo de pollo entre los incisivos—. Me siento muy halagada... —Intentó parecer emocionada—. Pero ya sabes que estoy enamorada de Ted.

Spencer le regaló una sonrisa comprensiva.

—Meg, preciosa, perseguir a un hombre que no te corresponde acabará haciendo trizas tu autoestima. Es mejor que te enfrentes a la verdad, porque cuanto antes lo hagas, menos sufrirás.

Meg no pensaba ceder a las primeras de cambio.

—En realidad, no sé si Ted me corresponde o no.

Spencer le puso una mano en un hombro y le dio un apretón.

—Ya has visto a Ted con Sunny. Entre ellos saltan chispas. Hasta un ciego se daría cuenta de que están hechos el uno para el otro.

Se equivocaba. Sí que había chispas, pero eran de Sunny. El resto sólo era el encanto Beaudine. Ignoraba qué tipo de mujer necesitaba Ted, pero tenía muy claro que no era Sunny, de la misma manera que tampoco lo había sido Lucy. Claro que, ¿qué sabía ella? A lo mejor Sunny, con sus licenciaturas académicas y su mente de ingeniera, era su media naranja.

—Sí, sé que acaba de sufrir una ruptura sentimental —siguió Spencer—, pero Sunny es una chica lista. Sabe manejar los tiempos. Fíjate que acaban de conocerse y ya la trata como si fuera la única mujer del mundo.

Era obvio que no se había percatado de que Ted trataba a todas las mujeres de esa forma, pensó ella.

—Ted y Sunny juntos... —Spencer rio entre dientes—. Eso sí que allanaría el camino para un acuerdo.

Y, justo en aquel momento, Meg supo la respuesta a la pregunta que todos los habitantes del pueblo se habían hecho. ¿Por qué había cambiado Spencer de opinión con respecto a construir en Wynette?

En primavera, Spencer la había descartado a favor de San Antonio, y apenas un mes antes había reaparecido para anunciar que Wynette seguía estando en las quinielas. Y el motivo era Sunny. Su hija había conocido a Ted cuando estaba comprometido con Lucy.

Sin embargo, ya era un hombre libre y lo que Sunny quería, Spencer hacía todo lo posible para que lo consiguiera.

—Háblame de tu nuevo inodoro limpiador —le dijo Meg—. Me muero por oír los detalles.

Y Spencer se lanzó encantado a describirle cómo sería el inodoro que limpiaría automáticamente el trasero de quien lo usara. La conversación derivó a otro de sus temas preferidos: la vida de Meg en Hollywood.

—Las casas de los famosos... Seguro que tienen unos baños espectaculares.

—La verdad es que yo crecí en Connecticut, y he pasado mucho tiempo viajando.

Su respuesta no impidió que le preguntara si conocía a sus actores preferidos, una lista que incluía a Cameron Díaz, a Brad Pitt, George Clooney y, por incomprensible que pareciera, a Tori Spelling.

Los fuegos artificiales comenzaron en cuanto oscureció. Mientras los invitados se agrupaban en el jardín trasero, Peter Traveler, el hijo de Shelby y Warren, un chico de once años, correteaba por el césped con sus amigos. Los más pequeños, que estaban adormilados y cubiertos con las toallas, se acurrucaron con sus padres. Una de las hijas de Torie abrazaba a su madre con una manita enterrada en su pelo. Los tres hijos de Kenny y de Emma estaban tumbados sobre sus padres y la más pequeña estaba medio escondida bajo uno de los brazos de su padre.

Meg, Spencer, Ted y Sunny se sentaron en la manta que les ofreció Shelby. Spencer se acercó más de la cuenta, de forma que Meg acabó sentándose en el césped. Ted se apoyó en los codos y escuchó atentamente mientras Sunny recitaba todos los compuestos químicos necesarios para crear los distintos colores de los fuegos artificiales. Parecía fascinado, pero Meg sospechaba que tenía la cabeza en otro sitio. Los invitados aplaudieron cuando las primeras palmeras iluminaron el cielo nocturno. Spencer colocó una mano sudorosa y peluda sobre la mano de Meg. La humedad ambiental y el calor reinante acentuaban el olor de su colonia y, cual cohete que surcara el cielo, la piedra negra engastada en el anillo que adornaba su dedo meñique, relució con un brillo perverso.

La colonia, el calor, el vino...

—Disculpadme —susurró.

Se zafó de la mano de Spencer y se abrió camino entre las mantas y toallas en dirección a las puertas francesas por las que se accedía a un espacioso salón. La acogedora decoración de estilo campestre inglés era evidente en los mullidos sofás y sillones, en las mesitas auxiliares cargadas de revistas y de fotos de familia con marcos de plata, y en las estanterías donde descansaban maquetas de aviones, juegos de mesa y la colección de Harry Potter.

Las puertas se abrieron tras ella. Spencer la había seguido y eso le provocó una repentina oleada de náuseas. Estaba cansada, molesta y ya no lo aguantaba más.

—Estoy enamorada de Ted Beaudine. Locamente enamorada.

—Pues tienes una forma muy rara de demostrarlo.

«Mierda», pensó. Ése no era Spencer. Se volvió y descubrió a Ted justo delante de las puertas. Su alta y magnífica silueta quedaba recortada contra la oscuridad de la noche. En ese momento, explotó un cohete en el cielo y su luz dorada conformó un halo alrededor de su cabeza. Era tan predecible, tan irritante, que le dieron ganas de ponerse a chillar.

—Déjame sola.

—La pasión te pone muy arisca. —Mientras se adentraba en el salón, las chispas doradas se convirtieron en una etérea cascada—. Quería ver si estabas bien. Me ha parecido que estabas un poco tensa.

—Es la peste de esa colonia y no me vengas con pamplinas. Lo que quieres es alejarte de Sunny.

—No sé por qué lo dices. Es una chica muy lista. Y está muy buena.

—Y sería perfecta para ti, salvo que en realidad no te gusta, aunque en la vida podrás admitir que no te gusta una mujer. Menos en mi caso, claro. Sin embargo, si consigues enamorarte de ella, conseguirás ese espantoso *resort* en un abrir y cerrar de ojos. Spencer me ha dicho que si Sunny y tú os hacéis pareja, el trato está cerrado. Por eso ha vuelto a Wynette. —Le lanzó una mirada asesina—. Y estoy segura de que ya te lo habías imaginado.

Ni siquiera se molestó en negarlo.

—Wynette necesita ese complejo turístico y no voy a disculparme por hacer todo lo necesario para conseguirlo. No hay una sola persona en el pueblo que no vaya a beneficiarse.

—En ese caso, tendrás que casarte con ella. ¿Qué es la felicidad de un solo hombre comparada con el bienestar de la mayoría?

—Apenas nos conocemos.

—Da igual. Sunny es una mujer que persigue lo que quiere.

Ted se frotó el puente de la nariz.

—Sólo se está divirtiendo.

—*Au contraire*. Tú eres el único y maravilloso Ted Beaudine, y sólo con verte, las mujeres...

—Cierra el pico. —Una orden desagradable pronunciada con suavidad—. Cierra el pico, ¿vale?

Ted parecía tan cansado como ella se sentía. Meg se dejó caer en el sofá tapizado de damasco, colocó los codos en las rodillas y apoyó la barbilla en las manos.

—Odio este pueblo.

—No te lo discuto. Pero te gusta el desafío que representa.

Eso hizo que levantara la cabeza de golpe.

—¿Qué desafío? Estoy durmiendo en una iglesia vacía y calurosa, y vendiendo cerveza *light* a una panda de golfistas consentidos a los que ni siquiera se les puede decir que reciclen las latas. ¡Sí, no sabes lo que me gusta este desafío!

Los ojos de Ted parecieron atravesarla.

—Eso hace que las cosas sean más interesantes, ¿verdad? Por fin se te ha presentado la oportunidad para ponerte a prueba.

—¿¡Cómo que por fin!? —Se levantó de un brinco—. He surcado el río Mekong en kayak y he buceado con los grandes tiburones blancos en Ciudad del Cabo. No me vengas con pruebas.

—Eso no fueron pruebas. Lo hiciste por diversión. Pero lo que te está pasando aquí en Wynette es distinto. Por fin estás viendo de lo que eres capaz sin el dinero de papá y mamá. ¿Puedes sobrevivir en un lugar donde Spencer Skipjack es la única persona impresionada por tu apellido y dónde, seamos sinceros, nadie te traga?

—A Torie sí le caigo bien, más o menos. Y a Haley Kittle. —Su escrutinio comenzaba a ponerla nerviosa, así que se acercó a la estantería y fingió ojear los títulos.

Ted se acercó a ella.

—Observarte es interesante. ¿Será capaz Meg Koranda de ingeniárselas para sobrevivir? Ése es el desafío al que te enfrentas, ¿verdad?

No había dado en el clavo, pero tampoco estaba del todo equivocado.

—¿Qué sabrás tú? Eres la personificación del sueño americano a la inversa. Criado por unos padres millonarios que te dieron todas las comodidades. Deberías haber acabado siendo una persona tan consentida como yo, pero no ha sido así.

—Meg, tú no eres una consentida. Por favor, deja de verte de esa forma.

El comentario de Ted consiguió desestabilizarla de nuevo. Miró una hilera de libros de consulta.

—¿Y tú qué sabes? Nunca has decepcionado a la gente.

—Te equivocas. Cuando era pequeño, hice un destrozo en la Estatua de la Libertad.

—¡Huy, seguro que la pintaste con un rotulador! Qué malo fuiste... —Pasó el pulgar por el lomo de un diccionario.

—No, fue un poco peor que eso. Subí hasta el mirador, rompí una ventana y colgué una pancarta que decía: «No a las armas nucleares.»

Eso la sorprendió tanto que se volvió para mirarlo.

—Lucy no me lo ha contado.

—¿Ah, no? —Ted había ladeado la cabeza, así que Meg no podía verle bien los ojos—. Supongo que porque no llegué a contárselo.

—¿Cómo es posible que no hayáis hablado de algo tan importante?

Él se encogió de hombros.

—Teníamos otras cosas en mente.

—La experiencia debió de ser un poco traumática.

El comentario lo relajó hasta tal punto que incluso sonrió.

—Fue el peor momento de mi infancia. Y el mejor.

—¿Cómo que fue el mejor? ¿No te pillaron?

—Desde luego. —Clavó la vista en el paisaje inglés colgado sobre la chimenea—. No conocí a mi padre hasta que cumplí nueve años, es una historia muy larga, y cuando por fin nos conocimos, la cosa no fue muy bien. Él esperaba algo más en un hijo y yo esperaba otro tipo de padre. Los dos lo estábamos pasando bastante mal. Hasta ese día en la Estatua de la Libertad.

—¿Qué pasó?

Ted volvió a sonreír.

—Por causa de aquel hecho aprendí que podía confiar en él. Eso cambió nuestras vidas y en ese momento nuestra relación dio un vuelco completo.

Tal vez fuera cosa del vino. O el hecho de que ambos estaban cansados después de un día muy largo y de la tensión de tener que tratar con Spencer y Sunny. Fuera como fuese, Meg fue consciente de que se estaban mirando a los ojos y, antes de que se diera cuenta, se acercaron y, sin motivo aparente, sus cuerpos se tocaron. Ella echó la cabeza hacia atrás, Ted inclinó la suya, cerró los ojos y así, sin más, se besaron.

Meg estaba tan sorprendida que levantó un brazo con torpeza y lo golpeó en el codo. Sin embargo, eso no los detuvo. Ted le tomó la cara entre las manos y se la ladeó hasta tenerla en el ángulo perfecto. Ella se dejó llevar por la curiosidad y la excitación.

Los besos de Ted eran deliciosos. Sabían a cerveza y a chicle. Notó que uno de sus pulgares le acariciaba una zona muy sensible detrás de la oreja al tiempo que le enterraba los dedos de la otra mano en el pelo. Lo tenía clarísimo. Estaba disfrutando de uno de los mejores besos de su vida. No muy apasionado. No muy delicado. Lento y perfecto. Pero ¿cómo no iba a ser perfecto? La estaba besando Ted Beaudine y él lo hacía todo de forma impecable.

No recordaba haberle echado los brazos al cuello, pero sí, lo estaba abrazando, y él estaba obrando magia con su lengua hasta derretirla.

Ted fue el primero en separarse. Meg parpadeó varias veces y cuando levantó la vista descubrió en su cara el mismo asombro que debía de mostrar la suya. Había pasado algo. Algo inesperado. Y a ninguno le hacía ni pizca de gracia. Ted la soltó despacio.

Meg oyó un ruido. Ted se enderezó. Y la cordura regresó en ese momento. Meg se colocó un mechón de pelo detrás de la oreja y se volvió. Sunny estaba junto a las puertas francesas, con una mano en la garganta y descompuesta, sin su acostumbrada seguridad. No sabía si por parte de Ted el beso había sido tan impulsivo como en su caso o si la había besado porque era consciente de la presencia de Sunny y había decidido hacerlo para desanimar a la otra mujer. En cualquier caso, su arrepentimiento era tan evidente como el temblor que ella sentía en las rodillas. Estaba cansado, había bajado las defensas por primera vez y sabía que había metido la pata hasta el corvejón.

Sunny intentó recuperar la compostura.

—Uno de esos momentos incómodos —comentó.

Si Sunny salía corriendo por culpa de ese beso, la gente de Wynette la culparía a ella, y bastantes problemas tenía ya como para cargar con otro. Miró a Ted mientras componía una expresión de damisela en apuros.

—Ted, lo siento. Sé que no puedo evitar lanzarme sobre ti cuando se me presenta la oportunidad. Sé lo incómodo que te resulta. Pero es que eres tan... tan irresistible...

Ted enarcó una de sus oscuras cejas.

Meg miró a Sunny, de mujer a mujer.

—Me he pasado con el vino. Te juro que no volverá a suceder. —Y en ese momento, y porque en definitiva era un ser humano con sus defectos, añadió—: El pobre está pasando por un momento muy vulnerable. Está muy tocado por la ruptura con Lucy. Me he aprovechado de él.

—No estoy tocado ni estoy pasando por un momento vulnerable —protestó él con tirantez.

Meg lo silenció colocándole un dedo en los labios.

—La herida sigue abierta.

Y con la dignidad de una mujer valiente que sufría por un amor no correspondido, pasó junto a Sunny y se encaminó al patio, donde recogió su bolso y se marchó al que en esos momentos consideraba su hogar.

Acababa de lavarse la cara y de ponerse una camiseta de manga corta cuando escuchó que llegaba un coche. Podía ser un asesino en serie texano, pero estaba casi segura de que se trataba de Sunny Skipjack. Se tomó su tiempo para colgar el vestido con la cara de Modigliani en el antiguo armario donde los sacerdotes colgaban sus vestiduras antes de salir a través de la puerta que comunicaba con la nave de la iglesia.

Sus suposiciones eran falsas.

—Se te ha olvidado el regalo —dijo Ted.

Meg no estaba en absoluto contenta por la emoción que la invadió nada más verlo en el otro extremo del santuario, sosteniendo una raqueta de la que colgaba una pelota por un hilo elástico y que llevaba pintada una bandera americana.

—Shelby también tenía una cesta con yoyós patrióticos, pero supuse que te gustaría más la raqueta. O a lo mejor quien la necesitaba era yo y he proyectado mis pensamientos. —Se golpeó la palma de la mano con la raqueta.

Aunque la camiseta le llegaba a las caderas, lo único que llevaba debajo era un tanga de color marfil. Necesita ponerse algo más, como por ejemplo una cota de malla y un cinturón de castidad. Ted golpeó la pelota unas cuantas veces con la raqueta antes de adentrarse en la iglesia sin dejar de mirarla.

—Gracias por echarme un cable con Sunny, aunque podría haber salido del apuro sin tus comentarios.

Meg miró la raqueta antes de mirarlo a los ojos.

—Te lo merecías. No deberías haberme besado —replicó.

Ted enarcó las cejas con fingida indignación.

—¿De qué estás hablando? Fuiste tú quien me besó.

—No. Tú te me echaste encima.

—Ni de coña. —Le dio un raquetazo a la pelota, que resonó con fuerza.

—Como rompas una ventana con esa pelota, te denuncio a mi casero —comentó ella al tiempo que ladeaba la cabeza.

Ted cogió la pelota, la miró como si sus ojos la taladraran y pasó un pulgar por el borde de la raqueta.

—Acaba de ocurrírseme una cosa muy rara. —El ventilador del techo le agitaba el pelo. Volvió a golpear la pelota con la raqueta—. Te lo contaría, pero sé que no iba a hacerte mucha gracia.

El deseo crepitaba entre ellos como los fuegos artificiales que habían visto esa noche. Sin importar quien hubiera iniciado el beso, algo había cambiado entre ellos y ambos eran muy conscientes de ese detalle.

Se acabaron los jueguecitos. Aunque le repugnaba la idea de convertirse en otra conquista sexual de Ted Beaudine, merecía la pena preguntarse qué sentiría si fuera al contrario. Si Ted Beaudine se convirtiera en su conquista.

—Puedes acostarte con cualquier mujer del pueblo. Yo diría que con cualquier mujer de todo el estado. Déjame tranquila.

—¿Por qué?

—¿Cómo que por qué? Pues porque me has tratado fatal desde que llegué aquí.

—Mentira. Fui muy educado contigo durante la cena del ensayo. No empecé a tratarte mal hasta que Lucy se fugó.

—Cosa que no fue culpa mía. Admítelo.

—No quiero. Tendría que admitir mi parte de culpa y no me apetece.

—¡Pero tienes que hacerlo! Aunque, para ser justos, Lucy debería haber reflexionado un poco antes de que las cosas llegaran tan lejos.

Ted le dio un par de raquetazos a la pelota.

—¿Qué más tienes en tu lista de agravios?

—Me obligaste a trabajar para Birdie Kittle.

Lo vio dejar la raqueta sobre el sillón marrón, como si le costara trabajo resistirse a la tentación de golpearla con ella.

—Eso evitó que acabaras en la cárcel, ¿no?

—Y te aseguraste de que me pagara menos que a las demás camareras.

Ted se hizo el tonto.

—No me acuerdo.

Meg decidió enumerar todas las injusticias que se habían cometido contra ella.

—Aquel día en el hotel, mientras estaba limpiando... no moviste ni un dedo para ayudarme a mover el colchón aunque estuve a punto de matarme al darle la vuelta.

Eso le arrancó una sonrisa.

—Admito que fue muy entretenido.

—Y después de arrastrar la bolsa de tus palos de golf durante dieciocho hoyos, me diste una propina de un dólar.

No debería haberle recordado eso, porque al parecer el tema aún le escocía.

—Perdí tres hoyos por tu culpa. Y además me perdiste tres protectores nuevos, que me he dado cuenta de que faltan.

—¡Eras el prometido de mi mejor amiga! Y por si eso no basta, no te olvides de que te odio.

Esos ojos ambarinos con sus motitas doradas la miraron con expresión furiosa.

—Más bien te gusto. Aunque no es culpa tuya. Me pasa siempre...

—Pues voy a resistirme.

La voz de Ted adquirió un deje tan suave como la seda.

—¿Por qué vas a hacerlo si los dos estamos listos para dar el siguiente paso? Para el que recomiendo que nos desnudemos.

Meg tragó saliva.

—Estoy segura de que te encantaría hacerlo, pero a lo mejor yo no estoy preparada. —La timidez no era lo suyo, y Ted pareció un poco decepcionado por su interpretación. Exasperada, levantó las manos—. Vale, lo admito, tengo curiosidad. ¿Y qué? Los dos sabemos adónde nos llevaría. La curiosidad mató al gato.

Ted sonrió.

—A lo mejor nos lo pasamos de muerte.

Le enfurecía la idea de verlo pensar seriamente en el tema.

—Que conste que no estoy pensando seriamente en hacerlo... —afirmó—, pero si lo estuviera haciendo, pondría un montón de condiciones.

—¿Como cuáles?

—Sólo sería sexo. Nada de nombrecitos cariñosos, ni de confidencias a media noche. Nada de... —Hizo un mohín con la nariz al pensarlo—. Nada de hacernos «amigos».

—Ya lo somos, más o menos.

—Las ganas que tú tienes. Lo ves así porque no soportas la idea de no ser amigo de todos los seres humanos del planeta.

—No veo qué tiene eso de malo.

—Es imposible, eso es lo que tiene de malo. Si llevamos esto más allá, no podrás decírselo a nadie. Y lo digo en serio. Wynette es un nido de cotillas, y bastantes problemas tengo ya encima. Tendremos que escondernos, y en público deberás fingir que me sigues odiando.

Ted entrecerró los ojos.

—Eso será fácil.

—Y ni se te ocurra pensar que vas utilizarme para desanimar a Sunny Skipjack.

—Negociable. Esa mujer me pone los pelos como escarpias.

—Mentira cochina. Lo que pasa es que no quieres enfrentarte a ella.

—¿Algo más?

—No. Pero antes tengo que hablar con Lucy.

Eso lo sorprendió.

—¿Por qué tienes que hablar con ella?

—Una pregunta que vuelve a demostrar lo poco que me conoces.

Ted metió la mano en el bolsillo, sacó su teléfono y lo tiró.

—Llámala.

Ella se lo tiró de vuelta.

—Usaré el mío.

Ted se guardó el teléfono y esperó.

—¡Ahora no! —exclamó ella, más nerviosa de lo que le gustaría estar.

—Ahora —insistió él—. Me has dicho que es una condición previa.

Debería echarlo a patadas de la iglesia, pero lo deseaba demasiado, y en lo referente al sector masculino, estaba predestinada a meter siempre la pata, de ahí que valorara tanto sus amistades femeninas. Le lanzó una mirada asesina, sólo para guardar las apariencias, y se marchó con paso furioso a la cocina, cuya puerta estampó contra el marco una vez que estuvo dentro. Mientras marcaba el número, decidió que si Lucy no lo cogía, sería una señal.

Pero Lucy contestó.

—¿Mcg? ¿Qué pasa?

Meg se sentó en el suelo de linóleo y apoyó la espalda en la puerta del frigorífico.

—Hola, Lucy. Espero no haberte despertado. —Vio en el suelo un anillo de Cheerios que se le habría caído esa mañana, o tal vez la semana anterior, y lo aplastó con los dedos—. ¿Cómo te va?

—Es la una de la madrugada. ¿Cómo crees que me va?

—¿Ah, sí? Aquí son las doce, pero como no tengo ni idea de dónde estás, es un poco difícil calcular la diferencia horaria.

Meg se arrepintió de su tono de voz en cuanto oyó el suspiro de Lucy.

—No tardaré mucho en hablar contigo. Te... te lo contaré todo lo antes posible. Ahora mismo las cosas están muy... confusas. ¿Te pasa algo? Me parece que estás un poco preocupada.

—Sí, me pasa algo. —No había ninguna forma delicada de decirlo—. ¿Qué pensarías si...? —Dobló las piernas, apoyó la barbilla en las rodillas y respiró hondo—. ¿Qué pensarías si me acuesto con Ted?

Se produjo un largo silencio.

—¿Si te acuestas con...?

—Con Ted, sí.

—¿Con Ted?

—Con tu ex novio.

—Ya sé quien es. Ted y tú... ¿liados?

—¡No! —Meg bajó las piernas al suelo—. No somos pareja. Ni lo seremos nunca. Esto es sólo sexo. Mira, olvídalo. Ahora mismo no tengo las ideas muy claras. No debería haberte llamado. Dios, ¿en qué estaba pensando? Es una traición a nuestra amistad. No debería...

—¡No, no! Me alegro mucho de que me hayas llamado. —Lucy parecía emocionada—. ¡Ay, Meg, es perfecto! Todas las mujeres deberían acostarse una vez en la vida con Ted Beaudine.

—No sé qué decirte, pero... —Volvió a doblar las piernas y a llevárselas al pecho—. ¿De verdad? ¿No te importa?

—¿Estás de broma? —Lucy parecía desbordante de alegría—. ¿Sabes lo culpable que me sentía? Si se acuesta contigo... Eres mi mejor amiga. ¡Se estaría acostando con mi mejor amiga! ¡Sería como si el mismo Papa absolviera mis pecados!

—Por favor, no llores tanto que me agobias...

La puerta se abrió en ese momento y Meg bajó las piernas al suelo cuando vio entrar a Ted.

—Saluda a Lucy de mi parte —dijo.

—No soy un mensajero —replicó ella.

—¿Está contigo? —le preguntó Lucy.

—Pues sí —respondió.

—Salúdalo de mi parte —dijo Lucy en voz muy baja, como si la culpa la apesadumbrara—. Y dile que lo siento.

Meg tapó el teléfono con la mano y alzó la vista para mirar a Ted.

—Dice que se lo está pasando en grande, que se está tirando a todos los tíos que conoce y que abandonarte ha sido lo mejor que ha hecho en la vida.

—Lo he oído —le aseguró Lucy—. Y Ted sabrá que estás mintiendo. Capta las mentiras al vuelo.

Ted se apoyó en un armario y la miró con expresión de supe
rioridad.

—Mentirosa.

Ella le lanzó una mirada enfurruñada.

—Lárgate. Me das grima.

Lucy jadeó.

—¿Acabas de decirle a Ted Beaudine que te da grima?

—Creo que sí.

Lucy soltó el aire con fuerza.

—¡Vaya! —Parecía muy impresionada—. Esto no me lo esperaba.

Meg frunció el ceño.

—¿El qué no te esperabas? ¿De qué estás hablando?

—De nada. Te quiero. ¡Diviértete mucho! —Y colgó.

Meg cerró el teléfono con más fuerza de la necesaria.

—Creo que podemos suponer sin temor a equivocarnos que
Lucy ya no se siente culpable.

—¿Eso significa que nos ha dado su bendición?

—A mí. Me ha dado su bendición a mí.

Ted adoptó una expresión distante.

—Cómo la echo de menos. Es lista. Graciosa. Cariñosa. Con
ella no he tenido ni un problema.

—¡Madre mía, lo siento muchísimo! Sabía que teníais una relación un poco aburrida, pero no hasta ese punto.

Ted sonrió y le tendió una mano. Meg dejó que la ayudara a
ponerse en pie, pero la cosa no quedó ahí. Ted tiró de ella hasta que
la tuvo pegada a su cuerpo y se dispuso a besarla hasta hacerla perder el sentido. Dado que ambos eran muy altos, sus cuerpos encajaban a la perfección, aunque nada era tan perfecto como el beso
abrasador y apasionado que estaban compartiendo.

Ted olía de maravilla, sabía de maravilla y era maravilloso sen-
tirlo cerca. El calor de su piel, la dureza de sus músculos y sus ten-
dones... Meg llevaba demasiado tiempo sin sentir esas cosas.

Ted no le agarró el culo ni metió la mano por debajo de la camiseta, momento en el que habría descubierto que no había nada que
tapara sus glúteos ya que sólo llevaba un diminuto tanga de color
marfil. En cambio, se concentró en sus labios, en su cara, en su
pelo. La acarició, la exploró y le pasó los dedos por el pelo hasta

rozarle las orejas con los pulgares. Parecía que hubiera memorizado un mapa con las zonas erógenas de su cuerpo. Era embriagador, emocionante y muy, muy estimulante.

Cuando sus bocas se separaron, Ted pegó la frente a la suya y susurró:

—Me gustaría ir a mi casa, pero no pienso arriesgarme a que cambies de idea por el camino, así que tendrá que ser aquí. —Le dio un mordisquito en el labio inferior—. Dudo mucho que sea la primera vez que alguien lo hace en ese coro, aunque pensaba que mis días de hacerlo en un futón en el suelo habían acabado cuando terminé la universidad.

Meg intentó recobrar el aliento mientras él la agarraba por la muñeca y tiraba de ella en dirección a la iglesia.

—¡Para! —Intentó detenerlo plantando los talones en el viejo suelo de madera—. No vamos a dar un paso más hasta que tengamos La Conversación.

Ted no era tonto. Gruñó, pero se detuvo.

—Estoy sano. No me he acostado con otra desde el compromiso y desde entonces han pasado cuatro meses. Así que comprenderás que me sienta un poco impaciente...

—¿Nadie desde Lucy? ¿De verdad?

—¿Qué parte de «han pasado cuatro meses» no has entendido? —La miró con expresión obstinada, como si esperara una discusión—. Y siempre llevo un condón encima. Piensa lo que quieras. Es mi costumbre.

—Siendo Ted Beaudine, no me extraña.

—Pues eso.

—Cuatro meses, ¿no? Yo no llevo tanto.

Mentira. Su desastrosa relación con Daniel, el guía australiano, había acabado hacía ocho meses. Y no le gustaban los rollos de una noche, cosa que atribuía a las charlas de su madre sobre el sexo. Por desgracia, esas charlas no le habían evitado hacer pésimas elecciones masculinas. Más de una de sus amigas afirmaba que escogía adrede a los tíos alérgicos al compromiso porque ella misma se negaba a madurar.

—Yo también estoy sana —dijo con arrogancia—. Y estoy tomando la píldora. Sin embargo, tú ponte uno de esos condones que seguro que compras al peso. Estando en Texas, la tierra de las armas a la vista, como me dejes embarazada, te juro que voy en busca de una de esas armas y te vuelo los sesos. Quedas advertido.

—Vale. Pues ya lo hemos dejado todo claro. —La cogió por la muñeca y tiró de ella para subir la escalera del coro, aunque la verdad fue que no tuvo que emplear mucha fuerza...

—Además, no me gustan los rollos de una noche —añadió Meg al llegar arriba—. Así que considera esto el comienzo de una breve relación sexual.

—Eso me gusta. —Se quitó la camiseta.

—Y no vas a permitir que me echen del club de campo.

Eso lo detuvo.

—Un momento. Quiero que te despidan.

—Lo sé —replicó ella—, pero estoy segura de que quieres todavía más una temporada de sexo sin ataduras.

—Ahí le has dado. —Tiró la camiseta al suelo.

En un abrir y cerrar de ojos, Meg estuvo tumbada en el futón, que estaba lleno de bultos, y Ted la estaba besando. Le colocó las manos en el culo y deslizó un pulgar por debajo del hilo de seda del tanga.

—Hablando de sexo, no le hago ascos a nada —afirmó.

Meg notaba su erección contra el muslo.

—Así que si hago algo que te asuste, dímelo —concluyó Ted.

El riego sanguíneo de su cerebro debió de trasladarse a otras partes de su cuerpo, porque Meg no alcanzaba a adivinar si se estaba quedando con ella o no.

—Preocúpate por ti —fue la mejor réplica que se le ocurrió en aquel momento.

Ted se pasó un buen rato jugueteando y excitándola con el hilo, y después apartó la mano para pasársela por encima del dragón tatuado. Aunque le encantaba la fantasía de que un hombre la desnudara poco a poco, todavía no había conocido a uno que tardara tanto, y no iba a darle el gusto a Ted de alargar el momento. Así que se sentó sobre los talones pese al poco espacio que había y se quitó la camiseta.

En la época de los pechos de silicona, los suyos no eran nada del otro mundo, pero Ted era demasiado educado como para criticarlos. Les prestó la atención que merecían, sin desagradables achuchones. En cambio, la aferró por encima de la cintura, se incorporó usando sus espectaculares abdominales y dejó un lento reguero de besos en su torso.

Meg notó que se le ponía la carne de gallina. Había llegado la hora de ponerse serios. Estaba desnuda salvo por el tanga, pero Ted todavía llevaba los pantalones cortos con lo que llevara debajo... si acaso llevaba algo. Decidió desabrocharle la bragueta para comprobarlo.

—Todavía no —susurró él, tirando de Meg para que se tumbara a su lado—. Antes vamos a calentarte un poco.

«¿Más?», se preguntó ella. ¡Si estaba a punto de arder!

Ted se colocó de costado y la observó con detenimiento de arriba abajo. Su mirada se detuvo un instante en la base de su cuello. En la curva de sus pechos. En un pezón. En el triángulo de encaje marfil. No la tocó. En absoluto.

Meg arqueó la espalda, invitándolo a acariciarla porque el deseo la abrasaba. Ted inclinó la cabeza hacia sus pechos, y ella cerró los ojos, expectante, pero descubrió que su intención era mordisquearle un hombro. ¿Ese hombre no conocía la anatomía femenina o qué le pasaba?, se preguntó.

Y así siguió la cosa durante un rato. Ted descubrió que tenía una zona muy sensible en la parte interna del codo, exploró el pulso en la muñeca y la parte inferior del pecho. Pero sólo la parte inferior. Cuando le acarició por fin la cara interna del muslo, Meg se estremecía por el deseo y estaba excitadísima por culpa de semejante tortura. Decidió incorporarse para hacerse con el control, pero Ted se colocó sobre ella y comenzó a besarla con pasión, de forma que acabó de nuevo dominada. ¿Cómo era capaz de controlarse de esa forma después de cuatro meses de sequía? No parecía humano. Era como si hubiera usado su capacidad de inventor para crear una especie de avatar sexual.

Con la erección más grande del mundo.

La exquisita tortura siguió, ya que la acarició por todos lados menos donde más lo deseaba. Intentó no gemir, pero no pudo evitarlo. Ésa era su venganza, concluyó. Ted había decidido alargar los preliminares hasta matarla.

No se dio cuenta de que había extendido una mano para acariciarse hasta que él la detuvo.

—Me temo que no puedo permitirlo.

¿Permitirlo? Impulsada por la fuerza que le otorgaba el deseo, logró salir de debajo de su cuerpo, le pasó una pierna por las caderas y le dio un tirón a la pretina del pantalón corto—. Habla ahora o calla para siempre.

Ted atrapó sus muñecas.

—Se quedan ahí hasta que yo me los quite.

—¿Por qué? ¿Te asusta que me ría?

Ted tenía el pelo alborotado allí donde ella debía de haber enterrado los dedos; el labio inferior, un poco hinchado por culpa de algún mordisco suyo; y una expresión un poco arrepentida.

—No quería hacer esto todavía, pero no me dejas más alternativa.

Rodó llevándola consigo hasta dejarla de espaldas en el colchón, atrapándola bajo su cuerpo, se llevó un pezón a la boca y lo succionó con gran maestría, pero sin llegar a hacerle daño. Entre tanto, deslizó un dedo bajo el tanga de encaje y la penetró. Meg gimió, apoyó los pies en el colchón y tuvo un orgasmo arrollador.

Una vez saciada, Ted le acarició el lóbulo de la oreja con los labios.

—Pensaba que tendrías un poco más de autocontrol. Pero supongo que has hecho lo que has podido.

Meg notó que le quitaba el tanga de un tirón justo antes de que comenzara a descender sobre su cuerpo. La aferró por los muslos y se los separó. Y sin más preámbulo comenzó a acariciarla con la boca.

Experimentó un segundo orgasmo, más intenso que el primero, pero ni siquiera entonces la penetró. En cambio, la torturó, la consoló y volvió a torturarla. Después del tercer orgasmo era una muñeca sexual sin voluntad y sin fuerzas.

A esas alturas Ted estaba ya desnudo, y cuando por fin la penetró, lo hizo muy despacio, dándole tiempo para que su cuerpo lo acogiera, buscando el ángulo perfecto, pero sin mostrarse torpe, sin atropellarse, sin arañarla de forma accidental, ni pellizcarla ni asestarle algún codazo involuntario. Una vez que encontró la posición perfecta, se hundió en ella con decisión y a partir de ese momento sus embestidas fueron rápidas y profundas, perfectamente cadenciosas e ideadas para proporcionar el máximo placer. Meg jamás había experimentado nada semejante. Era como si lo único que contara fuera su propio placer. Ted se mostró cuidadoso incluso cuando se corrió, ya que siguió soportando su peso sobre los brazos para que ella no se sintiera aplastada.

Meg se durmió. Y cuando se despertaron, volvieron a hacer el amor. Y después lo hicieron de nuevo. En algún momento durante la noche, Ted la arropó con la sábana, le dio un beso en los labios y se marchó.

Sin embargo, no volvió a dormirse enseguida. Recordó lo que Lucy le había dicho. Todas las mujeres deberían hacer el amor con Ted Beaudine al menos una vez en la vida.

Y tenía más razón que un santo. Nunca le habían hecho el amor de esa forma tan satisfactoria, tan generosa. Era como si Ted hubiera memorizado todos los manuales de sexo que se habían escrito a lo largo de la historia. Algo de lo que era perfectamente capaz, concluyó. Con razón era una leyenda. Sabía cómo proporcionarle el placer más exquisito a una mujer.

Entonces... ¿por qué se sentía tan decepcionada?

12

El club de campo cerraba al día siguiente porque era festivo, así que Meg aprovechó para hacer la colada y después salió al cementerio armada con un par de herramientas de jardín oxidadas que había encontrado bajo los restos del cobertizo, dispuesta a acabar con las malas hierbas. Mientras despejaba las lápidas más antiguas, se propuso no obsesionarse demasiado con Ted, y cuando vio su número en el móvil, no respondió la llamada, aunque no pudo resistirse a escuchar el mensaje que le dejó en el buzón de voz. Una invitación a cenar en el Roustabout el viernes por la noche. Puesto que tanto Sunny como Spencer formarían parte del grupo, no le devolvió la llamada.

Debería haber supuesto que haría falta algo bastante más contundente para desalentarlo. A eso de las tres de la tarde, apareció conduciendo su camioneta azul. Teniendo en cuenta lo muchísimo que se arreglaban las mujeres del pueblo para él, le alegró tener llenos de tierra los brazos y la camiseta que había rescatado del cubo de la basura en el vestuario de señoras, a la que le había cortado las mangas y transformado el cuello. En conjunto, su imagen era ideal.

Justo cuando salía del coche, una pareja de azulillos norteños que estaban encaramados en la rama de un arce rompieron a cantar alegremente. Meg meneó la cabeza con incredulidad. Ted llevaba una gorra de béisbol y otros de sus, al parecer, incontables pantalones cortados por él mismo, en esa ocasión unos chinos de color beige, con una camiseta verde cuyo estampado hawaiano estaba muy descolorido. ¿Cómo era posible que los trapos con los que se había vestido sin pensar siquiera en combinarlos parecieran alta costura sólo por su percha?

En ese momento, su mente recordó la noche anterior, todos sus vergonzosos gemidos y sus humillantes súplicas. Para compensar, se decidió por lanzarse al ataque.

—Si no te quitas la ropa, no pienso hacerte caso.

—Las californianas sois demasiado agresivas. —Señaló hacia el cementerio—. Una vez al mes, mando a los de mantenimiento de jardines para que limpien esto, así que no hace falta que lo hagas.

—Me gusta estar al aire libre.

—Para ser una niña mimada de Hollywood, tienes una forma un poco rara de entretenerte.

—Es mejor que llevar tus palos de golf al hombro. —Se quitó la gorra de béisbol para limpiarse el sudor de la frente con un brazo cubierto de tierra. Los mechones sudorosos se le pegaron a la cara y al cuello. Necesitaba un corte de pelo, pero no quería gastarse el dinero en eso—. No voy a cenar en el Roustabout contigo el viernes. Demasiados Skipjack. —Se colocó la gorra con un gesto furioso—. Además, cuanto menos tiempo pasemos juntos en público, mejor.

—Yo no he dicho que los Skipjack vayan a estar.

—Tampoco has dicho lo contrario, y ya estoy hasta el moño de los dos. —Tenía calor, estaba irritada y había decidido ser desagradable—. Sé sincero, Ted. Todo este asunto del *resort* de golf... ¿de verdad quieres que los Skipjack arruinen otra zona natural sólo para que vengan más idiotas para darle golpecitos a una bola blanca? Ya tenéis el club de campo. ¿No tenéis bastante? Sé que será muy beneficioso para la economía local, pero ¿no crees que alguien, tal vez el alcalde, debería pensar en el impacto medioambiental que supondrá a la larga?

—Estás empezando a ser un coñazo.

—¿Prefieres que te haga la pelota?

Parecía haberlo cabreado de verdad, porque Ted volvió a meterse en la camioneta. Sin embargo, en vez de marcharse con un acelerón furioso, abrió la puerta del copiloto con brusquedad.

—Sube.

—No estoy vestida para salir, la verdad.

—La única persona a quien vas a ver es a mí, y menos mal, porque estás hecha un desastre y me da que tampoco hueles muy allá.

Meg se alegró de que lo hubiera notado.

—¿Tienes aire acondicionado en la camioneta?

—Averígualo.

La verdad era que no iba a rehusar a un paseo por seguir arrancando malas hierbas. Sin embargo, se tomó su tiempo para subirse al vehículo. Mientras lo hacía, se percató de que le faltaba parte del salpicadero, que tenía algunos mandos extraños y que, en lo que antes había sido la guantera, había un par de circuitos electrónicos empotrados.

—No toques esos cables —le advirtió él mientras se sentaba al volante— a menos que quieras electrocutarte.

Como no podía ser de otro modo, los tocó, cosa que lo irritó.

—Podría haber sido verdad —le soltó—. No lo sabías a ciencia cierta.

—Me gusta vivir de forma peligrosa. Es el estilo californiano. Además, he descubierto que la «verdad» es un concepto bastante flexible por estos lares. —Mientras Ted cerraba la puerta con fuerza, ella extendió un dedo muy sucio para señalar una serie de mandos empotrados cerca del volante—. ¿Qué es eso?

—Son los controles que regulan el sistema de aire acondicionado solar, pero no funciona como quiero que funcione.

—Genial —farfulló—. Simplemente genial. —Mientras se alejaban de la iglesia, se percató de que entre los asientos había una pantallita—. ¿Qué es esto?

—El prototipo de un nuevo navegador. Tampoco funciona correctamente, así que aleja esas zarpas de él.

—¿Hay algo que funcione?

—La verdad es que estoy muy orgulloso de mi batería de iones de hidrógeno.

—Aire acondicionado solar, un nuevo sistema de navegador, batería de hidrógeno... Deberían darte un premio por inventar cosas no dañinas para el medio ambiente.

—Veo que estás celosa de la gente productiva.

—Es que soy humana y, por tanto, estoy sujeta a las emociones típicas de mi condición. No voy a explicártelo porque seguro que no lo entenderías.

Ted sonrió y giró para adentrarse en la autopista.

Tenía razón. El aire acondicionado no funcionaba bien, pero sí lo suficiente como para mantener el interior del vehículo más fresco que el achicharrante exterior. Condujeron siguiendo el curso del río durante unos kilómetros sin cruzar palabra. Los viñedos dieron paso a un prado de lavanda. Meg intentó no pensar en la forma que había sucumbido a sus encantos, hasta convertirse en un cuerpo suplicante sin voluntad.

Ted torció a la izquierda y enfiló una carretera estrecha con el firme en muy mal estado. Dejaron atrás una zona pedregosa llena de matorrales y una hondonada de piedra caliza hasta llegar a un llano muy amplio y despejado que se elevaba sobre el terreno. Ted apagó el motor y bajó de la camioneta. Ella lo siguió.

—¿Qué es esto? Es un poco raro.

Ted se metió los pulgares en los bolsillos traseros del pantalón.

—Deberías haberlo visto hace cinco años, antes de que lo cubrieran.

—¿Qué quieres decir con que lo cubrieran?

Lo vio señalar con la cabeza hacia un cartel oxidado que ella había pasado por alto. Colgaba medio torcido de un par de postes metálicos no muy lejos de un par de neumáticos abandonados. «Vertedero de residuos sólidos Indian Grass». Meg echó un vistazo por la zona, cubierta por hierbas altas y matorrales.

—¿Éste era el basurero municipal? —preguntó.

—Conocido también como la zona natural virgen que tan preocupada estás por proteger del desarrollo urbanístico. Y no es un basurero. Es un vertedero.

—Es lo mismo.

—Te equivocas.

Y Ted se lanzó a una breve pero intensa clase magistral sobre drenajes de seguridad, capas aislantes impermeables, recubrimientos con tierra vegetal, drenajes para los líquidos lixiviados y todas las demás características técnicas que diferenciaban los vertederos modernos de los antiguos basureros. No debería haberle parecido interesante, pero era el tipo de cosas que había estado estudiando cuando dejó la universidad en su último año. O a lo mejor le interesaba contemplar las distintas expresiones que pasaban por su cara y la tendencia de su pelo castaño a rizarse un poco por debajo de la gorra de béisbol.

Ted señaló hacia la explanada.

—El pueblo llevaba años cobrándole al condado por el uso de este terreno. Sin embargo, hace dos años el vertedero llegó a su capacidad máxima y hubo que cerrarlo de forma permanente. Eso nos dejó sin la fuente de ingresos y con sesenta hectáreas de suelo degradado, además de otras cuarenta de suelo sellado. El suelo degradado, por si no imaginas lo que es, es tierra a la que no se le puede dar uso alguno.

—¿Salvo construir un campo de golf?

—O una pista de esquí, que no es muy práctico si se vive en el centro de Texas. Si se construye el campo de golf, se recuperaría la zona y se podría convertir en un santuario de vida salvaje, crecerían plantas autóctonas y mejoraría la calidad del aire. Incluso podría moderar las temperaturas. Los campos de golf tienen otras cosas aparte de esos idiotas que golpean las pelotas.

Debería haber imaginado que un hombre tan listo como Ted lo tendría todo calculado, de modo que se sintió un poco tonta por haber sido tan melindrosa.

Ted señaló hacia unos conductos que salían del suelo.

—Los vertederos liberan metano, así que hay que controlarlos. Pero el metano se puede almacenar y se puede usar para generar electricidad, que es precisamente lo que planeamos hacer.

Meg lo miró, aunque tuvo que echar la cabeza hacia atrás porque la cubría la visera de la gorra.

—Me suena todo un poco demasiado bonito para ser verdad.

—Será el campo de golf del futuro. No podemos permitirnos construir más campos como el Augusta Nationals, es evidente. Ese tipo de campo de golf es un dinosaurio, con todas esas calles tan impolutas que podrías comer en el suelo y con toda el agua que se necesita para mantener el césped.

—¿Spencer sabe todo esto?

—Digamos que una vez que empecé a hablarle de la publicidad que obtendría construyendo un campo de golf realmente sostenible (y le dejé bien claro lo famoso que lo hará no sólo en el ámbito del deporte en sí), se mostró muy interesado.

Era una estrategia brillante, admitió Meg. Que lo promocionaran como un pionero medioambiental abonaría el ya de por sí enorme ego de Spencer.

—Pues no me ha dicho nada de esto.

—Estaba demasiado ocupado mirándote el pecho. Cosa que, por cierto, es normal porque merece la pena mirarlo.

—¿Ah, sí? —Se apoyó en el guardabarros de la camioneta y arqueó un poco las caderas para que se fijara en la cintura baja de los pantalones, dispuesta a ganar un poco de tiempo durante el cual analizar lo que acababa de descubrir de Ted Beaudine.

—Sí. —Le regaló su mejor sonrisa torcida, que casi parecía sincera.

—Estoy sudadísima —comentó ella.

—Me da igual.

—Genial. —Quería acabar con esa pose tan confiada, desconcertarlo del mismo modo que él la desconcertaba, así que se quitó la gorra, se agarró el bajo deshilachado de la camiseta y se la pasó por la cabeza—. Soy el sueño de un sinvergüenza como tú hecho realidad. Sexo sin todas esas mierdas sentimentales que tanto odias.

Ted clavó la mirada en el sujetador azul marino que el sudor le había pegado a la piel.

—¿Qué hombre no las odia?

—Pero en tu caso, más aún. —Tiró la camiseta al suelo—. Porque eres una especie de alérgico emocional. Y que conste que no me estoy quejando por lo de anoche. Ni hablar. —«Cállate», se ordenó. «Cállate ahora mismo.»

Ted enarcó ligeramente una ceja.

—¿Y por qué me ha parecido justo eso?

—¿Ah, sí? Lo siento. Eres como eres. Quítate los pantalones.

—No.

Lo había distraído con su metedura de pata. Y, la verdad, no tenía motivos para quejarse.

—No he conocido a un hombre tan renuente como tú a desnudarse. ¿Qué bicho te ha picado, por cierto?

El hombre que jamás se ponía a la defensiva, atacó.

—¿Tienes algún problema con lo de anoche del que yo no me haya enterado? ¿No te gustó?

—¿Cómo no me iba a gustar? Deberías vender tus conocimientos sobre la anatomía femenina. Te juro que me llevaste a lo más alto tres veces.

—Seis.

Los había contado. Aunque no le sorprendió. La verdad era

que estaba loca. De lo contrario, no insultaría al único amante que se había mostrado más preocupado por satisfacerla que por encontrar su propia satisfacción. Necesitaba un psiquiatra.

—¿Seis? —le preguntó mientras se apresuraba a desabrocharse el sujetador. Acto seguido, colocó las manos sobre las copas y dejó que los tirantes se deslizaran por sus hombros—. En ese caso, será mejor que te apiades hoy de mí.

El deseo aplacó la indignación de Ted.

—O a lo mejor es que necesito dedicarte un poco más de tiempo.

—¡Ay, Dios, no! —gimió.

Sin embargo, había cuestionado sus legendarias habilidades amatorias, a lo que Ted respondió con una expresión decidida. Cubrió la distancia que los separaba con una sola zancada. Y, al momento, el sujetador de Meg estaba en el suelo y le estaba acariciando los pechos. Y allí, en el borde del vertedero, con décadas de basura descomponiéndose bajo el terreno compactado, con litros y litros de metano liberándose a la atmósfera y litros y litros de líquidos tóxicos evacuándose por el sistema de drenaje, Ted Beaudine entró en acción.

La lenta tortura de la noche anterior no la había preparado para el meticuloso tormento al que la sometió esa tarde. Debería habérselo pensado mejor antes de insinuar que no la había dejado plenamente satisfecha, porque estaba decidido a obligarla a tragarse sus palabras. Mientras se agachaba para quitarle los pantalones y las bragas, le mordió el dragón tatuado. Después la obligó a inclinarse hacia delante y la instó a darse media vuelta. Recorrió su cuerpo con esos hábiles dedos de inventor. Volvía a estar a su merced. Si alguna vez quería someter a ese hombre, necesitaría esposas y grilletes.

Ted se desnudó bajo el ardiente sol de Texas. El sudor le corría por la espalda y tenía el ceño fruncido, como si estuviera luchando contra las exigencias de su cuerpo con tal de excitarla hasta tal punto que le valiera una matrícula de honor. Ansiaba decirle que se soltara y disfrutara, pero estaba demasiado ocupada suplicándole otras cosas.

Ted abrió la puerta de la camioneta, dejó su laxo cuerpo en el asiento y le separó las piernas. En esa posición, usó sus dedos para atormentarla y acariciarla, a modo de maravillosas armas invasoras. Como era de esperar, no le bastaba con un orgasmo, de modo que cuando tuvo el primero, la sacó del coche y la instó a doblarse sobre el capó. El metal calentado por el sol fue un nuevo estimulante sobre sus pezones, ya endurecidos, mientras jugueteaba con ella desde atrás. Cuando estuvo satisfecho, la instó a volverse y comenzó de nuevo.

Cuando por fin la penetró, Meg había perdido la cuenta de los orgasmos, aunque estaba segura de que Ted los había anotado todos. Estaba entre sus brazos, apoyada en la camioneta y rodeándole la cintura con las piernas mientras él la aferraba por el trasero. Aunque la postura no debía de ser muy cómoda para él ya que tenía que cargar con todo su peso, no daba muestras de verse afectado.

Sus embestidas eran profundas y controladas, y sin olvidar ni por un segundo que ella estuviera cómoda, Ted echó la cabeza hacia atrás, levantó la cara hacia el sol y se corrió.

¿Qué más podía pedirle una mujer a un amante?, se preguntó Meg una y otra vez durante el trayecto de vuelta. Era un hombre espontáneo, generoso y creativo. Tenía un cuerpo de infarto y olía de maravilla. Era absolutamente perfecto. Salvo por ese vacío emocional que llevaba en su interior.

Aunque se había preparado para casarse con Lucy y pasar el resto de su vida a su lado, el hecho de que su futura mujer lo abandonara no parecía haber alterado su rutina diaria. Un detalle a recordar si alguna vez se planteaba algún tipo de futuro con él. Salvo por el profundo sentido de la responsabilidad que lo caracterizaba, no parecía albergar sentimiento alguno.

Mientras giraba para enfilar el camino de la iglesia, empezó a toquetear uno de los misteriosos controles de la camioneta. Meg sospechaba que estaba esperando un informe sobre sus habilidades amatorias, y ¿qué otra cosa le iba a dar sino matrícula de honor? Si se sentía ligeramente decepcionada, era otra cosa. Él no tenía la culpa. Sólo una imbécil de campeonato dejaría escapar a un tío que lo hacía todo, casi todo, bien.

—Ted, eres un amante fantástico. De verdad. —Y sonrió, porque era la pura verdad.

Ted la miró con expresión pétrea.

—¿A qué viene eso?

—Es que no quiero que me tomes por una desagradecida.

Comprendió que debería haber mantenido la boca cerrada, porque en sus ojos apareció un brillo peligroso.

—No necesito tu dichosa gratitud.

—Pero me refiero a que... Ha sido alucinante. —Lo único que estaba haciendo era empeorar las cosas.

Lo observó aferrar con fuerza el volante desgastado, un gesto que demostraba lo equivocados que estaban quienes afirmaban que Ted Beaudine no se alteraba por nada.

—Yo estaba allí, ¿se te ha olvidado? —replicó con voz acerada.

—En absoluto —respondió—. ¿Cómo quieres que se me olvide?

Ted frenó en seco.

—¿Qué narices te pasa? —le preguntó.

—Sólo estoy cansada. Olvida lo que te he dicho.

—No me lo tienes que repetir. —Extendió el brazo por encima de su regazo para abrirle la puerta.

Puesto que su intento por mostrarse conciliadora había fracasado estrepitosamente, Meg adoptó su verdadera personalidad.

—Voy a ducharme y que sepas que no eres bien recibido. De hecho, no permitiré que vuelvas a tocarme en la vida.

—¿Crees que quiero hacerlo? —replicó él—. Algunas mujeres no dais más que problemas.

Meg suspiró, más disgustada consigo misma que con él.

—Lo sé.

Ted gesticuló con un dedo más o menos hacia la posición que ocupaba su cabeza.

—Espero que estés arreglada el viernes a las siete, porque pasaré a recogerte a esa hora. Y no pienses que voy a venir a verte antes, porque tengo cosas que hacer en Santa Fe. Tampoco voy a llamarte. Tengo cosas más importantes que hacer que discutir con una desquiciada.

—No pienso cenar contigo el viernes. Ya te he dicho que no quiero volver a ver a los Skipjack... ni a ti. —Bajó de la camioneta de un brinco, pero aterrizó con dificultad porque todavía le temblaban las piernas.

—Te pasas el día diciendo tonterías —le soltó Ted—. Menos mal que no te hago caso. —Le cerró la puerta en las narices, y el motor rugió antes de que la camioneta se alejara, envuelta en una nube de polvo dorado.

Meg se volvió hacia los escalones en cuanto recuperó el equilibrio. Ambos sabían que prefería pasar una noche con los Skipjack a pasarse todo el rato mirando las paredes de una iglesia demasiado silenciosa. Y pese a lo que acababa de decir, también sabían que lo que había entre ellos no había terminado.

Los siguientes dos días estuvo muy atareada en el club de campo. Desde la fiesta de Shelby, los rumores sobre el enamoramiento de Spencer se habían extendido, y sus propinas aumentaron, ya que los golfistas pensaban que tenía influencia sobre el rey de los suministros de fontanería. Hasta Bruce, el padre de Kayla, le dio un dólar. Ella les agradeció sus muestras de generosidad y les recordó que reciclaran las botellas y las latas. Ellos le agradecieron su dedicación y le recordaron que todo el mundo la estaba vigilando.

El jueves llegaron de Los Ángeles las cajas que le había pedido al ama de llaves de sus padres. Aunque viajaba demasiado como para tener un vestuario lujoso y tenía por costumbre deshacerse de mucha ropa, necesitaba zapatos. Y, lo más importante, necesitaba la caja de plástico donde guardaba todos los recuerdos de sus viajes: las cuentas, los amuletos y las monedas, muchos de los cuales eran antigüedades, y que procedían de todos los rincones del mundo.

Ted no la llamó desde Santa Fe, aunque tampoco esperaba que lo hiciera. Sin embargo, lo echaba de menos y el corazón le dio un vuelco cuando lo vio acercarse a su carrito con Kenny el viernes por la tarde en mitad de su partido. Kenny le dijo que Spencer y Sunny acababan de volver de Indianápolis y que esa noche cenarían en el Roustabout. Ella le dijo a Ted que no pasara a recogerla, que iría en su coche. Eso no le gustó, pero como tampoco quería discutir delante de Kenny, se alejó hacia el lavabolas, metió su prístina Titleist Pro V1 y comenzó a darle a la manivela con más fuerza de la necesaria.

Cuando se colocó en la salida, los rayos del sol le otorgaron un halo dorado, pero al menos no se escuchó cantar a ningún pájaro. ¿Perdería alguna vez el control?, se preguntó Meg. Intentó imaginarse un maremoto bajo su calmada superficie. De vez en cuando, había observado cierta vulnerabilidad, momentos en los que su sonrisa perezosa tardaba más de la cuenta en aparecer, y tal vez un atisbo de cansancio que deslustraba su mirada. Sin embargo, esas señales desaparecían tan rápido como habían aparecido, dejando intacta su brillante superficie.

Ella fue la última en llegar al Roustabout. Había decidido ponerse la minifalda blanca y negra de Miu Miu que había comprado en la tienda de segunda mano, un top de color amarillo fluorescente y sus zapatos preferidos: una sandalias de plataforma de loneta rosa con bordados. Sin embargo, la falda de segunda mano causó más sensación que sus fabulosos zapatos mientras caminaba hacia la mesa.

Además de Ted y los Skipjack, estaban presentes todos los Traveler con sus respectivas parejas: Torie y Dexter, Emma y Kenny, Warren y Shelby. Sunny se había colocado a la derecha de Ted, un lugar desde el que podía reclamar toda su atención. Mientras ella se acercaba, Ted se fijó en su minifalda y después le lanzó una mirada penetrante con la que le ordenaba que se sentara a su izquierda. Puesto que le había dejado bien claro que quería mantener su relación en secreto, colocó una silla entre Torie y Shelby, justo enfrente del lugar que ocupaba Emma.

El cariño que se profesaban Torie, Emma y Shelby la hizo añorar a sus amigas. ¿Dónde estaría Lucy y cómo le iría?, se preguntó. En cuanto a las demás... llevaba semanas silenciando las llamadas de Georgie, April y Sasha, renuente a permitir que sus competentes amigas se enteraran de la precaria situación en la que se encontraba. Sin embargo, como estaban acostumbradas a sus desapariciones, su falta de respuesta no parecía haber hecho saltar las alarmas.

Los astutos Traveler les doraron la píldora a los Skipjack de forma escandalosa. Shelby se interesó por la nueva línea de productos de Viceroy Industries; Torie cubrió a Sunny de halagos sobre su lustroso pelo castaño y su clásico estilo de vestir; Kenny enumeró los puntos fuertes del estilo de juego de Spencer. Reinaba un ambiente distendido, casi relajado, hasta que Meg cometió la indiscreción de dirigirse a la mujer de Kenny llamándole «Emma».

Sus compañeros de mesa guardaron silencio de golpe.

—¿Qué he dicho? —preguntó al ver que todos la miraban—. Me ha invitado a llamarla por su nombre de pila.

Emma cogió su copa y la apuró.

—Pero no se hace... —le informó Shelby Traveler, que frunció los labios para expresar su desaprobación.

El marido de Emma meneó la cabeza.

—Nunca. Ni siquiera lo hago yo. Al menos mientras tiene la ropa puesta.

—Es por educación —añadió Torie al tiempo que se atusaba la larga melena oscura.

—Es una falta de respeto —convino su padre.

Ted apoyó la espalda en el respaldo de la silla y la miró con una expresión muy seria.

—Pensaba que a estas alturas habías aprendido a no insultar a una persona a la que apenas conoces.

Emma inclinó la cabeza muy despacio y golpeó la mesa con la frente tres veces.

Kenny le frotó la espalda mientras sonreía. Ted también tenía un brillo jocoso en la mirada.

Meg había escuchado tanto a Sunny como a Spencer dirigirse a ella como Emma, pero sabía que sería inútil señalarlo.

—Mis más sentidas disculpas, lady Emma —dijo—. Espero que al menos me permitan cenar antes de que me corten la cabeza.

Torie sorbió por la nariz.

—El sarcasmo sobra.

Emma miró a Meg desde el otro lado de la mesa.

—No pueden evitarlo. De verdad.

Su marido la besó en los labios y después empezó a hablar con Spencer sobre los nuevos hierros de Callaway. Ted intentó integrarse en la conversación, pero Sunny ansiaba toda su atención y sabía cómo conseguirla.

—¿Qué eficiencia energética tiene tu nueva batería?

Meg no tenía ni idea de lo que significaba eso, pero Ted le respondió con su acostumbrada caballerosidad.

—Un treinta y ocho o un cuarenta por ciento, dependiendo de la carga.

Sunny se acercó a él, absorta en sus palabras.

Spencer invitó a Meg a bailar, y antes de que pudiera negarse, dos pares de manos femeninas la aferraron por los brazos y la obligaron a levantarse.

—Seguro que pensaba que ya no la ibas a invitar —dijo Shelby con dulzura.

—Me encantaría que Dex fuera tan buen bailarín como tú, Spencer —añadió Torie, muy zalamera.

Al otro lado de la mesa, Emma parecía tan preocupada como podía parecerlo una mujer con un estampado de girasoles. En cuanto a Ted, estaba segura de que había fruncido el ceño.

Por suerte, la primera canción era rápida, de modo que Spencer no intentó entablar conversación. No obstante, al cabo de un rato Kenny Chesney empezó a cantar «All I need to know» y Spencer la pegó a él. Era un poco mayor para la colonia que usaba, y tuvo la impresión de haber entrado en una tienda de Abercrombie & Fitch.

—Meg, me tienes loco.

—Nada más lejos de mi intención, te lo aseguro —replicó con tacto. «Salvo en el caso de Ted Beaudine», se corrigió para sus adentros.

Con el rabillo del ojo vio que Birdie, Kayla y Zoey se sentaban a una mesa cerca de la barra. Kayla iba muy sexy con un ajustado top blanco que dejaba un hombro al aire y se ceñía al pecho sin resultar vulgar, y una minifalda de estampado tropical que resaltaba sus torneadas piernas. Birdie y Zoey iban más informales. Las tres la estaban mirando.

Spencer le aferró una mano y se la llevó al pecho.

—Shelby y Torie me han contado lo tuyo con Ted.

Su alarma interna saltó.

—¿Qué han dicho exactamente?

—Que por fin has encontrado el valor para aceptar que Ted no es el hombre adecuado para ti. Me siento muy orgulloso.

Meg perdió el paso mientras se acordaba de toda la familia de las dos mujeres.

Spencer le dio un apretón en los dedos, un gesto que ella supuso que estaba destinado a consolarla.

—Sunny y yo no tenemos secretos. Me ha contado que te abalanzaste sobre él en la fiesta de Shelby. Supongo que su rechazo te obligó a aceptar la realidad de una vez por todas, y sólo quería decirte que me siento muy orgulloso de ti por ello. Ahora que has dejado de perseguirlo, te sentirás mucho mejor contigo misma. Shelby lo cree así y Torie ha dicho que... Bueno, da igual lo que haya dicho.

—¡Ah, no! Dímelo. Estoy segura de que beneficiará mi... mi crecimiento personal.

—Bueno... —Empezó a acariciarle la espina dorsal—. Torie ha dicho que cuando una mujer se obsesiona con un hombre que no está interesado en ella, esa obsesión le roba el alma.

—Menuda filósofa está hecha.

—Yo también me sorprendí mucho. Parece un poco excéntrica. También me ha dicho que estabas planeando tatuarte mi nombre en un tobillo, pero no me lo creo. —Titubeó antes de continuar—. No es cierto, ¿verdad? —Al ver que ella negaba con la cabeza, su expresión se tornó decepcionada—. En este pueblo hay gente muy rara —siguió—. ¿Lo has notado?

En realidad, no eran raros. Eran astutos como zorros y el doble de listos que esos bichos. Consiguió a duras penas relajar un poco las piernas, rígidas por la tensión.

—Ahora que lo dices...

Torie llevó a su marido casi a rastras hasta la pista de baile y se las ingenió para colocarse justo al lado de Meg y Spencer, sin duda con la intención de cotillear. Meg le lanzó una mirada letal y se apartó de Spencer.

—Perdóname. Necesito ir al baño.

Acababa de entrar cuando la puerta se abrió de nuevo y entraron Torie, Emma y Shelby en tromba y listas para pelear. Emma señaló hacia uno de los retretes.

—Adelante. Te esperaremos.

—No hace falta. —Meg se volvió para enfrentarse a Shelby y a Torie—. ¿Por qué le habéis dicho a Spencer que ya no estoy enamorada de Ted?

—Porque nunca lo has estado. —Las relucientes pulseras esmaltadas que Shelby llevaba en la muñeca tintinearon—. Al menos yo no lo creo. Aunque teniendo en cuenta que estamos hablando de Ted...

—Y que eres una mujer... —Torie cruzó los brazos por delante del pecho—. Aunque está claro que te lo has inventado todo para evitar a Spencer, y te habríamos seguido el rollo si Sunny no hubiera aparecido.

La puerta del baño volvió a abrirse de nuevo para dejar paso a Birdie, seguida de Kayla y de Zoey.

Meg levantó las manos, exasperada.

—Genial. Voy a sufrir una violación en grupo.

—No deberías bromear con un tema tan serio —le recriminó Zoey. Llevaba unos pantalones capri de color blanco, una camiseta azul marino que rezaba: «La Enseñanza Pública en Wynette es de Sobresaliente», y unos pendientes que parecían hechos con pajitas de refrescos.

—La gente de Hollywood es así —comentó Birdie—. No comparten nuestro código moral. —Y después añadió, dirigiéndose a Shelby—: ¿Le has dicho que deje tranquilo a Ted ahora que Sunny va a por él?

—Estábamos en ello —respondió Shelby.

Emma se hizo con el control. Era sorprendente la autoridad que tenía una mujer tan menuda, con carita de muñeca de porcelana y rizos rubios.

—No creas que no entendemos tu situación. Yo también fui una forastera en Wynette, así que...

—Lo sigues siendo —la interrumpió Torie en voz baja.

Emma pasó por alto su comentario.

—... te entiendo perfectamente. Y también sé lo que es verse sujeta a las atenciones de un hombre por el que no te sientes atraída, aunque en mi caso el duque de Beddington era bastante más desagradable que el señor Skipjack. Sin embargo, mi indeseado pretendiente no tenía en sus manos el futuro económico de este pueblo. Y yo no intenté usar a Ted para desanimarlo.

—Lo hiciste en cierto modo —la corrigió Torie—. Pero Ted sólo tenía veintidós años por aquel entonces, y Kenny te caló rápido.

Emma hizo un puchero que resaltó su carnoso labio inferior.

—Meg, tu presencia ha complicado una situación delicada de por sí. Es evidente que las atenciones de Spencer te disgustan, y lo entendemos.

—Yo no. —Kayla se colocó mejor las gafas de sol sin montura de la marca Burberry que llevaba a modo de diadema sobre su cabello rubio—. ¿Sabes lo forrado que está ese hombre? ¡Y tiene pelo!

—Por desgracia, tu plan para desalentarlo también incluye a Ted

—siguió Emma—, cosa que habría sido aceptable de no ser por Sunny.

Birdie le dio un tironcito al borde del top de seda roja que llevaba con una falda blanca de algodón.

—Salta a la vista que Spencer adora a su hija. Aunque consigas librarte de él, no vamos a permitir que te arrojes a los brazos del hombre del que su hija se está enamorando.

Torie asintió con la cabeza.

—Si Sunny quiere algo, Sunny lo consigue.

—Pues no va a conseguir a Ted —replicó Meg.

—Ted se encargará de que ella no lo descubra hasta que se haya secado la tinta en el contrato —se apresuró a decir Emma.

Meg ya había escuchado bastante.

—Os lanzo una pregunta espeluznante: ¿Y si vuestro angelical alcalde decide arrojaros a todos a los leones y buscarse las habichuelas solo?

Zoey la señaló con un dedo acusador en plan directora de colegio, un gesto muy efectivo teniendo en cuenta que sólo era un año mayor que Meg.

—A ti te resultará muy gracioso todo esto, pero a los niños de mi colegio les vendría bien tener clases menos abarrotadas. Y a los maestros les encantaría tener libros de texto actuales y monitores de apoyo.

—Yo tampoco le veo la gracia. —Kayla se miró con disimulo en el espejo—. Me repatea tener una tienda de segunda mano llena de ropa para mujeres mayores, pero ahora mismo no hay muchas mujeres en el pueblo que puedan permitirse el tipo de diseños que estaba destinada a vender. —Sus ojos recorrieron la falda de segunda mano de Meg.

—Yo llevo años deseando abrir un salón de té y una librería al lado del hotel —añadió Birdie.

Shelby se colocó un mechón de pelo rubio detrás de una oreja, gesto que dejó a la vista unos aritos de oro.

—Mi marido apenas duerme por las noches por la culpa de tener una empresa incapaz de generar suficientes puestos de trabajo como para mantener el pueblo a flote.

—A Dex le pasa igual —comentó Torie—. Un pueblo de este tamaño no puede sobrevivir con una sola empresa.

Meg se volvió para encarar a Emma.

—¿Y tú qué? ¿Qué razón tienes para esperar que me prostituya con Spencer Skipjack?

—Si este pueblo muere —respondió Emma en voz baja—, Kenny y yo tenemos suficiente dinero como para vivir cómodamente. Pero la mayoría de nuestros amigos no.

Torie empezó a golpear el suelo con la punta de su sandalia de tiras con tachuelas.

—Meg, por tu culpa se están complicando mucho las cosas entre Spencer, Sunny y Ted. Tienes que marcharte de Wynette. Y a diferencia de los demás, a mí me caes muy bien, así que no te lo estoy diciendo a título personal.

—A mí no me caes mal —le aseguró Emma.

—A mí sí —confesó Birdie.

—A mí tampoco me caes mal —dijo Shelby—. Tienes una risa muy agradable.

Kayla señaló el colgante que Meg había hecho unas horas antes, una llave adornada con un cordón de plata y cuentas.

—A Zoey y a mí nos encantan tus joyas.

Birdie se infló como un paracaídas furioso.

—¿¡Por qué le decís todos esos cumplidos!? ¿Os habéis olvidado de Lucy? A Ted se le rompió el corazón por culpa de Meg.

—Parece que se ha recuperado —señaló Emma—, así que no voy a recriminárselo.

Shelby abrió su bolso, una cartera de Juicy Couture con un estampado rosa y marrón, y sacó un papel doblado. Meg supo al instante que era un cheque.

—Sabemos que estás mal de fondos, así que hemos reunido una pequeña cantidad con la que empezar de cero en otro sitio.

Ésa fue la primera vez que Meg vio a Torie avergonzada desde que la conocía.

—Si te sientes más cómoda, considéralo un préstamo —le sugirió.

—Te agradeceremos mucho que lo aceptes —dijo Emma con voz amable—. Es lo mejor para todos.

Antes de que Meg pudiera mandarlas a todas al cuerno, la puerta del baño se abrió y apareció Sunny.

—¿Hay una fiesta o qué?

Shelby se apresuró a guardar el cheque de nuevo en la cartera.

—Nos hemos puesto de cháchara y se nos ha ido el santo al cielo sin darnos cuenta.

—Y ahora necesitamos tu opinión. —Torie se volvió hacia el espejo y fingió echarse un vistazo para comprobar que no se le hubiera corrido el rímel—. ¿Charlize Theron o Angelina Jolie? ¿Por cuál te harías lesbiana?

—Yo por Angelina Jolie. —Kayla sacó el brillo de labios—. De verdad. Cualquier mujer que diga lo contrario o es una mentirosa o es que no se conoce bien. Esa mujer es la personificación del sexo.

—Para ti. —Zoey, que poco antes se había mostrado tan moralista, empezó a toquetearse el pelo—. Yo me quedo con Kerry Washington. Una mujer negra con empaque. O con Anne Hathaway. Pero porque fue al Vassar College.

—¡Venga ya! ¿Te harías lesbiana por Anne Hathaway? —protestó Birdie—. Es una gran actriz, pero no es tu tipo.

—Teniendo en cuenta que no soy lesbiana, lo mismo da cuál sea mi tipo —replicó Zoey, que le quitó a Kayla el brillo de labios—. Me limito a comentar que, si lo fuera, me gustaría una compañera con cerebro y talento, no sólo con belleza.

Emma se enderezó el top con estampado de girasoles.

—Admito que me atrae mucho Keira Knightley.

Kayla recuperó su brillo de labios.

—Tú tienes querencia por todo lo que sea británico.

—Al menos ha superado lo de Emma Thompson. —Torie cogió un pañuelo de papel—. ¿Y tú, Meg?

Meg estaba harta de que la manipularan.

—Yo prefiero los hombres —contestó—. En concreto los texanos buenorros. ¿Alguna sugerencia?

Los engranajes mentales de las Piradas de Wynette se pusieron en marcha en busca de una respuesta. Meg se dirigió a la puerta y las dejó cavilando.

Cuando llegó a la mesa, tenía tres cosas muy claras: que Ted se las iba a tener que apañar solito con Sunny; que ella se las apañaría con Spencer día a día; y que nadie iba a echarla de ese espantoso pueblo hasta que estuviera lista para marcharse.

13

Meg vio a Ted en el campo al día siguiente, pero estaba jugando con Spencer y con Sunny, de modo que se mantuvo alejado del carrito de las bebidas. Cuando regresó a casa esa noche, descubrió que un camión de mudanzas la esperaba delante de los escalones de entrada. Diez minutos después, había despachado al camión, junto con su cargamento de muebles.

Entró en la iglesia cerrada y sofocante. La gente seguía intentando darle cosas que ella no quería. La noche anterior Shelby le metió el cheque de despedida en el bolso, así que tuvo que romperlo. Y despés eso. Sí, necesitaba muebles, y al ver el aire acondicionado portátil, casi se había olvidado de sus principios. Casi, pero había logrado contenerse.

Abrió las ventanas de la iglesia de par en par, encendió los ventiladores y se sirvió un vaso de té helado. Era la segunda vez en esa semana que alguien intentaba pagarle para que se fuera del pueblo. Si reflexionaba a fondo sobre el asunto, se deprimiría, y no quería deprimirse. Quería enfadarse. Tras una ducha rápida, se puso unos pantalones cortos, una camiseta y unas deportivas, y salió de la iglesia.

Unos pilares de piedra marcaban la entrada a la propiedad de los Beaudine. Meg entró por un bosquecillo y atravesó un antiguo puente de piedra antes de que el camino se dividiera. Fue sencillo identificar la casa principal, ya que era una construcción de una sola planta, al estilo texano, con caliza, estuco, ventanales de medio punto y puertas con dinteles de madera oscura. Al otro lado de una cerca, vio una amplia piscina, una casita adyacente, un patio, jardines y dos casitas del mismo estilo texano, que tal vez fueran alojamientos para invitados. No era una propiedad normal y corriente, sino un complejo en toda regla, y allá donde mirara, el paisaje le robaba el aliento.

Al ver que el camino giraba para volver al otro extremo de la propiedad, cogió un desvío pero descubrió que llevaba a un hoyo de golf y a unos edificios de mantenimiento. Lo intentó nuevamente con otro desvío, y acabó en una casita de piedra y ladrillo en cuyo garaje vio la camioneta de Skeet Cooper. Nada como tener cerca a tu *caddie*.

El último desvío ascendía por la falda de una colina coronada por un risco. Y allí estaba, una casa de diseño moderno: planta rectangular, paredes de estuco y un tejado de inclinación invertida, con los aleros hacia arriba. Contaba con un enorme ventanal orientado al Sur, aunque las cortinas protegían el interior del sol. Incluso sin las pequeñas turbinas eólicas del tejado, habría sabido que era la casa de Ted. La belleza del diseño, su genialidad y su sentido práctico delataban al dueño.

La puerta principal se abrió antes de que pudiera llamar y vio a Ted descalzo, con una camiseta negra y unos pantalones cortos grises.

—¿Te ha gustado el recorrido?

O alguien se lo había dicho o había cámaras de seguridad por toda la propiedad. Y conociendo su gusto por la tecnología, Meg sospechaba que se debía a lo segundo.

—El gran soberano del reino de Beaudine es omnisciente.

—Hago lo que puedo. —Se apartó para dejarla pasar.

La casa era luminosa y estaba decorada en tonos grises y blancos, un refugio fresco contra el sofocante calor veraniego y las también sofocantes exigencias de ser Ted Beaudine. Los muebles eran bajos y se notaba que habían sido escogidos tanto por la comodidad como por su sencilla belleza. Lo más sorprendente era la estancia rectangular construida de cristal que quedaba suspendida sobre la zona de estar.

La casa tenía un aire casi monástico. No había esculturas en los rincones; ni cuadros en las paredes. El arte se encontraba en el exterior, en las vistas de los arroyos, las colinas de granito y los lejanos valles.

Meg había crecido en mansiones (la granja de Connecticut, la casa de Bel Air y la casa vacacional en Morro Bay), pero ésa era muy especial.

—Bonita choza —le dijo.

Mientras Ted cruzaba el suelo de bambú, la luz del vestíbulo que se había encendido al dejarla pasar se apagó sola.

—Si has venido a echar un polvo, me he aburrido de ti —replicó él.

—Eso explicaría la enorme cama del camión de mudanzas y todos esos sillones tan cómodos y grandes.

—Y el sofá. No te olvides del sofá. Sin ánimo de ofender, tu casa no es precisamente muy cómoda que digamos. Y a juzgar por la llamada que acabo de recibir, tengo entendido que quieres que siga siendo así. ¿Por qué has despachado el camión?

—¿De verdad creías que iba a aceptar regalos tuyos?

—Los muebles eran para mí, no para ti. Me niego a pasar otra noche en ese futón.

—Menos mal que te has cansado de mí.

—A lo mejor cambio de opinión. De hecho...

—No tienes derecho a amueblar mi casa —lo interrumpió—. Ya lo haré yo cuando pueda. Aunque reconozco que estuve a punto de ceder al ver los aparatos de aire acondicionado. Por desgracia, he desarrollado un orgullo personal totalmente desquiciante.

—Tú te lo pierdes.

—Ya tienes que cuidar de demasiadas personas, señor alcalde. No hace falta que también cuides de mí.

Por fin lo había pillado desprevenido. Ted la miró con extrañeza.

—Ésa no era mi intención.

—Claro que sí. —Se esforzó por controlar el ramalazo de ternura que la asaltó—. He venido para echarte la bronca, pero la casa parece haberse tragado mi justa indignación. ¿Tienes algo de comer?

Ted ladeó la cabeza.

—Por aquí.

La increíble cocina de acero inoxidable no era muy grande, pero sí muy práctica. La vitrocerámica estaba encastrada en la isla central, que se extendía de forma elegante hasta formar una mesa lo suficientemente larga como para comer en ella, con cuatro sillas de respaldo negro a cada lado.

—No me gustan los comedores —adujo Ted—. Me gusta comer en la cocina.

—Por fin algo sensato.

Meg se olvidó del hambre y se acercó al elemento más llamativo de la estancia: otro ventanal enorme que ofrecía una vista del valle del Pedernales. El río parecía un lazo azulado que serpenteaba por las piedras irregulares. Más allá del valle, el sol poniente recortaba las colinas con su luz púrpura.

—Extraordinario —dijo—. Has diseñado la casa, ¿verdad?

—Es un experimento de equilibrio energético.

—¿Y eso qué quiere decir?

—Que la casa produce más energía de la que consume. Ahora mismo está alrededor del cuarenta por ciento. Hay paneles fotovoltaicos y solares en el tejado, así como un sistema para recoger el agua. También tengo un sistema para recoger las aguas de los lavabos, calefacción geotérmica y mecanismos de refresco, tomas de corriente con interruptores de apagado para que los electrodomésticos no consuman cuando no se usan. Básicamente, vivo sin necesitar la red eléctrica. —Ted había amasado su fortuna ayudando a los pueblos a optimizar sus recursos energéticos, de modo que la casa era una extensión de su trabajo, pero aun así, seguía siendo impresionante—. Gastamos demasiada electricidad en este país. —Abrió la puerta del frigorífico—. Me queda un poco de rosbif. Pero tengo más cosas en el congelador.

—¿Tienes alguna limitación? —Fue incapaz de reprimir el deje admirado de su voz.

Ted cerró el frigorífico con un portazo y se dio la vuelta.

—Al parecer, soy incapaz de hacer el amor según tus dichosos requisitos, sean los que sean.

Una vez más, se había adentrado en terreno pantanoso sin darse cuenta.

—No quise herir tus sentimientos.

—Claro. Decirle a un tío que es un desastre en la cama hará que se sienta genial.

—No eres un desastre. Eres perfecto. Lo sé hasta yo.

—¿Y de qué narices te quejas?

—¿A ti que más te da? —preguntó a su vez—. ¿No has pensado que puede ser problema mío, que no tiene nada que ver contigo?

—Claro que es problema tuyo. Y no soy perfecto. Ojalá dejaras de repetirlo.

—Cierto. Tienes un sentido de la responsabilidad hiperdesarrollado y se te da tan bien ocultar tus emociones que dudo mucho que sepas siquiera lo que estás sintiendo. Para muestra, un botón: tu novia te deja plantado en el altar y parece que ni te has dado cuenta.

—A ver si me entero —replicó él, señalándola con un dedo—. Una mujer que nunca ha tenido un trabajo, que no tiene objetivos y cuya familia parece haberle dado la espalda...

—No me han dado la espalda. Sólo se han... no sé... se han tomado un respiro. —Levantó las manos—. Tienes razón, estoy celosa porque eres todo lo que yo no soy.

Ted se calmó un poco.

—No estás celosa y lo sabes muy bien.

—Un pelín nada más. Tú no enseñas tus sentimientos. Y yo los voy aireando por ahí.

—A los cuatro vientos.

Meg fue incapaz de callarse.

—Es que creo que podrías llegar muchísimo más lejos.

Ted la miró boquiabierto.

—¡Me lo dices tú, que conduces un carrito de bebidas!

—Lo sé. Y lo más triste de todo es que no me desagrada.

Con un resoplido, Ted abrió de nuevo la puerta del frigorífico. Meg contuvo el aliento y se abalanzó hacia él para cogerle las manos y mirarle las palmas.

—¡Madre del amor hermoso! ¡Estigmas!

Ted se zafó de sus manos de un tirón.

—Un accidente con un rotulador.

—Necesito un segundo para recuperar el aliento y luego quiero que me enseñes el resto de la casa —dijo Meg, que se llevó las manos al pecho.

Ted se frotó las marcas rojas de las palmas y dijo con voz desagradable:

—Debería echarte a patadas.

—No tienes lo que hay que tener.

Cuando lo vio salir a grandes zancadas de la cocina, pensó que sí iba a hacerlo, pero después, al llegar a la zona de estar, lo vio alejarse de la puerta principal y enfilar la escalera que conducía a la estancia acristalada suspendida en el aire. Lo siguió y entró en su biblioteca.

Era como entrar en una casita en un árbol muy bien decorada. La cómoda zona de lectura estaba rodeada por estanterías llenas de libros. Un arco abierto en la parte posterior conducía a una pasarela cerrada que conectaba esa zona con una pequeña estancia construida contra la ladera de la colina.

—¿Un búnker? —quiso saber—. ¿O una habitación segura para esconderte de las damas?

—Mi despacho.

—Genial.

Sin esperar su permiso, cruzó la pasarela. Las dos hileras de luces situadas en el techo se encendieron automáticamente cuando bajó los dos escalones de entrada a la habitación, que contaba con unos altos ventanales. Vio una enorme mesa de trabajo en cristal templado y acero negro, con un ordenador; varios sillones ergonómicos y unos elegantes archivadores a medida. El despacho era muy pulcro, casi espartano. De su dueño sólo indicaba que era muy eficaz.

—¿Ningún calendario subidito de tono ni tazas con lemas de Wynette?

—Vengo a trabajar.

Meg retrocedió por la pasarela para regresar a la biblioteca.

—*Las crónicas de Narnia* —leyó al tiempo que se fijaba en un estante lleno de clásicos infantiles muy desgastado—. Me encantó la serie. Y las novelas de Judy Blume. Creo que las he leído mil veces.

—Peter es mi personaje preferido —dijo Ted, que se colocó detrás de ella.

—No puedo creer que los hayas guardado.

—Es difícil deshacerse de los viejos amigos.

O de cualquier amigo, puestos a pensarlo. El círculo más íntimo de Ted estaba conformado por todos los que conocía. Sin embargo, ¿hasta qué punto era estrecha esa relación?

Meg ojeó la colección y encontró libros de ensayo y de ficción, biografías, monográficos de un sinfín de temas indescifrables y manuales técnicos. Libros sobre la contaminación y el calentamiento global; de biología, del uso de pesticidas y de sanidad; libros sobre la conservación del suelo y el ahorro de agua; sobre la creación de hábitats naturales y la conservación de humedales.

Se sintió ridícula.

—Y yo protestando porque los campos de golf destruyen el mundo. Llevas años estudiando el tema. —Sacó del estante un libro titulado *Una nueva ecología*—. Recuerdo este libro de la bibliografía de la universidad. ¿Me lo prestas?

—Claro. —Ted se sentó en un sofá bajo y apoyó un tobillo sobre la rodilla de la otra pierna—. Lucy me dijo que dejaste la universidad en el último año, pero no me explicó el motivo.

—Era demasiado difícil.

—No cuela.

Meg acarició el lomo del libro con una mano.

—Me sentía inquieta. Ridícula. Estaba impaciente porque comenzara el resto de mi vida y la universidad me parecía una pérdida de tiempo. —No le gustó ni un pelo el deje amargado de sus palabras—. La típica niña mimada.

—Yo no diría eso.

Tampoco le gustaba la expresión de Ted.

—Claro que lo era. Y lo soy.

—Oye, que yo también fui un niño rico, ¿recuerdas?

—Sí, Lucy y tú. Los mismos padres superfantásticos y las mismas ventajas, pero mira cómo habéis acabado.

—Porque encontramos nuestra pasión muy pronto —replicó él con tranquilidad.

—En fin, yo también encontré la mía. Deambular por el mundo para pasármelo en grande.

Ted jugueteó distraídamente con un bolígrafo que había recogido del suelo.

—Muchos jóvenes hacen eso mientras intentan decidir su futuro. No hay una ruta definida para la gente como nosotros, para quienes hemos crecido con padres que tienen muchísimo éxito en sus profesiones. Todos los niños quieren que sus familias se enorgullezcan de ellos, pero cuando tus padres son los mejores en su campo, es un poco difícil conseguirlo.

—Lucy y tú lo habéis hecho. Y mis hermanos también. Incluso Clay. Todavía no está forrado, pero tiene muchísimo talento y sólo es cuestión de tiempo.

Ted comenzó a sacar y meter la punta del bolígrafo.

—Por cada historia de éxito hay una de un hijo de papá que vive de su fondo fiduciario, yendo de fiesta en fiesta y entrando y saliendo de las clínicas de desintoxicación, algo de lo que tú pareces haberte librado.

—Cierto, pero... —Cuando por fin encontró las palabras, su voz sonó débil y frágil—. Yo también quiero encontrar mi pasión.

—A lo mejor has buscado en los lugares equivocados —le dijo Ted en voz baja.

—Se te olvida que he estado en todas partes.

—Viajar por el mundo es muchísimo más divertido que viajar por el interior de tu cabeza. —Soltó el bolígrafo y se puso en pie—. ¿Qué te hace feliz, Meg? Ésa es la pregunta que debes responder.

«Tú me haces feliz. Mirarte. Escucharte. Ver cómo funciona tu mente. Besarte. Tocarte. Dejar que me toques.»

—Estar al aire libre —contestó en voz alta—. Ponerme ropa rara. Coleccionar cuentas y monedas antiguas. Pelearme con mis hermanos. Escuchar el trino de los pájaros. Oler el aire. Cosas muy útiles.

Jesucristo no resoplaría, así que Ted tampoco lo hizo.

—En fin, ahí tienes tu respuesta.

La conversación había tomado un cariz demasiado íntimo. Meg quería psicoanalizarlo, no que Ted la psicoanalizara a ella. Se dejó caer en el sofá del que él se acababa de levantar.

—Bueno, ¿qué tal va la fabulosa subasta?

La expresión de Ted se ensombreció.

—Ni lo sé ni me importa.

—Lo último que sé es que la puja por tus servicios ya sobrepasaba los siete mil dólares.

—Ni lo sé ni me importa.

Había conseguido que la conversación se apartara de sus defectos, de modo que apoyó los pies en el escabel.

—Ayer vi el *USA Today* en el club de golf. Es increíble la atención nacional que ha conseguido el asunto.

Ted cogió un par de libros que descansaban sobre una estrecha mesa y los devolvió a su estantería.

—Un titular fantástico en su sección de sociedad. —Hizo un gesto—. «El prometido al que Jorik dejó plantado a la venta en subasta pública.» Te describen como todo un filántropo.

—¿Por qué no cierras la boca? —masculló.

Meg sonrió.

—Sunny y tú os lo vais a pasar genial en San Francisco. Te recomiendo que la lleves al Museo Young. —Y antes de que se pusiera a gritarle, dijo—: ¿Me enseñas el resto de la casa?

—¿Vas a tocar las cosas? —masculló de nuevo.

Como era humana, lo miró de arriba abajo mientras se ponía en pie.

—Desde luego.

La respuesta hizo que la expresión de Ted se relajara. Lo vio ladear la cabeza.

—¿Por qué no empezamos por mi dormitorio?

—Vale.

Ted echó a andar hacia la puerta, pero se detuvo en seco y se volvió para fulminarla con la mirada.

—¿Vas a criticar mi actuación?

—Sólo estaba de bajón, no me hagas caso.

—Eso pienso hacer —replicó él, con un deje malicioso en la voz.

En el dormitorio había un par de sillones para leer; lámparas con pantallas de metal curvado y unos enormes ventanales que proporcionaban mucha luz, pero que carecían de las vistas que se admiraban en el resto de la casa, lo que le otorgaba un aire más íntimo a la estancia. La cama estaba cubierta por un edredón gris claro... que acabó en el suelo de bambú más deprisa que sus respectivas ropas.

Meg comprendió que Ted estaba empeñado en corregir sus errores pasados, aunque no supiera de qué errores se trataba. Jamás la habían besado tan a fondo, ni acariciado tan meticulosamente ni estimulado con tanto mimo. Ted parecía convencido de que tenía que esforzarse un poco más. Incluso soportó sus intentos por hacerse con el control. Sin embargo, era un hombre acostumbrado a servir a los demás y no puso su corazón en el asunto. Lo único que importaba era satisfacerla a ella, de modo que dejó en suspenso su propio placer para regalarle otra demostración perfecta. Recorrió su cuerpo poniendo especial atención a los detalles. Con movimientos perfectamente ejecutados. Todo milimetrado. Y tal cual le había hecho el amor a cualquier otra mujer en su vida.

Sin embargo, ¿quién era ella para criticarlo cuando había añadido tan poco al proceso? Se prometió reservarse su opinión. Y cuando por fin recuperó la capacidad de pensar, se apoyó en un codo y lo miró.

Ted seguía jadeando, normal teniendo en cuenta lo que acababa de hacer. Le acarició ese sudoroso y magnífico pecho sin depilar y se humedeció los labios.

—¡Madre del amor hermoso, he visto las estrellas!

Ted frunció el ceño.

—¿Todavía no estás contenta?

Su capacidad para leerle el pensamiento comenzaba a cansarla. Meg fingió un jadeo asombrado.

—¿Estás de coña? Ha sido increíble. Soy la mujer más feliz de la tierra.

Él se limitó a mirarla fijamente.

Meg se dejó caer sobre la almohada y gimió.

—Si pudiera patentarte, me haría rica. Eso debería hacer. Ése debería ser mi objetivo...

Ted saltó de la cama.

—¡Por Dios, Meg! ¿Qué coño quieres?

«Quiero que me desees, no que te limites a hacer que yo te desee», pensó. Pero ¿cómo decir eso en voz alta sin parecer una más de los cientos de mujeres locas por Ted Beaudine?

—Estás tonto. Y todavía no me has dado de comer.

—Ni pienso hacerlo.

—Claro que lo vas a hacer. Porque eso es lo que haces. Cuidar a la gente.

—¿Desde cuando es algo malo?

—Desde nunca. —Lo miró con una sonrisa temblorosa.

Ted desapareció en el cuarto de baño y ella se quedó tendida en la cama. Ted no sólo se preocupaba por los demás, sino que actuaba guiado por dicha preocupación. En vez de permitir que se le subiera a la cabeza, su desarrollado cerebro lo había maldecido con la obligación de cuidar de todos y cada uno de sus seres queridos.

Estaba casi segura de que era el mejor ser humano que había cono
cido en la vida. Y tal vez el más solitario. Debía de ser agotador
soportar semejante carga. Con razón ocultaba sus emociones de
esa manera.

O tal vez sólo estaba racionalizando la distancia emocional que
guardaba con ella. No le gustaba que la tratara como al resto de sus
conquistas, aunque no creía que fuera tan desagradable con Lucy
como lo estaba siendo con ella.

Se desarropó y salió de la cama. Ted lograba hacer creer a la
gente que compartían una relación especial. Era el mejor truco de
magia que había visto en la vida.

Spencer y Sunny se fueron de Wynette sin acordar nada. El
pueblo se dividía entre el alivio por verlos marchar y la preocupación de que no volvieran, pero Meg lo tenía muy claro. Mientras
Sunny creyera que tenía una oportunidad con Ted, volvería.

Spencer llamó a Meg todos los días. También le mandó un lujoso portarrollos, una jabonera y el toallero más caro de Viceroy Industries.

—Este fin de semana voy a Los Ángeles —le dijo—. Puedes en-
señarme la ciudad, presentarme a tus padres y a algunos de sus amigos. Nos lo pasaremos muy bien.

Su ego era demasiado grande como para aceptar un rechazo, y
cada vez le costaba más trabajo detener sus avances sin cabrearlo.

—¡Huy, Spencer, suena genial! Pero ahora mismo no están en
la ciudad. A lo mejor el mes que viene hay más suerte.

Ted también estaba de viaje de negocios y a Meg no le hacía
gracia lo mucho que lo echaba de menos. Se obligó a concentrarse en controlar sus emociones y en aumentar su cuenta corriente
aprovechando los descansos en el carrito de las bebidas mientras
esperaba a que los golfistas terminaran sus golpes. Encontró una
tienda de suministros de joyería en Internet con gastos de envío
gratuitos. Con las herramientas y el material que compró, más algunos objetos de su colección de plástico, trabajaba entre clientes
montando un collar y unos pendientes.

Nada más terminar las piezas, se las puso para ir a trabajar y se
hizo con la atención del primer cuarteto de mujeres.

—Nunca he visto unos pendientes iguales —dijo la única del grupo que bebía Pepsi Light.

—Gracias. Acabo de terminarlos. —Meg se quitó los pendientes y los sostuvo en alto—. Las cuentas son de coral tibetano. Muy antiguas. Me encanta cómo se han descolorido.

—¿Y qué me dices del collar? —preguntó otra mujer—. Es raro.

—Es una cajita para agujas china —explicó Meg—, de la etnia Chin que se asentaba en el sudeste asiático. Tiene unos cien años de antigüedad.

—Imagínate lo que sería tener algo así. ¿Vendes tus piezas?

—¡Anda, ni se me había ocurrido!

—Quiero los pendientes —dijo la de la Pepsi Light.

—¿Cuánto quieres por el collar? —preguntó la otra golfista.

Y así fue como montó un negocio.

A las mujeres les encantaba la idea de tener unas bonitas joyas que además podían calificarse de antigüedades, y en cuestión de una semana, Meg ya había vendido otras tres piezas. Siempre decía la verdad sobre el origen de cada pieza y adjuntaba una tarjeta que documentaba su procedencia. En dicha tarjeta también avisaba de los materiales que eran antiguos y de las simples copias, de modo que ajustaba el precio en consonancia.

Kayla se enteró de lo que estaba haciendo y le encargó algunas piezas para su tienda de segunda mando. Las cosas le estaban yendo demasiado bien.

Tras dos largas semanas, Ted se presentó en la iglesia. Apenas había traspasado la puerta cuando ya se estaban quitando la ropa. Ninguno tuvo la paciencia necesaria para subir al coro. En cambio, se echaron en el sofá que Meg acababa de sacar del contenedor del club de golf. Ted soltó un taco cuando se golpeó contra el duro brazo, pero pronto se olvidó del dolor y se concentró totalmente en remediar los misteriosos fallos en su técnica amatoria.

Meg sucumbió como sucumbía siempre. Cayeron del sofá al duro suelo. Los ventiladores agitaban el aire sobre sus cuerpos desnudos mientras Ted ponía en práctica todos los pasos del manual sexual que debía de tener en la cabeza. Unas luces trazaron un arco contra el techo. Meg se aferró a él. Le suplicó. Le exigió. Se rindió.

Cuando terminaron, Ted dijo con voz agotada y un poco tirante:

¿Ha sido lo bastante bueno para ti?

—¡Por Dios, sí!

—Claro que sí. ¡Cinco! Y no se te ocurra negarlo.

—Deja de contar mis orgasmos.

—Soy ingeniero, me gustan las estadísticas.

Meg le sonrió y le dio un empujoncito.

—Ayúdame a bajar la cama. Ahí arriba hace demasiado calor para dormir.

No debería haber sacado el tema, porque Ted se puso en pie de un salto.

—Hace demasiado calor en cualquier parte de esta iglesia. Y no es una cama, es un puñetero futón, que estaría genial si tuviéramos diecinueve años, pero no los tenemos.

Meg pasó de ese sermón tan impropio de Ted para disfrutar de su cuerpo.

—Ya tengo muebles, así que no te quejes.

Acababan de remodelar el vestuario femenino y se había quedado con los muebles antiguos. Las desgastadas piezas de mimbre y las antiguas lámparas eran perfectas para su iglesia, pero Ted no parecía muy impresionado. De repente, recordó algo que hizo que se olvidara del festín visual que tenía delante y se pusiera en pie.

—He visto luces.

—Me alegro.

—No. Me refiero que cuando lo estábamos haciendo... —«Cuando tú me lo estabas haciendo», se corrigió en silencio—. Vi unos faros. Creo que alguien se ha acercado a la iglesia.

—Yo no he oído nada. —Sin embargo, se puso los pantalones cortos y salió a investigar. Meg lo siguió, pero sólo vio su propio coche y la camioneta de Ted.

—Si ha venido alguien —dijo él—, ha tenido el buen tino de irse.

La idea de que alguien pudiera haberlos visto la inquietaba. Aunque tenía permiso para fingir estar enamorada de Ted, no quería que descubrieran que tal vez era algo más que una mentira.

El sexo con un amante legendario no era tan satisfactorio como le gustaría, pero dos días después vendió la pieza más cara, un cabujón azul marino que había envuelto en plata fina usando una técnica que aprendió de un orfebre nepalí. Su vida iba demasiado bien, de modo que casi fue un alivio salir del club a la noche siguiente y descubrir que alguien le había rayado el coche.

El rayón era largo y profundo, desde una punta a otra del coche, pero teniendo en cuenta su ruinoso estado, no podía decirse que fuera una catástrofe. Los otros coches empezaron a pitarle sin motivo aparente. No entendió el porqué hasta que vio dos vulgares pegatinas en la parte trasera.

NO SOY GRATUITA, PERO SÍ BARATA
ALGUNOS ESTÁN PARA COMÉRSELOS
Y YO PARA COMÉRSELA

Ted la encontró arrodillada en el aparcamiento para empleados, intentando despegar las asquerosas pegatinas. No había sido su intención gritar, pero fue incapaz de contenerse:

—¿¡Por qué hacen estas cosas!?

—El mundo está lleno de gilipollas. Anda, permíteme que lo haga yo.

La ternura con la que la apartó casi fue su perdición. Meg sacó un pañuelo de papel del bolso y se sonó la nariz.

—Pues a mí no me hace gracia.

—A mí tampoco —convino Ted.

Meg se volvió cuando Ted empezó a despegar la segunda pegatina.

—La gente de este pueblo es cruel —dijo.

—Seguro que fueron niños. Aunque eso no los disculpa.

Meg cruzó los brazos por delante del pecho y se abrazó. Las pegatinas acabaron en los parterres de flores. Volvió a sonarse la nariz.

—Oye, ¿estás llorando? —le preguntó Ted.

No lo estaba haciendo, pero le faltaba poco.

—No soy una llorona. Nunca lo he sido y nunca lo seré. —Aunque hasta hacía unos cuantos meses, no había tenido motivos para llorar.

Ted no debió de tragárselo, porque se puso en pie y le colocó las manos en los hombros.

—Te has enfrentado a Arlis Hoover y también a mí. Esto no es nada para ti.

200

—Es que es tan... cruel.

Ted le rozó el pelo con los labios.

—Porque lo ha hecho un crío inconsciente.

—A lo mejor no ha sido un crío. Hay muchísima gente a la que no le caigo bien.

—Cada vez menos —le recordó él en voz baja—. Te has enfrentado a todo el mundo y te has ganado su respeto.

—Ni siquiera sé por qué me importa.

—Porque estás intentando labrarte un futuro tú sola —le dijo con una expresión tan tierna que casi la hizo llorar—. Sin ayuda de nadie.

—Tú me ayudas.

—¿Cómo? —Bajó las manos, frustrado una vez más—. No me dejas que haga nada por ti. Ni siquiera dejas que te lleve a cenar.

—Además de que Sunny Skipjack va detrás de ti como una perra en celo, sólo me faltaba que la gente del pueblo se entere de que una pecadora como yo está saliendo con su santo alcalde.

—Estás loca. Sólo te he seguido la corriente porque he estado fuera dos semanas.

—Pues no te creas que van a cambiar las cosas porque hayas vuelto. Lo nuestro seguirá siendo secreto.

Al final, Ted dejó el tema y la invitó a una cena íntima en su casa. Meg aceptó la oferta, pero en cuanto llegó a su puerta, Ted la llevó al dormitorio para una sesión de sus calculados trucos sexuales. Cuando acabaron, había complacido todos los poros de su cuerpo sin tocar parte alguna de su alma.

«Justo como tiene que ser», se dijo Meg.

—Eres un mago —le dijo en voz alta—. Ya no podré conformarme con ningún otro hombre.

Ted apartó las sábanas, se puso en pie con brusquedad y se marchó.

Poco después, Meg lo encontró en la cocina. Llevaba la camiseta negra de Ted sobre las bragas, pero el resto de su ropa seguía en el suelo del dormitorio revuelta con el edredón. Ted tenía el pelo alborotado por sus caricias, seguía con el torso desnudo, ya que sólo llevaba unos pantalones cortos, y estaba descalzo. Sus calzoncillos, como muy bien sabía, estaban entre las sábanas.

Tenía una cerveza en la mano y otra la estaba esperando a ella en la encimera.

—No se me da bien cocinar —dijo él, que estaba para comérselo pese al enfurruñamiento.

Meg consiguió apartar la mirada de su torso.

—No te creo. Se te da bien todo lo que te propones. —Clavó los ojos en su entrepierna en un penoso intento por borrar la decepción que sentía—. Y me refiero a todo.

Como Ted podía leerle el pensamiento, estuvo a punto de resoplar.

—Si no estoy a la altura de tus expectativas, lo siento.

—A ti se te va la pinza y yo estoy muerta de hambre.

Ted apoyó la cadera en al fregadero, todavía con la expresión enfurruñada.

—Coge lo que quieras del congelador y a lo mejor soy capaz de descongelarlo.

Jamás le hablaría a otra mujer de forma tan brusca, y eso la animó. Mientras rodeaba la isla, se le pasó por la cabeza sacar a colación la subasta, pero dado que la publicidad nacional acababa de subir la puja a más de nueve mil dólares, finalmente decidió no ser tan cruel.

El frigorífico de un hombre decía muchas cosas sobre él. Abrió la puerta y examinó detenidamente los relucientes estantes llenos de leche ecológica, cerveza, queso, chacina y unas cuantas fiambreras bien organizadas y etiquetadas. Un vistazo al congelador reveló más fiambreras, comida congelada ecológica y helado de chocolate. Lo miró.

—Es el frigorífico de una tía.

—¿El tuyo está así?

—Pues no. Pero lo estaría si fuera una mujer mejor.

El comentario hizo que Ted esbozara una media sonrisa.

—Sabes que no soy la persona que lo limpia y lo llena, ¿verdad?

—Sé que Haley te hace la compra. Y que sepas que yo también quiero un asistente personal.

—No es mi asistente personal.

—Que no se entere.

Sacó dos fiambreras etiquetadas como «jamón y puré de patatas». Aunque no era muy buena cocinera, tenía mucha más maña en la cocina que sus padres gracias a las amas de llave que habían aguantado que los hijos de los Koranda asaltaran la cocina.

Se agachó para abrir el cajón en busca de la ensalada. En ese preciso momento, la puerta principal se abrió y escuchó el repiqueteo de unos tacones sobre el suelo de bambú. La inquietud se apoderó de ella. Se levantó a toda prisa.

Francesca Day Beaudine entró en la cocina y abrió los brazos.

—¡Teddy!

14

La madre de Ted llevaba unos pantalones negros ceñidísimos y un corsé de color rosa que no deberían sentarle tan bien a una cincuentona. No había ni una sola cana en su lustrosa melena castaña, así que o bien era afortunada o bien tenía un peluquero fantástico. Llevaba diamantes en las orejas, en el cuello y en los dedos, pero su estilo era discreto. Un estilo que reflejaba la elegancia de una mujer hecha a sí misma que poseía belleza, poder y sofisticación. Una mujer que todavía no había reparado en Meg mientras se abalanzaba sobre su amado hijo para abrazarlo.

—¡Cuánto te he echado de menos! —En brazos de su corpulento vástago, parecía muy bajita, tanto que costaba creer que lo hubiera traído al mundo—. He llamado al timbre, de verdad, pero se ve que no funciona.

—Lo he desconectado. Estoy trabajando en un nuevo cierre con sistema de lector de huellas digitales. —Ted le devolvió el abrazo y después la soltó—. ¿Cómo han ido las entrevistas con los valientes policías?

—Maravillosas. En general, todas han ido bien, menos la que le hice a ese actor tan maleducado cuyo nombre jamás volveré a pronunciar. —Levantó las manos, y en ese preciso momento vio a Meg.

Seguro que había visto la Tartana aparcada fuera, pero la sorpresa que mostraron sus ojos dio a entender que lo había tomado por el coche de algún trabajador de la propiedad o de algún pobre desgraciado de los muchos con los que Ted se relacionaba. Teniendo en cuenta que ambos estaban medio desnudos y que eso dejaba claro lo que habían estado haciendo, Francesca se puso a echar humo por las orejas.

—Mamá, supongo que te acuerdas de Meg.

De haber sido un animal, Francesca tendría el lomo erizado en esos momentos.

—Sí, desde luego.

Su hostilidad habría resultado graciosa si Meg no tuviera el estómago revuelto ni estuviera a punto de vomitar.

—Señora Beaudine...

Francesca le dio la espalda para mirar a su querido hijo. Meg estaba acostumbrada a ver miradas de odio en los ojos de los progenitores, pero no le gustaba ver que era Ted quien la estaba recibiendo en esa ocasión, así que decidió hablar antes de que Francesca pudiera hacerlo.

—Me he arrojado a sus brazos exactamente igual que haría cualquier mujer del universo. Ted no puede evitarlo. Estoy segura de que ha visto una escena parecida a ésta en cientos de ocasiones.

Francesca y Ted la miraron. La primera con patente hostilidad. El segundo, con incredulidad.

Meg se tiró de la camiseta intentando que le tapara un poco más el trasero.

—Lo siento, Ted. Yo... esto no volverá a suceder. Y... bueno, me voy. —Sin embargo, necesitaba las llaves del coche, que estaban en sus pantalones cortos, y para recuperarlas tendría que volver al dormitorio.

—No vas a irte a ningún lado, Meg —dijo Ted con gran aplomo—. Mamá, Meg no se ha arrojado a mis brazos. Apenas me soporta. Y esto no es asunto tuyo.

Meg levantó las manos.

—Ted, por favor, no le hables así a tu madre.

—No intentes hacerle la pelota —le aconsejó él—. No servirá de nada.

Sin embargo, volvió a intentarlo.

—Es culpa mía —le aseguró a Francesca—. Soy una mala influencia.

—Corta el rollo —replicó Ted al tiempo que señalaba las fiambreras con comida que descansaban en la encimera—. Íbamos a comer. ¿Te apetece acompañarnos?

Era evidente que no.

—No, gracias. —Su acento logró que las palabras sonaran aún más frías. Echó la cabeza hacia atrás, afianzó su posición sobre sus sandalias de tacón y miró a su hijo a los ojos—. Ya hablaremos de esto en otro momento. —Y salió de la cocina hecha una fiera, taconeando de forma furiosa sobre el suelo.

La puerta principal dio un portazo, pero Francesca dejó atrás el rastro de su perfume, sutilmente amaderado. Meg miró a Ted con expresión seria.

—Lo bueno es que estás demasiado crecidito como para que te castigue.

—Cosa que no le impedirá intentarlo. —Sonrió y cogió su botella de cerveza—. La verdad es que es un poco duro tener una relación con la mujer más impopular del pueblo.

—¡Se está acostando con ella! —exclamó Francesca—. ¿Lo sabías? ¿Sabías que se están acostando?

Emma acababa de sentarse a la mesa del desayuno con Kenny y los niños cuando los interrumpió el timbre. Una simple mirada a la cara de Francesca bastó para que Kenny desapareciera con las magdalenas y los niños. Emma se llevó a Francesca al porche, con la esperanza de que su lugar preferido de la casa reconfortara un poco a su amiga, pero ni la fresca brisa matinal ni la preciosa vista de la pradera lograron tranquilizarla.

Francesca se levantó de un brinco del sillón de ratán negro brillante en el que se había dejado caer poco antes. No se había molestado en maquillarse, aunque tampoco lo necesitaba, y en sus pequeños pies se había colocado unas chanclas que Emma sabía que sólo usaba para trabajar en el jardín.

—Éste era su plan desde el principio —dijo, gesticulando con las manos—. Justo lo que le dije a Dallie. Primero se deshacía de Lucy y luego se lanzaba a por Teddy. ¡Con lo rápido que cala mi hijo a la gente! En la vida se me habría ocurrido que se dejaría cazar por ella. ¿Está ciego o qué? —Pisó sin darse cuenta un maltrecho libro de cuentos que estaba en el suelo—. Estoy segura de que aún sigue en estado de shock, porque si no la habría calado de inmediato. Esa mujer es mala, Emma. Hará cualquier cosa para conseguirlo. Y Dallie no me ayuda en absoluto. Dice que Ted es un hombre hecho y derecho y que lo deje tranquilo, pero ¿lo dejaría tranquilo si estuviera gravemente enfermo? No lo haría, y tampoco lo voy a dejar tranquilo ahora. —Cogió el cuento del suelo y señaló a Emma con él—. Seguro que estabas al tanto. ¿Por qué no me has llamado?

—No tenía ni idea de que la cosa había llegado tan lejos. Voy a traerte una magdalena. ¿Quieres una taza de té?

Francesca arrojó el cuento a un sillón.

—Alguien debió de darse cuenta.

—No has estado aquí, así que no sabes lo complicadas que se han puesto las cosas con los Skipjack. Spencer está obsesionado con Meg, y su hija, Sunny, con Ted. Estamos convencidos de que ése es el motivo de que Spencer considerara Wynette otra vez después de que la boda se cancelara.

Francesca pasó por alto a los Skipjack.

—Torie me contó lo de Sunny y me dijo que Ted era capaz de manejarla. —Tenía una expresión dolida—. No entiendo por qué no me habéis llamado.

—Es que todo ha sido muy confuso. Meg confesó en público que estaba enamorada de Ted, eso es cierto. Pero pensábamos que lo estaba utilizando para disuadir a Spencer.

Los ojos verdes de Francesca se abrieron de par en par.

—¿Y por qué no se os ocurrió pensar que estaba enamorada de él de verdad?

—Porque no actuaba como si lo estuviera —respondió Emma con paciencia—. Nunca he visto a otra mujer, salvo en el caso de Torie, que se le resista. Meg no le hace ojitos ni lo escucha embobada. Le lleva la contraria en todo.

—Es más lista de lo que pensaba. —Francesca se pasó una mano por el pelo, ya de por sí alborotado—. Ninguna mujer se le ha resistido en la vida. Así que le atrae la novedad. —Se dejó caer en el sofá—. Espero que no sea una drogadicta. Aunque no me sorprendería. En Hollywood todo el mundo consume drogas.

—Francesca, no creo que se drogue. Además, hemos intentado convencerla de que se fuera. Sunny Skipjack no quiere competidoras y Spencer adora a su hija. Es un embrollo muy gordo. Sabíamos que Meg no tenía dinero, así que le dimos un cheque. No estuvimos muy finas, la verdad. Pero de cualquier forma, lo rechazó.

—Por supuesto que lo rechazó. ¿Por qué iba a aceptar un asqueroso cheque si tiene las miras puestas en Ted y en su dinero?

—Es posible que Meg sea un pelín más complicada.

—¡Ya lo sé! —replicó Francesca, furiosa—. Su familia la ha desheredado, y esas cosas no se hacen a la ligera.

Emma sabía que debía ir con mucho tiento. Francesca era una mujer inteligente y racional, salvo en lo tocante a su hijo y a su marido. Quería a ambos con locura, y sería capaz de enfrentarse a un ejército para protegerlos, aunque ninguno de los dos quisiera su protección.

—Sé que debe de ser muy difícil, pero si intentaras conocerla...

Francesca agarró una figurita de *La guerra de las galaxias* que tenía clavada en la cadera y la arrojó a un lado.

—Si alguien, y eso incluye a mi marido, piensa que voy a hacerme a un lado para ver cómo esa mujer embruja a mi hijo... —Parpadeó. Inclinó los hombros y pareció quedarse sin energía de repente—. ¿Por qué ha tenido que pasar esto ahora? —preguntó en voz baja.

Emma se sentó a su lado en el sofá.

—Todavía esperas que Lucy vuelva, ¿verdad?

Francesca se frotó los ojos. A juzgar por las ojeras que tenía, era evidente que no había dormido bien.

—Lucy no volvió a Washington cuando se fugó —dijo.

—¿Ah, no?

—He hablado con Nealy. Las dos creemos que es una buena señal. Una temporada lejos de casa, de su trabajo y de sus amigos le dará la oportunidad de conocerse mejor y de valorar todo lo que ha dejado atrás. La has visto muchas veces con Ted. Se querían. Muchísimo. Y él se niega a hablar de ella. Será por algo, ¿no?

—Han pasado dos meses —le recordó Emma con tacto—. Demasiado tiempo.

Francesca no estaba dispuesta a claudicar.

—Quiero que el tiempo se pare. —Se levantó otra vez y empezó a pasear de un lado para otro—. Lo justo para que Lucy tenga la oportunidad de recapacitar. ¿Te imaginas que vuelve a Wynette y descubre que Ted está liado con la que ella considera su mejor amiga? No quiero ni pensarlo. —Se volvió hacia Emma con un rictus decidido en los labios—. No voy a permitir que eso suceda.

Emma hizo un nuevo intento.

—Ted es muy capaz de cuidarse solo. No debes, repito, no debes hacer nada impulsivo. —Miró a su amiga con preocupación, y después se marchó a la cocina para preparar el té.

Mientras llenaba la tetera de agua, recordó una de las leyendas urbanas más repetidas en el pueblo. Según se aseguraba, Francesca arrojó en una ocasión un par de diamantes de cuatro quilates a una cantera de gravilla para demostrar hasta dónde estaba dispuesta a llegar con tal de proteger a su hijo.

Sería mejor que Meg se anduviera con cuidado.

El día posterior al encuentro de Meg con Francesca Beaudine, fue convocada al despacho del encargado del club de campo. Mientras dejaba atrás la tienda de accesorios conduciendo el carrito de las bebidas, vio que salían de ella Ted y Sunny. Esta última llevaba una falda de golf de cuadros azules y amarillos, y un polo sin mangas con cuello de pico, en cuyo extremo descansaba un colgante de diamantes con forma de flor. Irradiaba seguridad, confianza y disciplina, y parecía perfectamente capaz de engendrar un bebé superdotado para Ted por la mañana y después jugar nueve hoyos de un tirón.

Ted parecía ir a juego ya que llevaba un polo azul claro. Ambos lucían zapatos de golf a la última, aunque él llevaba una gorra y ella una visera amarilla que resaltaba su pelo oscuro. Meg no pudo evitar fijarse en lo cómodo que parecía con esa mujer que lo había hecho su rehén a cambio de un *resort* de golf y un complejo de apartamentos.

Meg aparcó el carrito y atravesó el club de campo de camino al despacho del encargado. Al cabo de unos minutos, aferraba el borde de su escritorio, mientras intentaba no gritar.

—¿¡Que vas a despedirme!? Hace dos semanas querías ascenderme a encargada de la tienda de los aperitivos. —Un ascenso que había rechazado porque prefería estar al aire libre.

El encargado le dio un tironcito a la ridícula corbata rosa que llevaba.

—Te has estado lucrando a título personal mientras conducías el carrito de las bebidas.

—Te lo dije desde el principio. ¡Si hasta le hice una pulsera a tu madre!

—Es una infracción de las normas del club.

—La semana pasada no infringía nada. ¿Qué ha cambiado desde entonces?

El encargado era incapaz de sostenerle la mirada.

—Lo siento, Meg. Estoy atado de manos. Esta orden viene de arriba.

Meg empezó a cavilar rápidamente. Quería preguntarle si iba a ser él quien le dijera a Spencer que la habían despedido. O quien se lo dijera a Ted. Además, ¿qué iba a pasar con los jubilados que jugaban los martes por la mañana y que se habían acostumbrado a que les llevara el café en el carrito? ¿Y con los golfistas que se habían percatado de que nunca se equivocaba en sus pedidos?

Pero guardó silencio.

Cuando volvió al coche, descubrió que alguien había intentado arrancar los limpiaparabrisas. Se quemó la parte trasera de los muslos al sentarse tras el volante. Gracias a las ventas de sus joyas, tenía suficiente dinero para volver a Los Ángeles, así que ¿qué más daba si perdía ese asqueroso trabajo de mierda?

Sin embargo, daba la casualidad de que le gustaba ese asqueroso trabajo, y le gustaba su iglesia con sus asquerosos muebles. Y le gustaba ese asqueroso pueblo, con sus problemones y su gente rara. Ted tenía razón, porque lo que más le gustaba era verse obligada a buscarse la vida.

Condujo hasta su casa, se duchó, se puso unos vaqueros, una blusa de estilo bohemio y las sandalias rosas de plataforma. Un cuarto de hora después, pasaba entre los pilares de piedra de la propiedad de los Beaudine. Sin embargo, no se dirigió a casa de Ted. Detuvo la Tartana frente a la enorme casa de estuco y caliza donde residían sus padres.

Dallie fue quien abrió la puerta.

—¿Meg?

—¿Está su mujer?

—En su despacho. —No parecía sorprendido de verla, y la dejó pasar—. Lo más fácil es seguir el pasillo hasta el fondo, salir por la puerta y atravesar el patio. El despacho está en el porche de los arcos de la derecha.

—Gracias.

La casa tenía paredes estucadas, vigas de madera en el techo y suelo embaldosado. En el centro del patio, se emplazaba una fuente, y el leve olor a carbón sugería que alguien había encendido la barbacoa para la cena. El despacho de Francesca estaba resguardado por una galería porticada. Meg la vio sentada a la mesa a través de los ventanales, con unas gafas en su pequeña nariz mientras leía el periódico. Meg llamó a la puerta. Francesca alzó la vista. Al ver quién era, apoyó la espalda en el sillón como si estuviera reflexionando.

La estancia era un lugar de trabajo con dos ordenadores, una televisión plana, unas cuantas estanterías atestadas de papeles, archivadores y carpetas, pero resultaba acogedora gracias a las alfombras orientales, a los muebles de madera tallada, a las piezas de arte folk y a las fotografías enmarcadas. Francesca se levantó por fin y atravesó el despacho calzada con unas coloridas chanclas. Llevaba el pelo apartado de la cara con un par de pasadores de plata, un estilo que le restaba madurez a las gafas. Su camiseta blanca ajustada apoyaba a los Texas Aggies, el equipo de fútbol de la universidad, y los pantalones cortos dejaban a la vista unas piernas torneadas. No obstante y pese a lo informal de su apariencia, seguía llevando los diamantes. Brillaban en sus orejas, en una de sus delgadas muñecas y en sus dedos.

Abrió la puerta.

—¿Qué?

—Comprendo por qué lo ha hecho —dijo Meg—. Pero le pido que se retracte.

Francesca se quitó las gafas, pero no se movió. Por un breve instante, Meg había albergado la sospecha de que todo era obra de Sunny, pero saltaba a la vista que se trataba de un impulso emocional, no calculado.

—Estoy trabajando —replicó Francesca.

—Pues yo no, por culpa suya. —Enfrentó la gélida mirada que le lanzaban esos ojos verdes—. Me gusta mi trabajo. Aunque parezca un poco vergonzoso admitirlo porque no es una gran profesión, resulta que se me da bien.

—Interesante, pero como ya te he dicho, estoy trabajando.

Meg se negó a moverse.

—Vamos a hacer un trato. Yo recupero mi trabajo y, a cambio, no le digo a su hijo lo que ha hecho.

La expresión de Francesca se tornó recelosa. Después de un breve silencio, se apartó de la puerta para dejarla entrar.

—¿Quieres hacer un trato? Muy bien, adelante.

En el despacho había multitud de fotos familiares. Una de las que ocupaba un lugar de honor mostraba a un Dallie Beaudine bastante más joven que celebraba la victoria en una competición levantando a su mujer en brazos. Francesca estaba por encima de él, con un mechón de pelo en la mejilla, un pendiente largo que le rozaba el mentón y descalza, ya que una de sus sandalias rojas se encontraba sobre uno de los pies de su marido, cubiertos con calzado deportivo. También había fotos de Francesca con la primera mujer de Dallie, la actriz Holly Grace Jaffe. Pero casi todas eran de Ted cuando era pequeño. Un niño delgadísimo y feúcho con unas gafas enormes y los pantalones casi por debajo de las axilas, con una expresión solemne y seria mientras posaba con modelos de cohetes, proyectos para la clase de Ciencias y con su padre.

—A Lucy le encantaban esas fotos —comentó Francesca al tiempo que se sentaba a su escritorio.

—No me extraña. —Meg decidió coger el toro por los cuernos y no andarse por las ramas—. Lucy me dio permiso para acostarme con su hijo. Y también me dio su bendición. Es mi mejor amiga. Nunca habría hecho algo así a sus espaldas.

Francesca no se esperaba semejante anuncio. Se le descompuso la cara en un primer momento, pero acabó levantando la barbilla.

Meg siguió con su ataque.

—No voy a darle más detalles sobre la vida sexual de su hijo, pero le aseguro que conmigo está a salvo. No sueño con el matrimonio, ni con tener bebés ni con pasar la vida en Wynette.

Francesca frunció el ceño, pero no parecía tan aliviada como debería estar después de escuchar su confesión.

—Por supuesto que no. Tú exprimes la vida al máximo y vives en el presente, ¿verdad?

—En cierto modo. No lo sé. No tanto como antes.

—Ted ha sufrido mucho. Ahora mismo, lo último que le conviene es que le pongas la vida patas arriba.

—He notado que hay mucha gente empeñada en saber lo que le conviene a Ted y lo que no.

—Yo soy su madre. Tengo las cosas muy claras al respecto.

Y habían llegado al tema más espinoso, aunque lo anterior no había sido precisamente un camino de rosas.

—Supongo que siendo una forastera, y puesto que no tengo ideas preconcebidas, veo a Ted de una manera diferente a como lo ven los que lo conocen de toda la vida. —Cogió una foto en la que se veía a Ted de niño con la Estatua de la Libertad al fondo—. Ted es un hombre brillante —siguió—. Todo el mundo lo sabe. Y es muy astuto. Todos lo saben también. Tiene un excesivo sentido de la responsabilidad. No puede evitarlo, pero eso es justo lo que la gente, y en especial las mujeres que se enamoran de él, pasa por alto. Ted racionaliza lo que la mayoría de la gente percibe a nivel emocional.

—Me he perdido.

Meg soltó la foto.

—Ted no se deja llevar por el romanticismo como muchos otros. Él anota los pros y los contras en una especie de hoja de cálculo mental y actúa en consecuencia. Eso es lo que le pasó con Lucy. En su hoja de cálculo encajaban a la perfección.

La idea enfureció tanto a Francesca que se puso de pie de un brinco.

—¿Me estás diciendo que Ted no quería a Lucy? ¿Que nada lo afecta?

—Le afectan muchas cosas y a un nivel muy profundo. La injusticia. La lealtad. La responsabilidad. Su hijo es una de las personas más listas y más consecuentes que he conocido en la vida. Pero se enfrenta a las relaciones sentimentales desde un punto de vista práctico. —Cuanto más hablaba, más se deprimía—. Y eso es lo que las mujeres no ven. Quieren conquistarlo por completo, pero Ted es inconquistable. Usted está más afectada por la decisión de Lucy que él.

Francesca rodeó el escritorio a toda prisa.

—Eso es lo que tú crees. Estás equivocadísima.

—No soy una amenaza, señora Beaudine —le aseguró en voz más baja—. No voy a romperle el corazón ni a tenderle una trampa para que se case conmigo. No voy a sangrarlo y a aprovecharme de él como si fuera una sanguijuela. Soy una persona segura con la que su hijo puede estar hasta que aparezca una mujer más apropiada. —Eso le dolió más de lo que le habría gustado, pero sin saber cómo se las apañó para encogerse de hombros a la ligera—. Soy la mujer ideal para usted. Y quiero recuperar mi trabajo.

Francesca había recuperado el control a esas alturas.

—Es imposible que le veas futuro a un empleo de poca monta en un club de campo de un pueblo pequeño.

—Me gusta, ¿quién lo iba a decir?

Francesca cogió un cuaderno de su escritorio.

—Te conseguiré un trabajo en Los Ángeles, en Nueva York, en San Francisco. Donde quieras. Un buen trabajo. Lo que hagas con él depende de ti.

—Gracias, pero me he acostumbrado a buscarme la vida por mi cuenta.

Francesca soltó el cuaderno y empezó a toquetear su alianza, como si la situación hubiera acabado incomodándola. Pasaron unos cuantos segundos en silencio.

—¿Por qué no le has ido a Ted con el cuento de lo que he hecho?

—Me gusta librar mis propias batallas.

El momento de vulnerabilidad pasó, y Francesca volvió a enderezarse con decisión.

—Ya ha sufrido demasiado. No quiero que vuelva a pasarlo mal.

—En serio, no soy tan importante como para que sufra. —Otra dolorosa punzada—. Soy una sustituta de última hora. Y soy la única mujer, aparte de Torie, con la que se puede enfadar. Creo que lo relaja. Y para mí... Es un agradable paréntesis después de todos los imbéciles con los que me he liado.

—Veo que tienes las cosas claras.

—Ya se lo he dicho. Soy la mujer ideal para usted. —Se las arregló para esbozar una sonrisa torcida, pero mientras salía del despacho y atravesaba el patio, su actitud pragmática se desinfló. Estaba harta de que todos la vieran tan inadecuada.

Cuando se presentó en el trabajo al día siguiente, nadie parecía recordar que la habían despedido. Ted se acercó al carrito de las bebidas. Fiel a su palabra, no le mencionó lo que había pasado ni el papel que había protagonizado su madre.

El día resultó muy caluroso y cuando por fin llegó esa noche a casa estaba sudando como un pollo. Deseando darse un chapuzón en la charca, se quitó el polo y pasó junto a la vieja y destartalada mesa donde estaban sus materiales de trabajo. En el desgastado sofá yacía uno de los libros de ecología que Ted le había prestado. Un montón de platos sucios la esperaba en el fregadero. Se quitó las deportivas y abrió la puerta del cuarto de baño.

Y se le heló la sangre en las venas cuando vio el mensaje que alguien había dejado en el espejo, escrito con una barra de labios roja:

LÁRGATE

15

Las manos de Meg temblaban mientras intentaba borrar el mensaje y no paraba de sollozar.

LÁRGATE

Dejar mensajes en los espejos escritos con barra de labios estaba trilladísimo, y sólo podía hacerlo una persona sin imaginación. Necesitaba recuperar el control. Sin embargo, la certeza de que un extraño había entrado en su casa cuando ella no estaba y había tocado sus cosas le daba náuseas. No dejó de temblar hasta que el mensaje desapareció y comprobó que no había ninguna otra señal del intruso en la iglesia. Aunque buscó, no encontró nada.

A medida que el pánico remitía, intentó imaginarse quién había sido el autor, pero había tantos candidatos potenciales que no podía descartar a nadie. Había dejado la puerta principal cerrada con llave. La puerta trasera estaba cerrada con llave en ese momento, pero no se detuvo a comprobarlo antes de marcharse. Era muy posible que el intruso hubiera entrado por ahí y que la hubiera cerrado después. Volvió a ponerse el polo sudado, salió y echó un vistazo alrededor de la iglesia sin encontrar nada raro.

Cuando por fin se metió en la ducha, se pasó todo el rato lanzándole miradas nerviosas a la puerta. Odiaba tener miedo. Pero se odió todavía más cuando de repente vio a Ted en el vano de la puerta y chilló, asustada.

—¡Por Dios! —exclamó él—. ¿Qué te pasa?

—¡No vuelvas a aparecer de esa manera!

—He llamado.

—¿Cómo quieres que te oiga? —Cerró el grifo.

—¿Desde cuándo te has vuelto tan miedosa?

—Me has sorprendido, nada más.

No podía decírselo. Lo tenía clarísimo. Su estatus de superhéroe lo obligaría a prohibirle que siguiera viviendo sola en la iglesia. Y ni podía permitirse vivir en otro lugar ni iba a dejar que él pagara el alquiler de otro sitio. Además, le encantaba la iglesia. Tal vez no en ese preciso momento, pero lo haría más adelante, cuando se le pasara el acojone.

Ted cogió una toalla del nuevo toallero de Viceroy Industries, línea Edimburgo, que ella había colocado hacía muy poco. Sin embargo, en vez de dársela, vio cómo se la echaba al hombro.

Meg extendió un brazo, aunque adivinaba lo que sucedería a continuación.

—Dámela.

—Ven a por ella.

No estaba de humor para tonterías. Aunque, bueno, en el fondo sí lo estaba, porque era Ted a quien tenía delante, tan alto, tan guapo y tan listo como de costumbre. ¿Qué mejor forma para quitarse el miedo que dejar que le hiciera el amor un hombre que no pedía nada a cambio?

Salió de la ducha y pegó su húmedo cuerpo al suyo.

—Haz conmigo lo que quieras, guapo.

Ted sonrió y la obedeció al pie de la letra. Cada vez que lo hacían, se mostraba más cuidadoso y demoraba un poco más su propio orgasmo. Cuando todo acabó, Meg se envolvió en una de las piezas de seda que había llevado la noche del ensayo, y después fue al frigorífico ya que Ted había metido un paquete de doce botellas de cerveza cuando llegó. Al volver, él ya se había puesto los pantalones y estaba sacando un papel doblado de uno de los bolsillos.

—Hoy he recibido esto por correo. —Se sentó en el sofá con un brazo extendido sobre el respaldo y apoyó las piernas en la caja de botellas de vino que ella había convertido en mesita auxiliar, cruzándolas a la altura de los tobillos.

Meg cogió el papel y leyó el membrete: Departamento de salud de Texas. Ted no tenía por costumbre comentar los aspectos más mundanos de su labor en la alcaldía, así que para leerlo se sentó en el brazo de un sillón de mimbre adornado con unos desgastados cojines de estampado tropical. Al cabo de unos segundos, se levantó de un salto, pero descubrió que le temblaban demasiado las rodillas y acabó sentándose en los cojines para releer el párrafo en cuestión.

La normativa de Texas exige que cualquier persona que se someta a una prueba para descartar enfermedades de transmisión sexual tales como clamidia, gonorea, VPH o SIDA y dé positivo en alguna de ellas, o en otras no mencionadas anteriormente, entregue un listado con los nombres de aquellas personas con quien haya mantenido relaciones sexuales recientemente. Mediante esta notificación se le comunica que Meg Koranda lo ha incluido en tal listado. Se le urge a visitar a su médico lo antes posible. También se le urge a cesar todo contacto de índole sexual con la persona infectada.

Meg lo miró, con el estómago revuelto.

—¿Con la persona infectada?

—Han escrito mal «gonorrea» —comentó Ted—. Y el membrete es falso.

Meg hizo una bola con el papel.

—¿Por qué no me lo enseñaste nada más llegar?

—Porque pensé que te quitaría el calentón de golpe.

—Ted...

Él le lanzó una mirada serena.

—¿Quién crees que puede estar detrás de esto?

Recordó el mensaje que había encontrado escrito en el espejo del cuarto de baño.

—Cualquier mujer loca por ti, recuerda que hay millones.

Ted pasó por alto el comentario.

—El matasellos era de Austin, pero eso no significa nada.

Ése era el momento perfecto para decirle que su madre había intentado que la despidieran, pero no se imaginaba a Francesca Beaudine haciendo algo tan ruin como enviar esa carta. Además, Francesca habría comprobado que no hubiera faltas de ortografía. En cuanto a Sunny, dudaba mucho que cometiera ese error, a menos que lo hubiera hecho a propósito para despistarlos. A Kayla, Zoey y las demás mujeres que fantaseaban con Ted... no podía acusarlas basándose en sus miradas asesinas. Tiró el papel al suelo.

—¿Por qué no le hicieron nada de esto a Lucy?

—Pasábamos mucho tiempo en Washington. Y, la verdad, Lucy no cabreaba a la gente como lo haces tú.

Meg se levantó del sillón.

—Nadie sabe que estamos juntos, salvo tu madre y las personas a quienes se lo haya contado.

—Mi padre y lady Emma, que posiblemente se lo haya dicho a Kenny.

—Quien, estoy segura, que a su vez se lo ha dicho a Torie. Que como buena cotilla que es...

—Si Torie lo supiera, me habría llamado nada más enterarse.

—Eso nos deja con el misterioso visitante de hace tres noches —aventuró. Ted desvió la mirada, indicándole que la seda se le había resbalado, de modo que se apretó más el nudo—. Pensar que alguien nos viera por la ventana...

—Exacto. —Ted soltó la cerveza en la caja de vino—. Empiezo a pensar que las pegatinas que te pusieron en el coche tal vez no fueran obra de un niño.

—Alguien ha intentado romperme los limpiaparabrisas.

Las noticias hicieron que Ted frunciera el ceño, y Meg volvió a sopesar la idea de contarle lo del mensaje en el espejo, pero no quería que la echaran de su casa, y eso era justo lo que sucedería si él se enteraba.

—¿Cuántas personas tienen llave de la iglesia? —quiso saber.

—¿Por qué?

—Porque ya no sé si debería preocuparme.

—Cambié las cerraduras cuando la compré —le aseguró—. Tú tienes la llave que estaba escondida fuera. Yo tengo la mía. Es posible que Lucy conserve la suya. Y queda otra en mi casa.

Lo que significaba que el intruso había entrado por la puerta trasera que se quedó abierta. Un error que se aseguraría de no repetir.

Había llegado el momento de hacer la pregunta más importante, y mientras se decidía, Meg empezó a golpear la bola de papel arrugado con los dedos de los pies.

—Ese membrete parecía auténtico. Y muchos funcionarios cometen faltas de ortografía. —Se humedeció los labios—. Podría haber sido cierto. —Por fin lo miró a los ojos—. ¿Por qué no me has preguntado si era cierto lo que afirmaba?

Por increíble que pareciera, Ted pareció ofenderse por la pregunta.

—¿A qué viene eso? Si hubiera algún problema, me lo habrías dicho hace mucho.

Su respuesta la dejó totalmente pasmada. Semejante confianza en su integridad... En ese momento, descubrió que había pasado lo peor que podía pasar. Se le cayó el alma a los pies. Se había enamorado de él.

Le entraron ganas de arrancarse el pelo a tirones. ¡Por supuesto que se había enamorado de él! ¿Qué mujer no iba a hacerlo? Enamorarse de Ted era una especie de rito de iniciación femenino en Wynette y ella acababa de unirse a la hermandad.

Empezaba a hiperventilar, como le sucedía cada vez que se sentía atrapada.

—Tienes que irte ahora mismo.

La mirada de Ted volvió a descender hasta el liviano pareo de seda.

—Si me voy, parecerá que he venido sólo a echarte un polvo.

—Exacto. Tal y como debe ser esta relación. Tu magnífico cuerpo con la menor conversación posible.

—Empiezo a sentirme como si yo fuera la mujer.

—Considéralo una experiencia que te hará madurar.

Ted sonrió al tiempo que se levantaba del sofá para abrazarla y a besarla hasta robarle el sentido. Justo cuando Meg comenzaba a sumergirse en otro coma inducido por los encantos sexuales Beaudine, él echó mano de su legendario autocontrol y se separó.

—Lo siento, nena. Pero si quieres más, tendrás que salir conmigo. Vístete.

Meg volvió a la realidad.

—Una palabra que espero que no vuelva a salir jamás de tu boca. ¿Qué se te ha ocurrido ahora?

—Quiero ir a cenar —contestó a la ligera—. Contigo. Los dos solos como dos personas normales. En un restaurante de verdad.

—Una idea espantosa.

—Spencer y Sunny se han marchado del condado durante unos

días porque van a asistir a una feria de muestras internacional, así que aprovechando su ausencia quiero ponerme al día con todo lo que he tenido que dejar aparcado. —Le colocó un mechón de pelo detrás de una oreja—. Estaré fuera unas dos semanas. Pero antes de irme, quiero salir una noche. Estoy harto de esconderme.

—Ni hablar —replicó—. No seas tan egoísta. Piensa en tu precioso pueblo y después imagina la cara de Sunny cuando se entere de que estamos...

La fachada despreocupada de Ted desapareció.

—El pueblo y Sunny son asunto mío, no tuyo.

—Si demuestra usted esa actitud tan egocéntrica, no volverán a elegirlo, señor alcalde.

—¡Es que no quería que me eligieran!

Al final, accedió a cenar en un restaurante tex-mex en Fredericksburg; pero cuando llegaron, se las arregló para sentarlo de frente a la pared mientras ella se sentaba de espaldas para poder observar a la concurrencia. Eso lo molestó tanto que pidió por los dos sin consultarla siquiera.

—Eres de los que nunca te enfadas —comentó cuando el camarero se alejó—, salvo conmigo.

—Eso no es verdad —la contradijo él con tirantez—. Torie también me irrita.

—Torie no cuenta. Salta a la vista que en otra vida fuiste su madre.

Ted se vengó comiéndose todos los nachos.

—La verdad, no te tenía por un rencoroso —le dijo ella después de un tenso y largo silencio—. Y mírate.

Ted metió un nacho en el cuenco de salsa más picante.

—Me repatea tener que esconderme, y no pienso hacerlo más. Esta relación va a salir del armario.

Semejante muestra de obstinación empezó a asustarla.

—Echa el freno un momento. Spencer está acostumbrado a conseguirle a su hija todo lo que quiere, y tres cuartos de lo mismo con él. Si no lo supieras, no me habrías animado a que intimara con él.

Ted partió un nacho por la mitad.

—Eso también va a cambiar. A partir de ya.

—No, ni hablar. Yo me encargo de manejar a Spencer. Tú te las

221

apañas con Sunny. En cuanto a nosotros... Ya dejamos claro al principio cómo lo íbamos a llevar.

—Te repito que... —Empezó a gesticular con la mitad del nacho en la mano, señalándola a la cara—. No me he escondido en la vida y no voy a hacerlo ahora.

Meg no acababa de creerse lo que estaba escuchando.

—No puedes poner en peligro algo tan importante por un par de polvos sin importancia. Ted, lo nuestro es un rollo temporal. Temporal. El día menos pensado, me piro a Los Ángeles otra vez. Hasta yo me sorprendo de seguir todavía aquí.

Si esperaba que Ted discutiera el hecho de que su relación no tenía importancia, iba a llevarse una desilusión. Él se inclinó sobre la mesa y dijo:

—No tiene nada que ver con que lo nuestro sea temporal. Tiene que ver con el tipo de persona que soy.

—¿Y yo qué? ¿No cuento? A mí me encanta esconderme.

—Ya me has oído.

Meg lo miró, descompuesta. Ésa era la consecuencia de tener un amante con un gran sentido del honor. O al menos lo que él entendía por honor. A ella le parecía más bien una cuestión de elegir un final desastroso o una decepción amorosa.

Esa noche no durmió bien, ya que se la pasó cavilando sobre su enamoramiento y sobre la posibilidad de que su misterioso intruso reapareciera. Así que, como siempre, dedicó las horas de vigilia a crear diseños cada vez más complicados, ya que su reducida clientela parecía preferir piezas con antigüedades legítimas a las imitaciones. Buscó en Internet vendedores especializados en el tipo de joyas antiguas que quería usar y se gastó buena parte de sus ahorros en un pedido realizado a un antropólogo de Boston de buena reputación que certificaba todas las piezas que vendía.

Mientras sacaba parte de las monedas que había encontrado en Oriente Medio, los cabujones romanos y tres preciosas cuentas descoloridas pertenecientes a un mosaico del siglo II, se preguntó si el diseño de joyas era un negocio o más bien una distracción que le permitía no pensar en lo que debería estar haciendo con su vida.

Una semana después de que Ted se marchara del pueblo, Torie la llamó y le ordenó que se presentara una hora antes en el trabajo al día siguiente. Cuando le preguntó por el motivo, Torie reaccionó como si hubiera fallado una prueba de inteligencia.

—¡Porque a esa hora Dex está en casa cuidando a las niñas, madre mía!

En cuanto Meg llegó al día siguiente al club, Torie la llevó a rastras a la zona de prácticas.

—No puedes vivir en Wynette sin tocar un palo de golf. Es una ordenanza municipal. —Y le pasó su hierro del 5—. Prueba a golpear la bola.

—No creo que tarde mucho en marcharme, así que es una tontería. —Meg pasó por alto la punzada que sintió en el corazón—. Además, no soy tan rica como para convertirme en golfista.

—Joder, dale a la bola y punto.

Meg lo intentó, pero no logró golpear la pelota. Lo intentó de nuevo y volvió a fallar. Sin embargo, tras varios intentos, consiguió enviar la pelota hasta el centro de la zona de prácticas después de trazar un arco perfecto en el aire. Soltó un chillido para celebrarlo.

—Ha sido cuestión de suerte —comentó Torie—. Pero así es como el golf te engancha. —Le quitó el hierro, le dio unas cuantas instrucciones y le dijo que siguiera intentándolo.

Meg siguió los consejos de Torie durante la siguiente media hora, y puesto que había heredado la capacidad atlética de sus padres, no tardó en darle a la bola con más frecuencia.

—Podrías ser buena si practicaras —le aseguró Torie—. Los trabajadores pueden jugar gratis los lunes. Aprovecha tu día libre. Tengo un juego de palos de repuesto en el almacén que puedes usar.

—Te lo agradezco, pero no me apetece.

—Sí que te apetece, a mí no me engañas.

Tenía razón. Ver a tanta gente jugar le había despertado el gusanillo.

—¿Por qué estás haciendo esto? —le preguntó mientras llevaba la bolsa de Torie de vuelta al club.

—Porque eres la única mujer aparte de mí que le ha dicho a Ted lo mal que baila.

—No lo pillo.

—Sí que lo pillas. También he notado que Ted se quedó sospechosamente callado cuando saqué tu nombre a colación mientras hablábamos por teléfono esta semana. No sé si tenéis futuro, siempre y cuando él no quiera casarse con Sunny, pero no pienso arriesgarme.

Meg no entendía qué había querido decir, pero se descubrió añadiendo el nombre de Torie O'Connor a la lista de personas que echaría de menos el día que se marchara de Wynette. Se quitó la bolsa del hombro.

—Aparte de lo de Sunny, ¿cómo quieres que Ted y yo tengamos futuro? Él es el Cordero de Dios y yo soy la chica mala del pueblo.

—Lo sé —replicó Torie con alegría.

Esa tarde, mientras Meg le quitaba el polvo acumulado al carrito de las bebidas con la manguera, la encargada del *catering* se acercó para decirle que uno de los miembros del club quería contratarla como camarera en un almuerzo privado que un grupo de damas celebraría al día siguiente. Las pocas personas del pueblo que podían permitírselo tenían la costumbre de contratar personal de servicio para sus fiestas, pero nadie había solicitado sus servicios nunca. Con la falta que le hacía el dinero para reponer el que se había gastado en materiales, dijo:

—Claro.

—Antes de marcharse coge una camisa blanca del almacén de *catering*. La falda negra corre por tu cuenta.

Lo más parecido que Meg tenía era la minifalda blanca y negra de Miu Miu que había comprado en la tienda de segunda mano. Tendría que usarla.

La encargada del *catering* le entregó un papel con la dirección anotada.

—Cocinará el chef Duncan y trabajarás con Haley Kittle. Ella te dirá lo que tienes que hacer. Preséntate a las diez. Es algo importante, así que procura ser eficiente.

Después de salir de la charca esa noche, Meg por fin tuvo tiempo para leer a fondo la información de la parte inferior del papel, donde estaba anotado el nombre de la persona para quien trabajaría.

Francesca Beaudine

Hizo una bola con el papel y la apretó en el puño. ¿A qué estaba jugando Francesca? ¿De verdad pensaba que aceptaría el trabajo? Pero eso era justo lo que había hecho.

Se puso la camiseta a la que le había cortado las mangas y se entretuvo poniendo de vuelta y media a Francesca mientras paseaba de un lado para otro en la cocina, y también poniéndose verde a sí misma por no haberse parado a leer toda la información antes, porque así podría haber rechazado el trabajo. ¿Lo habría hecho? Posiblemente no. Su asqueroso orgullo la habría obligado a aceptarlo.

La tentación de coger el teléfono para llamar a Ted era casi irresistible. En cambio, se hizo un sándwich y se lo llevó al cementerio, donde descubrió que había perdido el apetito. No era una coincidencia que lo de Francesca sucediera en ausencia de Ted. Seguro que había ideado un astuto ataque para ponerla en su lugar. Así que lo mismo daba que aceptara el trabajo de camarera o no. Lo que Francesca quería era dejar las cosas claras. Ella era una forastera, una vagabunda con una mano delante y la otra detrás obligada a trabajar por un mísero sueldo. Una forastera que sólo sería admitida en casa de Francesca en calidad de empleada.

Meg tiró el sándwich a los matorrales. «A la mierda con todo», pensó.

Al día siguiente, llegó a la propiedad de los Beaudine un poco antes de las diez de la mañana. Había decidido ponerse sus relucientes plataformas rosas con la camisa blanca y la minifalda de Miu Miu. No era el calzado más cómodo para trabajar, pero la mejor defensa contra Francesca era un buen ataque, y las sandalias le enviarían el mensaje de que no pensaba pasar desapercibida. Mantendría la cabeza alta, sonreiría hasta que le dolieran las mejillas y haría su trabajo para darle en las narices a Francesca.

Haley llegó en ese momento, conduciendo su Ford Focus rojo.

Apenas cruzaron palabra mientras entraban en la casa, y estaba tan blanca que Meg empezó a preocuparse.

—¿Te pasa algo?

—Tengo... tengo unos calambres horrorosos.

—¿Por qué no has buscado a alguien que te sustituya?

—Lo he intentado, pero no he localizado a nadie.

La cocina de la casa de los Beaudine era un lugar lujoso y a la vez acogedor, con las paredes pintadas de color azafrán, el suelo de terracota y una cenefa de azulejos artesanales de color azul cobalto en la pared. Una enorme lámpara de hierro forjado con coloridas tulipas colgaba del centro del techo y en las estanterías descansaban ollas de cobre y piezas de loza artesanal.

El chef Duncan estaba preparando el menú que había planeado para el evento. Era un hombre bajito de unos cuarenta años, con una nariz grande y una encrespada mata de pelo rojizo que asomaba por debajo de su gorro. Frunció el ceño al ver que Haley desaparecía en el baño y le ordenó a Meg con muy malos modos que se pusiera a trabajar.

Mientras ella colocaba la cristalería y empezaba a organizar la vajilla, el chef le dijo cuál sería el menú: bocaditos de hojaldre rellenos de queso fundido y mermelada de naranja; sopa de guisantes al aroma de hierbabuena servida en tazas de café que todavía había que lavar; ensalada aderezada con hinojo; rosquillas templadas; y, como plato principal, revuelto de espárragos con salmón ahumado que emplatarían en la cocina. La obra maestra era el postre: suflés individuales de chocolate que el chef se había pasado todo el verano perfeccionando y que debían, ¡que debían!, ser servidos tan pronto como salieran del horno para ser colocados, con mucha, mucha, muchísima delicadeza delante de cada comensal.

Meg asintió mientras el chef le daba las órdenes, y después llevó las copas para el agua al comedor. En las esquinas de la estancia crecían palmeras y limoneros en maceteros de estilo clásico. Una de las paredes estaba alicatada y en el centro burbujeaba una fuente de piedra. Además de la enorme mesa de comedor, de madera envejecida, se habían dispuesto dos mesas adicionales. En vez de usar mantelerías tradicionales, Francesca se había decantado por manteles individuales hechos a mano. Cada mesa estaba adornada con un centro de cobre en cuyo interior se habían colocado pequeños tiestos de orégano, mejorana, salvia y tomillo, además de unas vasijas de barro cuajaditas de flores amarillas. A través de los grandes ventanales del comedor, se veía parte del patio y una pérgola con un banco de madera donde alguien había abandonado un libro. Era difícil no sentir admiración por una mujer que había creado un ambiente tan maravilloso para recibir a sus amigas, pero Meg decidió ponerle empeño.

Haley aún no había salido del cuarto de baño cuando Meg regresó a la cocina. Estaba empezando a lavar las tazas de café cuando el repiqueteo de unos tacones sobre el suelo embaldosado anunció la llegada de la anfitriona.

—Gracias por ayudarme hoy, chef Duncan —dijo Francesca—. Espero que no le falte de nada.

Meg enjuagó una taza, se volvió sin apartarse del fregadero y miró a Francesca con su sonrisa más alegre.

—Hola, señora Beaudine.

A diferencia de su hijo, Francesca no sabía disimular sus emociones. De modo que quedaron todas reflejadas en su cara. Primero, la sorpresa. (Porque no esperaba que Meg aceptara el trabajo.) Después, el asombro. (¿Por qué se había presentado a trabajar?) Seguidamente, la incomodidad. (¿Qué iban a pensar sus invitadas?) Luego, la duda. (A lo mejor no había sido una buena idea.) Al instante, la angustia. (Había sido una idea terrible.) Y por último... la determinación.

—Meg, ¿puedo hablar contigo en el comedor?

—Por supuesto.

Siguió el taconeo de la anfitriona hasta el comedor. Era tan menuda que apenas le llegaba a Meg a la barbilla, aunque jamás intentaría comprobarlo. Francesca lucía una imagen tan estilosa como siempre: un top verde esmeralda, una ligera falda blanca de algodón y un cinturón azul pavo real. Se detuvo al llegar a la fuente de piedra y comenzó a juguetear con su alianza.

—Me temo que ha habido un error. Mío, por supuesto. Resulta que no voy a necesitar tus servicios después de todo. Naturalmente, te pagaré por el tiempo que has estado aquí. Estoy segura de que te hace falta el dinero, porque de lo contrario no te habrías visto... obligada a venir.

—Mi situación es bastante más holgada que antes —le aseguró

Meg con alegría—. Mis joyas se están vendiendo mucho mejor de lo que esperaba.

—Sí, eso he oído. —Saltaba a la vista que Francesca estaba nerviosa y quería solucionar el asunto con rapidez—. Supongo que pensaba que no ibas a aceptar el trabajo.

—A veces hasta yo me sorprendo de mí misma.

—La culpa es mía, por supuesto. Suelo ser muy impulsiva. Un defecto que no sabes la de problemas que me ha causado.

Meg sabía muy bien los problemas que acarreaba la impulsividad.

Francesca enderezó su diminuta figura al máximo y dijo con gélida dignidad:

—Voy a por mi talonario.

Un ofrecimiento muy tentador, pero Meg no podía aceptarlo.

—Le recuerdo que espera usted a veinte invitadas y resulta que Haley no se encuentra bien. No puedo dejar al chef solo.

—Estoy segura de que nos las apañaremos como sea. —Comenzó a juguetear con una pulsera de diamantes—. Es una situación incómoda y no quiero que mis invitadas se sientan mal. Por tu culpa, me refiero.

—Si sus invitadas son quienes creo que son, les encantará verme. Por mi parte, llevo ya dos meses y medio en Wynette, así que ya no me incomodo fácilmente.

—Meg, en serio... Una cosa es que trabajes en el club de campo, pero esto es muy distinto. Sé que...

—Perdóneme. Tengo que lavar las tazas. —Y volvió a la cocina acompañada por el satisfactorio taconeo de sus sandalias rosas de plataforma.

Haley ya había salido del baño, pero estaba junto a la encimera y tenía muy mala cara. El chef comenzaba a impacientarse. Meg le quitó a Haley la jarra de zumo de melocotón y, siguiendo las instrucciones del chef, vertió una pequeña cantidad en las copas. Después añadió champán, una rodajita de melocotón recién cortado y le pasó la bandeja a Haley, cruzando los dedos para que todo saliera bien. Mientras Haley llevaba las copas al comedor, ella cogió la bandeja de bocaditos de hojaldre que acababan de salir del horno, un montoncito de servilletas de cóctel y la siguió.

Haley se había colocado junto a la puerta principal para evitar tener que moverse por el comedor. Las invitadas fueron puntuales. Todas iban ataviadas con colores alegres, y sus atuendos eran mucho más elegantes de lo que se acostumbraba en California para una ocasión así. Claro que en Texas era un pecado mortal no ir de punta en blanco, con independencia de la edad.

Meg reconoció a algunas invitadas, ya que jugaban al golf en el club. Torie estaba hablando con la única persona que iba vestida de negro por completo, una mujer que ella no conocía. Torie detuvo su copa de champán a medio camino en cuanto la vio acercarse con la bandeja de los aperitivos.

—¿¡Qué haces aquí!?

Meg la saludó con una fingida reverencia.

—Me llamo Meg y hoy seré su camarera.

—¿Por qué?

—¿Por qué no?

—Porque... —Torie dejó la frase en el aire mientras gesticulaba con una mano—. No lo sé. Pero no me parece bien.

—La señora Beaudine necesitaba ayuda, y yo tenía el día libre.

Torie frunció el ceño y se volvió hacia la mujer delgada que tenía al lado, una mujer con una melena negra recta por encima de los hombros y unas gafas de montura roja. Pasando por alto el protocolo, Torie las presentó.

—Lisa, te presento a Meg. Lisa es la representante de Francesca. Y Meg es...

—Os recomiendo encarecidamente los hojaldres. —Meg no sabía si Torie iba a añadir que era la hija de la magnífica Fleur Savagar Koranda, la superestrella de los representantes, pero conociéndola, prefirió no arriesgarse—. Aseguraos de dejar sitio para el postre. No voy a estropearos la sorpresa diciéndoos lo que es, pero no os decepcionará.

—¿Meg? —Emma la miraba con el ceño fruncido. En sus orejas oscilaban los pendientes que Meg había hecho con unas cuentas de cornalina que databan del siglo XIX—. ¡Ay, por Dios!

—Lady Emma —la saludó ella, ofreciéndole la bandeja.

—Llámame Emma. Bueno, da igual. No sé ni para qué insisto.

—Yo tampoco lo sé, la verdad —replicó Torie—. Lisa, estoy segura de que Francesca te lo habrá contado todo sobre nuestra vecina perteneciente a la familia real británica, pero creo que no os conocéis en persona. Te presento a mi cuñada, Lady Emma Wells-Finch Traveler.

Emma suspiró y le tendió la mano a la mujer. Meg aprovechó para alejarse del grupo y bajo la vigilante e inquieta mirada de Francesca, siguió sirviendo a la mafia local.

Birdie, Kayla, Zoey y Shelby Traveler estaban junto al ventanal. Mientras Meg se acercaba a ellas, escuchó que Birdie decía:

—Haley estuvo anoche con ese Kyle Bascom otra vez. Os juro por Dios que como se quede embarazada...

Meg recordó la mala cara de Haley y rezó para que eso no hubiera sucedido ya. Kayla vio a Meg y le dio tal codazo a Zoey que ésta acabó con la mano llena de champán. Las mujeres examinaron la falda de Meg. Shelby miró a Kayla con expresión interrogante. Meg le ofreció las servilletas a Birdie.

Zoey comenzó a juguetear con el colgante que llevaba, que parecía estar hecho con aros de cereales encolados.

—Meg, me sorprende que tengas que trabajar sirviendo en las fiestas. Kayla dice que tus joyas se venden muy bien.

Kayla se atusó el pelo.

—No tanto. He rebajado el colgante del mono dos veces y ni por ésas lo vendo.

—Te dije que me lo dieras para mejorarlo. —Meg reconocía que no era su mejor pieza, pero el resto de los diseños que le había dado a Kayla para que los vendiera en su tienda había sido un éxito.

Birdie le dio un tironcito a uno de sus rígidos mechones pelirrojos mientras la miraba con aire de superioridad.

—En caso de contratar camareros para servir en mi casa, yo especificaría muy bien mis preferencias. Creo que Francesca se muestra demasiado descuidada en su elección.

Zoey echó un vistazo a su alrededor.

—Espero que Sunny no haya vuelto todavía. Imaginaos que Francesca la ha invitado con Meg trabajando como camarera. No nos convendría tanta tensión. Al menos a mí, con el inicio del curso dentro de un par de semanas y con una sola maestra en el primer ciclo de infantil.

Shelby Traveler le dijo a Kayla:

—Me encantan los monos. Me pasaré a comprar ese colgante.

Torie se unió al grupo.

—¿Desde cuándo te gustan los monos? Poco antes de que Petey cumpliera los diez años, te oí decirle que eran unos bichos asquerosos.

—Porque estaba intentando convencer a Kenny para que le regalara uno por su cumpleaños.

Torie asintió con la cabeza.

—Lo habría convencido. Kenny lo quiere tanto como a sus propios hijos.

Kayla se agitó el pelo.

—Siempre he pensado que aquella novia francesa que tenía Ted, la modelo, parecía una mona. No sé, creo que por los dientes.

Las Piradas de Wynette en su salsa. Meg se escabulló.

Cuando llegó a la cocina, no había rastro de Haley y descubrió al chef echando humo por las orejas y con los ojos clavados en las copas de champán rotas en el suelo.

—¡Hoy no sirve para nada! La he mandado a casa. Deja las putas copas y empieza a emplatar las ensaladas.

Meg intentó seguir el torrente de órdenes. Corrió de un lado para otro de la cocina evitando los cristales y dándose de tortas por haberse puesto las sandalias rosas, pero cuando regresó al comedor llevando una nueva bandeja de bebidas, aminoró el paso de forma deliberada, como si tuviera todo el tiempo del mundo. Cierto, no tenía experiencia como camarera, pero la gente no tenía por qué saberlo.

De vuelta en la cocina, preparó tres jarras para servir el aderezo de las ensaladas mientras el chef corría hacia el horno para echarle un ojo a las *frittatas*.

—Quiero que estén calientes cuando lleguen a la mesa.

La siguiente hora pasó volando para Meg mientras hacía el trabajo de dos personas y el chef preparaba los suflés de chocolate. Torie y Emma parecían decididas a entablar conversación con ella cada vez que aparecía por el comedor, como si fuera otra invitada más. Meg les agradecía la actitud, pero le habría encantado que la dejaran concentrarse en su trabajo. Kayla olvidó la hostilidad para comentarle que quería otro colgante con piedras precolombinas para una amiga, dueña de una tienda en Austin. Hasta la representante de Francesca quería hablar, y no sobre sus padres (al parecer nadie le había dicho quienes eran), sino sobre la *frittata* y el leve toque de curry que había detectado.

—Tienes un paladar excelente —la alabó Meg—. El chef ha usado una pizca de nada. Es increíble que lo hayas notado.

Francesca debió de comprender que no tenía ni idea de si el chef había usado o no curry, porque no tardó en desviar la atención de Lisa hacia otro tema.

Mientras servía, escuchó retazos de las conversaciones. Las invitadas querían saber cuándo volvería Ted y cómo pensaba solucionar ciertos problemas locales tan variados como el escandaloso gallo de algún vecino o el regreso de los Skipjack al pueblo. Mientras le servía otro vaso de té helado a Birdie, escuchó que Torie regañaba a Zoey por ponerse el colgante de los cereales.

—¿Es que no puedes ponerte joyas normales alguna vez?

—¿Crees que me gusta ir por ahí llevando encima media despensa? —susurró Zoey al tiempo que cogía una rosquilla de la cesta para partirla en dos—. Es que la madre de Hunter Gray está en la otra mesa, y quiero que sea ella quien organice la feria del libro de este año.

Torie levantó la vista para mirar a Meg.

—Yo que Zoey dejaba claro el límite entre mi vida laboral y mi vida privada.

—Eso lo dices ahora —replicó la aludida—. ¿Ya no te acuerdas de lo emocionada que estabas con los pendientes de macarrones que me hizo Sophie?

—Eso era distinto. Mi hija es una artista.

—Sí, cómo no —rezongó Zoey—. Y aquel mismo día pusiste en marcha la red de contactos del colegio.

Meg se las arregló para retirar los platos sin manchar a nadie con las sobras. Las invitadas que conocía porque jugaban al golf en el club le pidieron una marca concreta de té helado. De vuelta en la cocina, vio que el chef estaba sudando por el esfuerzo mientras sacaba los suflés individuales del horno.

—¡Rápido! Llévalos a la mesa antes de que se desinflen. ¡Con mucho cuidado! Recuerda lo que te he dicho.

Meg llevó la pesada bandeja al comedor. Servir los suflés era un trabajo de dos personas, pero se las apañó apoyándose el borde de la bandeja en la cadera mientras cogía el primer ramequín.

—¡Ted! —exclamó Torie—. ¡Mirad quién ha llegado!

Meg sintió que se le subía el corazón a la garganta mientras levantaba de golpe la cabeza. El brusco movimiento y el hecho de ver a Ted en el vano de la puerta la hicieron perder ligeramente el equilibrio sobre las sandalias rosas de plataforma. Durante esos dos segundos, los suflés se inclinaron... y de repente recordó la teoría del cochecito de bebé.

Su padre se la contó cuando era pequeña. Le dijo que cuando viera una película donde salía de repente un cochecito de bebé, estuviera atenta porque seguro que había un coche a punto de arrollarlo. Lo mismo pasaba si se trataba del carrito de una florista, de una tarta nupcial o de una plancha de vidrio que dos trabajadores estuvieran llevando a través de una calle.

«Acomódate en tu sillón, preciosa, y prepárate porque va a estrellarse un coche.»

Pues lo mismo sucedía con los suflés de chocolate.

No tenía un buen punto de apoyo para la bandeja y no lograba recuperar el equilibrio. Vio que los suflés comenzaban a resbalarse por la bandeja. El coche se acercaba a ella.

Sin embargo, la vida no era una película, y prefería comerse los trozos de cristal del suelo de la cocina antes que permitir que esos suflés se cayeran de la bandeja. Se enderezó como pudo, cambió la posición de la cadera y echó mano de toda su fuerza de voluntad para recuperar el equilibrio.

Los suflés se quedaron en la bandeja. Francesca se puso en pie.

—Teddy, cariño, llegas a tiempo para el postre. Ven y siéntate con nosotras.

Meg levantó la barbilla. El hombre al que amaba estaba mirándola. Esos ojos ambarinos que parecían nublarse cuando hacían el amor la observaban con expresión feroz y penetrante. Su mirada la abandonó para posarse sobre la bandeja. Y después regresó a sus ojos. Meg miró hacia abajo. Los suflés empezaban a desinflarse, uno a uno. ¡Pfff! ¡Pfff! ¡Pfff!

16

—Señoras... —Ted apartó la vista del delantal blanco de Meg para mirar a su madre, que de repente se había convertido en un torbellino de actividad.

—Coge una silla, cariño. Siéntate junto a Shelby. —Su mano voló del pelo a las pulseras y de ahí a la servilleta, como un pajarillo que no encontrase un lugar seguro para posarse—. Por suerte, mi hijo se siente a gustísimo en compañía femenina.

Torie resopló.

—Y tanto, porque ha salido con la mitad de las presentes.

Ted inclinó la cabeza hacia las aludidas.

—Y he disfrutado de cada momento.

—No de todos —replicó Zoey—. ¿Recuerdas cuando Bennie Hank atascó todos los servicios justo antes del concierto de quinto curso? Nunca llegamos a la cena de esa noche.

—Pero conseguí ver a una joven profesora en acción —replicó Ted con galantería— y Bennie aprendió una lección muy valiosa.

Un repentino anhelo suavizó las facciones de Zoey, un recuerdo pasajero de lo que pudo haber sido. Sin embargo, se repuso pronto.

—Bennie está en el campamento espacial de Hunstville. Ojalá que allí cuide mejor los retretes.

Ted asintió con la cabeza, pero volvió a mirar a su madre. La miró fijamente sin sonreír. Francesca cogió su vaso de agua. Emma les lanzó una mirada ansiosa y se apresuró a intervenir.

—¿Qué tal el viaje de negocios, Ted?

—Bien. —Muy despacio, desvió la mirada hacia Meg, que fingió no darse cuenta mientras servía el primer suflé con una floritura, como si fuera totalmente normal que el postre tuviera un enorme cráter en el centro.

Ted se acercó a ella con la mandíbula apretada y gesto terco.

—Deja que te ayude, Meg.

—No hace falta. —Vio luces de advertencia en su cabeza y tragó saliva antes de añadir—: Señor.

Ted entrecerró los ojos. Meg cogió el siguiente ramequín. Tanto Francesca como Emma sabían que Ted y ella eran amantes, al igual que lo sabía el misterioso mirón de la otra noche, que también podía ser el responsable del allanamiento de su casa. ¿Estaría esa persona en el comedor, observándolos? Esa posibilidad sólo era responsable de una mínima parte de su creciente desasosiego.

Ted le quitó la bandeja de las manos y comenzó a servir a las invitadas con una sonrisa agradable y un halago perfecto para cada una. Meg parecía ser la única que se percataba de la tensión que ocultaba esa sonrisa.

Francesca entabló una conversación animada con sus invitadas, como si fuera normal que su hijo ayudara al servicio. Los ojos de Ted se oscurecieron cuando Shelby anunció que la subasta para pasar un fin de semana con él había llegado ya a los once mil dólares.

—Nos llegan pujas de todas partes gracias a la publicidad que hemos conseguido.

Kayla no parecía tan contenta como las demás, lo que indicaba que su padre le había cortado el grifo.

Una de las golfistas llamó a Ted con un gesto de la mano.

—Ted, ¿es verdad que va a venir un equipo de ese programa de televisión para grabar escenas en Wynette?

—No, no es verdad —contestó Torie—. Fue incapaz de pasar su test de estupidez.

La bandeja por fin estaba vacía, de modo que Meg intentó escapar, pero cuando se metió en la cocina, Ted la siguió.

El chef se deshizo en sonrisas cuando lo vio entrar.

—Hola, señor Beaudine, me alegro de verlo. —Se alejó de las jarras de café que acababa de llenar—. Tenía entendido que estaba fuera del pueblo.

—Acabo de volver. —El buen humor de Ted desapareció cuando miró a Meg—. ¿Por qué estás sirviendo en la fiesta de mi madre?

—Estoy echando una mano —respondió ella—, y tú me estás estorbando. —Cogió de la encimera un suflé que había sobrado y se lo dio—. Siéntate y come.

El chef rodeó la isla de la cocina.

—No puedes darle eso. Se ha desinflado.

Por suerte, no estaba al tanto de los otros veinte que habían tenido un destino igual.

—Ted no se dará cuenta —aseguró—. Se come la mantequilla de cacahuete directamente del bote. —Era ella quien lo hacía, pero la vida en Wynette le había enseñado el valor de las mentirijillas.

Ted dejó el suflé en la encimera con los labios apretados.

—Mi madre te ha tendido una trampa, ¿verdad?

—¿Que me ha tendido una trampa? ¿Tu madre? —Se abalanzó sobre las jarras de café, pero no fue lo bastante rápida, porque Ted las cogió antes—. Dámelas —le exigió—. No necesito que me ayudes. Sólo necesito que te quites de en medio para que pueda hacer mi trabajo.

—¡Meg! —La cara sonrojada del chef adquirió un tono más rojo todavía—. Lo siento, señor Beaudine. Meg no ha servido antes y tiene mucho que aprender sobre cómo atender a los clientes.

—Dímelo a mí. —Ted salió de la cocina con el café.

Ted iba a estropearlo todo. No sabía cómo, pero sí sabía que iba a hacer algo espantoso y que ella tenía que impedírselo. Cogió la jarra del té helado y salió tras él.

Ted ya estaba llenando las tazas sin preguntar qué quería cada comensal, pero ni siquiera las que querían té protestaron. Estaban demasiado ocupadas lanzándole piropos. Ted se negaba a mirar a su madre, que tenía el ceño fruncido.

Meg se dirigió a la otra punta de la mesa y comenzó a llenar los vasos de té. La mujer que Zoey había identificado como la madre de Hunter Gray le hizo un gesto.

—Torie, ¿no es tu falda de Miu Miu? ¿La que te pusiste cuando fuimos a la semana vampírica en Austin?

Ted interrumpió la conversación que estaba manteniendo con la representante de su madre. Torie miró la falda de Meg con expresión de niña rica.

—Ahora lo copian todo. No te ofendas, Meg. Que sepas que es una buena imitación.

Pero no era una imitación, y Meg por fin entendió las miraditas que le echaban cada vez que se ponía alguna de las prendas que había comprado en la tienda de segunda mano de Kayla. Durante todo ese tiempo, se había estado poniendo los desechos de Torie O'Connor, ropa tan identificable que nadie más en el pueblo la compraba. Y todos habían estado metidos en el ajo, incluido Ted.

Birdie la miró con expresión ufana mientras le acercaba el vaso de té.

—Las demás somos demasiado orgullosas como para ponernos la ropa vieja de Torie.

—Por no mencionar que tampoco tenemos el cuerpo para lucirlas —apostilló Zoey.

Kayla se atusó el pelo.

—No dejo de repetirle a Torie que sacaría mucho más si vendiera su ropa a alguna tienda de Austin, pero ella dice que es mucho lío. Hasta que Meg llegó, sólo podía vender sus cosas a gente de fuera.

Los comentarios le habrían hecho daño de no ser por un detalle: todas las mujeres, incluso Birdie, los hicieron de modo que sólo ella pudiera escucharlos. Sin embargo, no tuvo tiempo para poder analizar esa actitud porque Ted soltó las jarras de café y se acercó a ella.

Aunque tenía su sonrisa serena en los labios, la determinación que vio en sus ojos lo hacía peligroso. El coche se dirigía directo hacia ella, y no sabía cómo evitar el choque.

Ted se detuvo delante de ella, le quitó la jarra del té helado y se la dio a Torie. Meg retrocedió un paso, pero Ted la detuvo colocándole las manos en la nuca.

—¿Por qué no ayudas al chef en la cocina, nena? Yo me encargo de los platos sucios.

«¿Nena?», repitió para sus adentros.

El motor rugió, las ruedas chirriaron, los frenos echaron humo y el coche se estrelló contra el cochecito de bebé. Allí mismo, delante de las cotillas más grandes de todo Wynette, Ted Beaudine inclinó la cabeza, colocó sus legendarios labios sobre los suyos y anunció a todo el mundo que ya no se esconderían más. Meg Koranda era la nueva mujer de su vida.

Un furiosa Kayla se puso en pie de un salto. Shelby gimió. Birdie volcó su vaso de té. Emma enterró la cara en las manos y Zoey, que parecía tan confundida como uno de sus alumnos, exclamó:

—¡Creía que se lo había inventado para librarse de Spencer!

—¿Ted y Meg? —preguntó la madre de Hunter Gray.

Francesca se dejó caer en su silla.

—Teddy... ¿qué has hecho?

Posiblemente con la única excepción de la representante de Francesca, todas las mujeres presentes en la estancia comprendieron la importancia de lo que acababa de suceder. Kayla vio cómo su tienda se esfumaba. Birdie vio cómo su salón de té y su librería se convertían en polvo. Zoey lloró por las mejoras en el colegio que ya no se llevarían a cabo. Shelby y Torie imaginaron más noches en vela para sus maridos. Y Francesca vio cómo su hijo caía en las manos de una mujer manipuladora y que ni por asomo estaba a su altura.

Meg quería echarse a llorar por la alegría de saber que había cometido semejante estupidez por ella.

Ted le rozó la mejilla con los nudillos.

—Vamos, nena. Mi madre agradece que te ofrecieras a ayudarla hoy, pero ya me encargo yo.

—Cierto, Meg —dijo Francesca en voz baja—. Nos las apañaremos a partir de ahora.

Meg era más importante para Ted que su pueblo. El corazón le dio tal vuelco que se sintió mareada, pero la mujer en la que se había convertido no le permitió disfrutar demasiado del momento. Se clavó las uñas en las palmas de las manos y encaró a las invitadas de Francesca.

—Yo... esto... Siento que hayáis tenido que presenciar esta escena. —Carraspeó—. Ted... Bueno, ha pasado una mala racha últimamente. Yo sólo quería ser amable, pero... —Tomó una entrecortada bocanada de aire—. Pero Ted no acepta el hecho de que no... de que no me interesa de esa manera.

Ted cogió lo que quedaba del suflé de Torie, se llevó una cucharada a la boca y escuchó con paciencia mientras Meg se esforzaba por hacer lo correcto y sacarlo del precioso agujero en el que se había metido.

—No es por ti, es por mí. —Lo miró, invitándolo con los ojos a que le siguiera la corriente—. Todo el mundo cree que eres fabuloso, así que tiene que ser cosa mía, ¿verdad? A nadie más le pareces un poco... rarito.

Ted enarcó una ceja al escucharla.

Francesca se irguió.

—¿Acabas de decir que mi hijo es «rarito»?

Ted se llevó otra cucharada a la boca, muy interesado por lo que se le pudiera ocurrir. No iba a ayudarla. Quería besarlo y gritarle a la vez. En cambio, siguió dirigiéndose a las invitadas.

—Sed sinceras. —Su voz se hizo más fuerte con la certeza de que estaba haciendo lo correcto—. Todas sabéis a lo que me refiero. Los pájaros comienzan a trinar cuando sale a la calle. Eso es muy raro, ¿no? ¿Y qué me decís de los halos que aparecen alrededor de su cabeza?

Nadie se movió. Nadie dijo una palabra.

Con la boca seca, Meg continuó:

—¿Qué me decís de los estigmas?

—¿Estigmas? —preguntó Torie—. Eso es nuevo.

—Un accidente con un rotulador. —Ted apuró lo que quedaba del suflé y soltó el ramequín—. Meg, cariño, estás quedando como una loca, y que sepas que te lo digo con cariño. Espero que no estés embarazada.

Un estruendo en la cocina minó su determinación. Ted era un maestro de la serenidad. Ella sólo era una novata, de modo que jamás conseguiría ganarle en su terreno. Al fin y al cabo, ése era su pueblo y también su problema. Cogió la jarra de té helado y salió disparada hacia la cocina.

—Nos vemos esta noche —le dijo Ted—. A la misma hora. Y ponte el vestido de Torie. Te sienta muchísimo mejor que a ella. Lo siento, Torie, pero sabes que es verdad.

Cuando Meg traspasó la puerta de la cocina, escuchó el grito de Shelby.

—Pero ¿qué pasa con la subasta? ¡Esto lo va a echar todo a perder!

—A la mierda con la subasta —soltó Torie—. Tenemos un problema más gordo. Nuestro alcalde acaba de darle largas a Sunny Skipjack y le ha regalado un nuevo *resort* de golf a San Antonio.

Ted tuvo el buen tino de no regresar a la cocina. Mientras Meg ayudaba al chef a recogerlo todo, su mente era un hervidero de actividad. Oyó que las invitadas se marchaban y Francesca no tardó en entrar en la cocina. Estaba muy blanca. Iba descalza y se había quitado la ropa elegante, poniéndose en su lugar unos pantalones cortos y una camiseta. Le dio las gracias al chef y le pagó antes de darle a Meg su cheque.

Era más del doble de lo acordado.

—Has hecho el trabajo de dos personas —adujo Francesca.

Meg asintió con la cabeza y se lo devolvió.

—Mi contribución a la causa de la biblioteca. —Enfrentó la mirada de Francesca lo justo para demostrar un mínimo de dignidad, y después volvió al trabajo.

Casi era la hora de la cena cuando terminó de recoger los últimos platos y pudo irse a casa, con las sobras que el chef le había dado. No dejó de sonreír durante todo el trayecto de regreso a la iglesia. La camioneta de Ted estaba aparcada junto a los escalones. Aunque estaba cansadísima, sólo pensaba en arrancarle la ropa. Cogió las sobras, entró corriendo y se paró en seco.

Habían saqueado la iglesia. Muebles volcados, cojines rajados, ropa tirada por el suelo... Habían manchado el futón con zumo de naranja y ketchup, y sus abalorios estaban desperdigados por todas partes. Sus preciosas cuentas, las herramientas que acababa de comprar y los alambres enredados...

Ted estaba en mitad del caos.

—El sheriff viene de camino.

El sheriff no encontró indicios de que hubieran forzado la entrada. Cuando el tema de las llaves salió a colación, Ted le dijo que ya había llamado para que fueran a cambiar las cerraduras. El sheriff comentó la posibilidad de que un vagabundo lo hubiera hecho, y en ese momento Meg supo que tenía que contar lo del mensaje en el espejo del cuarto de baño.

Ted explotó.

—¿¡Y lo dices ahora!? ¿En qué narices estabas pensando? De haberlo sabido, no habría permitido que siguieras quedándote aquí ni un día más.

Meg se limitó a mirarlo. Ted la estaba fulminando con la mirada, y no había halo a la vista.

El sheriff preguntó con cara seria si alguien tenía algo en contra de Meg, que al principio creyó que le estaba tomando el pelo hasta que recordó que trabajaba para el condado y que a lo mejor no estaba al tanto de los cotilleos locales.

—Meg ha tenido varios encontronazos con algunas personas —dijo Ted—, pero ninguna de ellas me parece capaz de hacer esto.

El sheriff sacó su cuaderno.

—¿Qué personas?

Meg intentó sobreponerse.

—La gente que aprecia a Ted no me mira con buenos ojos, para qué nos vamos a engañar.

El sheriff meneó la cabeza.

—Eso son muchas personas. ¿No puede reducirlo un poco?

—No tiene sentido soltar nombres al azar —contestó ella.

—No está acusando a nadie. Me está dando una lista de personas que pueden tener algo contra usted. Necesito que coopere, señorita Koranda.

Entendía su postura, pero seguía sin parecerle bien.

—¿Señorita Koranda?

Intentó hacer acopio de fuerzas para comenzar.

—En fin, está... —No sabía ni por dónde empezar—. Sunny Skipjack quiere quedarse con Ted. —Miró la destrucción que la rodeaba e inspiró hondo—. Luego están Birdie Kittle, Zoey Daniels, Shelby Traveler y Kayla Garvin. También el padre de Kayla, Bruce. Y a lo mejor Emma Traveler, aunque creía que ya había cambiado de opinión.

—Ninguna de esas personas haría esto —aseguró Ted.

—Pues alguien lo ha hecho —señaló el sheriff, que pasó a una hoja en blanco—. Siga, señorita Koranda.

—Todas las antiguas novias de Ted, sobre todo después de lo que ha pasado hoy durante el almuerzo. —Ese comentario requirió una breve explicación, que Ted se apresuró a proporcionar junto con algún que otro comentario acerca de la cobardía de los que preferían esconderse en vez de ser sinceros acerca de sus relaciones personales.

—¿Alguien más? —El sheriff empezó otra hoja.

—Skeet Cooper me vio hundir una de las pelotas de golf de Ted en la hierba para que Ted no pudiera ganar el partido que disputaba con Spencer Skipjack. Debería haber visto la mirada que me echó.

—Deberías haber visto la mirada que te eché yo —soltó Ted, disgustado.

Meg se mordisqueó un padrastro.

—¿Y? —El sheriff sacó y metió la punta del bolígrafo.

Meg fingió que miraba por la ventana.

—Francesca Beaudine.

—¡Oye, ya está bien! —exclamó Ted.

—El sheriff quería una lista —replicó ella—. Y es lo que le estoy dando, no estoy acusando a nadie. —Se concentró de nuevo en el sheriff—. Vi a la señora Beaudine hace menos de una hora en su casa, así que dudo mucho que haya hecho esto.

—Improbable, pero no imposible —comentó el sheriff.

—Mi madre no ha destrozado este lugar —declaró Ted.

—No sé qué decir del padre de Ted —siguió Meg—. Es difícil leerle el pensamiento.

Al escucharla, le tocó al sheriff indignarse.

—El gran Dallas Beaudine no es un vándalo.

—Seguramente no. Y creo que podemos eliminar sin problemas a Cornelia Jorik. A una ex presidenta de Estados Unidos le sería difícil pasearse por Wynette sin llamar la atención.

—Podría haber mandado a sus secuaces —masculló Ted.

—Si no te gusta mi lista, haz tú una —replicó—. Tú conoces mejor que yo a los sospechosos. El asunto está claro: alguien me está diciendo que me largue de Wynette.

El sheriff miró a Ted.

—¿Qué me dices, Ted?

El aludido se pasó una mano por el pelo.

—No creo que alguna de estas personas haya podido hacer algo así. ¿Qué me dices de tus compañeros del club?

—Son las únicas relaciones positivas que tengo.

El sheriff cerró su cuaderno.

—Señorita Koranda, en su lugar, yo no me quedaría solo. No hasta que se solucione este asunto.

—Créeme, no se va a quedar aquí —sentenció Ted.

El sheriff prometió que hablaría con el jefe de policía local. Ted lo acompañó al coche patrulla y en ese momento llamaron a Meg al móvil, que estaba en su bolso. Al mirar la pantalla, vio que se trataba de su madre, la última persona con quien debería hablar en ese preciso momento y la única persona cuya voz deseaba escuchar.

Atravesó la destrozada cocina y salió por la puerta trasera.

—Hola, mamá.

—Hola, cariño. ¿Qué tal el trabajo?

—Bien. Genial, de verdad. —Se sentó en un escalón. El cemento seguía caliente por el sol y sintió su calidez a través de la falda desechada por Torie O'Connor.

—Tu padre y yo estamos muy orgullosos de ti.

Su madre seguía creyendo que era la encargada de las actividades del club de campo, algo que iba a tener que aclarar muy pronto.

—La verdad es que no es nada del otro mundo.

—Oye, yo mejor que nadie sé lo que es trabajar con gente que tiene un ego enorme, y seguro que ves muchos de ésos en un club de campo. Y eso me recuerda por qué te he llamado. Tengo unas noticias estupendas.

—Belinda ha muerto y me ha dejado todo su dinero.

—Ojalá. No, tu abuela vivirá eternamente. Es un vampiro. La gran noticia es que... tu padre y yo vamos a ir a verte.

¡Dios! Meg se puso en pie de un salto. Una decena de imágenes espantosas cruzó por su cabeza. El sofá rajado... los cristales rotos... el carrito de las bebidas... las caras de todos los que tenían algo en su contra...

—Te echamos de menos y queremos verte —dijo su madre—. Queremos conocer a tus nuevos amigos. Estamos muy orgullosos de cómo te has superado.

—Es... es genial.

—Tenemos que organizarlo todo antes de poder ir, pero lo tendremos todo listo en poco tiempo. Una visita de incógnito. Durante un par de días. Te echo de menos.

—Yo también te echo de menos, mamá.

Tendría tiempo para limpiar el estropicio del interior, pero eso sólo era la punta del iceberg. ¿Qué iba a hacer con su trabajo? Sopesó la probabilidad de que la ascendieran a encargada de las actividades antes de que sus padres fueran a visitarla y llegó a la conclusión de que tenía más posibilidades de que Birdie la invitara a una fiesta de pijamas en su casa. Se echó a temblar ante la idea de presentarles a Ted. No hacía falta tener mucha imaginación para ver a su madre postrándose de rodillas y suplicándole que no cambiara de idea.

Se concentró en el problema más sencillo de todos.

—Mamá, una cosita... Sobre mi trabajo... Tampoco es nada del otro mundo.

—Meg, deja de rebajarte. Es imposible cambiar el hecho de que crecieras rodeada de bichos raros demasiado buenos en su campo. Nosotros somos los raros. Tú eres una mujer normal, inteligente y muy guapa que se dejó enredar en la locura que la rodeaba. Pero eso es agua pasada. Has comenzado de cero. Y no podemos estar más orgullosos de ti. Tengo que dejarte. Te quiero.

—Yo también te quiero —dijo Meg en voz baja. Y después, una vez que su madre hubo colgado añadió—: Mamá, soy la encargada del carrito de las bebidas, no la encargada de las actividades. Pero mis joyas se están vendiendo estupendamente.

La puerta trasera se abrió y Ted salió.

—Mañana llamaré para que vengan a limpiarlo todo.

—No —lo contradijo, cansada—. No quiero que nadie vea esto.

Ted entendió su postura.

—Quédate aquí y relájate. Ya me encargo yo.

Meg sólo quería acurrucarse y pensar en todo lo que había pasado, pero llevaba demasiados años dejando que la gente limpiara sus destrozos.

—Estoy bien. Deja que me cambie de ropa.

—No deberías verte obligada a hacer esto.

—Ni tú tampoco.

Ese rostro apuesto y amable le provocó un nudo en el estómago. Unas cuantas semanas antes se habría preguntado qué hacía un hombre como Ted con una mujer como ella, pero algo había cambiado en su interior; y ese algo era la sensación de satisfacción que comenzaba a hacerle creer que tenía cierta valía como persona.

Ted arrastró el futón rajado al exterior, y después hizo lo propio con el sofá y los sillones que había conseguido en el club de golf. Hizo un par de bromas que la animaron. Meg barrió los cristales rotos y los examinó bien para no tirar por error alguna de sus preciadas cuentas. Una vez satisfecha, entró en la cocina para limpiar los destrozos, pero Ted se le había adelantado.

Cuando terminaron, casi había anochecido y los dos tenían hambre. Se llevaron los restos del almuerzo y dos cervezas al cementerio, y lo colocaron todo sobre una toalla. Comieron directamente de las fiambreras y sus tenedores se tocaron de vez en cuando. Meg quería hablar de lo sucedido en casa de su madre, pero esperó a que hubieran terminado de comer para sacar el tema.

—No deberías haber hecho lo que hiciste durante el almuerzo.

Ted se recostó contra la tumba de Horace Ernst.

—¿Y qué he hecho?

—No me vengas con ésas. Me besaste. —Se esforzó por reprimir la alegría que seguía burbujeando en su interior—. A estas alturas, todo el pueblo sabrá que estamos juntos. A Spencer y a Sunny les bastarán cinco minutos en el pueblo para enterarse de todos los detalles.

—Deja que yo me preocupe de Spencer y de Sunny.

—¿Cómo has podido hacer algo tan tonto? —Y tan maravilloso.

Ted estiró las piernas hacia la tumba de Mueller.

—Quiero que te vengas a vivir conmigo un tiempo.

—¿Estás escuchando lo que te estoy diciendo?

—Todo el mundo sabe lo nuestro. No hay razón para que no te vengas a vivir conmigo.

Después de todo lo que había hecho por ella, era incapaz de resistirse más tiempo. Cogió una ramita y le quitó la corteza con la uña.

—Te agradezco el ofrecimiento, pero irme a vivir contigo sería como agitar un trapo rojo delante de tu madre.

—Ya me ocuparé yo de mi madre —replicó Ted con sequedad—. La quiero, pero no controla mi vida.

—Sí, eso decimos todos. Tú. Lucy. Yo... —Clavó la ramita en la tierra—. Estamos hablando de mujeres poderosas. Mujeres fuertes e inteligentes que controlan sus dominios y que nos quieren con locura. Una combinación explosiva que hace casi imposible pensar que sean madres normales y corrientes.

—No te vas a quedar aquí sola. Ni siquiera tienes dónde dormir.

Meg miró el montón de basura donde se encontraba su futón. Quienquiera que lo hubiera hecho, no se iba a detener hasta que se fuera de Wynette.

—Vale —accedió—. Pero sólo esta noche.

Lo siguió en la Tartana hasta su casa. Apenas había traspasado la puerta cuando Ted la abrazó contra su pecho y llamó por teléfono con la mano libre.

—Mamá, alguien ha entrado en la iglesia y la ha destrozado, por eso Meg se va a quedar unos días conmigo. Tú le das miedo, yo estoy enfadado contigo y ahora mismo no eres bienvenida, así que déjanos tranquilos. —Colgó.

—No me asusta —protestó Meg—. Bueno, no mucho.

Ted la besó en la nariz, la hizo girar hasta que enfiló la escalera y le dio una palmada en el trasero, allí donde tenía el dragón.

—Aunque deteste decirlo, te caes de cansancio. Acuéstate. Yo subiré dentro de un rato.

—¿Tienes una cita?

—Mejor todavía. Voy a instalar un sistema de cámaras de seguridad en la iglesia. —Su voz adquirió un deje acerado—. Algo que ya habría hecho si me hubieras contado lo del primer allanamiento.

Como no era tan tonta como para intentar defenderse, lo abrazó y tiró de él hasta que quedaron tumbados en el suelo de bambú. Después de todos los sucesos del día, esa vez sería distinta. Esa vez Ted tocaría algo más que su cuerpo.

Se colocó encima de él, le cogió la cara con las manos y lo besó con pasión. Ted le devolvió el beso con su habitual eficiencia. La excitó con su arrolladora inventiva. La dejó sudorosa, jadeante y casi, pero no del todo, satisfecha.

17

Como Meg no estaba acostumbrada al aire acondicionado y sólo la cubría una sábana, sintió frío durante la noche. Se acurrucó contra Ted, y cuando abrió los ojos, ya había amanecido.

Se colocó de costado para observarlo. Era tan irresistible dormido como despierto. Tenía el mejor pelo alborotado que había visto, un pelín aplastado por allí y un pelín de punta por allá; tanto era así que ansiaba peinarlo con los dedos. Se fijó en el bíceps, donde llevaba el corte de la manga de la camiseta allí donde siempre lo cubría del sol. Ningún californiano que se preciara de serlo llevaría semejante corte, pero a Ted le daba exactamente igual. Le dio un beso en el bíceps.

Ted se puso de espaldas, arrastrando la sábana, y el movimiento llevó hasta ella el aroma almizcleño de sus soñolientos cuerpos. Meg se excitó al instante, pero tenía que estar en el club en breve y se obligó a salir de la cama. A esas alturas, todo el mundo sabría lo sucedido durante el almuerzo del día anterior y a nadie se le ocurriría echarle la culpa a Ted. Le esperaba un día cargadito de problemas.

Estaba rellenando el carrito para las golfistas del martes por la mañana cuando Torie salió del vestuario. Con la coleta al viento, se acercó a ella y, muy en su tono, fue directa al grano.

—Es evidente que no puedes quedarte en la iglesia después de lo sucedido ni mucho menos puedes quedarte en casa de Ted, así que entre todas hemos decidido que te traslades a la habitación de invitados de Shelby. Yo estuve viviendo allí entre mi segundo y mi tercer desafortunado matrimonio. Es íntima y cómoda, y tiene su propia cocina, un detalle del que carecerías si te quedaras con Emma o conmigo. —Echó a andar hacia la tienda de accesorios y le dijo por encima del hombro—: Shelby te espera sobre las seis. Se molesta cuando la gente llega tarde.

—¡Oye! —Fue tras ella—. No pienso mudarme a la casa donde creciste.

Torie puso los brazos en jarras y miró a Meg con la expresión más seria que le había visto nunca.

—No puedes quedarte en casa de Ted.

Meg ya lo sabía, pero detestaba que le dieran órdenes.

—En contra de la opinión general, nadie tiene ni voz ni voto. Y me vuelvo a la iglesia.

Torie resopló.

—¿De verdad crees que va a permitirte volver después de lo que ha pasado?

—Ted no es quien para permitirme o no. —Regresó junto al carrito con grandes zancadas—. Dale las gracias a Shelby de mi parte, pero ya tengo planes.

Torie la siguió.

—Meg, no puedes irte a vivir con Ted. Es imposible.

Meg fingió no escucharla y se alejó con el carrito.

Como no tenía ganas de trabajar en sus diseños mientras esperaba a algún cliente, sacó el libro de Bill McKibben sobre el ecosistema norteamericano que había cogido de casa de Ted, pero ni siquiera las palabras del ecologista más adelantado del país consiguieron engancharla. Soltó el libro cuando aparecieron las cuatro primeras mujeres.

—Meg, nos hemos enterado del allanamiento.

—Menudo susto te habrás llevado.

—¿Quién crees que lo hizo?

—Seguro que querían tus joyas.

Llenó los vasos de papel con hielo y bebida, y contestó sus preguntas con la máxima brevedad posible. Sí, se había llevado un susto de muerte. No, no tenía la menor idea de quién lo había hecho. Sí, pensaba ser más cuidadosa en el futuro.

Cuando las cuatro siguientes aparecieron, recibió más de lo mismo, pero no terminaba de encajarle. Cuando se marcharon, cayó en la cuenta de que ni una sola de esas ocho mujeres había mencionado el beso que Ted le dio durante el almuerzo ni la declaración de que estaban juntos.

No lo entendía. A las mujeres del pueblo les encantaba meter las narices en los asuntos de los demás, sobre todo en los de Ted, así que la buena educación no tenía nada que ver. ¿Qué estaba pasando?

No le encontró sentido hasta que el siguiente cuarteto se acercó al hoyo. En ese momento, por fin lo entendió.

Ninguna de esas mujeres había estado en el almuerzo y, por tanto, no se habían enterado. La veintena de invitadas que había presenciado la escena había hecho un pacto de silencio.

Se acomodó en el asiento e intentó imaginarse cómo habían echado humo los teléfonos la noche anterior. Se imaginaba a Francesca obligando a sus invitadas a jurar sobre la Biblia, o sobre el último número de una revista de moda, que no le dirían ni una palabra a nadie. Veinte cotillas de Wynette habían hecho voto de silencio. No duraría mucho, no en circunstancias normales. Pero en lo referente a Ted, todo era posible.

Sirvió al siguiente grupo y, efectivamente, las mujeres sólo hablaron del allanamiento y no hicieron referencia alguna a Ted. Sin embargo, eso cambió media hora después cuando se acercaron otras dos al carrito de las bebidas. Nada más verlas, supo que la conversación sería diferente. Las dos habían estado en el almuerzo. Las dos habían presenciado los hechos. Y las dos se acercaban a ella con expresiones hoscas.

La más baja, una morena a la que todo el mundo llamaba Cookie, cogió el toro por los cuernos.

—Todas sabemos que tú estás detrás del allanamiento de la iglesia y sabemos por qué lo hiciste.

Meg debería habérselo olido, pero no se lo esperaba.

La más alta se ajustó un guante.

—Querías irte a vivir con Ted, pero él no quería, así que te las ingeniaste para que no pudiera negarse. Destrozaste tu casa antes de ir a trabajar a casa de Francesca.

—Eso no hay quien se lo crea —replicó ella.

Cookie sacó un palo de su bolsa sin tomarse la bebida de costumbre.

—No creerás que vas a salirte con la tuya, ¿verdad?

En cuanto se alejaron, Meg se desahogó caminando hecha una furia de un lado para otro antes de dejarse caer en el banco situado junto a la salida. Ni siquiera eran las once y el calor ya hacía irrespirable el aire. Debería irse. No tenía perspectivas de futuro en ese pueblo. Ni amigos. Ni un trabajo decente. Pero se iba a quedar. Se iba a quedar porque el hombre de quien había cometido la locura de enamorarse había puesto en peligro el futuro del pueblo al que tanto quería a fin de que el mundo se enterara de lo mucho que ella le importaba.

Esa idea la derritió.

Su móvil sonó al cabo de un rato. La primera llamada era de Ted.

—Tengo entendido que la mafia femenina está intentando echarte de mi casa —dijo—. Tú ni caso. Te vas a quedar conmigo. Y espero que tengas pensada una buena cena para esta noche. —Tras una larga pausa—: Del postre me encargo yo.

La siguiente llamada fue de Spencer, de modo que no contestó, pero él le dejó un mensaje diciéndole que volvería al cabo de un par de días y que le mandaría una limusina para llevarla a cenar. Después, Haley llamó para decirle que fuera a verla a la tienda de los aperitivos a las dos en punto, que era la hora del descanso. Al llegar a la tienda, Meg se encontró con una desagradable sorpresa: Birdie Kittle sentada en frente de su hija, ocupando una de las mesas metálicas de color verde.

Birdie llevaba un traje de punto de color berenjena. La chaqueta estaba en el respaldo de la silla, de modo que tanto la blusa blanca como sus regordetes brazos salpicados de pecas quedaban a la vista. Haley no se había maquillado, detalle que habría mejorado su aspecto de no ser porque estaba muy blanca y nerviosa. Nada más verla se puso en pie de un salto, como impulsada por un resorte.

—Mi madre tiene algo que decirte.

Meg no quería escuchar lo que Birdie Kittle tenía que decirle, pero se sentó de todas maneras en la silla entre madre e hija.

—¿Cómo estás? —le preguntó Meg a Haley—. Espero que mejor que ayer.

—Estoy bien. —Haley se sentó de nuevo y comenzó a romper en trocitos la galleta de chocolate que tenía delante sobre una servilleta. Meg recordó la conversación que había escuchado durante el almuerzo.

«Haley estuvo anoche con ese Kyle Bascom otra vez —había dicho Birdie—. Os juro por Dios que como se quede embarazada...»

La semana anterior, Meg había visto a Haley en el aparcamiento con un chico larguirucho de su misma edad, pero cuando se lo había comentado a ella, le había dado largas.

La chica cogió un trocito de galleta. Meg había intentado vender esas galletas en el carrito de las bebidas, pero los trocitos de chocolate se derretían.

—Vamos, mamá —dijo Haley—. Pregúntaselo.

Birdie frunció los labios al tiempo que la pulsera de oro chocaba con el filo de la mesa.

—Me he enterado de que han entrado en la iglesia.

—Sí, parece que todo el mundo se ha enterado.

Birdie sacó la pajita de su envoltorio y la metió en su refresco.

—He hablado con Shelby hace poco. Ha sido muy amable al invitarte a su casa. Que sepas que no tenía por qué hacerlo.

—Lo sé —replicó Meg con tono neutral.

Birdie comenzó a mover los cubitos de hielo con la pajita.

—Como parece que no estás dispuesta a quedarte con ella, a Haley se le ha ocurrido...

—¡Mamá! —Haley le lanzó una mirada asesina a su madre.

—Vale, vale, lo siento. Se me ha ocurrido que a lo mejor estarías más cómoda en el hotel. Está más cerca del club de golf que la casa de Shelby, así que no tendrías que recorrer tanta distancia para ir a trabajar y ahora mismo tenemos habitaciones libres. —Birdie clavó la pajita con tanta fuerza que estuvo a punto de romper el vasito de papel—. Puedes quedarte en la habitación Jazmín, los gastos corren de mi cuenta. Tiene una cocina americana que a lo mejor recuerdas de todas las veces que tuviste que limpiarla.

—¡Mamá! —La cara blanca de Haley se sonrojó. Tenía una expresión ansiosa que a Meg no le gustaba un pelo—. Mi madre quiere que te quedes. No es sólo cosa mía.

Meg lo dudaba mucho, pero le emocionaba que Haley valorase su amistad lo suficiente como para enfrentarse a su madre. Cogió un trocito de la galleta que la chica no se estaba comiendo.

—Agradezco el ofrecimiento, pero ya tengo planes.

—¿Qué planes? —preguntó Haley.

—Me vuelvo a la iglesia.

—Ted no te dejará que lo hagas —le aseguró Birdie.

—Ha cambiado las cerraduras y yo quiero volver a mi casa.

—No mencionó el sistema de cámaras de seguridad que Ted terminaría de instalar ese mismo día. Cuantas menos personas supieran de su existencia, mejor.

—En fin, no siempre podemos conseguir todo lo que queremos —sentenció Birdie, que sacó a relucir el Mick Jagger que llevaba dentro—. ¿Es que nunca vas a pensar en nadie más que en ti misma?

—¡Mamá! Es bueno que vuelva a la iglesia. ¿Por qué tienes que ser tan negativa?

—Lo siento, Haley, pero eres incapaz de ver el embrollo que ha formado Meg. Ayer, en casa de Francesca... Tú no estabas, así que no sabes que...

—No soy sorda. Te escuché hablar por teléfono con Shelby.

Al parecer, el código de silencio tenía unas cuantas fugas.

Birdie casi volcó el vaso cuando se levantó de la silla.

—Todos hacemos lo indecible para arreglar tus estropicios, Meg Koranda, pero no podemos hacerlo solos. Un poquito de ayuda no estaría de más. —Cogió su chaqueta y se marchó, indignada, con el pelo rojo reluciendo al sol.

Haley redujo a migajas la galleta.

—Creo que deberías volver a la iglesia.

—Pues parece que eres la única que piensa así. —Al ver que Haley tenía la mirada perdida en la distancia, Meg la miró con preocupación—. Es evidente que no se me da muy bien arreglar mis problemas, pero está claro que algo te preocupa. Si quieres hablar, aquí me tienes.

—No quiero hablar de nada. Tengo que volver al trabajo. —Haley cogió el vaso de su madre junto con su pobre galleta y regresó a su puesto, detrás del mostrador.

Meg fue en busca del carrito de las bebidas. Lo había dejado cerca de la fuente, y al regresar vio que una figura muy familiar a la que no tenía ganas de ver doblaba la esquina del club. Su vestido de diseñador y sus altísimos Louboutin dejaban claro que no se había vestido para jugar al golf. De hecho, la figura trazó una línea recta hacia ella acompañada por un tac, tac, tac característico (el repiqueteo de sus tacones) sobre el asfalto, aunque pronto dejaron de hacer ruido al pasar a la hierba.

Meg resistió el impulso de santiguarse, pero le fue imposible contener un gemido cuando Francesca se detuvo delante de ella.

—Por favor, no diga lo que creo que va a decir.

—En fin, a mí tampoco me hace mucha gracia, la verdad. —Se colocó las gafas de sol de Cavalli en la cabeza, dejando al descubierto esos brillantes ojos verdes maquillados con sombra bronce y rímel negro.

El poco maquillaje que se había puesto Meg ya había desaparecido con todo el sudor, y mientras Francesca olía a Quelques Fleurs, de Houbigant, ella olía a cerveza.

Miró a la bajita madre de Ted.

—¿No puede darme antes una pistola para que me suicide?

—No seas tonta —le soltó Francesca—. Si tuviera una pistola, ya te habría pegado un tiro. —Apartó una mosca que tuvo la audacia de acercarse demasiado a su exquisita cara—. Nuestra casita de invitados está separada de la casa. La tendrás para ti sola.

—¿También tengo que llamarla «mamá»?

—¡Por Dios, no! —Algo le sucedió a las comisuras de sus labios. ¿Había hecho una mueca? ¿Había sonreído? Era imposible saberlo—. Llámame Francesca como todos los demás y tutéame.

—Qué bien. —Meg se metió las manos en los bolsillos—. Una curiosidad: ¿hay alguien en este pueblo que resista la tentación de meter la nariz donde no le llaman?

—No. Y por eso insistí desde el principio en que Dallie y yo tuviéramos una casa en Manhattan. ¿Sabías que Ted tenía nueve años la primera vez que vino a Wynette? ¿Te imaginas la cantidad de manías que podría haber pillado si hubiera nacido aquí? —Resopló—. Me estremezco sólo de pensarlo.

—Agradezco el ofrecimiento, al igual que he agradecido el de Shelby y el de Birdie Kittle, pero te lo agradecería todavía más si informaras a tu aquelarre de que voy a volver a la iglesia.

—Ted jamás te lo permitirá.

—Ted no tiene ni voz ni voto —masculló.

Francesca siseó para expresar su satisfacción.

—Eso demuestra que no conoces a mi hijo tan bien como crees. La casita de invitados está abierta, y el frigorífico, lleno. Ni se te ocurra desafiarme. —Y se alejó.

Por la hierba.

Hasta salir al camino.

Tac... tac... tac... tac... tac...

Meg repasó su asqueroso día cuando salió del aparcamiento de empleados por la noche y enfiló el camino de servicio para salir a la autopista. No tenía intención de mudarse a la habitación de invitados de nadie, ya fuera la de Francesca Beaudine o la de Shelby Traveler, y tampoco iba a instalarse en el hotel de Birdie. Y no iba a quedarse con Ted. Aunque estaba cabreadísima con las cotillas del pueblo, no pensaba irritarlas más. Con independencia de lo desagradables que fueran, de lo entrometidas y criticonas que fueran, estaban haciendo lo que creían que era lo correcto. A diferencia de muchísimos estadounidenses, los habitantes de Wynette, Texas, no comprendían el concepto de apatía ciudadana. Además, la realidad estaba de su parte. No podía vivir en la casa de Ted mientras Skipjack estuviera por allí.

De repente, algo salió disparado hacia su coche. Jadeó y frenó con todas sus fuerzas, pero ya era demasiado tarde. Una piedra se estrelló en el parabrisas. Vio algo con el rabillo del ojo, entre los árboles, paró el coche y salió corriendo. Se resbaló con la gravilla suelta, pero recuperó el equilibrio y echó a correr hacia los árboles que flanqueaban el camino de servicio.

Las ramas le arañaban las piernas y se le enganchaban en los pantalones cortos mientras se internaba en la maleza. Volvió a ver una figura, pero no estaba segura de que fuera una persona. Sólo sabía que alguien la había atacado y que ya estaba harta de ser una víctima.

Se internó en el bosquecillo, pero no sabía qué dirección tomar. Se detuvo para aguzar el oído, pero sólo escuchó su respiración jadeante. Al final, se rindió. Quienquiera que le hubiese tirado la piedra se había escapado.

Todavía temblaba cuando volvió al coche. Una telaraña de grietas se extendía desde el centro del parabrisas, pero si estiraba el cuello, veía lo suficiente como para conducir.

Cuando por fin llegó a la iglesia, la rabia la había ayudado a recuperarse. Deseaba ver la camioneta de Ted aparcada en la puerta, pero no estaba allí. Intentó usar la llave para abrir la puerta, pero habían cambiado la cerradura, como era de esperar. Bajó los escalones y levantó la rana de piedra, aun a sabiendas de que Ted no le habría dejado una llave nueva. Dio un par de vueltas hasta localizar la cámara de seguridad instalada en el nogal que en otros tiempos diera cobijo a los fieles que iban al templo.

Agitó un puño.

—Theodore Beaudine, como no vengas ahora mismo y me dejes entrar, ¡pienso romper una ventana! —Se sentó en el último escalón a esperar, pero se puso en pie de nuevo y cruzó el cementerio en dirección al arroyo.

La charca la estaba esperando. Se quedó en ropa interior y se tiró de cabeza. El agua, fresca y acogedora, la envolvió. Buceó hasta el fondo rocoso, se impulsó con los pies y salió a la superficie. Se zambulló de nuevo, con la esperanza de que el agua se llevara ese espantoso día de su memoria. Cuando por fin se tranquilizó, se puso las zapatillas aunque seguía mojada, cogió la ropa sucia del trabajo y regresó a la iglesia en ropa interior. Sin embargo, nada más salir del abrigo de los árboles, se detuvo en seco.

El gran Dallas Beaudine estaba sentado en una tumba de granito negra, con su fiel *caddie*, Skeet Cooper, al lado.

Con una retahíla de tacos, regresó al bosque y se puso los pantalones cortos y el polo sudado. Enfrentarse al padre de Ted era algo totalmente distinto a tener que lidiar con las mujeres. Se pasó las manos por el pelo mojado, se ordenó no demostrar miedo y se dirigió al cementerio.

—¿Está eligiendo su futuro lugar de residencia?

—Todavía no —contestó Dallie.

Estaba muy cómodo recostado contra la lápida, con las largas piernas extendidas por delante, mientras la luz del sol le arrancaba destellos plateados a su pelo rubio oscuro. Aunque tenía cincuenta y nueve años, era muy guapo, y en comparación la fealdad de Skeet era más evidente.

Sus pies hacían ruido dentro de las zapatillas mientras caminaba.

—Hay sitios peores que éste.

—Supongo que sí. —Dallie cruzó las piernas a la altura de los tobillos—. Los topógrafos han venido un día antes y Ted está con ellos en el antiguo vertedero. Es posible que el *resort* siga adelante después de todo. Le hemos dicho que te ayudaríamos a trasladar tus cosas a su casa.

—He decidido quedarme aquí.

Dallie asintió con la cabeza, aunque parecía estar meditando el asunto.

—No parece muy sensato.

—Ha instalado una cámara de seguridad como mínimo.

Dallie volvió a asentir con la cabeza.

—La cuestión es que Skeet y yo ya hemos trasladado tus cosas.

—¡No tenía derecho a hacerlo!

—Es cuestión de opiniones. —Dallie volvió la cara hacia el viento, como si estuviera comprobando en qué dirección soplaba para poder dar el siguiente golpe a la pelota de golf—. Te vas a quedar con Skeet.

—¿Con Skeet?

—No habla mucho. Supuse que preferirías mudarte a su casa a tener que aguantar a mi mujer. Te advierto de que no me gusta verla alterada, pero pareces tener un don natural para hacerlo.

—Se altera por cualquier cosa. —Skeet se pasó el palillo de dientes de una comisura a la otra—. Y tampoco hay manera de sacárselo de la cabeza, porque Francie es como es.

—Con el debido respeto... —Meg parecía un abogado, pero los ademanes tranquilos de Dallie la habían alterado mucho más que cualquier cosa que habían hecho las mujeres—. No quiero vivir con Skeet.

—No veo por qué te niegas. —Skeet volvió a cambiar de sitio el palillo de dientes—. Vas a tener tu propia tele y yo no molesto ni a una mosca. Eso sí, me gusta que todo esté ordenado.

Dallie se levantó de la tumba.

—Puedes seguirnos en tu coche, o Skeet puede conducirlo mientras tú vienes conmigo.

La larga mirada que le echó le dejó claro que ya habían tomado una decisión y que ella no podría cambiarla de ninguna de las maneras. Sopesó sus opciones. Regresar a la iglesia no era una posibilidad en ese preciso momento. No iba a irse con Ted. Si él no entendía el motivo de su negativa, ella sí era consciente del mismo. Eso la dejaba con la casa de Shelby y Warren Traveler, con el hotel, con la casita de invitados de Francesca y con la casa de Skeet.

Con esa cara curtida por el sol y la coleta a lo Willie Nelson que le caía por la espalda, Skeet parecía más un vagabundo que un hombre que ganaba un par de millones trabajando como *caddie* de una leyenda del golf. Consiguió reunir los vestigios de su orgullo y lo miró con desdén.

—No dejo que mis compañeros de piso se pongan mi ropa, pero me gusta una sesión común de *spa* los viernes por la noche. Ya sabes, manicura y pedicura. Yo te hago las uñas si tú me las haces a mí. Ese tipo de cosas.

Skeet se cambió de sitio el palillo de dientes y miró a Dallie.

—Parece que tenemos a otra polvorilla.

—Eso parece. —Dallie se sacó las llaves del coche del bolsillo—. Pero todavía es demasiado pronto para estar seguros.

Meg no sabía de qué estaban hablando. Los dos hombres la adelantaron y escuchó cómo Skeet soltaba una carcajada.

—¿Te acuerdas de aquella vez que estuvimos a punto de dejar que Francie se ahogara en la piscina?

—Fue tentador —respondió el amante esposo de la susodicha.

—Menos mal que no lo hicimos.

—Los caminos del Señor son inescrutables.

Skeet tiró el palillo a los matorrales.

—Pues parece que últimamente está haciendo horas extras.

Meg ya había visto la casita de piedra de Skeet cuando recorrió la propiedad de los Beaudine la primera vez. Un par de ventanas de guillotina flanqueaba la puerta principal, que estaba pintada de marrón. Una bandera estadounidense, la única decoración presente, ondeaba en un mástil cerca del camino de entrada.

—Hemos intentado no manosear tus cosas en el traslado —dijo Dallie mientras le abría la puerta para dejarla pasar.

—Qué amables.

Meg entró en una zona de estar muy pulcra y limpia, pintada de un tono marrón más claro que el de la puerta y dominada por dos feísimos y enormes sillones relax, que se emplazaban frente a una pantalla plana gigantesca que colgaba en la pared. Justo encima de la televisión había un sombrerero multicolor. La única pieza decorativa de verdad era una preciosa alfombra en tonos tierra muy parecida a la que Francesca tenía en su despacho; una alfombra que Meg sabía que Skeet no había escogido personalmente.

Skeet cogió el mando a distancia y puso el canal de golf. El amplio espacio que había justo en frente de la puerta principal estaba ocupado por un pasillo y una cocina con muebles de madera, encimera blanca y un juego de botes de cerámica con forma de casita inglesa. Una televisión plana más pequeña colgaba junto a una mesa redonda de comedor con cuatro taburetes acolchados.

Siguió a Dallie por el pasillo.

—El dormitorio de Skeet está al final —le explicó—. Ronca como un cerdo, así que a lo mejor te conviene comprar unos tapones.

—La cosa mejora por momentos, ¿no?

—Es temporal. Hasta que las aguas vuelvan a su cauce.

Estuvo a punto de preguntarle cuándo esperaba que eso sucediera, pero se lo pensó mejor. Dallie la condujo a un dormitorio con muy pocos muebles de estilo colonial: una cama de matrimonio con una colcha de retales de diseños geométricos, una cómoda, un sillón orejero y otra televisión plana. La habitación estaba pintada del mismo tono tostado que el resto de la casa, y su maleta, además de algunas cajas, descansaba en el suelo de baldosas. Como la puerta del armario estaba abierta, vio que su ropa estaba colgada en perchas y que sus zapatos estaban bien ordenaditos por debajo.

—Francie se ha ofrecido muchas veces a decorarle la casa —dijo Dallie—, pero a Skeet le gustan las cosas sencillas. Tienes tu propio cuarto de baño.

—¡Bien!

—El despacho de Skeet está en el dormitorio de al lado. Por lo que sé, no lo usa, así que puedes poner tus herramientas para las joyas y demás allí. No notará que lo estás usando a menos que pierdas el mando a distancia que deja en el archivador.

La puerta principal se abrió de golpe y ni siquiera el sonido del televisor consiguió silenciar los furiosos pasos que siguieron al grito rabioso del hijo predilecto de Wynette:

—¿¡Dónde está!?

Dallie miró hacia el pasillo.

—Le dije a Francie que deberíamos habernos quedado en Nueva York.

18

Skeet bajó el volumen del televisor por la intromisión de Ted. Meg recuperó la compostura y asomó la cabeza por la puerta.

—¡Sorpresa!

Los ojos de Ted estaban cubiertos por la visera de la gorra, pero la tensión de su mentón dejaba claro que había tormenta.

—¿Qué haces aquí?

Meg hizo un gesto exagerado en dirección al sillón.

—Tengo un nuevo amante. Siento mucho que lo hayas descubierto así.

—Estoy viendo un partido de golf —refunfuñó Skeet— y no oigo un pimiento.

Dallie apareció por el pasillo, detrás de Meg.

—Eso es porque te estás quedando sordo. Llevo meses diciéndote que te compres un par de audífonos, pero no hay manera. Hola, hijo. ¿Cómo han ido las cosas en el vertedero?

Ted siguió manteniendo la pose agresiva, con los brazos en jarras.

—¿Qué está haciendo Meg aquí? Supuestamente va a quedarse conmigo.

Dallie miró a Meg y sus claros ojos azules le parecieron tan cristalinos como un cielo estival.

—Meg, te dije que no le gustaría ni un pelo. La próxima vez hazme caso. —Meneó la cabeza con gesto triste—. He intentado hacerla entrar en razón, hijo, pero es un poco cabezota.

Meg sabía que tenía varias opciones. Se decidió por una que no implicaba liarse a puñetazos con alguien.

—Es mejor de esta forma.

—¿Para quién? —replicó Ted—. Para mí desde luego que no. Y para ti tampoco.

—De hecho, sí que lo es. No sabes lo que...

—Es mejor que discutáis en privado. —Dallie puso cara de estar avergonzado, aunque en realidad no era así—. Tu madre y yo cenaremos esta noche en el club. Os invitaría, pero creo que el ambiente está demasiado tenso.

—Ya te digo —convino Ted—. Tiene a un pirado persiguiéndola y no quiero perderla de vista.

—Dudo mucho que aquí vaya a pasarle algo. —Dallie echó a andar hacia la puerta—. Salvo quedarse sorda, claro.

La puerta se cerró tras él. La mirada de reproche de Ted, sumada a la ropa húmeda que todavía llevaba puesta, le provocó un escalofrío. Furiosa, enfiló el pasillo de vuelta a su dormitorio y se arrodilló delante de la maleta.

—He tenido un día muy duro —dijo al escuchar que Ted la seguía—. Así que tú también puedes irte.

—¡No me puedo creer que te hayan convencido! —exclamó—. Te tenía por una mujer más decidida.

Que hubiera calado a su padre no era de sorprender, pensó mientras sacaba de la maleta una bolsa con sus artículos de tocador.

—Tengo hambre y necesito una ducha.

Ted, que había estado paseando de un lado para otro, se detuvo. El colchón sonó cuando se sentó en el borde. Pasaron unos cuantos segundos en silencio, y cuando habló lo hizo en voz tan baja que Meg apenas logró escucharlo.

—No sabes las ganas que tengo de irme de este pueblo.

Sus palabras le provocaron una oleada de ternura. Soltó la bolsa y se acercó a él. Al escuchar la musiquilla del anuncio de Viagra procedente del salón, sonrió y le quitó la gorra.

—Tú eres este pueblo —susurró antes de besarlo.

Dos días después, mientras Meg leía sobre sistemas de compostaje a gran escala a la sombra de un árbol en la salida del hoyo cinco, se le acercó uno de los *caddies* más jóvenes en un carrito.

—Te buscan en la tienda de accesorios —le dijo—. Yo te sustituyo.

Meg regresó al club con un mal presentimiento que acabó haciéndose realidad. En cuanto entró en la tienda, unas manos grandes y sudorosas le taparon los ojos.

—¿Quién soy?

Meg contuvo un gemido e hizo de tripas corazón.

—Esa voz tan varonil me recuerda a la de Matt Damon, pero algo me dice que eres... Leonardo DiCaprio, ¿verdad?

Una alegre carcajada, las manos se apartaron de ella y Spencer Skipjack la hizo volverse para que lo mirara. Llevaba un sombrero panamá, una camisa deportiva y pantalones oscuros. Esbozaba una enorme sonrisa que dejaba a la vista sus relucientes fundas blancas.

—Meg, no sabes cuánto te he echado de menos. Eres única.

Además, tenía unos padres famosísimos y era unos veinte años más joven que él, una combinación irresistible para un ególatra.

—Hola, Spencer. Gracias por los regalos.

—La jabonera es de la línea nueva. Cuesta ciento ochenta y cinco dólares. ¿Recibiste el mensaje?

Decidió hacerse la tonta.

—¿Qué mensaje?

—Sobre lo de esta noche. Te decía que con todos estos viajes te he tenido un poco abandonada, pero las cosas van a cambiar desde ahora mismo. —Señaló hacia la puerta—. Gracias a mí tienes el resto del día libre. Nos vamos a Dallas en mi avión. —La cogió de un brazo—. Primero iremos de compras a Neiman's, después nos tomaremos unas copas en el Adolphus y luego cenaremos en el Mansion. Mi avión nos está esperando.

La arrastró casi hasta la puerta, y esa vez era evidente que no pensaba aceptar un no por respuesta. Aunque le apetecía mandarlo directamente a la mierda, los topógrafos seguían en el pueblo, el acuerdo estaba casi firmado y ella no quería ser quien lo estropeara.

—Veo que estás en todo.

—Lo de Neiman's fue idea de Sunny.

—Es una mujer sorprendente.

—Está con Ted. Tienen que ponerse al día de muchas cosas.

Tal vez Sunny no estuviera al tanto del beso del almuerzo, pero seguro que sí conocía las legendarias habilidades amatorias de Ted, y sospechaba que estaba haciendo todo lo posible para averiguar de primera mano si eran ciertas. Estaba segura de que Ted no la tocaría siquiera. Tener tanta fe en un hombre era un motivo de preocupación porque ya había aprendido la lección. Claro que el caso de Ted era distinto.

Ted... que la había reclamado delante de todo el pueblo sin tener en cuenta las consecuencias. Un gesto absurdo y ridículo que lo había significado todo para ella.

Se mordió el labio inferior.

—Ya nos conocemos lo suficiente como para ser sinceros el uno con el otro, ¿verdad? —le preguntó a Spencer.

Verlo entrecerrar los ojos no le gustó mucho, de modo que decidió arrojar la dignidad por la ventana y probó con un puchero.

—Lo que me gustaría es una clase de golf.

—¿Una clase de golf?

—Tienes un estilo perfecto. Me recuerda al de Kenny, pero no puedo pedirle que me dé una clase y quiero aprender del mejor. Por favor, Spencer. Eres un magnífico golfista. Para mí sería mucho más importante que un viaje a Dallas, donde he estado un millón de veces. —Más bien había estado una sola vez, pero él lo ignoraba, así que al cabo de veinte minutos estaban en la zona de prácticas.

A diferencia de Torie, Spencer era un pésimo instructor, más interesado en demostrar sus habilidades que en ayudarla a desarrollar las suyas. Sin embargo, Meg actuó como si fuera el genio de los instructores de golf. Mientras lo escuchaba parlotear, se preguntó si estaría tan dispuesto a construir un campo de golf sostenible como Ted creía. Cuando por fin se sentaron en un banco para tomarse un descanso, decidió indagar un poquito.

—Eres fantástico. Viéndote jugar se sabe lo mucho que adoras este juego.

—Juego desde que era pequeño.

—Por eso demuestras tanto respeto. Mírate. Cualquier persona con dinero puede construir un campo de golf, pero ¿cuántos hombres tienen la visión de construir uno que se convierta en un punto de referencia para el futuro?

—Mi lema es hacer siempre lo correcto.

Eso sonaba prometedor. Así que lo presionó un poco más.

—Sé que has dicho que los premios medioambientales que vas a conseguir no te importan mucho, pero te mereces todos los reconocimientos que vas a lograr.

En un primer momento, pensó que se había pasado un poco, pero descubrió que el ego de ese hombre era inconmensurable.

—Alguien tiene que establecer los modelos a seguir —replicó Spencer, repitiendo las mismas palabras que le había oído decir a Ted.

Insistió un poco más.

—No te olvides de contratar a un fotógrafo para que deje constancia del aspecto que tiene ahora mismo el vertedero. No soy periodista, pero supongo que los jurados de los premios querrán disponer de buenas imágenes del antes y del después.

—Un momentito, que te veo empezando la casa por el tejado y todavía no he firmado siquiera.

Aunque no esperaba que le revelara cuál sería su decisión final, se había ilusionado un poquitín con sonsacárselo. En ese momento, vieron que un halcón volaba en círculos sobre ellos, y Spencer comenzó a hablar sobre una cena romántica en uno de los viñedos de las proximidades. Si tenía que comer con él, prefería hacerlo en un lugar donde estuviera rodeada de gente, así que porfió hasta convencerlo de que prefería la barbacoa del Roustabout.

Efectivamente, acababan de sentarse cuando llegaron los refuerzos. Dallie fue el primero en aparecer, seguido por Shelby Traveler, que ni siquiera había tenido tiempo de aplicarse rímel. Después llegó a la carrera el padre de Kayla, Bruce, vestido con la ropa del trabajo, y no paró de mirarla con expresión asesina mientras pedía. No tenían la menor intención de dejarla a solas con Spencer, y a las nueve en punto el grupo era tan numeroso que necesitaron tres mesas para sentarse. Las únicas ausencias destacables eran Ted y Sunny.

Meg se había duchado en el vestuario del club antes de salir y se había puesto la ropa que llevaba de repuesto. Un sencillo top gris con cuello chimenea, una falda de vuelo y unas sandalias. Sin embargo, la sencillez de su atuendo no desanimó a Spencer, que se pasó todo el rato sobándola. Aprovechaba cualquier excusa para acercarse a ella. Le acariciaba la muñeca, le colocaba mejor la servilleta que ella se había puesto en el regazo y, en una ocasión, le rozó el pecho con el brazo cuando lo extendió para coger la salsa de tabasco. Lady Emma hizo todo lo posible para distraerlo, pero Spencer tenía la sartén por el mango y estaba dispuesto a conseguir lo que quería. Y así fue como acabó en el aparcamiento, debajo del neón azul y negro del establecimiento con el teléfono pegado a la oreja.

—Papá, estoy con uno de tus más fervientes admiradores —dijo cuando su padre contestó—. Seguro que has oído hablar de Spencer Skipjack, el fundador de Viceroy Industries. Son los mejores fabricantes de griferías y de accesorios de cuarto de baño del mundo. Es un genio.

Spencer sonrió y sacó pecho bajo la parpadeante luz del neón como si fuera uno de los suflés del chef Duncan antes de ser atropellados por el coche.

Estaba segura de que había molestado a su padre mientras trabajaba con su antigua máquina de escribir Smith Corona o mientras hablaba con su madre. En cualquier caso, la interrupción no le gustó nada.

—Meg, ¿qué significa esto?

—¿A que es increíble? —siguió ella—. Pese a lo ocupado que está, hoy me ha dado una clase de golf.

La irritación de su padre se transformó en preocupación.

—¿Te está ocasionando problemas?

—En absoluto. El golf es un deporte increíble. Pero claro, tú ya lo sabes.

—Será mejor que tengas un motivo para esto.

—Pues sí. Te lo paso.

Le dio el teléfono a Spencer y cruzó los dedos para que todo saliera bien.

Spencer adoptó una vergonzosa familiaridad con su padre, mezclando comentarios cinéfilos con consejos de fontanería, ofreciéndole el uso de su avión privado y aconsejándole dónde se comía mejor en Los Ángeles. A Jake Koranda, ni más ni menos. Al parecer, su padre no le dijo nada ofensivo, porque Spencer sonreía de oreja a oreja cuando le devolvió el teléfono.

Su padre, sin embargo, no estaba tan contento.

—Ese tío es un imbécil.

—Sabía que te impresionaría. Te quiero. —Cerró el teléfono y le hizo un gesto victorioso a Spencer—. Mi padre no suele dejarse impresionar tan pronto.

Una simple mirada le bastó para comprender que la conversación con su padre sólo había servido para empeorar la obsesión de

Spencer. La agarró por los brazos y tiró de ella con la intención de abrazarla, justo cuando se abría la puerta del Roustabout y Torie salía volando a rescatarla, ya que por fin se había percatado de su ausencia.

—¡Daos prisa, vosotros dos! Kenny acaba de pedir tres platos de todos los postres del menú.

Spencer siguió mirando a Meg con expresión depredadora.

—Meg y yo tenemos otros planes.

—¿¡La tarta con relleno de chocolate fundido!? —gritó Meg.

—¡Y el pastel crujiente de melocotón con canela y nuez moscada! —añadió Torie.

Entre las dos consiguieron convencer a Spencer de que volviera al interior, pero Meg estaba harta del secuestro. Por suerte, había insistido en llevar su propio coche, de modo que después de probar la tarta con relleno de chocolate fundido, se levantó.

—Ha sido un día muy largo y mañana tengo que trabajar.

Dallie se puso en pie de inmediato.

—Te acompañaré al coche.

Kenny le plantó una cerveza a Spencer en las manos antes de que pudiera seguirlos.

—Spencer, me vendrían bien unos consejos financieros y nadie mejor que tú para preguntarle.

Y así logró escapar.

El día anterior, al salir del trabajo, descubrió que alguien había reemplazado el parabrisas roto de la Tartana por uno nuevo. Ted negó haberlo hecho, pero a ella no se la pegaba. De momento, no le habían destrozado nada más, pero sabía que el problema no había acabado. Quienquiera que la odiase no iba a cejar en su empeño hasta verla marcharse de Wynette.

Cuando entró en casa, vio que Skeet estaba dormido en su sillón relax. Pasó a su lado de puntillas de camino al dormitorio. Se estaba quitando las sandalias cuando la ventana se abrió y apareció el atlético cuerpo de Ted. Verlo le provocó un placentero escalofrío. Ladeó la cabeza mientras le decía:

—Menos mal que habíamos dejado de escabullirnos para vernos y eso...

—No quería hablar con Skeet, y esta noche no pienso cabrearme ni con tus pullas.

—¿Ya te has rendido?

—Mejor todavía. —Sonrió—. Mañana será el anuncio oficial. Spencer ha elegido Wynette.

Meg sonrió.

—¡Felicidades, señor alcalde! —Estaba a punto de abrazarlo, pero no llegó a hacerlo—. Sabes que estás haciendo un pacto con el diablo, ¿verdad?

—El punto débil de Spencer es su ego. Mientras controlemos su ego, lo controlaremos a él.

—Cruel, pero cierto —comentó ella—. Todavía no me creo que todas esas mujeres hayan mantenido la boca cerrada.

—¿Sobre qué?

—Sobre tu locura transitoria durante el almuerzo de tu madre. ¡Veinte mujeres! Veintiuna si contamos a tu mami.

Sin embargo, Ted tenía algo más importante en mente.

—Tengo previsto anunciarlo en prensa. En cuanto Spencer haya firmado el contrato, los medios lo ensalzarán como el líder del golf sostenible. Me aseguraré de que la bola crezca tanto que no pueda detenerla en ningún momento.

—Me encanta cuando te pones en plan chulo.

Mientras bromeaba con él, sintió una repentina inquietud, la impresión de que algo se le escapaba, pero se le olvidó en cuanto empezó a desnudarlo. Ted colaboró encantado de la vida, y no tardaron en estar desnudos en la cama, disfrutando de la brisa que se colaba por la ventana abierta.

Esa vez, Meg no pensaba cederle el control.

—Cierra los ojos —susurró—. Fuerte.

Ted la obedeció, y ella descendió por su pecho en busca de uno de sus endurecidos pezones. Se entretuvo torturándolo un rato antes de que una de sus manos se deslizara hasta la entrepierna. Lo besó, lo tomó en la mano y comenzó a acariciarlo.

Ted abrió los ojos, aunque no del todo. Hizo además de cogerla, pero Meg logró ponerse encima antes de que pudiera atraparla. Una vez sentada a horcajadas, guio su miembro poco a poco hasta su cuerpo, aunque no estaba totalmente preparada para semejante invasión. La tensión y la leve molestia la excitaron.

A esas alturas, los ojos de Ted estaban abiertos de par en par. Meg intentó moverse más rápido, pero él se lo impidió aferrándola por los muslos. La miraba ceñudo. Y Meg no quería verlo preocupado. Quería verlo arder de deseo.

Claro que Ted siempre se comportaría como un caballero.

Lo vio levantar la parte superior del cuerpo para besarle un pezón. El movimiento hizo que moviera los muslos, de modo que Meg perdió la posición.

—No tan rápido —murmuró él sobre el pezón, humedecido por sus besos.

«¡Sí, rápido!», ansiaba gritar Meg. Rápido, descontrolado, frenético e intenso.

Sin embargo, Ted había notado que no estaba preparada y no pensaba permitirlo. Jamás permitiría que sufriera un solo momento de incomodidad en su afán por satisfacerlo. Mientras le besaba el pezón, trasladó una mano al lugar donde sus cuerpos estaban unidos y comenzó a obrar su magia, excitándola hasta un punto enloquecedor. Otra demostración de matrícula de honor.

Meg fue la primera en recuperarse y se movió hasta salir de debajo del cuerpo de Ted, que tenía los ojos cerrados. Se dijo que su respiración alterada y el sudor que cubría su cuerpo eran pruebas más que suficientes, pero no estaba muy convencida. Porque a pesar de verlo con el pelo revuelto, a pesar de ver la ligera hinchazón que le habían provocado sus besos en el labio inferior, no creía haber llegado al fondo de su alma, no de una forma permanente. La única prueba que le aseguraba que no se estaba comportando como una tonta era el impulsivo beso que le había dado en público.

El pueblo estalló de alegría al enterarse de que Spencer había elegido Wynette. Durante tres días, la gente se abrazaba por las calles, el Roustabout invitó a cerveza y el barbero no paró de poner himnos patrióticos en el radiocasete. Ted no podía ir a ningún sitio sin que los hombres le dieran palmadas en la espalda y las mujeres se lanzaran a sus brazos, aunque eso último ya le sucedía antes. Las buenas noticias eclipsaron incluso el anuncio de Kayla cuando informó de que la subasta había alcanzado los doce mil dólares.

Meg apenas lo vio durante esos días. Ted se pasaba el día o bien al teléfono con los abogados de Spencer, a quien esperaban de un momento a otro para finalizar el papeleo, o bien ocupado con la operación «Darle esquinazo a Sunny». La sensación de que algo andaba mal no la abandonaba.

El domingo por la tarde, después de salir del trabajo, se fue directa a la charca. Había acabado cogiéndole cariño tanto a la charca como al río Pedernales que la alimentaba. Aunque había visto fotos en las que el río se transformaba en un destructivo torrente después de una fuerte tormenta, el agua siempre había sido benévola con ella.

Cerca de la orilla crecían cipreses y fresnos, y algunas veces había atisbado ciervos de cola blanca y armadillos. Una vez salió un coyote de los arbustos, que pareció tan sorprendido de verla a ella como ella de verlo a él. Sin embargo, la frescura del agua no obró su magia ese día. Era incapaz de librarse de la sensación de que se le escapaba algo importante. Aunque parecía tenerlo justo delante de las narices, era incapaz de reconocerlo.

El sol quedó oculto tras una nube y un arrendajo encaramado en la rama de un almez graznó como si la estuviera regañando. Meg sacudió la cabeza y volvió a sumergirse. Cuando salió, descubrió que no estaba sola.

Spencer la estaba mirando desde la orilla, sujetando en alto la ropa que ella había dejado en una rama.

—No deberías nadar sola, Meg. Puede ser peligroso.

Meg enterró los dedos de los pies en el fango mientras el agua le golpeaba los hombros. Seguro que la había seguido al salir del trabajo, pero estaba tan preocupada que ni siquiera lo había visto. Un error absurdo que una persona con tantos enemigos como ella no debería cometer jamás. Ver a Spencer con su ropa en la mano le provocó un nudo en el estómago.

—Sin ánimo de ofender, Spencer, pero no me apetece tener compañía.

—A lo mejor me he cansado de esperar. —Sin soltar su ropa, se sentó en una roca enorme de la orilla, al lado de su toalla, y siguió observándola. Llevaba un atuendo formal, pantalones azul marino y camisa azul de manga larga que ya llevaba manchada por el sudor—. Tengo la impresión de que cada vez que empiezo una conversación seria contigo, acabas largándote.

Meg estaba desnuda, salvo por las bragas, y por mucho que le gustara ver a Spencer como un tonto, en el fondo no lo era. El sol volvió a ocultarse tras otra nube. Apretó los puños bajo el agua.

—Soy una persona despreocupada. No me gustan las conversaciones serias.

—Pero en un momento dado todo el mundo tiene que ponerse serio.

Ver cómo esos dedos tocaban su sujetador le puso los pelos de punta, y si había algo que odiara en la vida, era sentirse asustada.

—Vete, Spencer. Que yo sepa, no te he invitado.

—O sales tú o entro yo.

—Me quedo donde estoy. No me gusta esta situación y quiero que te vayas.

—El agua está estupenda, por lo que se ve. —Soltó su ropa en la roca, a su lado—. ¿Te he dicho alguna vez que competía en el equipo de natación de la universidad? —Empezó a quitarse los zapatos—. Me planteé incluso prepararme para las Olimpiadas, pero estaba demasiado ocupado con todo lo demás.

Meg se agachó un poco más.

—Spencer, si de verdad estás interesado en mí, éste no es el modo de demostrármelo.

Spencer se quitó los calcetines.

—Debería haberme mostrado claro contigo hace tiempo, pero Sunny dice que soy demasiado brusco. Mi mente va más rápida que la de los demás. Dice que a veces no le doy tiempo a la gente para que me conozca.

—Tiene razón. Deberías escuchar a tu hija.

—Corta el rollo, Meg. Has tenido tiempo de sobra. —Empezó a desabrocharse la camisa azul—. Crees que lo único que quiero es un revolcón. Y no es así, quiero mucho más, pero nunca me escuchas el tiempo suficiente para acabar de decírtelo.

—Lo siento. Esta noche iré al pueblo para cenar contigo y me cuentas lo que quieras.

—Necesitamos intimidad para hablar de esto, y en el pueblo será imposible. —Se desabrochó los puños de la camisa—. Tenemos futuro juntos. Quizá no sea precisamente el matrimonio, pero sí tenemos futuro. Juntos. Lo supe la primera vez que te vi.

—No tenemos futuro. Sé realista. Te sientes atraído por mí porque mi padre es quien es. Ni siquiera me conoces. Aunque crees hacerlo.

—Ahí te equivocas. —Se quitó la camisa, dejando al descubierto un torso muy peludo—. Llevo ya un tiempo por el mundo y entiendo la naturaleza humana mejor que tú. —Se puso de pie—. Mírate. Conduces el carrito de las bebidas en un club de golf de tercera que se hace llamar «club de campo». Algunas mujeres se las apañan bien solas, pero tú no eres de ésas. Tú necesitas a alguien que pague las facturas.

—Te equivocas.

—¿Ah, sí? —Se acercó al agua—. Tus padres te malcriaron. Un error que yo no cometí con Sunny. Empezó a trabajar en la empresa cuando tenía catorce años, así que aprendió pronto lo que costaba ganarse un dólar. Pero tú no te criaste de esa forma. Disfrutaste de todas las ventajas, pero sin las obligaciones.

Sus palabras eran acertadas en cierto modo, y le escocieron.

Spencer se detuvo justo en el borde del agua. En ese momento, se escuchó el graznido de un cuervo. El agua seguía agitándose en torno a Meg, que a esas alturas temblaba de frío y de miedo.

Spencer se llevó las manos a la hebilla del cinturón y ella contuvo el aliento al ver que se lo desabrochaba.

—Estate quieto —le dijo.

—Tengo calor y el agua parece muy fresquita.

—Lo digo en serio, Spencer. No te quiero a mi lado.

—Eso es lo que crees. —Se quitó los pantalones, los arrojó al suelo y se plantó delante de ella. Su protuberante barriga le ocultaba en parte los calzoncillos blancos, y tenía las piernas muy blancas.

—Spencer, no me gusta esto.

—Tú te lo has buscado, Meg. Si hubiéramos ido ayer a Dallas como pretendía, podríamos haber tenido esta discusión en el avión. —Se lanzó a la charca de cabeza.

El chapoteo del agua cegó en un primer momento a Meg, que parpadeó. Spencer reapareció en cuestión de segundos a su lado, con el pelo pegado a la cabeza y el agua resbalándole por la oscura barba.

—¿Qué problema tienes, Meg? ¿Crees que no voy a cuidarte bien?

—No quiero que me cuides. —Ignoraba si pretendía violarla o si quería someterla a su autoridad. Lo que sí tenía claro era que quería largarse, pero cuando intentó retroceder hasta la orilla, él le agarró una muñeca.

—Ven aquí.

—Suéltame.

Spencer le clavó los dedos en los brazos. Era un hombre fuerte, de modo que la levantó del lecho rocoso de la charca, dejando sus pechos al aire. En ese momento, Meg vio que se acercaba a ella, que esos enormes dientes blancos se acercaban a sus labios.

—¡Meg! —gritó una figura que salió disparada de entre los árboles. Una figura delgada, morena, vestida con pantalones cortos muy ajustados y una camiseta de manga corta.

—¡Haley! —gritó Meg a su vez.

Spencer se apartó como si le hubieran disparado. Haley se acercó al agua y se detuvo. Cruzó los brazos por delante del pecho y se aferró los codos, insegura de lo que hacer a continuación.

Meg no sabía por qué había aparecido de repente, pero en la vida le había alegrado tanto ver a alguien. Las pobladas cejas de Spencer se unieron sobre el puente de la nariz y sobre sus ojillos. Meg se obligó a mirarlo.

—Spencer ya se iba, ¿verdad?

La furia que brillaba en sus ojos le dejó bien claro que su historia de amor había acabado. Al golpear su ego, había pasado a liderar la lista de sus enemigos.

Spencer salió del agua. Al ver que los calzoncillos se le pegaban al trasero, Meg apartó la mirada. Haley seguía paralizada a la sombra de los árboles, y Spencer ni siquiera la miró mientras se ponía los pantalones y los zapatos, sin molestarse siquiera con los calcetines.

—Si crees que has ganado, te equivocas —farfulló con voz amenazadora mientras recogía su camisa con brusquedad—. Aquí no ha pasado nada, y espero que no intentéis decir lo contrario. —Y desapareció por el camino.

A Meg le castañeteaban los dientes y tenía las piernas tan rígidas que no podía moverse.

Haley recuperó por fin el habla.

—Tengo que... tengo que irme.

—Todavía no. Ayúdame a salir. Estoy un poco temblorosa.

Haley se acercó al agua.

—No deberías nadar aquí sola.

—No volveré a hacerlo, de verdad. Ha sido una temeridad. —Se clavó una piedra en la planta de un pie y dio un respingo—. Dame la mano.

Con ayuda de Haley, logró salir a la orilla. Estaba empapada y desnuda salvo por las bragas, y los dientes no dejaban de castañetearle. Cogió la toalla que había llevado consigo y se sentó en la roca, calentada por el sol.

—No sé qué habría hecho si no llegas a aparecer.

Haley miró hacia el camino.

—¿Vas a llamar a la policía?

—¿Crees que alguien quiere molestar a Spencer en este preciso momento?

Haley se frotó un codo.

—¿Y qué pasa con Ted? ¿Se lo vas a decir?

Meg reflexionó sobre las consecuencias que eso podría conllevar, y no le gustó un pelo la conclusión a la que llegó. Sin embargo, no pensaba callarse lo que había pasado. Se secó el pelo con la toalla y después la arrugó entre las manos.

—Me pediré unos días de baja en el trabajo y me iré donde Spencer no pueda encontrarme. Pero en cuanto el dinero de ese cabrón esté en el banco, pienso contarle a Ted con pelos y señales lo que ha pasado. Y a otra gente también. Necesitan saber hasta dónde es capaz de llegar. —Apretó la toalla con fuerza—. De momento, no se lo digas a nadie, ¿vale?

—¿Qué habría hecho Spencer si no llego a aparecer?

—No quiero ni pensarlo. —Meg cogió su camiseta del suelo y se la puso, pero fue incapaz de tocar el sujetador que Spencer había manoseado—. Ha sido cuestión de suerte que hayas venido hoy y me alegro por ello. Por cierto, ¿qué querías?

Haley respingó como si la pregunta la hubiera sobresaltado.

—Es que... no lo sé. —Se puso colorada por debajo del maquillaje—. Iba en el coche y se me ocurrió que a lo mejor querías... no sé, tomarte una hamburguesa o algo.

Meg se quedó muy quieta, con las manos en el bajo de la camiseta.

—Todo el mundo sabe que me estoy quedando en casa de Skeet. ¿Cómo sabías que estaba aquí?

—¿¡Qué más da!? —Se dio media vuelta y echó a andar hacia el camino.

¡Espera!

Pero Haley no la esperó y su reacción fue tan exagerada, tan incongruente con la conversación que estaban manteniendo, que Meg se quedó pasmada. Hasta que, de repente, todo encajó.

Sintió una opresión en el pecho. Se puso las chanclas sin pérdida de tiempo y corrió tras ella. En vez de seguir el camino, atajó por el cementerio. Las suelas de las chanclas le golpeaban los talones y los matorrales le arañaron las piernas, aún mojadas. Llegó a la parte delantera de la iglesia justo cuando Haley aparecía por el lateral, y le cortó el paso.

—¡No te muevas! Quiero hablar contigo.

Haley intentó pasar a su lado, pero Meg no se lo permitió.

—Sabías que estaba aquí porque me has seguido. Igual que Spencer.

—Vaya tontería. ¡Suéltame!

Meg la sujetó con más fuerza.

—Has sido tú.

—¡Suéltame!

Haley intentó liberar su brazo, pero Meg se mantuvo firme. Gélidas gotas de agua le caían por la nuca.

—Has sido tú todo el tiempo. Tú entraste en la iglesia. Enviaste esa carta y le tiraste la piedra al coche. Has sido tú. Desde el principio.

Haley respiraba con dificultad.

—No sé... no sé de qué estás hablando.

La camiseta estaba empapada y se le pegaba a la piel, provocándole continuos escalofríos. Comenzaba a sentir náuseas.

—Creía que éramos amigas.

Sus palabras parecieron dar en la diana. Haley se zafó de su mano con un movimiento brusco y puso cara de asco.

—¡Amigas! Sí, pues menuda amiga estás hecha.

El viento arreció. Las ramas de algún matorral crujieron al paso de algún animalillo. Por fin lo entendía todo.

—Es por Ted...

La furia desfiguró a Haley.

—Me dijiste que no estabas enamorada de él. Me dijiste que sólo lo habías dicho para librarte de Spencer. Y te creí. ¡Qué idiota fui! Te creí hasta la noche que os vi juntos.

La noche que habían hecho el amor en la iglesia. La noche que vio los faros del coche. Le dio un vuelco el corazón.

—¡Nos espiaste!

—¡No! —gritó Haley—. ¡No fue así! Iba en el coche y vi pasar la camioneta de Ted. Había estado fuera del pueblo, y quería hablar con él.

—Y lo seguiste hasta aquí.

Haley negó con la cabeza, con gesto muy nervioso.

—No sabía adónde iba. Yo sólo quería hablar con él.

—Claro, y para eso tenías que fisgonear por la ventana.

Haley empezó a llorar de rabia.

—¡Me mentiste! ¡Me dijiste que era falso!

—No te mentí. Así empezó todo. Pero las cosas cambiaron, y como comprenderás no iba a anunciarlo con un megáfono por el pueblo. —Meg la miraba asqueada—. Es increíble que me hicieras todo eso. ¿Sabes lo que me has hecho pasar?

Haley se limpió la nariz con el dorso de una mano.

—No te he hecho daño. Sólo quería que te fueras.

—¿Y qué pasa con Kyle? Eso es lo que no entiendo. Pensaba que estabas loca por él. Os he visto juntos.

—Le dije que me dejase en paz, pero sigue yendo a verme al trabajo. —El rímel se le había corrido y tenía las mejillas manchadas—. El año pasado, cuando me gustaba, ni siquiera me miraba. Y después, cuando dejó de gustarme, de repente quería salir conmigo.

Eso lo explicaba todo.

—No cambiaste de opinión con respecto a la universidad por Kyle. Fue por Ted. Porque ya no se iba a casar con Lucy.

—Bueno, ¿y qué? —Tenía la nariz roja, así como las mejillas.

—¿A ella también le hiciste lo mismo? ¿La acosaste como me has acosado a mí?

—Lucy era distinta.

—¡Iba a casarse con Ted! Sin embargo, a ella la dejaste tranquila y a mí no. ¿Por qué? No lo entiendo.

—Porque entonces no estaba enamorada de él —contestó con ferocidad—. No como lo estoy ahora. Todo cambió cuando Lucy lo dejó plantado. Antes... bueno, antes estaba coladita por él como todas. Después de que ella se fuera, tuve la impresión de que entendía lo mal que lo estaba pasando y quería ayudarlo a sentirse mejor. Era como si lo entendiera mientras que los demás no lo hacían.

Otra más que creía entender a Ted Beaudine.

Los ojos de Haley tenían una mirada feroz.

—Entonces supe que jamás querría a otro hombre como lo quiero a él. Y cuando se quiere tanto a alguien, esos sentimientos tienen que ser correspondidos. ¿O no? Tenía que conseguir que me viera de verdad tal como soy. Y estaba funcionando. Sólo necesitaba más tiempo. Hasta que empezaste a perseguirlo.

Haley necesitaba que le dijeran cuatro cosas bien dichas, y Meg estaba encantada de hacerlo.

—Sólo funcionaba en tus fantasías. Ted jamás se habría enamorado de ti. Eres demasiado joven y él es demasiado complicado.

—¡No es complicado! ¿Cómo puedes decir eso de él?

—Porque es la verdad. —Se alejó de Haley, asqueada—. Eres una niña. Tienes dieciocho años, pero actúas como si tuvieras doce. El amor te hace ser mejor persona. No te convierte en una acosadora ni en una criminal. ¿De verdad crees que Ted puede querer a alguien que le ha hecho daño a otra persona?

La pregunta dio en el blanco, porque a Haley se le descompuso la cara.

—No quería hacerte daño. Sólo quería que te marcharas.

—Es obvio. ¿Qué habías planeado hacerme hoy?

—Nada.

—¡No me mientas!

—¡No lo sé! —gritó Haley—. Cuando... cuanto te vi nadando... no sé, supongo que se me ocurrió quitarte la ropa. Para quemarla.

—Muy maduro, sí. —Meg guardó silencio un instante y se frotó la muñeca por la que Spencer la había agarrado—. En cambio, apareciste para protegerme.

—¡Quería que te fueras, no que te violaran!

Meg no creía que Spencer hubiera llegado a tanto, pero claro... era una optimista sin remedio.

La gravilla crujió bajo unos neumáticos, interrumpiendo su conversación. Al volverse, vieron una camioneta de color azul claro que prácticamente volaba sobre el camino.

19

Meg había olvidado la existencia de la cámara de seguridad y Haley desconocía por completo su existencia. La vio levantar la cabeza, aterrorizada.

—Vas a decirle lo que he hecho, ¿verdad?

—No. Se lo vas a decir tú. —Haley se había comportado de forma vengativa y rencorosa, pero también la había protegido de Spencer, y por eso le estaba agradecida. La agarró por los hombros—. Escúchame, Haley. Ahora mismo tienes la oportunidad de cambiar el rumbo de tu vida. Deja de ser una niña fisgona, destructiva y cegada por el amor, y conviértete en una mujer con un poquito de carácter. —Haley hizo una mueca de dolor cuando le clavó los dedos en los brazos, pero aun así no la soltó—. Si no te plantas ahora y enfrentas las consecuencias de tus actos, vas a pasarte la vida viviendo en las sombras, siempre avergonzada, siempre consciente de que eres una cucaracha rastrera que ha traicionado a una amiga.

Haley se echó a llorar.

—No soy capaz.

—Eres capaz de hacer lo que te propongas. La vida no va a ofrecerte muchos momentos como éste, y ¿sabes lo que creo? Que la actitud que demuestres dentro de un momento condicionará el resto de tu vida.

—No, yo...

Ted bajó de la camioneta de un salto y corrió hacia Meg.

—Me han llamado de la empresa de seguridad. Me han dicho que ha aparecido Spencer. He venido tan rápido como he podido.

—Ya se ha ido —lo tranquilizó—. Se fue cuando vio a Haley.

Una sola mirada le bastó a Ted para reparar en sus piernas desnudas y en la camiseta mojada que apenas le tapaba las bragas.

—¿Qué ha pasado? Se te ha echado encima, ¿verdad?

—Digamos que no ha sido muy simpático. Pero no me he cargado tu maravilloso trato, si es eso lo que te preocupa. —Por supuesto que era eso lo que le preocupaba—. Al menos no lo creo, vamos —añadió.

¿A qué se debía el alivio que apareció en su cara?, se preguntó. ¿Sería por ella o por el pueblo? Ansiaba contarle lo que le había pasado, pero eso lo pondría en una terrible encrucijada. Así que, le costara lo que le costase, se mordería la lengua durante unos días.

Ted se percató por fin de los ojos enrojecidos de Haley.

—¿Qué te ha pasado?

Haley miró a Meg, a la espera de que ella interviniera, pero se limitó a devolverle la mirada. Haley agachó la cabeza.

—Yo... es que... me ha picado una abeja.

—¿Que te ha picado una abeja? —repitió Ted.

Haley miró a Meg, retándola a que dijera algo. O tal vez suplicándole que dijera lo que ella no se atrevía a decir. Pasaron unos cuantos segundos, y al ver que se mantenía en silencio Haley se mordió el labio inferior.

—Tengo que irme —murmuró con una vocecilla cobarde.

Ted sabía que había pasado algo más gordo que una picadura de abeja. Miró a Meg en busca de una explicación, pero ella siguió mirando a Haley.

Haley rebuscó la llave del coche en uno de los bolsillos de sus microscópicos pantalones. Había aparcado su Ford Focus mirando hacia la carretera, seguramente para poder huir lo más rápido posible después de quemarle la ropa. Ya con las llaves en la mano, las miró un instante a la espera de que Meg la delatara. Como eso no sucedió, comenzó a alejarse con pasos muy cortos y dubitativos.

—¡Bienvenida al resto de tu vida! —le gritó Meg.

Ted la miró con curiosidad. Haley se tropezó y se detuvo. Cuando por fin se volvió, tenía una expresión desesperada e implorante en los ojos.

Meg negó con la cabeza.

Haley tragó saliva. Y Meg contuvo el aliento.

Haley se volvió de nuevo hacia el coche. Un paso. Se detuvo y se dio media vuelta para mirar a Ted.

—He sido yo —confesó de forma atropellada—. Yo le he hecho todas esas cosas a Meg.

Ted la miró sin comprender.

—¿De qué estás hablando?

—Yo... yo fui quien entró en la iglesia y destrozó sus cosas.

Ted Beaudine no era de los que se quedaba sin palabras, pero ése fue uno de los raros momentos de su vida en los que le sucedió precisamente eso. Haley comenzó a juguetear con las llaves.

—Yo envié la carta. Y puse las pegatinas en su coche, e intenté arrancarle los limpiaparabrisas y le tiré la piedra.

Ted meneó la cabeza mientras intentaba comprender lo que estaba oyendo. Después miró a Meg.

—Me dijiste que la piedra se cayó de un camión.

—No quería que te preocuparas —adujo ella. «Ni que reemplazaras mi Tartana por un Humvee, cosa que habrías sido capaz de hacer», añadió para sus adentros.

Ted se volvió para encarar a Haley.

—¿Por qué? ¿Por qué lo has hecho?

—Para... para que se fuera. Lo... lo siento mucho.

Para ser un genio, Ted estaba demostrando ser un poco corto de entendederas.

—¿Qué te ha hecho ella?

Haley volvió a titubear. Ésa sería la parte más difícil para ella, y miró a Meg en busca de ayuda. Sin embargo, no pensaba ofrecérsela. Haley aferró las llaves con fuerza.

—Estaba celosa.

—Celosa, ¿por qué?

A Meg le habría encantado que la pregunta no sonara tan incrédula.

—Estaba celosa porque te tenía a ti —respondió con un hilo de voz.

—¿A mí? —La incredulidad seguía presente.

—Es que estoy enamorada de ti —confesó Haley con un deje afligido.

—Es lo más absurdo que he oído en la vida. —El disgusto de Ted era tan evidente que Meg casi sintió lástima por Haley—. ¿Creías que torturando a Meg me ibas a demostrar ese supuesto amor? —pronunció la última palabra con tanto desprecio que las fantasías de Haley acabaron hechas pedazos en ese mismo instante.

Se llevó las manos al abdomen y se echó a llorar.

—Lo siento. Yo... yo no quería que las cosas llegaran tan lejos. Lo... lo siento.

—Las disculpas no arreglan nada —le soltó Ted. Y después le dejó bien claro lo poco que correspondía su amor con el siguiente comentario—. Métete en el coche. Vamos a comisaría ahora mismo. Y será mejor que llames a tu madre de camino, porque vas a necesitar todo el apoyo que pueda darte.

Las lágrimas se deslizaban por las mejillas de Haley, que sollozaba sin parar, pero logró mantener la cabeza en alto. Había decidido aceptar su destino y no discutir con él.

—Espera un momento. —Meg tomó aire y después lo soltó—. Tengo que oponerme a la parte de la comisaría.

Haley la miró. Ted no le hizo ni caso.

—No pienso discutir este tema contigo.

—Puesto que soy la víctima, la última palabra es mía.

—Y una mierda —replicó él—. Te ha mantenido aterrorizada durante días y tiene que pagarlo.

—Lo único que tiene que pagar es el parabrisas nuevo, faltaría más.

Ted estaba tan furioso que estaba pálido pese al bronceado.

—Tiene que pagar mucho más. Ha infringido al menos doce leyes. Allanamiento, acoso, vandalismo...

—¿Cuántas leyes infringiste tú cuando hiciste la protesta en la Estatua de la Libertad?

—Yo tenía nueve años.

—Y eras un genio —señaló ella mientras Haley los observaba, insegura de lo que estaba pasando y de cómo iba a afectarla—. Eso significa que tu cociente intelectual correspondía a un chico de diecinueve años. Un año más que los que tiene Haley.

—Meg, piensa en todo lo que te ha hecho.

—No me hace falta. Quien tiene que pensar es Haley, y a lo mejor me equivoco, pero tengo el presentimiento de que va a reflexionar muchísimo. Por favor, Ted. Todo el mundo merece una segunda oportunidad.

El futuro de Haley estaba en manos de Ted, pero a quien miraba era a Meg, con una mezcla de vergüenza y asombro.

Ted miró furioso a Haley.

—No te lo mereces.

Haley se limpió las lágrimas con los dedos mientras miraba a Meg.

—Gracias —susurró—. Nunca lo olvidaré. Y te prometo que te compensaré de alguna manera.

—No te preocupes por eso —replicó Meg— y piensa en cómo compensarte a ti misma.

Haley analizó un instante sus palabras. Después, asintió con la cabeza. Primero sin mucha convicción y, al cabo de un instante, con más seguridad.

Mientras Haley se alejaba hacia el coche, Meg recordó el presentimiento de que había algo importante que se le escapaba. Debía de ser eso. Su subconsciente sospechaba de alguna forma de Haley, aunque no entendía cómo era posible.

Haley se alejó en el coche. Ted comenzó a golpear el suelo con el talón.

—Eres demasiado blanda, ¿lo sabes? Sí, demasiado blanda, joder.

—Soy la niña mimada de una pareja de famosos, ¿se te ha olvidado? Soy blanda porque es lo único que sé.

—No estamos para bromitas.

—Oye, si no te parece gracioso que el gran Ted Beaudine se haya liado con una simple mortal como Meg...

—¡Ya vale!

La tensión del día comenzaba a pasarle factura, pero no quería que Ted se percatara de lo vulnerable que se sentía.

—No me gusta cuando estás tan insoportable —le dijo—. Es antinatural. Si te pones así de gruñón, me desconciertas. ¿Qué será lo siguiente? ¿Explotará el universo?

Ted hizo oídos sordos a sus comentarios mientras le colocaba un mechón de pelo húmedo detrás de una oreja.

—¿Qué quería Spencer? Aparte de tu atención completa y de que le presentes a tus amigos famosos, me refiero.

—Pues... poco más, la verdad. —Volvió un poco la cabeza hasta apoyar la mejilla en la palma de su mano.

—Me estás ocultando algo.

—Cariño —replicó con voz sensual—, te estoy ocultando muchas cosas.

Ted sonrió y le acarició el labio inferior con el pulgar.

—No puedes ir por ahí sola de un lado para otro. Todos estamos intentando que no estés a solas con él, pero tienes que poner de tu parte.

—Lo sé. Y de verdad que no volverá a pasar más. Aunque te juro que no sabes lo que me cabrea tener que esconderme porque un viejo verde forrado de pasta...

—Lo sé. No está bien. —Le dio un beso en la frente—. Limítate a mantenerte lejos de él durante unos días más, y después podrás mandarlo al cuerno. De hecho, yo lo haré por ti. No sabes lo harto que estoy de que mi vida gire en torno a ese payaso.

La sensación de que algo importante se le escapaba volvió con fuerza en ese momento. Algo le iba a pasar. Algo que no tenía nada que ver con Haley Kittle.

El cielo se había oscurecido y el viento le pegaba la camiseta al cuerpo.

—¿No crees que... que es un poco raro que Spencer no se haya enterado de lo nuestro? ¿Y que no se haya enterado Sunny? Con toda la gente que está al tanto de las noticias, ellos no parecen haber oído nada. Sunny no lo sabe, ¿verdad?

Ted miró las nubes.

—No creo.

Por más que lo intentaba, Meg no lograba inspirar suficiente aire.

—Veinte mujeres te vieron besarme durante el almuerzo. Algunas se lo habrán contado a sus maridos, a una amiga. Birdie se lo dijo a Haley.

—Supongo que sí.

Las nubes se movían muy rápido, ocultando el sol de modo que la cara de Ted quedó semioculta entre las sombras. La certeza de que había algo al alcance de su mano de suma importancia para ella se fortaleció de repente. Respiró hondo y contuvo el aliento.

—La gente sabe que estamos juntos. Salvo Spencer y Sunny.

—Estamos en Wynette. Aquí todos nos guardamos las espaldas.

La sensación se volvió desagradable, amenazadora.

—Menuda lealtad.

—No hay mejores personas en ninguna parte del mundo.

Y así, de repente, comprendió lo que era.

—Sabías desde el principio que nadie les diría nada a Sunny y a Spencer.

Se escuchó un trueno a lo lejos. Ted volvió la cabeza en dirección a la cámara colocada en el árbol, como si quisiera asegurarse de que seguía en su sitio.

—No sé adónde quieres llegar.

—Lo sabes perfectamente. —Y soltó todo el aire que había retenido en los pulmones mientras añadía—: Cuando me besaste... Cuando les dijiste a todas esas mujeres que estábamos juntos... Sabías que guardarían el secreto.

Ted se encogió de hombros.

—La gente hace lo que le da la gana.

Y por fin se reveló la cruda y espantosa realidad.

—Tanto hablar de sinceridad y honestidad, de que estabas harto de esconderte... Me lo tragué.

—Odio tener que hacer las cosas a escondidas.

Las nubes siguieron avanzando, los truenos continuaron y la ira de Meg llegó a su punto álgido.

—Me emocionó muchísimo que me besaras delante de todo el mundo. Estaba loca de contenta al ver que estabas dispuesto a hacer ese sacrificio. ¡Por mí! Pero... pero en realidad no te estabas arriesgando en absoluto.

—Un momento. —Los ojos de Ted tenían un brillo indignado—. Aquella noche me echaste una bronca. Me dijiste que había cometido una estupidez.

—¡Eso era lo que me decía la cabeza! Pero el corazón... este corazón tan imbécil... —Se le quebró la voz—. Estaba rebosante de alegría.

Ted dio un respingo.

—Meg...

Las emociones que cruzaron por la cara de ese hombre que jamás podría hacerle daño conscientemente a una persona le resultaron muy fáciles de interpretar. Sobresalto. Preocupación. Lástima. Y, en ese momento, odió sus emociones y lo odió a él. Ansiaba hacerle tanto daño como le había hecho a ella, y sabía muy bien cómo conseguirlo. Mediante la sinceridad.

—Me he enamorado de ti —confesó—. Como las demás.

Ted no pudo disimular la sorpresa.

—Meg...

—Pero para ti significo lo mismo que ellas: nada. Lo mismo que Lucy.

—Para el carro un momento.

—Soy una imbécil. Ese beso fue muy importante para mí. Porque yo permití que lo fuera. —Soltó una carcajada, aunque en realidad fue más bien un sollozo, y comprendió que ya no sabía si estaba enfadada con él o si lo estaba consigo misma—. Y ese empeño en que me quedara en tu casa. Todos estaban muy preocupados por eso, pero si hubiera llegado a suceder, se habrían asegurado de cubrirte las espaldas. Y tú lo sabías.

—Estás haciendo una montaña de un grano de arena. —Sin embargo, no era capaz de mirarla a los ojos.

Meg contempló ese perfil tan decidido y fuerte.

—Me basta con mirarte para que me entren ganas de saltar de alegría —susurró—. Nunca he querido a un hombre como te quiero a ti. Nunca había imaginado que este sentimiento existía.

Ted apretó los labios y el dolor empañó su mirada.

—Meg, me importas. Te lo digo en serio. Eres... eres maravillosa. Me haces sentir... —Dejó la frase en el aire, como si estuviera buscando la palabra adecuada.

—¿Pletórico de felicidad? —suplió ella con sarcasmo entre lágrimas—. ¿El hombre más dichoso del mundo?

—Estás enfadada. Estás...

—¡Estoy enamorada de ti! —estalló de repente—. Te quiero tanto que me duele. Me quema, me agobia, me anima y me da una razón para vivir. Pero tú eres un hombre frío que no demuestra sus emociones. Prefieres vivir al margen porque así no pasas malos ratos. Por eso querías casarte con Lucy. Porque era un acuerdo práctico. Lógico. Yo no soy lógica. Soy desordenada, soy poco práctica, soy un desastre y me has roto el corazón.

La lluvia comenzó a caer justo después de un trueno. Ted había torcido el gesto.

—No digas eso. Estás de mal humor, nada más. —Intentó acariciarla, pero ella se apartó.

—Vete de aquí. Déjame sola.

—Así no.

—Así sí. Siempre haces lo que le conviene a la gente. Pues ahora mismo lo que me conviene es estar sola.

La lluvia comenzaba a caer con fuerza. Meg casi veía la balanza interna de Ted sopesando los pros y los contras. Deseando hacer lo correcto. Siempre tenía que hacer lo correcto. Porque ésa era su naturaleza. De modo que al hacerlo partícipe del gran daño que él le había provocado, le había asestado el peor golpe posible.

Se escuchó el restallido de un relámpago. Ted la obligó a subir los escalones para refugiarse bajo el alero del tejado. Meg se apartó con un respingo.

—¡Vete! ¿Me haces el favor o qué?

—Meg, por favor. Vamos a solucionar esto. Sólo necesitamos un poco de tiempo. —Intentó tocarle la cara, pero al ver que ella daba un respingo, bajó el brazo—. Estás de mal humor. Y lo entiendo. Esta noche...

—No. Esta noche, no. —«Y mañana tampoco. Tal vez nunca», añadió para sus adentros.

—Escúchame. Por favor. Mañana tengo todo el día ocupado con Spencer y sus abogados, pero mañana por la noche... Mañana por la noche podemos cenar en mi casa, donde nadie nos interrumpirá. Sólo estaremos nosotros dos. Así ambos tendremos tiempo para reflexionar sobre esto y luego podremos aclarar el tema.

—Sí, claro. Tiempo para reflexionar. Eso va a arreglarlo todo...

—Meg, dame un poco de cancha. Me he encontrado con esto de repente. Prométemelo —le suplicó con voz ronca—. A menos que me prometas que vamos a vernos mañana por la noche, no me moveré de aquí.

—Vale —claudicó con gesto obstinado—. Te lo prometo.

—Meg... —Intentó tocarla de nuevo, pero ella volvió a resistirse.

—Vete, por favor. Mañana hablaremos de esto.

Ted la observó en silencio durante tanto rato que llegó a pensar que no se iría. Pero al final lo hizo, y ella lo observó alejarse bajo la lluvia sin moverse del escalón.

Cuando su camioneta se perdió de vista, hizo lo que no había podido hacer antes. Rodeó la iglesia y rompió el cristal de una ventana. Para poder alcanzar el pestillo interior. Una vez que lo hizo, abrió la ventana y se coló en su polvoriento y desolado santuario.

Ted esperaba encontrarse con ella la noche siguiente para analizar de forma lógica y serena su amor no correspondido. Y ella se lo había prometido.

Mientras la iglesia retumbaba por culpa de un trueno, pensó en lo fácil que era romper ese tipo de promesa.

En el coro encontró unos vaqueros que Dallie y Skeet habían pasado por alto cuando recogieron sus cosas. Todavía había comida en la cocina, pero no tenía hambre. En cambio, paseó de un lado para otro de la iglesia mientras rememoraba todos los sucesos que le habían ocurrido hasta llevarla a ese momento concreto. Ted no podía cambiar su forma de ser. ¿De verdad había pensado que podía llegar a quererla? ¿Cómo era posible que se hubiera creído distinta de las demás?

Porque Ted le había mostrado facetas de sí mismo que no le había mostrado a nadie, por eso se había sentido distinta. Pero todo había sido una ilusión, y en ese momento se veía obligada a marcharse, porque quedarse en Wynette le resultaba imposible.

La idea de no volver a verlo en la vida amenazó con destrozarla, de modo que se concentró en los aspectos prácticos de su decisión. La antigua Meg se habría metido en el coche sin pérdida de tiempo y habría salido pitando. Sin embargo, su nueva y mejorada persona tenía obligaciones. Como el día siguiente era su día libre y no tenía que ir a trabajar, dispondría de tiempo para prepararlo todo.

Esperó hasta asegurarse de que Skeet estaría dormido antes de volver a su casa. Acompañada por el eco de sus ronquidos en el pasillo, se sentó tras la mesa de su despacho que se había convertido en la mesa de trabajo para sus diseños de joyas y cogió un bloc de notas. Dejó unas cuantas instrucciones para la persona que la sustituyera en el carrito de las bebidas, explicando cuál era el surtido idóneo para satisfacer a los clientes habituales, y añadió un apresurado comentario sobre la conveniencia de reciclar los envases y las latas. Sí, su trabajo no era tan importante como el de un neurocirujano, pero gracias a ella se habían duplicado los ingresos del carrito de bebidas y estaba muy orgullosa de ese logro. Al final de la nota, escribió: «Un empleo es lo que tú quieras que sea.» Sin embargo, se sintió un poco ridícula y lo tachó.

Acabó una pulsera que le había prometido a Torie mientras intentaba no pensar en Ted, pero era imposible; y cuando amaneció y guardó la pulsera en un sobre acolchado, estaba exhausta, apenas veía de lo cansados que tenía los ojos y se sentía más triste que nunca.

Skeet estaba desayunando en la cocina con el periódico abierto por la sección de deportes cuando ella salió del despacho.

—Tengo buenas noticias —le dijo con una sonrisa forzada—. Hemos identificado y neutralizado a mi acosador. No me pidas más detalles.

Skeet levantó la vista del tazón de cereales.

—¿Ted lo sabe?

Se esforzó para superar la oleada de dolor que la asaltaba cada vez que pensaba que jamás volvería a verlo.

—Sí. Así que vuelvo a la iglesia. —No le gustaba mentirle a Skeet, pero necesitaba una excusa para poder recoger sus cosas sin despertar sospechas.

—No sé a qué vienen tantas prisas —refunfuñó él, tras lo cual volvió a sus cereales.

Meg se dio cuenta de que echaría de menos al viejo cascarrabias, de la misma forma que echaría de menos a mucha gente de ese desquiciado pueblo.

La falta de sueño más el sufrimiento habían agotado sus energías, y apenas había empezado a recogerlo todo cuando reconoció que no podía más y se acostó. Pese a los desolados sueños que la asaltaron, durmió hasta después del mediodía. Aunque no tardó mucho en recoger sus cosas, llegó al banco poco antes de las tres. Salvo veinte dólares, sacó el resto de sus módicos ahorros. Si cerraba la cuenta, todos los cotillas del lugar empezarían a preguntarle el motivo y al cabo de cinco minutos de que hubiera salido por la puerta, Ted se habría enterado de que se marchaba. No podría soportar otro enfrentamiento con él.

El único buzón del pueblo estaba emplazado junto a los escalones de la fachada de la oficina de correos. Echó la carta que había dirigido a su sustituto, su renuncia a Barry, el encargado del club de campo, y estaba echando el sobre acolchado que contenía la pulsera de Torie cuando vio que un coche se detenía a pesar de que estaba prohibido aparcar en la zona. El conductor bajó la ventanilla y Sunny Skipjack asomó la cabeza.

—Te he estado buscando. Se me olvidó que el club estaba cerrado hoy. Vamos a tomarnos algo y a charlar un rato.

Sunny tenía un aspecto eficiente y elegante con su lustrosa melena castaña y sus joyas de platino. Meg jamás se había sentido tan vulnerable.

—Lo siento, pero no es un buen momento —le dijo—. Tengo un montón de cosas que hacer. —«Como meterme en el coche y alejarme del hombre al que quiero tanto», añadió en silencio.

—Pues cancélalo todo. Esto es importante.

—¿Es sobre tu padre?

Sunny la miró con cara de póquer.

—¿Qué pasa con mi padre?

—Nada.

Algunos transeúntes se detuvieron en la acera para mirarlas, y ninguno intentó disimular. Sunny, la ejecutiva agresiva, comenzó a golpear el volante con los dedos.

—¿Estás segura de que no tienes ni un par de minutos en tu apretada agenda para hablar de un posible negocio?

—¿Un posible negocio?

—He visto tus diseños. Quiero hablar. Sube.

Sus planes para el futuro flotaban en una nebulosa. Sopesó el riesgo de demorar su partida durante una hora para poder escuchar lo que Sunny tuviera que decirle. Podía ser un coñazo, sí, pero era una mujer de negocios. Decidió superar la aprensión de estar en un lugar reducido con un Skipjack y entró en el coche.

—¿Te has enterado de que han publicado un artículo sobre la subasta de Ted en el *Wall Street Journal* nada más y nada menos? —le preguntó Sunny mientras enfilaba la calle—. Forma parte de una serie de artículos sobre estrategias originales para recaudar fondos destinados a obras de caridad.

—No, no lo sabía.

Sunny conducía con una sola mano en el volante.

—Cada vez que salta la noticia en algún medio nuevo, las apuestas suben. La atención nacional está elevando mucho la suma, pero hace demasiado tiempo que no me doy un capricho. —En ese momento sonó su teléfono, de modo que se lo llevó a la oreja, bajo la recta melena oscura—. Hola, papá.

Meg se tensó.

—Sí, he leído el informe y he hablado con Wolfburg —siguió Sunny—. Esta noche llamaré a Terry.

Siguieron hablando durante unos minutos de abogados y del acuerdo sobre la compra del terreno. Los pensamientos de Meg volvieron a Ted, hasta que Sunny les puso fin cuando dijo:

—Tendré que mirarlo luego. Ahora mismo estoy con Meg. —La miró y puso los ojos en blanco—. No, no estás invitado. Luego hablamos. —Escuchó lo que su padre tuviera que añadir, frunció el ceño y después cortó la llamada—. Parece enfadado. ¿Qué os ha pasado?

Meg agradeció la repentina ira que la invadió.

—A tu padre le cuesta aceptar un no por respuesta.

—Por eso es un hombre de éxito. Es astuto y decidido. No entiendo por qué te empeñas en darle largas. Bueno, a lo mejor sí.

Meg no quería tener esa conversación, y en ese momento se arrepintió de haber subido al coche.

—Querías hablar sobre mis joyas —dijo cuando cogieron la autopista.

—Te vendes muy barato. Tus piezas son originales y tienen un gran atractivo por su sofisticación. Necesitas dirigirte a una clientela con mucho más poder adquisitivo. Usa tus contactos para acceder al cliente ideal. Y deja de malgastar tu mercancía con la gente del pueblo. Es imposible adquirir una buena reputación como diseñadora en East Jesus, Texas.

—Buen consejo —reconoció Meg mientras dejaban atrás el Roustabout—. Creía que íbamos a tomarnos algo.

—Sólo voy a dar un rodeo hasta el vertedero.

—Ya lo he visto y no quiero volver, la verdad.

—Necesito hacer unas cuantas fotos. No tardaremos mucho. Además, allí podremos hablar en privado.

—No estoy segura de que necesitemos una conversación en privado.

—Claro que sí. —Sunny dobló al llegar a la carretera de acceso al vertedero.

Le habían echado una nueva capa de gravilla desde que Ted y ella hicieron el amor apoyados en la camioneta. Otra dolorosa punzada le atravesó el pecho.

Sunny aparcó junto al cartel oxidado, sacó una cámara de fotos de su bolso y bajó del coche con movimientos seguros y decididos. Meg nunca había conocido a una persona tan segura de sí misma.

Renuente a esconderse en el coche, bajó también. Sunny se llevó la cámara al ojo y enfocó en dirección al vertedero.

—Éste es el futuro de Wynette. —Pulsó el disparador—. Al principio, me opuse a construir aquí, pero después de conocer mejor tanto el pueblo como a sus habitantes, cambié de opinión.

«Después de conocer mejor a Ted Beaudine», la corrigió Meg en silencio.

Sunny siguió haciendo fotos, cambiando el ángulo.

—Es un lugar único. El genuino estilo de vida americano y todo eso. Normalmente, a mi padre no le gustan los pueblos pequeños, pero se han portado todos muy bien con él y le encanta jugar con gente como Dallie, Ted y Kenny. —Bajó la cámara—. En cuanto a mí... no es ningún secreto que me interesa Ted.

—A ti y al resto de la población femenina mundial.

Sunny sonrió.

—Pero, a diferencia de las demás, yo soy ingeniera. Nos entendemos de igual a igual. ¿Cuántas pueden decir lo mismo?

«Yo no», respondió para sus adentros.

Sunny rodeó el cartel y enfocó la cámara en dirección a las espitas de metano.

—Comprendo el funcionamiento de la tecnología que tanto le apasiona. —Pulsó el disparador una vez más—. Entiendo su pasión por la ecología, tanto en el plano científico como en el plano práctico. Tiene una mente sorprendente y pocas personas pueden estar a la altura de semejante intelecto.

Otra mujer que creía conocer a Ted. Meg no pudo resistirse.

—¿Ted te corresponde?

—Estamos en ello. —Bajó la cámara de nuevo—. O al menos eso espero. Soy una mujer realista. A lo mejor las cosas no salen tal como quiero, pero me parezco a mi padre. No retrocedo ante un desafío. Creo que Ted y yo tenemos futuro, y me esforzaré al máximo para lograrlo. —La miró directamente a los ojos—. Voy a poner las cartas sobre la mesa: quiero que te vayas de Wynette.

—¿Ah, sí? —No creía que fuera relevante decirle que eso era justo lo que estaba a punto de hacer cuando la entretuvo—. ¿Y por qué?

—No es nada personal. Creo que tu presencia beneficia a mi padre. Últimamente estaba un poco deprimido. La vejez y esas cosas. Pero tú lo has ayudado a olvidarse del tema. El problema es que estás reteniendo a Ted. Él no admitirá que depende de ti en cierto modo, pero es evidente.

—¿Crees que Ted depende de mí?

—Lo veo en su forma de mirarte, en su forma de hablar de ti. Sé que Lucy Jorik y tú erais amigas íntimas. Tú le recuerdas a ella, y mientras estés por aquí, será muy difícil que pase página.

Qué lista y a la vez qué tonta era esa mujer.

—También soy una firme defensora de que las mujeres tenemos que cuidarnos entre nosotras —añadió—. Pasar tanto tiempo a su lado no te conviene. Mucha gente me ha dicho que te pasas el día detrás de él, pero nosotras sabemos que no tiene sentido. Afróntalo, Meg. Ted nunca te querrá. No tenéis nada en común.

Salvo unos padres famosos, una infancia privilegiada, la pasión por la ecología y mucha tolerancia por lo absurdo, un detalle que Sunny jamás comprendería.

—Ted se siente cómodo a tu lado porque le recuerdas a Lucy —siguió Sunny—. Pero jamás pasará de eso. Quedarte aquí será un estancamiento para ti, al tiempo que complica mucho mi relación con él.

—Vas directa al grano, por lo que veo.

Sunny se encogió de hombros.

—Me gusta la sinceridad.

Sin embargo, lo que ella llamaba «sinceridad» no era sino un desprecio insensible hacia las opiniones y los sentimientos de los demás.

—La sutileza nunca ha sido lo mío —admitió, agitando orgullosa la bandera de su engreimiento—. Si tú estás dispuesta a desaparecer, yo estoy dispuesta a ayudarte a poner en marcha tu negocio de diseño.

—¿Chantaje?

—¿Por qué no? No sería una mala inversión. Si introduces antigüedades genuinas en tus diseños, llegarás a una clientela que podría resultarte muy beneficiosa.

—El problema es que no estoy segura de querer dedicarme al diseño de joyas.

Sunny no alcanzaba a entender que una persona le diera la espalda a un negocio rentable e hizo bien poco por disimular su desdén.

—¿A qué te vas a dedicar si no?

Estaba a punto de decirle que ya se encargaría ella de decidir su propio futuro cuando escuchó que la gravilla crujía bajo las ruedas de un coche. Ambas se volvieron para ver que un vehículo desconocido se detenía tras ellas. Como el sol le daba en los ojos, Meg no podía ver al conductor, pero la interrupción no la sorprendió. Los buenos habitantes de Wynette no la dejarían mucho rato a solas con un Skipjack.

Sin embargo, cuando vio que se abría la puerta del coche, se le cayó el alma a los pies. La persona que bajaba del coche oscuro era Spencer. Se volvió hacia Sunny.

—Llévame de vuelta al pueblo.

No obstante, Sunny estaba mirando a su padre mientras se acercaba a ellas con su sombrero panamá ocultándole la parte superior de la cara.

—Papá, ¿qué haces aquí?

—Me dijiste que ibas a hacer unas fotos.

A Meg no le quedaban fuerzas para lidiar con la situación.

—Quiero volver al pueblo ahora mismo.

—Déjanos solos —le dijo Spencer a su hija—. Necesito hablar unas cosas con Meg en privado.

—¡No, no te vayas!

La reacción de Meg sorprendió a Sunny, que borró la sonrisa con la que había recibido a su padre.

—¿Qué está pasando aquí?

Spencer señaló el coche de su hija con un gesto de la cabeza.

—Nos veremos en el pueblo. Vete.

—Sunny, no te muevas de donde estás —dijo Meg—. No quiero quedarme a solas con él.

Sunny la miró como si tuviera una enfermedad contagiosa.

—¿Qué te pasa?

—Lo que le pasa es que es una cobarde —contestó su padre—. Eso es lo que le pasa.

Meg no estaba dispuesta a convertirse de nuevo en su víctima.

—Sunny, tu padre me agredió ayer.

20

—¿¡Que te agredí!? —Spencer soltó una desagradable risota-
da—. Ésa es buena. Enséñame alguna señal de que lo hiciera y te
daré un millón de dólares.

La compostura habitual de Sunny había desaparecido mientras
miraba a Meg con revulsión.

—¿Cómo puedes decir algo tan asqueroso?

Otros coches siguieron al de Spencer por la carretera de gravilla, un reguero de vehículos de todos aquellos que habían presen-
tido que había problemas.

—¡Mierda! —exclamó Spencer—. En este pueblo no se puede
ir a cagar sin que aparezca alguien para ayudarte.

Kayla bajó de un salto de un Kia rojo conducido por una de las
camareras del Roustabout.

—¿Qué hacéis todos aquí? —preguntó con voz cantarina mientras se acercaba a ellos como si acabara de descubrirlos merendan-
do al aire libre junto a la carretera.

Y antes de que pudieran contestarle, Torie, Dexter y Kenny ba-
jaron de un Range Rover plateado. El pareo estampado de estilo
hawaiano de Torie no pegaba en absoluto con la parte superior
del biquini de cuadros que llevaba. Tenía el pelo mojado y no llevaba maquillaje. Su marido llevaba un traje azul marino, y Kenny
los saludó con una mano en la que llevaba un apósito de Spider-
man.

—Buenas tardes, Spencer. Sunny. Hace un día estupendo después de lo de ayer. Aunque necesitábamos la lluvia, eso sí.

Zoey bajó de un Toyota Camry azul marino.

—Iba de camino a una reunión para concretar la programación de Ciencias —dijo, sin dirigirse a alguien en particular.

Otros coches llegaron tras ella.

El pueblo entero parecía presentir una catástrofe en ciernes, y todos estaban decididos a impedirlo.

Dexter O'Connor señaló el vertedero.

—Spencer, eres un hombre afortunado. Tienes delante un sinfín de oportunidades.

En vez de mirarlo, Spencer mantuvo su furibunda mirada en Meg, y el alivio que había sentido al ver que toda esa gente aparecía comenzó a esfumarse. Intentó decirse que no tenía por qué preocuparse. Que seguro que Spencer guardaba silencio. Intentó convencerse de que no sacaría el tema delante de tanta gente. Sin embargo, sabía perfectamente que Spencer no toleraba las derrotas.

—Los contratos todavía no están firmados —señaló de forma amenazadora.

Las caras de los recién llegados adoptaron expresiones de pánico al escucharlo.

—Papá... —Sunny agarró a su padre del brazo.

Torie tomó las riendas de la situación. Se apretó el nudo con el que se sujetaba el pareo mientras echaba a andar hacia Spencer.

—Dex y yo hemos planeado hacer una barbacoa esta noche. ¿Por qué no os venís Sunny y tú? Siempre y cuando no os importe que haya niños, claro. O si no, las enviamos a casa de mi padre. Sunny, ¿alguna vez has visto un emú de cerca? Dex y yo tenemos una bandada entera. En realidad, me casé con él para que les pagara la comida. La verdad es que a él no le gustan tanto como a mí, pero te aseguro que son los bichos más cariñosos que existen sobre la faz de la tierra. —Y así siguió, casi sin respirar, describiendo al detalle los cuidados y la alimentación que necesitaban los emús, así como los beneficios que le reportaban a la humanidad.

Era evidente que estaba intentando ganar tiempo, mientras los demás miraban fijamente hacia la autopista. Era fácil adivinar el motivo. Estaban esperando a que apareciera un caballero de brillante armadura montado en una camioneta de color azul claro para que salvara al pueblo del desastre.

Otra hilera de vehículos enfiló la carretera de gravilla. Torie estaba agotando el tema de los emús, de modo que miró a los demás con expresión implorante. Su hermano fue el primero en reaccionar, pasándole a Spencer un brazo por los hombros al tiempo que hacía un gesto con el otro hacia el vertedero.

—He estado pensando mucho en el recorrido.

Sin embargo, Spencer se zafó de su brazo y se volvió para observar la creciente multitud. Después miró a Meg, que, en cuanto vio su expresión, supo que había llegado la hora de la venganza.

—Pues a lo mejor te has adelantado un poco, Kenny. Tengo una reputación que mantener y Meg acaba de decirle a mi hija algo muy desagradable sobre mi persona.

El miedo le atenazó el estómago. Spencer quería vengarse y sabía exactamente cómo conseguirlo. Si insistía en afirmar que la había agredido, les haría daño a muchas personas, pero la idea de retractarse le provocaba náuseas. ¿Cómo era posible que se sintiera mal por hacer lo correcto? Se clavó las uñas en las palmas de las manos.

—Olvídalo.

No obstante, Spencer quería vengarse por todas las heridas que le había infligido a su ego, de modo que siguió.

—Ni hablar —replicó—. Ciertas cosas son demasiado serias como para olvidarlas. Meg dice que... ¿qué palabra has usado exactamente?

—Déjalo —insistió, aunque sabía que no le haría caso.

Spencer chasqueó los dedos.

—Ya lo recuerdo. Has dicho que te agredí. ¿Correcto, Meg?

Un murmullo se alzó de entre la multitud. Kayla apretó sus brillantes labios. Zoey se llevó una mano a la base del cuello. Algunos sacaron los móviles. Meg intentó contener las náuseas.

—No, Spencer, no es correcto —contestó con expresión abatida.

—Pero eso es lo que he oído que le decías a mi hija. Lo que mi hija te ha oído decir. —Alzó la barbilla—. Recuerdo que ayer me di un chapuzón contigo, pero no recuerdo haberte agredido.

Meg estaba tan tensa que apenas podía mover la mandíbula.

—Tienes razón —murmuró—. Yo lo interpreté mal.

Spencer meneó la cabeza.

—¿Cómo es posible que malinterpretaras algo tan serio? —le preguntó.

Estaba dispuesto a pisotearla y la única manera de salir de ésa era dejándolo ganar. De modo que echó mano de todas sus fuerzas para mantenerse firme.

—Es fácil de explicar. Estaba de mal humor.

—Hola a todos.

La multitud se volvió al unísono mientras su salvador se abría paso. Su llegada había pasado desapercibida porque conducía el Mercedes Benz gris oscuro que todos olvidaban que tenía. Parecía cansado.

—¿Qué pasa aquí? —preguntó—. ¿Se me había olvidado que había una fiesta?

—Me temo que no —contestó Spencer.

Meg comprendió que pese al ceño que lucía, estaba encantado con el poder que ostentaba sobre todos ellos.

—Me alegro muchísimo de que hayas aparecido, Ted —siguió—. Parece que tenemos un problema que no habíamos previsto.

—¿Ah, sí? ¿Cuál?

Spencer se frotó el mentón, oscurecido por la barba, ya que no se había afeitado.

—Me va a resultar complicado hacer negocios en un pueblo donde a una persona se le permite acusar falsamente a alguien sin que pague por ello.

Spencer no podía romper el acuerdo. Era imposible, pensó Meg. No con Sunny mirándolo con expresión implorante. No con todo el pueblo delante para hacerle la pelota. Estaba jugando al gato y al ratón, regodeándose en lo mucho que la estaba humillando y disfrutando mientras les hacía ver a todos quién tenía la sartén por el mango.

—Vaya, Spencer, siento que te haya pasado algo así —replicó Ted—. Supongo que los malentendidos son habituales en todos lados. Lo bueno que tiene Wynette es que intentamos arreglar los entuertos antes de que se conviertan en problemas. Cuéntame que ha pasado y veré si puedo solucionarlo.

—No sé yo, Ted —Spencer desvió la mirada hacia el desolado vertedero—. Me va a ser difícil olvidar lo que ha pasado. Todo el mundo espera que firme mañana los contratos, pero no me veo haciéndolo mientras esta falsa acusación penda sobre mi cabeza.

La multitud comenzó a murmurar por la tensión del momento. Sunny no entendía a qué estaba jugando su padre y su cara era un poema, ya que veía cómo se le escapaba el futuro con Ted.

—Papá, tenemos que hablar de esto en privado.

Ted, que parecía la personificación de la serenidad, se quitó la gorra para rascarse la cabeza. ¿Nadie más que ella se daba cuenta de lo agotado que estaba?

—Spencer, no te discuto que debes hacer lo que creas más adecuado. Pero estoy seguro de que podré ayudarte a solucionar este problema si me explicas qué ha pasado.

Meg no podía soportarlo más.

—Yo soy el problema —dijo—. He insultado a Spencer y ahora quiere castigar al pueblo en venganza. Pero no hace falta que lo hagas, porque me voy. De hecho, ya me habría ido si Sunny no me hubiera entretenido.

Ted volvió a ponerse la gorra, y aunque la fulminó con la mirada, le preguntó con voz serena:

—Meg, ¿por qué no me dejas solucionar esto?

Sin embargo, Spencer quería sangre.

—¿Crees que te puedes largar sin más después de haber hecho una acusación tan seria delante de mi hija? Las cosas no funcionan así conmigo.

—Un momento —terció Ted—. ¿Os parece que empecemos por el principio?

—Sí, Meg —se burló Spencer—. ¿Por qué no empezamos por el principio?

Como no era capaz de enfrentar la mirada de Ted, Meg se concentró en Spencer.

—Ya he reconocido que era mentira. Te comportaste como un caballero. No hubo ninguna agresión. Me... me lo inventé.

Ted se volvió hacia ella al instante.

—¿Que Spencer te ha agredido?

—Eso es lo que le ha dicho a mi hija —precisó Spencer con gran desprecio—. Es una mentirosa.

—¿La agrediste? —Ted echaba chispas por los ojos—. ¡Hijo de puta! —Sin más advertencia que el insulto, Ted, el hombre tranquilo, se abalanzó sobre la gran esperanza de Wynette.

La multitud jadeó, asombrada. El rey de los suministros de fontancría cayó al suelo y su sombrero panamá rodó sobre la tierra.

Meg estaba tan asombrada que no fue capaz de moverse. Sunny soltó un chillido estrangulado, y todo el mundo observó paralizado por el horror cómo su imperturbable alcalde, el Príncipe de la Paz, agarraba a Spencer por la pechera para volver a ponerlo en pie.

—¿¡Quién te has creído que eres!? —le gritó en la cara, con expresión furibunda.

Spencer le asestó una patada en la pierna que los envió a ambos al suelo.

Era como un mal sueño.

Un mal sueño que se convirtió en una pesadilla en cuanto dos personas emergieron de repente de la multitud.

Meg decidió que eran fruto de su imaginación. No podía ser. Parpadeó, pero la terrible alucinación no se desvanecía.

Sus padres. Fleur y Jake Koranda. Que la miraban espantados.

Era imposible que hubieran aparecido así de repente. Sin decirle que iban a visitarla. Y mucho menos en el vertedero, presenciando el mayor desastre personal de su vida.

Volvió a parpadear, pero allí seguían, al lado de Francesca y Dallie Beaudine. Su madre, tan guapa como siempre. Su padre, tan alto y tan fuerte, y listo para entrar en acción.

Ted y Spencer estaban otra vez de pie, pero no tardaron en volver al suelo. Spencer contaba con la ventaja que le otorgaba su corpulencia, pero Ted era más fuerte, más ágil y lo impulsaba una ira que lo había transformado en un hombre irreconocible.

Torie se aferró el pareo. Kenny soltó un taco de los gordos. Kayla se puso a llorar. Y Francesca intentó correr en ayuda de su niñito, pero su marido se lo impidió.

Sin embargo, nadie detuvo a Sunny, que no estaba dispuesta a permitir que ningún hombre, ni siquiera del que se creía enamorada, atacara a su queridísimo padre.

—¡Papá! —Y con ese grito, se lanzó sobre la espalda de Ted.

Meg decidió que no aguantaba más.

—¡Apártate de él! —gritó.

Corrió para intervenir, se resbaló con la gravilla y cayó encima de Sunny, de modo que Ted quedó atrapado bajo ellas. Spencer decidió aprovechar el momento de desventaja de su adversario y se apresuró a ponerse en pie. Meg observó alarmada que cogía impulso con una pierna para darle a Ted una patada en la cabeza. Así que, con un increíble grito furioso, giró sobre sí misma y se lanzó a por él para que perdiera el equilibrio. Mientras caía, Meg se agarró a la parte trasera de la blusa de diseño de Sunny. Ted jamás le pegaría a una mujer, pero ella no era tan escrupulosa.

Torie y Shelby Traveler consiguieron apartar por fin a Meg de una llorosa Sunny, pero el pacífico alcalde del pueblo estaba poseído por la sed de sangre, por lo que se necesitaron tres hombres para inmovilizarlo. Claro que no era el único que lo necesitó. Fleur, Skeet, Francesca y el jefe de bomberos se las vieron y se las desearon para detener a Jake Koranda.

Ted tenía una vena del cuello a punto de estallar mientras intentaba zafarse de sus captores para terminar lo que había empezado.

—Como se te ocurra acercarte otra vez a ella, te arrepentirás.

—¡Estás loco! —gritó Spencer—. ¡Estáis todos locos!

Ted apretó los labios con desprecio.

—Lárgate de aquí.

Spencer recogió su sombrero del suelo. Los grasientos mechones de pelo oscuro le caían sobre la frente. Uno de sus ojos comenzaba a hincharse y le sangraba la nariz.

—Este pueblo me necesitaba más de lo que yo lo necesitaba a él. —Se golpeó la pierna con el sombrero—. Beaudine, recuerda lo que has perdido mientras ves cómo este sitio se va a la mierda. —Se colocó el sombrero con brusquedad y miró a Meg con expresión ponzoñosa—. Piensa en lo cara que te ha salido ésa.

—Papá... —Sunny tenía la blusa sucia y rota; una mejilla y un brazo arañados. Pero su padre estaba demasiado furioso como para ofrecerle el consuelo que necesitaba.

—Podrías haberlo tenido todo —siguió Spencer, mientras le caía un hilillo de sangre por la nariz—. Y lo has perdido por una puta mentirosa.

Fue necesario que su madre se lanzara sobre su padre para evitar que fuera a por Spencer, y los hombres que sujetaban a Ted las pasaron canutas para que no se les escapara. Dallie se adelantó muy serio y con mirada glacial.

—Te aconsejo que te vayas mientras puedas, Spencer, porque bastará un gesto por mi parte para que los hombres que están inmovilizando a Ted lo suelten y así pueda acabar lo que ha empezado.

Spencer observó el mar de caras hostiles que lo miraba y empezó a retroceder hacia el lugar donde estaban los coches.

—Vamos, Sunny —dijo con una chulería que en el fondo era falsa—. Vámonos de este pueblucho de mierda.

—¡Tú sí que eres una mierda, capullo! —gritó Torie—. Soy mejor que tú con el hierro cinco desde que estaba en el instituto. Y tu hija es una zorra estirada.

Al ver que los ánimos se estaban caldeando más de la cuenta y que la multitud podía volverse contra ellos, padre e hija se apresuraron a meterse en sus respectivos coches. Mientras se alejaban, todas las miradas fueron clavándose en Meg. Percibía su ira, su desesperación. Nada de eso habría sucedido si se hubiera marchado cuando se lo dijeron.

Se las apañó como pudo para mantener la cabeza bien alta, aunque tuvo que parpadear varias veces para no llorar. Su madre, tan altísima y guapísima como siempre, echó a andar hacia ella moviéndose con la misma autoridad con la que había recorrido las mejores pasarelas del mundo. Como todos habían estado pendiente de la calamidad que estaba aconteciendo delante de sus narices, nadie se había fijado en la llegada de dos forasteros. Sin embargo, la melena rubia de la Chica Dorada, sus afiladas cejas y sus labios carnosos eran demasiado conocidos para los que tenían más de treinta años, de modo que los rumores comenzaron a extenderse. Y justo entonces su padre echó a andar también y los rumores se acallaron de golpe mientras la gente intentaba asimilar el sorprendente hecho de que el legendario Jake Koranda hubiera salido de la gran pantalla para caminar entre ellos.

Meg los observaba con una triste mezcla de amor y desesperación. ¿Cómo era posible que una persona tan normal como ella fuera hija de dos criaturas tan magníficas?

Sin embargo, sus padres no pudieron acercarse más, porque Ted había perdido el control.

—¡Os quiero a todos fuera de aquí! —rugió—. ¡A todos! —Por algún inexplicable motivo, incluyó a los padres de Meg—. Vosotros, también.

Meg ansiaba irse y no volver jamás, pero no tenía coche y no soportaba la idea de volver con sus padres antes de tener la oportunidad de recuperar la compostura. Torie parecía ser su mejor opción, de modo que la miró con expresión implorante, pero Ted se dio cuenta y alargó un brazo.

—Tú te quedas donde estás —le dijo enfatizando cada palabra con voz gélida. Quería una confrontación final y después de lo sucedido, se la merecía.

Su padre evaluó con una mirada a Ted y después le preguntó a ella:

—¿Tienes coche?

Al ver que negaba con la cabeza, se sacó las llaves del suyo y se las arrojó.

—Haremos dedo y te esperaremos en el hotel del pueblo.

La gente comenzó a marcharse. Nadie quería desafiar a Ted, ni siquiera su madre. Francesca y Dallie acompañaron a los padres de Meg hasta su Cadillac. Mientras los coches se alejaban, Ted se acercó al cartel oxidado, desde donde contempló la vasta extensión de terreno contaminado desprovisto ya de su prometedor futuro. Lo vio encorvar los hombros. Ella era la culpable de todo lo que le estaba pasando. No lo había hecho de forma intencionada, pero era la culpable por haberse quedado en Wynette cuando no paraba de recibir señales que la instaban a marcharse de inmediato. Y después acabó de rematar la faena al enamorarse de un hombre que posiblemente jamás correspondería a sus sentimientos. Su egoísmo era el culpable de que todo hubiera acabado así, desmoronándose.

El sol se ponía en el horizonte, enmarcando su perfil con sus tonos anaranjados. El último coche se perdió por el camino, pero parecía que ella había dejado de existir, porque Ted ni siquiera se movió. Incapaz de seguir soportándolo más tiempo, Meg se obligó a acercarse a él.

—Lo siento mucho —susurró.

Levantó una mano para limpiarle la sangre que tenía en la comisura de los labios, pero Ted la aferró por la muñeca antes de que pudiera tocarlo.

—¿Te he parecido lo suficientemente fogoso?

—¿Cómo dices?

—Según tú, soy un hombre insensible. —La emoción le otorgaba un timbre ronco a su voz—. Una especie de robot.

—¡Ay, Ted! No me refería a eso.

—Porque como tú eres la reina del melodrama, eres la única persona con sentimientos, ¿no?

Ésa no era la conversación que necesitaban mantener.

—Ted, mi intención no era involucrarte en mis problemas con Spencer.

—¿Y qué querías que hiciera? ¿Dejarlo tranquilo después de que te agrediera?

—No fue exactamente así. En realidad, no sé qué habría pasado si Haley no llega a aparecer... Él...

—¡Sí que paso malos ratos! —estalló, de repente, dejándola perpleja—. Me dijiste que no pasaba malos ratos.

¿De qué estaba hablando?, se preguntó Meg. Lo intentó de nuevo.

—Estaba sola en la charca cuando él apareció. Le pedí que se marchara, pero no se fue. Y la cosa se puso un poco fea.

—Y el hijo de puta se ha llevado su merecido. —La agarró por el brazo—. Hace dos meses estaba preparando mi boda con otra mujer. ¿No te parece que merezco un poco de cancha por tu parte? El hecho de que tú estés dispuesta a saltar al vacío no significa que yo tenga que seguirte.

Aunque estaba acostumbrada a leerle el pensamiento, Meg no entendía de qué estaba hablando.

—¿A qué te refieres con lo de saltar al vacío?

Lo vio poner una mueca despectiva.

—A enamorarse —contestó.

Sus palabras encerraban tanto desprecio que casi le levantaron ampollas. Meg se zafó de su mano y retrocedió un paso.

—Para mí, «enamorarse» no es «lanzarse al vacío».

—¿Y qué es para ti? Yo estaba preparado para pasar el resto de mi vida con Lucy. ¡El resto de mi vida! ¿Por qué no se te mete eso en la cabeza?

—Lo tengo claro. Pero no entiendo por qué estamos hablando de esto ahora, con lo que acaba de pasar.

—Por supuesto que no lo entiendes. —Estaba muy blanco—. Tú no entiendes nada que sea razonable. Crees que me conoces muy bien, pero no me conoces en absoluto.

Otra mujer que creía comprender a Ted Beaudine...

Antes de que Meg pudiera encauzar de nuevo la conversación, Ted volvió al ataque.

—Alardeas de tu carácter apasionado. Pues me alegro mucho, plas, plas, plas, mira cómo te aplaudo. Yo no soy así. Quiero hacer las cosas después de meditarlas, y si para ti es un pecado, eso es lo que hay.

Era como si de repente estuviera hablando en otro idioma. Meg comprendía las palabras, pero el contexto la despistaba. ¿Por qué no estaban hablando del papel que había jugado en la desastrosa decisión de Spencer?

Ted se limpió el hilillo de sangre que le corría por la comisura de los labios con el dorso de la mano.

—Dices que me quieres. ¿Qué importancia tiene eso? Yo quería a Lucy, y mira para lo que me sirvió.

—¿Querías a Lucy? —Meg no se lo creía. No quería creerlo.

—Cinco minutos después de conocerla, supe que era la mujer de mi vida. Es lista. Agradable. Le gusta ayudar a la gente, y sabe lo que es vivir en una pecera. Mis amigos la adoraban. Mis padres la adoraban. Teníamos las mismas metas en la vida. Y fue el mayor error de mi vida. —Se le quebró la voz—. ¿Quieres que lo olvide? ¿Esperas que todo desaparezca simplemente chasqueando los dedos?

—Eso no es justo. Porque te comportabas como si Lucy no te importara. No parecía importarte.

—¡Por supuesto que me importaba! El hecho de que no vaya por ahí demostrando mis emociones no significa que no las tenga. Según tú, te he roto el corazón. Bueno, pues Lucy me lo rompió a mí.

La vena del cuello de Ted latía desaforada y Meg tenía la impresión de que acababa de abofetearla. ¿Cómo era posible que se le hubiera escapado algo así? Hasta ese momento estaba convencida de que Ted no quería a Lucy, pero era todo lo contrario.

—Ojalá me hubiera dado cuenta —se escuchó decir—. No me percaté.

Ted hizo un gesto brusco con la mano, como si quisiera restarle importancia a sus palabras.

—Y luego apareces tú. Con todos tus desastres y todas tus exigencias.

¡Yo no te he exigido nada! —exclamó—. Eres tú quien me exigía cosas desde el principio. Me decías lo que podía hacer y lo que no podía hacer. Dónde podía trabajar. Dónde podía vivir.

—¿A quién pretendes engañar? —le preguntó con voz ronca—. Tu simple presencia es una exigencia. Esos ojazos, azules, y al minuto siguiente, verdes. Tu risa. Tu cuerpo. Hasta ese dragón que llevas tatuado en el culo. Lo exiges todo de mí. Y después criticas lo que te ofrezco.

—Yo nunca...

—¡Y una mierda! —Se movió tan rápido que Meg pensaba que iba a golpearla. Sin embargo, lo que hizo fue abrazarla y meterle una mano por debajo de la falda de algodón para subírsela hasta la cintura y agarrarle el trasero—. ¿Te parece que no me estás exigiendo nada ahora mismo?

—Pues ahora que lo dices... —contestó con una vocecilla que apenas reconoció.

Ted la arrastró hasta el borde de la carretera de gravilla. Ni siquiera le permitió la comodidad del asiento trasero de un coche. La obligó a sentarse en el suelo, sobre la arena.

Y así, bajo el ardiente sol de Texas, Ted le quitó las bragas, las arrojó al suelo y le separó los muslos, colocándole las piernas a ambos lados de sus caderas. Cuando se apartó hacia atrás para sentarse sobre los talones, el sol le dio de lleno a Meg en la cara interna de los muslos. Sin dejar de mirarla a la parte más íntima de su cuerpo, húmeda por el deseo, Ted se llevó la mano a la cremallera. Había perdido el control. Él, que predicaba la lógica y la razón. Había perdido la apariencia caballerosa.

Su cuerpo bloqueó el sol al moverse mientras se bajaba la cremallera. Podría haberle gritado que se parara, podría haberlo empujado, podría haberle golpeado la cabeza y decirle que recuperara la razón. Y Ted lo habría hecho. Lo tenía clarísimo. Pero decidió no hacerlo. Se había dejado llevar por su lado salvaje, y ella quería cabalgar a su lado hacia lo desconocido.

Ted le alzó las caderas con una mano para poder penetrarla. Así, sin preliminares, sin el exquisito tormento al que siempre la sometía. En esa ocasión, sólo pensaba en sí mismo.

Meg notó un arañazo en la pierna y también se le clavó una piedra en la espalda. Y en ese momento Ted se hundió hasta el fondo en ella con un gruñido. Mientras la aprisionaba contra el suelo con su peso, le subió el top para dejarle los pechos al aire. Su barba la arañó. De repente, la invadió una horrible ternura al ver cómo la estaba usando. Sin la menor consideración, sin inhibiciones, sin control. Era un ángel caído, consumido por la oscuridad, y su bienestar no le importaba en absoluto.

Meg cerró los ojos para protegerse del brillo del sol mientras Ted se movía sobre ella. La locura que parecía haberlo poseído acabó contagiándola, pero ya era demasiado tarde. Lo escuchó soltar un gemido ronco y, acto seguido, se corrió en su interior.

Su entrecortada respiración le hacía cosquillas en una oreja. Su peso la estaba aplastando. Hasta que por fin gimió y se apartó. Y en ese instante reinó el silencio.

Eso era lo que había deseado desde la primera vez que hicieron el amor. Verlo perder el control. Sin embargo, el precio había sido muy alto y, cuando recuperó el sentido común, reaccionó como ella sabía que iba a reaccionar. Un buen hombre en las garras del remordimiento.

—¡No lo digas! —exclamó mientras le tapaba la boca con una mano. Acto seguido, le dio una suave bofetada en la mejilla—. ¡No lo digas!

—¡Por Dios...! —Ted se puso en pie—. No puedo... Lo siento. Lo siento muchísimo, joder. ¡Meg, por Dios!

Mientras se colocaba la ropa, Meg se levantó de un brinco y se bajó la falda. Ted tenía una expresión agónica, desencajada. No soportaba escuchar sus disculpas por haberse comportado como un humano y no como un semidiós. Tenía que hacer algo rápido, así que le golpeó el pecho con un dedo.

—¡Esto era lo que echaba de menos desde el principio!

Sin embargo, Ted estaba blanco como la pared, y sus intentos por distraerlo cayeron en saco roto.

—No puedo... No puedo creer que te haya hecho esto.

Meg no pensaba darse por vencida.

—¿Puedes hacerlo otra vez? Un poco más despacio, eso sí, pero no mucho.

Era como si no la escuchara.

—No me perdonaré en la vida.

Meg ocultó sus sentimientos bajo una fachada un tanto borde.

—Theodore, me aburres y tengo cosas que hacer.

Primero, tenía que ayudarlo a recuperar el respeto por sí mismo. Después, tenía que enfrentar a sus padres. Y luego... luego tenía que marcharse de ese pueblo para siempre.

Cogió sus bragas y siguió con esa actitud borde que distaba mucho de la realidad.

—Soy consciente de que me he cargado el futuro de Wynette, así que deja de hacer el tonto y haz lo que mejor sabes hacer. Empieza a solucionar los desastres que los demás hemos hecho. Localiza a Spencer antes de que se escape. Dile que se te ha ido la pinza. Dile que todo el mundo sabe que no soy de fiar, pero que de todas formas te engañé. Y después pídele perdón por haberle pegado.

—Spencer me importa una mierda —replicó él sin más.

Sus palabras la aterrorizaron.

—No es verdad. No es verdad. Sí que te importa. Por favor, hazme caso.

—¿Es que sólo puedes pensar en ese capullo? Después de lo que acaba de pasar...

—Sí. Y es en lo que quiero que pienses tú también. El problema es... es que necesito una declaración de amor por tu parte, y no voy a conseguirla en la vida.

Frustración, remordimiento, impaciencia... una a una fueron pasando por los ojos de Ted.

—Meg, todo esto es muy rápido. Joder, es que...

—Me lo has dejado muy claro —lo interrumpió antes de que pudiera añadir algo más—. Y no quiero que te sientas culpable una vez que me vaya. Si te soy sincera, me enamoro y me desenamoro de los hombres muy rápido. No tardaré mucho en superar lo tuyo —le aseguró, hablando muy deprisa—. Recuerdo a uno que se llamaba Buzz. Me pasé seis semanas hecha polvo, pero la verdad... no te pareces a él.

—¿Cómo que cuando te vayas?

Meg tragó saliva.

—Es raro, pero Wynette ha perdido todo el encanto que tenía. Me largo en cuanto hable con mis padres. ¿A que te alegra no tener que presenciar esa conversación?

—No quiero que te vayas. Todavía no.

—¿Por qué no? —Meg lo miró con detenimiento, en busca de alguna señal que hubiera pasado por alto—. ¿Para qué quieres que me quede?

Ted hizo un gesto de desesperación.

—No... no lo sé. Pero quédate.

El hecho de que no fuera capaz de enfrentar su mirada era muy elocuente.

—No puedo, Ted. Yo... no puedo.

Era raro ver a Ted Beaudine tan vulnerable. Le dio un beso en la comisura de los labios que no tenía herida y corrió hacia el coche que sus previsores padres le habían dejado. Mientras se alejaba, se permitió una última mirada por el retrovisor.

Ted estaba en medio del camino, viéndola alejarse. A su espalda, el desolado vertedero se extendía hasta donde alcanzaba la vista.

21

Meg se adecentó en el cuarto de baño de la estación de servicio de Chevron, ya en la autopista, eliminando la mayor parte del polvo y cubriendo el rastro de las lágrimas. Sacó de la maleta que había conseguido meter en el reducido espacio la blusa de estilo bohemio, unos vaqueros limpios para cubrir los arañazos que tenía en las piernas y un pañuelo verde para ocultar la rozadura que la barba de Ted le había provocado en el cuello. Desde la primera vez que hicieron el amor, ansiaba que Ted se sintiera tan desbordado por la pasión que perdiese su legendario control. Por fin había sucedido, pero no como ella había imaginado.

Entró en el hotel por la puerta de servicio. Birdie jamás permitiría que unos huéspedes tan famosos como sus padres se alojaran en una habitación que no fuera la suite a la que acababan de rebautizar como suite Presidencial, de modo que subió las escaleras de servicio hasta la última planta. Cada paso era un ejercicio de determinación. Se había equivocado con Ted desde el principio. Aunque pensaba que no quería a Lucy, en realidad siempre la había querido y seguía haciéndolo. Ella sólo era la sustituta de última hora, una excursión al lado salvaje.

No podía dejarse llevar por el dolor, no cuando estaba a punto de mantener una reunión difícil con sus padres. No podía pensar en Ted ni en su incierto futuro, ni tampoco en la debacle que dejaría atrás cuando se marchara de Wynette.

Su madre abrió la puerta de la suite. Todavía llevaba la túnica metalizada y los *leggins* que tenía en el antiguo vertedero. Por irónico que pareciera, a la antigua modelo no le interesaba la ropa, pero se vestía con los exquisitos trajes que su hermano Michel le confeccionaba sin rechistar.

Al otro lado de la estancia, el padre de Meg dejó de pasearse de un lado para otro. Los miró con una sonrisa trémula.

—Deberíais haberme avisado de que veníais.

—Queríamos darte una sorpresa —replicó su padre.

Su madre la cogió por los codos, la miró de arriba abajo y luego la abrazó. Mientras Meg se dejaba estrechar por esos brazos tan familiares, se permitió olvidar por un instante que era una mujer adulta. Si sus padres fueran despistados o demasiado exigentes, no tendría tanto sentimiento de culpa y no habría dedicado tanto tiempo y esfuerzo en fingir que no le importaba lo que pensaran de ella.

Sintió que su madre le acariciaba el pelo con una mano.

—¿Estás bien, cariño?

Meg se tragó las lágrimas.

—He estado mejor, pero considerando el espectáculo que habéis visto, tampoco puedo quejarme.

Su padre la abrazó en ese momento, con fuerza, antes de darle una torta en el culo como hacía desde que era pequeña.

—Cuéntanoslo todo —dijo su madre cuando su padre la soltó—. ¿Cómo es posible que te hayas involucrado con ese hombre tan desagradable?

—La culpa es de papá —consiguió decir—. Spencer Skipjack es un fanático de los famosos, y yo era su mejor oportunidad para acercarse al gran Jake.

—No sabes lo que me gustaría despedazar a ese cabrón —replicó el susodicho.

Era una idea escalofriante considerando que su padre era un veterano de la guerra de Vietnam y que lo que no había aprendido en el delta del Mekong lo había hecho gracias a sus películas, en las que había usado todo tipo de armas, desde espadas samurai a una AK-47.

Su madre señaló su móvil con gesto indolente.

—Ya he empezado a investigar. Todavía no he descubierto nada, pero ya lo haré. Una babosa como ésa siempre deja un rastro.

Su rabia no la sorprendía, pero ¿dónde estaba la decepción por haber presenciado otro embrollo más en el que su primogénita era la protagonista?

Su padre empezó a pasearse de un lado para otro.

—No va a irse de rositas.

—Tarde o temprano sus pecados le pasarán factura —dijo su madre.

Sus padres no comprendían el verdadero significado de lo que acababan de presenciar. No tenían ni idea de lo importante que era para el pueblo ese *resort* de golf ni del papel que ella había jugado a la hora de destrozar ese futuro. Sólo habían visto a un cerdo insultar a su querida hija y a un hombre muy galante que vengaba su honor. Le habían concedido un regalo divino, porque ni siquiera Dallie y Francesca los habían puesto al día de camino al hotel. Si sacaba a sus padres del pueblo sin pérdida de tiempo, nunca se enterarían del papel que había jugado ella en todo ese asunto.

Y en ese momento recordó las palabras que le había dicho a Haley: «... la actitud que demuestres dentro de un momento condicionará el resto de tu vida».

Se encontraba en una situación distinta a la de Haley, pero esas palabras seguían conteniendo una verdad irrefutable. ¿Qué clase de persona quería ser?

Una extraña sensación de... no de paz, porque no disfrutaría de paz en mucho tiempo, se trataba más bien de la tranquilidad de saber que estaba haciendo lo correcto. Las experiencias de esos últimos tres meses habían destrozado las mentiras tras las que siempre se había ocultado. Había estado tan segura de que nunca podría estar a la altura de los logros del resto de la familia que nunca había intentado sobresalir en nada salvo en su papel como inútil. Porque si se arriesgaba a hacer algo, también se arriesgaba a decepcionarlos. Al no arriesgarse, no tenía que preocuparse de fracasar. Eso era lo que había creído, de modo que, al final, no le quedó nada.

Había llegado el momento de ser la mujer que quería ser, una persona dispuesta a trazar su propio camino en la vida sin importarle la opinión que los demás tuvieran de sus éxitos y sus fracasos, incluida su familia. Necesitaba crear su propia visión de lo que quería de la vida y llevarla hasta sus últimas consecuencias. Y no podía hacerlo si se escondía.

—La cuestión es que... —comenzó—. Lo que ha pasado hoy... es un poco más complicado de lo que parece a simple vista.

—Pues a mí me ha parecido muy sencillo —dijo su padre—. Ese tío es un capullo engreído.

—Cierto, pero por desgracia también es algo más...

Se lo contó todo, empezando por el día que llegó al pueblo. A mitad del relato, su padre atacó el minibar y, poco después, su madre hizo lo propio, pero ella continuó hablando. Se lo contó todo salvo lo muchísimo que quería a Ted. Ese detalle sólo le interesaba a ella.

Cuando terminó, estaba junto a la ventana, de espaldas al ayuntamiento, y sus padres la miraban sentados en el sofá. Se obligó a mantener la barbilla en alto.

—Así que ya veis, por mi culpa Ted ha perdido los estribos por primera vez en su vida de adulto y se ha enzarzado en una pelea. Por mi culpa el pueblo va a perder millones de dólares en beneficios y un montón de puestos de trabajo.

Sus padres se miraron en silencio, un sistema de comunicación que a ella le resultaba incomprensible. Siempre se habían comunicado de esa manera. A lo mejor por eso ni sus hermanos ni ella se habían casado. Querían lo que sus padres tenían y no estaban dispuestos a conformarse con menos.

Por ironías de la vida, había empezado a creer que lo tenía con Ted. Se les daba bien lo de leerse el pensamiento. Era una pena que no se hubiera percatado de lo más importante de todo: lo muchísimo que Ted quería a Lucy.

Su padre se puso en pie.

—A ver si lo he entendido: evitaste que Lucy destrozara su vida al casarse con el hombre equivocado. Has salido adelante en un pueblo de pirados decididos a convertirte en el chivo expiatorio de todos sus problemas. No eras la encargada de las actividades del club de campo, pero trabajabas mucho en tu verdadero puesto. Y también has conseguido poner en marcha un pequeño negocio al margen de ese empleo. ¿Me olvido de algo?

Su madre enarcó una ceja bien definida.

—Pues no has mencionado todo el tiempo que ha conseguido mantener a raya a ese capullo pervertido.

—¿Y ella es la que se está disculpando? —Su padre convirtió la frase en una pregunta, y los famosos ojos dorados de su madre se clavaron en los suyos.

—¿Por qué, Meg? —le preguntó su madre—. ¿Por qué te estás disculpando exactamente?

La pregunta la dejó sin habla. ¿No habían escuchado lo que les había dicho?

La modelo y la estrella de cine esperaban pacientes su respuesta. Un mechón rubio descansaba sobre la mejilla de su madre. Su padre se frotaba la cadera, como si esperase encontrar los Colt que había lucido en sus películas de Cazador Indomable.

Fue a responder. Incluso abrió la boca, pero no salió nada de sus labios porque no se le ocurría una buena respuesta.

Su madre se agitó la melena.

—Es evidente que estos texanos te han lavado el cerebro.

Tenían razón. Sólo tenía que disculparse ante sí misma por no haber protegido mejor su corazón.

—No puedes quedarte aquí —sentenció su padre—. Este lugar no te conviene.

En algunos aspectos, había sido un lugar estupendo, pero se limitó a asentir con la cabeza.

—Ya tengo mis cosas en el coche. Siento mucho irme cuando habéis hecho un viaje tan largo para verme, pero tenéis razón. Tengo que irme. Y voy a hacerlo ahora mismo.

Su madre habló con ese tono que no admitía discusión:

—Queremos que vuelvas a casa. Que te tomes un tiempo para pensar lo que quieres hacer.

Su padre le pasó un brazo por encima de los hombros.

—Te hemos echado de menos, cariño.

Eso era lo que había deseado desde que la echaron de casa. Un poco de seguridad, un lugar donde esconderse mientras solucionaba las cosas. En ese momento los quiso más que nunca.

—Sois los mejores. Los dos. Pero tengo que hacer esto sola.

Discutieron con ella, pero Meg se mantuvo en sus trece, y tras una emotiva despedida, bajó las escaleras en dirección a su coche. Tenía que hacer algo más antes de marcharse.

Los coches del aparcamiento del Roustabout llegaban hasta la autopista. Meg aparcó en el arcén detrás de un Honda Civic. Mientras andaba por la carretera, no se molestó en buscar el Mercedes ni la camioneta de Ted. Sabía que no estaría allí, de la misma manera que sabía que los habitantes del pueblo estarían todos reunidos después de la debacle de esa tarde.

Inspiró hondo y abrió la puerta. El olor a fritanga, a cerveza y a carne a la parrilla la asaltó mientras echaba un vistazo a su alrededor. El establecimiento estaba abarrotado. Había gente junto a las paredes, entre las mesas y en el pasillo que conducía a los aseos. Torie, Dex y todos los Traveler se apiñaban alrededor de una mesa de cuatro. Kayla, su padre, Zoey y Birdie estaban cerca de ellos. Meg no vio ni a Dallie ni a Francesca, aunque Skeet y algunos de los *caddies* más veteranos estaban apoyados en la pared de las máquinas recreativas, bebiendo cerveza.

Los presentes tardaron un poco en percatarse de su presencia, pero cuando lo hicieron fue evidente. El silencio se fue extendiendo por la estancia. En primer lugar, en la zona de la barra y desde allí al resto del local, hasta que sólo se escuchó el tintineo de los vasos y la voz de Carrie Underwood, procedente de los altavoces de la gramola.

Habría sido mucho más fácil escabullirse sin más, pero esos últimos meses le habían enseñado que no era la inútil que creía ser. Era inteligente, era capaz de trabajar como una mula y por fin tenía un plan de futuro, aunque pillado con alfileres. De modo que aunque empezaba a darle vueltas la cabeza y el olor a comida le estaba provocando náuseas, se obligó a acercarse a Pete Laraman, que siempre le daba una propina de cinco dólares por la chocolatina helada que llevaba en el carrito sólo para él.

—¿Me presta la silla?

El hombre le cedió la silla e incluso la ayudó a subirse en ella, un gesto que Meg estaba convencida de que se debía más a la curiosidad que a los buenos modales. Alguien desenchufó la gramola y la canción se quedó a medias. Subirse a la silla tal vez no hubiera sido una buena idea, sobre todo porque le temblaban las rodillas, pero si iba a hacerlo, tenía que hacerlo bien, y eso requería que todos los presentes pudieran verla.

Y rompiendo el silencio dijo:

—Sé que todos me odiáis ahora mismo y que no puedo hacer nada para remediarlo.

—Puedes irte a la mierda —gritó uno de los parroquianos.

Torie se puso en pie de un salto.

—Cierra el pico, Leroy. Que diga lo que tiene que decir.

La morena que Meg recordaba del almuerzo y a quien había reconocido como la madre de Hunter Gray fue la siguiente en hablar:

—Meg ya ha hablado más de la cuenta y nos ha dejado un buen marrón.

La mujer que estaba sentada a su lado se levantó.

—Y a nuestros hijos también. Porque ya podemos despedirnos de las mejoras en la escuela.

—A la mierda con la escuela —soltó otro de los parroquianos—. ¿Qué pasa con todos esos trabajos que no vamos a tener por su culpa?

—Por culpa de Ted —corrigió su amigote—. Confiamos en él y mirad lo que ha pasado.

El murmullo que suscitó el nombre de Ted le confirmó a Meg que estaba haciendo lo correcto. Lady Emma saltó como un resorte para defender a su alcalde, pero Kenny la obligó a sentarse.

Meg miró a los presentes.

—Por eso he venido —dijo—. Para hablar de Ted.

—No puedes decirnos nada que no sepamos —le aseguró el primer parroquiano con desdén.

—¿En serio? —replicó Meg—. Pues a ver que os parece esto: Ted Beaudine no es perfecto.

—Eso ha quedado más claro que el agua —gritó el segundo parroquiano, que miró a los demás para que confirmaran sus palabras y no le costó que le dieran la razón.

—Deberíais haberlo sabido desde el principio —replicó ella—, pero siempre lo habéis medido con un rasero muy distinto al que os aplicáis a vosotros mismos. Es tan bueno en todo lo que hace que se os ha olvidado que es un ser humano como todos nosotros y que no siempre puede obrar milagros.

—¡Nada de esto habría pasado de no ser por ti! —exclamó alguien desde la parte trasera.

—¡Exacto! —gritó ella—. ¡Sois todos unos paletos! ¿Es que no os dais cuenta? Desde que Lucy lo dejó plantado, Ted estaba perdido. —Dejó que sus palabras calaran un segundo—. Vi mi oportunidad, me lancé a por él y lo tuve comiendo en la palma de mi mano desde el principio. —Intentó emular la expresión desdeñosa del hombre que había hablado en primer lugar—. Nadie cree que una mujer puede controlar a Ted, pero yo he crecido entre estrellas de cine y roqueros. Creedme, fue pan comido. Y después, cuando me cansé de él, le di la patada. Ted no está acostumbrado a eso y se le fue la pinza. Así que podéis echarme toda la culpa. Pero ni se os ocurra culparlo a él, porque no se merece aguantar vuestras tonterías. —Se le estaba acabando el fuelle—. Es uno de los vuestros. El mejor que tenéis. Y si no se lo decís, os merecéis todo lo que os pase.

Empezaron a temblarle tanto las piernas que casi no pudo saltar de la silla. No miró a su alrededor, no buscó a Torie ni al resto de los Traveler para despedirse de las únicas personas que le importaban. En cambio, echó a correr hacia la puerta.

Lo último que vio del pueblo que quería y odiaba a partes iguales fue un vistazo del río Pedernales y un cartel en el retrovisor.

ACABA DE SALIR DE
WYNETTE, TEXAS
Theodore Beaudine, alcalde

En ese momento se permitió llorar con unos sollozos tan desgarradores que todo su cuerpo se sacudía y con unas lágrimas que le impedían ver con nitidez. Sucumbió al dolor porque tenía el corazón destrozado y porque, en cuanto terminara ese viaje, jamás volvería a llorar.

22

Un nubarrón se instaló sobre Wynette. Llegó una tormenta tropical desde el golfo, desbordando el río y derribando el puente de Comanche Road. La temporada de gripe llegó demasiado pronto y todos los niños enfermaron. Un fuego en la cocina obligó a cerrar el Roustabout durante tres semanas y los dos únicos camiones de recogida de basura del pueblo se averiaron el mismo día. Mientras intentaban recuperarse de todo eso, Kenny Traveler se equivocó al ejecutar su *drive* en el decimoctavo hoyo de Whistling Straits y no pasó el corte para participar en el campeonato de la PGA. Lo peor de todo fue que Ted Beaudine dimitió como alcalde. Justo cuando más lo necesitaban, dimitió. Una semana estaba en Denver y a la siguiente en Albuquerque. Deambulaba de una punta a otra del país, recorriendo ciudades para ayudarlos a ser autosuficientes energéticamente en vez de quedarse en Wynette, que era donde debía estar.

Nadie era feliz. Antes de que Haley Kittle se marchara para asistir a su primer año en la Universidad de Texas, envió un mensaje de correo electrónico masivo con todos los detalles de lo sucedido el día que vio a Spencer Skipjack agredir a Meg Koranda en la charca que había detrás de la antigua iglesia luterana. En cuanto se supo la verdad, nadie pudo seguir culpando a Ted por haber golpeado a Spencer. Por supuesto que deseaban que no lo hubiera hecho, pero Ted no podía pasar por alto todos los insultos que había lanzado Spencer. Una persona tras otra intentó hacérselo entender en las contadas ocasiones en las que estaba en el pueblo, pero Ted se limitaba a hacer una educada inclinación de cabeza y a subirse a un avión al día siguiente.

El Roustabout por fin reabrió sus puertas, pero Ted ni lo pisó. En cambio, varias personas lo vieron en Cracker John's, un antro de mala muerte situado cerca del límite del condado.

—Se ha divorciado de nosotros —le dijo una compungida Kayla a Zoey—. Se ha divorciado del pueblo entero.

—Y es culpa nuestra —dijo Torie—. Le exigimos demasiado.

Unas fuentes muy bien informadas hicieron correr la voz de que Spencer y Sunny habían vuelto a Indianápolis, donde Sunny se había refugiado en el trabajo y Spencer había pillado ladillas. Para sorpresa de todos, Spencer rompió las negociaciones con San Antonio. Se rumoreaba que después de que los habitantes de Wynette lo agasajaran tanto, ya no le interesaba ser un pez pequeño en una pecera muy grande y que había renunciado a sus planes de construir un *resort* de golf, fuera donde fuese.

Con toda esa agitación, a la gente se le había olvidado la subasta para ganar un fin de semana con Ted Beaudine hasta que el comité para la reconstrucción de la biblioteca les recordó a todos que finalizaba el 30 de septiembre a medianoche. Esa noche, el comité se reunió en el despacho que Kayla tenía en su casa para celebrar la ocasión, así como para demostrarle lo mucho que apreciaban que siguiera encargándose de la puja virtual incluso después de que su padre le impidiera seguir pujando.

—No podríamos haberlo hecho sin ti —dijo Zoey desde el diván Hepplewhite emplazado en frente del escritorio de Kayla—. Si conseguimos que se reabra la biblioteca, vamos a poner una placa en tu honor.

Aunque Kayla acababa de redecorar la oficina con papel pintado de Liberty y muebles neoclásicos, Torie decidió sentarse en el suelo.

—Zoey quería colgar la placa en la sección infantil —dijo—, pero votamos y al final se va a colgar en la sección de moda. Pensamos que allí vas a pasar casi todo el tiempo.

Las demás le lanzaron una mirada hosca por recordarle a Kayla que estaría leyendo revistas de moda en vez de buscar colecciones con las que llenar la boutique con la que siempre había soñado. Torie no tenía intención de ser insensible, de modo que se levantó para servirle otro mojito a Kayla y para admirar lo bien que tenía el cutis después de haber usado un exfoliante químico.

—Falta un minuto —informó Shelby con fingido entusiasmo.

El verdadero suspense había terminado hacía un mes, cuando Sunny Skipjack dejó de pujar. Durante las últimas dos semanas, la máxima pujadora, con catorce mil quinientos dólares, era una estrella de un concurso televisivo que sólo conocían los adolescentes. El comité obligó a lady Emma a comunicarle a Ted que parecía que iba a pasar un fin de semana en San Francisco con una antigua bailarina de *striptease* que se había especializado en darle la vuelta a las cartas de tarot con los cachetes. Ted se limitó a asentir con la cabeza y a comentar que debía de tener un magnífico control muscular, pero lady Emma les contó que tenía una mirada apagada y que nunca lo había visto tan triste.

—Vamos a hacer la cuenta atrás, como en Nochevieja —propuso Zoey.

Y eso hicieron. Con la vista clavada en la pantalla del ordenador. Comenzaron la cuenta atrás. Justo a medianoche, Kayla actualizó la página y todas empezaron a gritar el nombre de la ganadora, pero se callaron de golpe al darse cuenta de que no era la bailarina con el portentoso trasero, sino...

—¿Meg Koranda?

Jadearon al unísono antes de ponerse a hablar todas a la vez.

—¿Meg ha ganado la puja?

—Dale al botón de nuevo, Kayla. Tiene que estar mal.

—¿Meg? ¿Cómo puede ser Meg?

Sin embargo, no había error, era Meg, y no se podían haber llevado una sorpresa mayor.

Estuvieron hablando durante una hora, intentando averiguar cómo era posible. Todas la echaban de menos. Shelby siempre había admirado que Meg pudiera anticipar qué iba a querer beber cada golfista en función del día. Kayla echaba de menos los beneficios que le habían reportado las joyas de Meg, además del estilo ecléctico y el hecho de que nadie más se atreviera a ponerse la ropa vieja de Torie. Zoey echaba de menos el sentido del humor de Meg, así como los cotilleos que generaba. Torie y lady Emma la echaban de menos a ella, sin más.

Pese a los problemas que había causado, todas estaban de acuerdo en que Meg había encajado a la perfección en el pueblo. Sin embargo, era Birdie Kittle quien la defendía con más pasión.

—Pudo hacer que arrestaran a Haley, como Ted quería, pero se puso de su parte. Nadie más lo habría hecho.

Haley les había contado a su madre y a sus amigas todo lo sucedido.

«Voy a ver a un consejero en la universidad —les había dicho Haley—. Quiero aprender a respetarme para que no me vuelva a pasar algo así.»

Haley fue tan sincera sobre lo sucedido y estaba tan avergonzada de sus actos, que todas acabaron por perdonarla muy pronto.

Shelby, que había dejado de beber mojitos para pasarse a la Pepsi Light, se quitó sus bailarinas nuevas.

—Hacen falta agallas para enfrentarse a todo un pueblo como Meg lo hizo en el Roustabout. Aunque nadie le creyera ni una sola palabra.

Torie resopló.

—Si no hubiéramos estado tan deprimidos, nos habríamos desternillado de risa cuando empezó a decir cómo mangoneó a Ted y luego le dio la patada, como si fuera una devoradora de hombres o algo así.

—Meg tiene honor y un corazón de oro —dijo Birdie—. Es una mezcla muy rara. Ha sido la camarera más trabajadora que he tenido.

—Y la peor pagada —apuntó Torie.

Birdie se puso a la defensiva enseguida.

—Sabes que he intentado remediarlo. Le mandé un cheque a casa de sus padres, pero no he recibido contestación.

Lady Emma parecía preocupada.

—Nadie sabe nada. Al menos, podría haber conservado el número de móvil para que pudiéramos llamarla. No me gusta cómo ha desaparecido.

Kayla señaló la pantalla del ordenador.

—Pues menuda manera de reaparecer. Un poco a la desesperada, digo yo. Su última baza para recuperar a Ted.

Shelby se dio un tironcito de la cinturilla de sus vaqueros demasiado ceñidos.

—Seguro que le pidió dinero prestado a sus padres.

Torie no lo veía claro.

—Meg es demasiado orgullosa como para hacerlo. Y no es la

clase de mujer que perseguiría a un hombre que se niega a comprometerse.

—No creo que Meg hiciera esa puja —intervino Zoey—. Creo que han sido sus padres.

Sopesaron esa idea.

—Es posible —concedió Birdie—. ¿A qué padres no les gustaría que su hija acabara con Ted?

Sin embargo, el avispado cerebro de lady Emma se decantó por otra posibilidad.

—Os equivocáis todas —declaró—. Meg no hizo esa puja y sus padres tampoco. —Miró a Torie.

—¿Cómo? —le preguntó Kayla—. Desembucha.

Torie soltó su tercer mojito.

—Ted ha pujado en nombre de Meg. Quiere recuperarla y así es cómo va a llegar hasta ella.

Todas querían ver su reacción, de modo que los miembros del comité pasaron la siguiente media hora discutiendo quién sería la encargada de decirle a Ted que Meg había ganado la subasta. ¿Fingiría sorpresa o reconocería el truco? Al final, lady Emma hizo valer su posición y anunció que lo haría ella.

Ted regresó a Wynette el domingo y lady Emma se presentó en su casa el lunes a primera hora de la mañana. No le sorprendió que Ted no le abriera la puerta cuando llamó, pero como no era de las que se daban por vencidas, aparcó su todoterreno, sacó una biografía de Beatrix Potter con preciosas ilustraciones de su bolso y se preparó para esperar a que saliera.

Una media hora después, se abrió la puerta del garaje. Ted se dio cuenta de que lady Emma había bloqueado la salida tanto de su camioneta como de su Mercedes, de modo que se acercó a ella. Llevaba un traje de ejecutivo, sus gafas de sol de aviador y el maletín del portátil. Se inclinó para hablarle a través de la ventanilla abierta.

—Muévete.

Lady Emma cerró el libro de golpe.

—He venido por un asunto oficial. Te lo habría dicho si me hubieras abierto la puerta.

—Ya no soy el alcalde. No tengo asuntos oficiales.

—Eres el alcalde, pero estás de excedencia. Lo hemos decidido entre todos. Y no me refiero a esa clase de asuntos.

Ted se enderezó.

—¿Te vas a quitar de en medio o te quito yo?

—A Kenny no le haría gracia que me manosearas.

—Kenny me aplaudiría. —Se quitó las gafas de sol. Tenía los ojos cansados—. ¿Qué quieres, Emma?

El hecho de que no se dirigiera a ella como «lady Emma» la preocupó tanto como su palidez, pero ocultó su preocupación.

—La subasta ha terminado —dijo— y ya tenemos ganadora.

—Qué ilusión —masculló.

—Es Meg.

—¿Meg?

Lady Emma asintió con la cabeza y esperó su reacción. ¿Vería satisfacción? ¿Sorpresa? ¿Había acertado con su teoría?

Ted volvió a ponerse las gafas de sol y le dijo que tenía treinta segundos para mover su puñetero coche.

El enorme vestidor de Francesca era uno de los lugares preferidos de Dallie, tal vez porque era fiel reflejo de las muchas contradicciones de su mujer. El vestidor era lujoso y acogedor a la vez, caótico y bien organizado. Olía a especias dulces. Reflejaba una indulgencia excesiva y un pragmatismo a prueba de bombas. Lo que el vestidor no demostraba era su determinación, su generosidad y su lealtad hacia sus seres queridos.

—No va a funcionar, Francie —dijo desde la puerta, mientras la veía sacar un sujetador de encaje muy interesante de uno de los cajones.

—Tonterías, claro que va a funcionar.

Francesca devolvió el sujetador al cajón como si la hubiera ofendido. Algo que a Dallie le parecía muy bien, ya que la tenía delante con unas diminutas braguitas de encaje color púrpura. Quienquiera que hubiese afirmado que era imposible que una mujer de cincuenta y tantos años fuera sexy no había visto a Francesca Serritella Day Beaudine desnuda. Pero él sí. Muchas veces. La última, media hora antes, entre las sábanas revueltas de su cama.

Francie sacó otro sujetador que se parecía muchísimo al anterior.

—Tenía que hacer algo, Dallie. Se está consumiendo.

—No se está consumiendo. Está reagrupándose. Incluso de niño le gustaba tomarse su tiempo para sopesar las cosas.

—Tonterías. —Otro sujetador recibió su desdén—. Ya ha pasado un mes. Es más que suficiente.

La primera vez que vio a Francie, caminaba por el arcén de una autopista de Texas, vestida como una belleza sureña, cabreadísima y decidida a que Skeet y él la llevaran en su coche. Al final, resultó ser el día más afortunado de toda su vida. Aun así, no le gustaba dejarla a su aire, de modo que fingió inspeccionar un arañazo en la jamba de la puerta antes de preguntar:

—¿Qué te dijo lady Emma sobre tu plan?

La repentina fascinación de Francie con un sujetador rojo carmín que no combinaba en lo más mínimo con sus braguitas le indicó que no le había contado a lady Emma su plan. Su puso el sujetador.

—¿Te he dicho que Emma está intentando convencer a Kenny para alquilar una autocaravana y recorrer el país con los niños durante unos cuantos meses? Les darían clase ellos mismos mientras están de viaje.

—Me parece que no lo has hecho —replicó—. Y me parece que tampoco le dijiste que ibas a crear una cuenta de correo electrónico con el nombre de Meg y a hacer esa última puja para ganar esa dichosa subasta. Porque sabías que intentaría disuadirte.

Francie descolgó un vestido del mismo color que sus ojos.

—Emma puede ser demasiado precavida.

—Las narices. Lady Emma es la única persona racional de este pueblo, por encima de nuestro hijo, tú y yo.

—Eso me ha dolido. Tengo muchísimo sentido común.

—En los negocios.

Francie le dio la espalda para que pudiera subirle la cremallera del vestido.

—Vale... pero tú tienes mucho sentido común.

Le apartó el pelo de la nuca y besó su piel sedosa.

—No en lo tocante a mi mujer. Perdí el sentido común el día que te recogí en la autopista.

Francie se volvió y lo miró con los labios entreabiertos y los ojos vidriosos. Dallie podía ahogarse en esos ojos. Y, joder, Francie lo sabía muy bien.

—Deja de distraerme.

—Por favor, Dallie... necesito tu apoyo. Ya sabes lo que siento por Meg.

—No, no lo sé. —Le subió la cremallera—. Hace tres meses, la odiabas. Por si se te ha olvidado, intentaste echarla del pueblo, y como no pudiste, la humillaste al obligarla a servir a todas tus amigas.

—No estuve muy fina. —Frunció la nariz, pensativa—. Estuvo magnífica, Dallie. Deberías haberla visto. No se doblegó ni un milímetro. Meg es... es espléndida.

—Bueno, también creías que Lucy era espléndida, y mira cómo acabó todo.

—Lucy es maravillosa. Pero no para Ted. Se parecen demasiado. Me sorprende que no lo viéramos con tanta claridad como Meg. Desde el principio, Meg encajó en el pueblo como Lucy jamás podría hacerlo.

—Porque Lucy es demasiado comedida. Y los dos sabemos que «encajar» no es precisamente un halago cuando hablamos de Wynette.

—Pero cuando hablamos de nuestro hijo, es esencial.

A lo mejor tenía razón. A lo mejor Ted estaba enamorado de Meg. Eso había creído, pero después cambió de opinión cuando vio que la dejaba marchar con la misma facilidad con la que había dejado marchar a Lucy. Francie parecía convencida, pero su mujer ansiaba tener nietos, así que tampoco era muy objetiva.

—Deberías haberle dado el dinero al comité desde el principio —dijo Dallie.

—Ya hemos hablado del tema.

—Lo sé. —La experiencia les había enseñado que unas cuantas familias, con independencia de lo ricas que fueran, no podían financiar todo un pueblo. Habían aprendido a seleccionar sus causas, y ese año la ampliación de la clínica gratuita había ganado a la reparación de la biblioteca.

—Sólo es dinero —dijo la misma mujer que una vez vivió en un cuchitril y que dormía en el sofá de una emisora de radio local en mitad de la nada—. Y no necesito renovar mi vestuario de invierno. Lo que necesito es recuperar a nuestro hijo.

—Que yo sepa, no se ha ido a ninguna parte.

—Deja de fingir que no lo entiendes. Ted está agobiado por otra cosa que no tiene nada que ver con el *resort* de golf.

—No lo sabemos a ciencia cierta, porque se niega a hablar del asunto. Ni siquiera lady Emma es capaz de tirarle de la lengua. Y ya ni hablamos de Torie, a quien lleva esquivando durante semanas.

—Es muy celoso de su intimidad.

—Tú lo has dicho. Y cuando se entere de lo que has hecho, no vengas a buscarme, porque pienso irme del pueblo.

—Estoy dispuesta a arriesgarme —replicó ella.

No era la primera vez que Francie se arriesgaba por su hijo, y como era mucho más fácil besarla que discutir, Dallie se dio por vencido.

Francesca tuvo que resolver un problema inmediato. El comité había utilizado la dirección de correo electrónico que había creado a nombre de Meg para notificarle que había ganado, de modo que ella tenía que localizarla para darle la noticia. Pero como parecía que Meg había desaparecido de la faz de la tierra, se vio obligada a contactar con los Koranda.

En los últimos quince años, había entrevistado a Jake en dos ocasiones, toda una hazaña considerando lo celoso de su intimidad que era el actor. Esa reticencia lo convertía en un entrevistado difícil, pero cuando se apagaban las cámaras, tenía un agudo sentido del humor y era un buen conversador. No conocía muy bien a su mujer, pero Fleur Koranda tenía fama de ser una mujer implacable, inteligente y con una ética intachable. Por desgracia, la breve e incómoda visita de los Koranda a Wynette no les había permitido estrechar lazos a Dallie y a ella.

Fleur recibió la llamada que le hizo a su despacho con cordialidad. Francesca le ofreció una versión editada que casi era la verdad, ya que sólo omitió unos detallitos de nada, como el papel que ella había jugado en todo el asunto. Le confesó a Fleur la admiración que sentía por su hija y le aseguró que estaba convencida de que Meg y Ted se tenían muchísimo aprecio.

—Estoy convencidísima, Fleur, de que, si pasan el fin de semana juntos en San Francisco, tendrán la oportunidad para recuperar su relación.

Fleur no era tonta, de modo que fue directa al grano.

—Meg no tiene dinero suficiente para haber hecho esa puja.

—Y eso le da un toque mucho más interesante al asunto, ¿verdad?

Tras una breve pausa, Fleur le preguntó:

—¿Crees que es cosa de Ted?

Francesca no estaba dispuesta a mentir, pero tampoco iba a confesar su participación.

—Se ha especulado mucho al respecto en el pueblo. No te imaginas las cosas que he oído. —Cambió de tema a toda prisa—: No voy a insistir en que me des el teléfono de Meg... —Hizo una pausa con la esperanza de que Fleur se lo diera sin tener que pedírselo. Al ver que eso no sucedía, siguió—: ¿Por qué no hacemos una cosa? Te voy a mandar el itinerario previsto para el fin de semana en San Francisco junto con los billetes de avión de Los Ángeles a San Francisco a nombre de Meg. El comité había pensado utilizar un jet privado para que los dos viajaran desde Wynette, pero dadas las circunstancias especiales, ésta parece la mejor solución. ¿Te viene bien?

Francesca contuvo el aliento, pero en vez de contestar, Fleur le dijo:

—Cuéntame cosas de tu hijo.

Francesca se acomodó en su sillón y miró la foto que le había hecho a Teddy cuando tenía nueve años. Una cabeza demasiado grande para un cuerpo tan delgaducho. La cinturilla del pantalón demasiado alta. Y esa expresión seria que desentonaba con la ajada camiseta que rezaba: «Nacido para alborotar.»

Cogió la fotografía.

—El día que Meg se fue de Wynette, se pasó por el local más concurrido del pueblo y les dijo a todos que Ted no es perfecto. —Se le llenaron los ojos de lágrimas que no intentó contener—. No estoy de acuerdo.

Fleur se quedó sentada a su escritorio mientras repasaba la conversación que había mantenido con Francesca Beaudine, pero le costaba pensar con claridad cuando su única hija estaba sufriendo tanto. Claro que Meg nunca admitiría que algo iba mal. La temporada que había pasado en Texas la había endurecido y también la había hecho madurar, otorgándole una reserva a la que todavía no se había acostumbrado. Sin embargo, aunque Meg había dejado claro que no se podía hablar de Ted Beaudine, sabía que su hija se había enamorado de él y que le había hecho mucho daño. Su instinto maternal la instaba a protegerla, a impedir que sufriera más.

Sopesó los agujeros de la historia que le acababan de contar. La elegante fachada de Francesca ocultaba una mente ágil y una mujer que sólo revelaba lo que le interesaba. Fleur no tenía motivos para confiar en ella, mucho menos cuando le había dejado muy claro que su hijo era su prioridad. El mismo hijo que había entristecido los ojos de Meg. Pero Meg no era una niña y ella no tenía derecho a tomar la decisión definitiva.

Cogió el teléfono y llamó a su hija.

El sillón en el que Ted se había apalancado en el vestíbulo del hotel Four Seasons de San Francisco le ofrecía una panorámica perfecta de la entrada sin dejarlo expuesto a las personas que accedían desde la calle. Cada vez que las puertas se abrían, el estómago le daba un vuelco. No terminaba de creerse lo descolocado que estaba. Le gustaba llevar una vida tranquila, que todo el mundo se lo pasara bien y apreciara la compañía de los demás. Sin embargo, la tranquilidad se había esfumado de su vida la misma noche de la cena del ensayo, cuando conoció a Meg Koranda.

Aquella noche iba envuelta en metros de seda que le dejaban un hombro al descubierto y se ceñían a sus caderas. El pelo era una maraña rebelde alrededor de su cara y llevaba unas monedas de plata a modo de enormes pendientes. Su forma de desafiarlo debería haberlo molestado, pero no la tomó tan en serio como debería haberlo hecho. Desde aquel primer encuentro, cuando se percató de que sus ojos pasaban de un azul cristalino a un verde tormentoso, debería haberse tomado todo lo relacionado con ella muy en serio.

Cuando lady Emma le dijo que Meg había ganado la dichosa subasta, el alivio lo abrumó, aunque no tardó en regresar a la realidad con un sonoro porrazo. Ni el orgullo de Meg ni su cuenta corriente le permitirían pujar tan alto, de modo que no tardó mucho tiempo en descubrir quién lo había hecho. Siempre les había caído bien a los padres, y los Koranda no eran distintos de los demás. Aunque el padre de Meg y él apenas habían intercambiado unas miradas, se habían comunicado a la perfección.

El portero ayudó a unos clientes mayores a entrar en el vestíbulo. Ted se acomodó en el sillón. El avión de Meg había aterrizado hacía más de una hora, así que aparecería en cualquier momento. Aún no sabía qué iba a decirle, pero ni loco iba a dejar que viera un atisbo de la furia que todavía hervía dentro de él. La furia era una emoción contraproducente y necesitaba tener la cabeza bien fría para lidiar con Meg. Su frialdad contra la pasión de Meg. Su serenidad contra el caos de Meg.

Sin embargo, no se sentía frío ni tranquilo, y cuanto más esperaba, más nervioso se ponía. Apenas entendía las tonterías que le había dicho Meg. Primero le había echado en cara lo sucedido durante el almuerzo de su madre. ¿Qué más daba que supiera que esas mujeres no iban a abrir la boca? Había hecho una declaración pública, ¿no? Después le había confesado que se había enamorado de él, pero cuando intentó decirle lo mucho que la apreciaba, ella le restó importancia, como también se la restó al hecho de que tres meses antes hubiera estado delante de un altar, a la espera de casarse con otra mujer. En cambio, Meg había esperado algún tipo de promesa. Y eso era algo típico de ella: lanzarse de cabeza a hacer algo sin poner la situación en su debido contexto.

Levantó la cabeza cuando las puertas volvieron a abrirse, aunque en esa ocasión para dar paso a un hombre maduro con una jovencita. Aunque hacía fresco en el vestíbulo, sudaba a chorros y estaba como un flan, así que adiós a la teoría de Meg de que evitaba pasar malos ratos.

Comprobó la hora una vez más y después miró el móvil por si le había mandado un mensaje, como él había hecho en incontables ocasiones desde que Meg desapareció, aunque no hubiera obtenido respuesta. Devolvió el móvil al bolsillo mientras lo asaltaba otro recuerdo. Un recuerdo al que no quería enfrentarse: lo que le había hecho en el antiguo vertedero...

No terminaba de creerse que hubiera perdido el control de esa forma. Meg había intentado quitarle hierro al asunto, pero él jamás se lo perdonaría.

Intentó pensar en otra cosa, pero acabó dándole vueltas al follón que se había montado en Wynette. El pueblo se negaba a aceptar su dimisión, de modo que su despacho en el ayuntamiento estaba vacío, pero ni loco iba a volver a involucrarse en semejante desastre. A decir verdad, había decepcionado a todos los habitantes del pueblo, y por muy comprensivos que se mostraran, no quedaba ni una sola persona en todo el pueblo que no supiera hasta qué punto les había fallado.

Las puertas del vestíbulo se abrieron y se cerraron. En un solo verano, su cómoda vida se había ido al traste.

«Soy desordenada, soy poco práctica, soy un desastre y me has roto el corazón.»

El terrible dolor que vio en esos ojos verdosos lo había paralizado. Pero ¿qué pasaba con su propio corazón? ¿Con su propio dolor? ¿Cómo creía Meg que se había sentido él cuando la persona en la que había empezado a confiar lo dejó en la estacada justo cuando más la necesitaba?

«... este estúpido corazón... estaba rebosante de alegría», había dicho Meg con la voz rota.

Esperó en el vestíbulo toda la tarde, pero Meg no apareció.

Esa noche, deambuló por Chinatown y se emborrachó en un bar de Mission District. Al día siguiente, se subió el cuello de la chaqueta y paseó por la ciudad bajo la lluvia. Se subió en un tranvía, se dio una vuelta por el jardín de té del parque del Golden Gate y entró en un par de tiendas para turistas en Fisherman's Wharf. Intentó comerse un cuenco de crema de almejas en Cliff House para entrar en calor, pero desistió tras un par de cucharadas.

«Me basta con mirarte para que me entren ganas de saltar de alegría.»

Se despertó temprano al día siguiente, con una resaca de órdago. Una niebla fría y densa ocultaba la ciudad, pero se echó a las calles vacías y subió hasta la cima de Telegraph Hill.

Todavía no habían abierto al público la torre Coit, de modo que recorrió los jardines con la vista clavada en la ciudad y en la bahía, que se iba despejando. Ojalá pudiera hablar de ese lío con Lucy, pero no podía llamarla después de tanto tiempo y decirle que su mejor amiga era una loca inmadura, exigente, temperamental e irracional, y después preguntarle qué narices se suponía que debía hacer él al respecto.

Echaba de menos a Lucy. Todo había sido muy tranquilo con ella.

La echaba de menos... pero no quería retorcerle el cuello como quería retorcérselo a Meg. No quería hacerle el amor hasta que se le nublaran los ojos. No añoraba el sonido de su voz ni la alegría de su risa.

No añoraba a Lucy. No soñaba con ella. No la deseaba.

No la quería.

Una ráfaga helada de viento agitó las hojas de los árboles y se llevó la niebla mar adentro.

23

Unas cuantas horas más tarde, Ted ponía rumbo al sur por la I-5 en un Chevy Trailblazer de alquiler. Condujo demasiado deprisa y sólo se detuvo en una ocasión para comprarse un café. Rezó para que Meg se hubiera ido a Los Ángeles con sus padres cuando se marchó de Wynette y no se hubiera ido a Jaipur, a Ulan Bator o a otro lugar remoto donde no pudiera encontrarla y decirle que la quería. El viento que se había llevado la niebla de San Francisco también había arrastrado consigo los últimos vestigios de su confusión. Se había quedado solo con una cegadora claridad que había borrado del mapa a antiguas prometidas y bodas fallidas, una claridad que le había permitido ver cómo había utilizado la fría lógica para enmascarar su miedo a que las caóticas emociones alteraran su tranquila vida.

Él mejor que nadie debería saber que el amor no era ordenado ni racional. ¿Acaso la irracional y apasionada aventura que habían mantenido sus padres no había superado engaños, separaciones y terquedad, y duraba ya más de tres décadas? Ésa era la clase de amor apasionado que sentía por Meg; la clase de amor complicado, caótico y abrumador que se había negado a admitir que faltaba en su relación con Lucy. Lucy y él formaban una pareja perfecta en su cabeza. En su cabeza, que no en su corazón. No debería haber tardado tanto en darse cuenta de ese detalle.

Apretó los dientes al encontrarse con los atascos de Los Ángeles. Meg era una criatura apasionada e impulsiva, y llevaba más de un mes sin verla. ¿Y si con el tiempo y la distancia se había convencido de que se merecía algo mejor que un texano terco incapaz de decidirse?

No quería ni pensarlo. No quería ni pensar en lo que haría si Meg se había liado la manta a la cabeza y se había cansado de quererlo. Ojalá no hubiera cambiado de número de móvil. Además, estaba esa irritante costumbre de subirse a un avión con destino a las zonas más remotas del planeta. Ojalá se quedara quietecita en un sitio, pero Meg no era así.

Acababa de anochecer cuando llegó a la propiedad que los Koranda tenían en Brentwood. Se preguntó si estarían al tanto de que Meg no había ido a San Francisco. Aunque no estaba seguro de que ellos hubieran hecho esa última puja, ¿quién si no? Era muy consciente de la ironía de su situación. El rasgo que los padres apreciaban más en él era su estabilidad y, sin embargo, jamás se había sentido tan nervioso como lo estaba en ese momento.

Se identificó a través del portero automático. Mientras las puertas se abrían, recordó que llevaba dos días sin afeitarse. Debería haberse parado en un motel para adecentarse un poco. Tenía la ropa arrugada, los ojos enrojecidos y le olía el aliento, pero no pensaba darse la vuelta en ese momento.

Aparcó en un lateral de la residencia de estilo Tudor donde los Koranda vivían en California. En el mejor de los casos, Meg estaría allí. En el peor... No quería pensar en el peor de los casos. Los Koranda eran sus aliados, no sus enemigos. Si Meg no estaba, lo ayudarían a encontrarla.

Sin embargo, la gélida hostilidad con la que Fleur Koranda lo recibió al abrir la puerta principal hizo bien poco por reconfortar su trémula confianza.

—¿Qué quieres?

Eso fue todo. Ni una sonrisa. Ni un apretón de manos. Mucho menos un abrazo. Con independencia de la edad, las mujeres solían hacerle ojitos nada más verlo. Le sucedía tan a menudo que ya ni se daba cuenta, pero como no estaba sucediendo en ese momento, la novedad lo descolocó.

—Tengo que ver a Meg —soltó sin más, y después, como un tonto, añadió—: Soy... No nos han presentado formalmente... Soy Ted Beaudine.

—Ah, sí, don Irresistible.

No lo dijo precisamente como un halago.

—¿Está Meg aquí? —preguntó.

Fleur Koranda lo miró tal cual su madre había mirado a Meg. Fleur era una amazona alta y guapísima, con las mismas cejas arrogantes de Meg, pero con diferente color de pelo y unas facciones más definidas.

—La última vez que te vi —dijo Fleur— estabas revolcándote por el suelo e intentando arrancarle la cabeza a otro hombre.

Si Meg había tenido las agallas para enfrentarse a su madre, él podría hacer lo mismo.

—Sí, señora. Y lo haría de nuevo. Ahora le agradecería muchísimo que me dijera dónde puedo encontrarla.

—¿Por qué?

Si se cedía un milímetro ante una madre, aplastaban a su oponente.

—Eso es algo que sólo nos concierne a nosotros dos.

—No del todo. —La voz grave pertenecía al padre de Meg, que había aparecido por detrás de su esposa—. Déjalo pasar, Fleur.

Ted asintió con la cabeza, entró en el lujoso vestíbulo y los siguió a una sala de estar donde había dos hombres altos con el mismo color de pelo que Meg. Uno estaba sentado en el hueco de la chimenea, con un tobillo sobre la rodilla opuesta, acariciando una guitarra. El otro tecleaba sin parar en un Mac. Debían de ser los hermanos gemelos de Meg. El del portátil, el Rólex y los mocasines italianos tenía que ser Dylan, el mago de las finanzas; mientras que Clay, el actor neoyorquino con dotes musicales, tenía el pelo revuelto, llevaba unos vaqueros desgastados e iba descalzo. Los dos eran muy guapos y se parecían mucho a un actor de películas en blanco y negro, aunque en ese momento no recordaba el nombre. Ninguno se parecía a Meg, que había salido a su padre. Y ninguno parecía dispuesto a recibirlo mejor que sus padres. O sabían que Meg no se había presentado en San Francisco y lo culpaban a él, o se había equivocado desde el principio y ellos no habían pujado en su nombre. Fuera como fuese, necesitaba su ayuda.

Jake se encargó de realizar las presentaciones. Los hermanos se pusieron en pie, no para estrecharle la mano, sino para mirarlo a los ojos, como pronto descubrió.

—Así que éste es el gran Ted Beaudine —dijo Clay con un tono casi idéntico al que su padre había usado en sus películas.

Dylan parecía haberse olido una OPA hostil.

—No puedo decir que mi hermana tenga muy buen gusto.

Adiós a la esperanza de que lo ayudaran. Aunque Ted no estaba acostumbrado a lidiar con la hostilidad, no estaba dispuesto a huir de la situación, de modo que miró a los hermanos.

—Estoy buscando a Meg.

—Eso quiere decir que no se presentó a tu fiestecita en San Francisco —comentó Dylan—. Tu ego ha debido de acusar el golpe.

—Mi ego no tiene nada que ver —replicó Ted—. Tengo que hablar con ella.

Clay jugueteó con la guitarra.

—Sí, pero la cuestión, Beaudine... es que si nuestra hermana quisiera hablar contigo, ya lo habría hecho.

El ambiente de la estancia crepitaba con una emoción que Ted reconoció como el mismo antagonismo al que Meg se había enfrentado durante toda su estancia en Wynette.

—Tal vez eso no sea del todo cierto —replicó.

A mamá osa se le erizó el pelo.

—Ya tuviste tu oportunidad, Ted, y tengo tendido que la fastidiaste.

—A base de bien —añadió papá oso—. Pero si quieres dejarnos un mensaje, se lo daremos.

Ni de coña iba a desnudar su alma delante de ellos.

—Con el debido respeto, señor Koranda, lo que tengo que decirle a Meg sólo nos concierne a nosotros dos —repitió.

Jake se encogió de hombros.

—Pues buena suerte.

Clay soltó la guitarra y se apartó de su hermano. Parecía que ya no era tan hostil y que lo miraba con algo parecido a la compasión.

—Como nadie más va a decírtelo, lo haré yo. Se ha ido del país. Meg ha vuelto a viajar.

A Ted se le encogió el estómago. Eso era lo que más había temido.

—Me da igual —se escuchó decir—. Estoy dispuesto a subirme a un avión.

Dylan no compartía la actitud compasiva de su hermano.

—Para ser supuestamente un genio, eres un poco lento de entendederas. No vamos a decirte ni pío.

—Somos una familia —declaró papá oso—. A lo mejor no entiendes ese concepto, pero nosotros sí.

Ted lo entendía a la perfección. Esos perfectos y guapísimos Koranda habían cerrado filas en torno a Meg de la misma manera que sus amigos lo habían hecho con ella. La falta de sueño, la frustración y el odio que sentía hacia sí mismo, mezclado con el pánico, lo llevaron a contraatacar.

—Me he perdido un poco... ¿Estamos hablando de la misma familia que la echó a la calle hace cuatro meses?

Los había pillado. Lo vio en sus expresiones culpables. Hasta ese preciso momento, Ted no se había dado cuenta de que era vengativo, pero todos los días se aprendía algo nuevo acerca de uno mismo.

—Estoy seguro de que Meg no os ha contado todo lo que soportó.

—Hablábamos con Meg a todas horas. —Los tensos labios de Fleur apenas se movieron.

—¿En serio? Entonces seguro que sabéis en qué condiciones vivía. —Le importaba un comino estar a punto de cometer una terrible injusticia—. Estoy seguro de que sabéis que se vio obligada a limpiar retretes para comprar comida. Y también os habrá dicho que estuvo durmiendo en su coche. ¿Mencionó que estuvo a punto de ir a la cárcel por vagabundear? —No pensaba decirles quién había estado a punto de mandarla allí—. Acabó viviendo en un edificio abandonado sin muebles. ¿Sabéis el calor que hace en Hill Country en pleno verano? Para refrescarse, se bañaba en una charca infestada de serpientes. —Al ver que la culpa los inundaba, se dispuso a entrar a matar—. No tenía amigos, pero sí todo un pueblo lleno de enemigos, así que perdonadme si no me impresiona mucho vuestro concepto de protección.

Los padres de Meg se habían quedado blancos, sus hermanos eran incapaces de mirarlo a la cara, y aunque se dijo que debía parar, no pudo contenerse:

—Me da igual que no queráis decirme dónde está, por mí os podéis ir a la mierda. Ya la encontraré yo solo.

Salió hecho una furia de la casa, llevado por la ira, una emoción tan novedosa para él que casi no la reconoció. Sin embargo, cuando llegó al coche, se arrepintió de sus actos. Esas personas eran la familia de la mujer a quien quería, e incluso Meg creía que habían hecho lo correcto al darle la espalda. No había conseguido nada más que ventilar su rabia con las personas equivocadas. ¿Cómo puñetas iba a encontrarla sin su ayuda?

Pasó los días siguientes luchando contra la creciente desesperación. La búsqueda en Internet no le reportó pistas sobre el paradero de Meg, y las personas que podrían ayudarlo se negaban a hablar con él. Podría estar en cualquier parte, y como tenía que buscar en todo el mundo, no sabía por donde empezar.

En cuanto le quedó claro que los Koranda no habían pujado en nombre de su hija, debió de imaginar la identidad de la persona que había jugado a ser casamentera, pero no encajó todas las piezas de inmediato. Nada más hacerlo, fue derecho a casa de sus padres y arrinconó a su madre en su despacho para echarle un buen sermón.

—¡Le hiciste la vida imposible! —exclamó, incapaz de contenerse.

Su madre intentó restarle importancia con un gesto de la mano.

—Estás exagerando...

Era maravilloso tener un blanco con el que ventilar su ira.

—Le hiciste la vida imposible y de repente, sin previo aviso, ¿te conviertes en su defensora?

Su madre lo miró con expresión muy digna y dolida, un truco que le encantaba sacarse de la manga cuando la arrinconaban.

—Seguro que has leído los libros de Joseph Campbell. En todos los viajes épicos, la heroína tenía que pasar una serie de pruebas antes de ser merecedora de la mano del guapo príncipe.

Su padre resopló desde el otro extremo de la estancia.

Ted salió en tromba de la casa, ya que temía que esa rabia recién descubierta no tuviera límites. Quería subirse a un avión, perderse en el trabajo, abandonar la vida que en otro tiempo le había sentado como un guante. En cambio, condujo hasta la antigua iglesia y se sentó junto a la charca donde Meg nadaba. Se imaginó su desdén si lo viera en ese momento allí sentado, si viera lo que estaba pasando en el pueblo. Dado que nadie ocupaba el sillón del alcalde, las facturas no se pagaban y tampoco se resolvían los conflictos. Ni siquiera había una persona que pudiera autorizar las reparaciones de la biblioteca que el cheque de su madre había hecho posibles. Le había fallado al pueblo. Le había fallado a Meg. Se había fallado a sí mismo.

Meg detestaría que se hubiera derrumbado. Y aunque sólo fuera en su imaginación, él mismo detestaba la idea de desilusionarla todavía más. Regresó al pueblo, aparcó la camioneta y se obligó a entrar en el ayuntamiento.

En cuanto puso un pie en el edificio, todo el mundo se abalanzó sobre él. Levantó una mano, los fulminó con la mirada y se encerró en su despacho.

Siguió encerrado todo el día, negándose a contestar las insistentes llamadas telefónicas o las llamadas a su puerta cerrada mientras repasaba documentos, estudiaba el presupuesto municipal y analizaba el fallido proyecto del *resort* de golf. Durante semanas, una idea le había estado rondando la cabeza, pero esa idea no había terminado de cuajar, no había fructificado, por culpa de la amargura, la culpa, la rabia y la tristeza. En ese momento, sin embargo, en vez de regodearse en la espantosa escena que sucedió en el antiguo vertedero, aplicó la fría lógica que era la marca de la casa.

Pasó un día, y después otro. Comenzaron a apilarse platos de comida casera en su puerta. Torie le gritó a través de la puerta en un intento por convencerlo para que se dejara caer por el Roustabout. Lady Emma le dejó las obras completas de David McCullough en la camioneta... aunque no tenía ni idea del motivo. Pasó de todo el mundo y, después de tres días, ya tenía un plan. Un plan que sin duda alguna le complicaría muchísimo la vida, pero era un plan al fin y al cabo. Abandonó su encierro y comenzó a hacer llamadas.

Pasaron tres días más. Buscó un buen abogado e hizo más llamadas. Por desgracia, eso no solucionó su problema más acuciante, que era el de encontrar a Meg. La desesperación lo abrumaba. ¿Dónde narices se había metido?

Dado que los padres de Meg seguían rechazando sus llamadas, hizo que lady Emma y Torie lo intentaran en su lugar. Pero los Koranda no dieron su brazo a torcer. La imaginó enferma de disentería en las junglas de Camboya o congelada en el ascenso al K2. No podía dormir. Casi no podía comer. Se le olvidó el orden del día durante la primera reunión que convocó.

Kenny se presentó una noche en su casa con una pizza.

—Empiezas a preocuparme de verdad. Es hora de que espabiles.

—Mira quién fue a hablar —replicó Ted—. Cuando lady Emma se largó, tú perdiste la cabeza.

Kenny alegó no recordar ese incidente.

Esa noche, Ted la pasó de nuevo en vela. Menuda ironía que Meg soliera echarle en cara su tranquilidad. Con la vista clavada en el techo, se la imaginó corneada por un toro enfurecido o mordida por una cobra, pero cuando empezó a imaginarse que la violaban unos soldados, fue incapaz de seguir. Se levantó de un salto, se subió a la camioneta y condujo hasta el antiguo vertedero.

La noche era fresca y tranquila. Dejó los faros encendidos y se plantó delante del coche, entre los haces de luz, con la vista clavada en la tierra baldía y contaminada. Kenny tenía razón. Ya era hora de que espabilara. Pero ¿cómo? Estaba en el mismo punto que cuando empezó a buscarla y su vida se había ido al traste.

Tal vez fuera por la desolación, o por la serenidad, o por la oscuridad de esa tierra baldía pero cuajada de promesas. Fuera como fuese, se dio cuenta de que estaba más erguido. Y por fin vio lo que había pasado por alto, ese detalle cegador que no había visto mientras la buscaba.

Meg necesitaba dinero para salir del país. Desde el primer momento, había asumido que sus padres se lo habían dado para compensarla por todo lo que había tenido que soportar. Eso era lo que le decía la lógica. Pero era su propia lógica. Se le había olvidado que no era él quien manejaba los hilos y nunca se le había pasado por la cabeza pensar como lo haría Meg.

Se imaginó su cara en todos sus estados de ánimo. Su risa y su furia, su dulzura y su descaro. La conocía tan bien como se conocía a sí mismo, y en cuanto se puso a pensar como lo haría Meg, por fin vio el hecho esencial que debería haber visto desde el principio.

Meg no aceptaría un solo centavo de sus padres. Ni para encontrar un refugio. Ni para viajar. Ni para cualquier otra cosa. Clay Koranda le había mentido.

24

Meg escuchó que la seguía un coche. Aunque sólo eran las diez de la noche, la fría lluvia de octubre había vaciado las calles del Lower East Side de Manhattan. Dejó atrás las empapadas bolsas negras de basura que se acumulaban en la acera. El agua caía desde las escaleras de incendio bajo las que pasaba y los desperdicios flotaban en los charcos que se formaban sobre las alcantarillas. Algunos de los edificios de ladrillo rojo cercanos al de Clay estaban reformados, pero no todos, y el vecindario dejaba mucho que desear. Sin embargo, ni se lo había pensado cuando se le ocurrió despejarse un poco yendo a por una hamburguesa a su tienda preferida. Claro que no había contado con que la lluvia espantaría a todos los transeúntes cuando tuviera que volver.

El edificio donde se encontraba el apartamento de Clay, en la quinta planta y sin ascensor, estaba muy cerca. Le había subarrendado el destartalado apartamento mientras él estaba en Los Ángeles, rodando una película independiente en la que tenía un papel importante que tal vez fuera el empujón a su carrera que había estado esperando. La vivienda era pequeña y deprimente, con sus dos minúsculas ventanas por las que apenas entraba la luz, pero era barata; y en cuanto se libró del asqueroso sofá de su hermano, junto con los cachivaches que habían dejado atrás algunas de sus novias, consiguió espacio para diseñar sus joyas.

El coche seguía avanzando tras ella. Un vistazo por encima del hombro le bastó para ver una limusina oscura. Un vehículo que no era amenazador en absoluto, pero llevaba encima el cansancio de toda la semana. De seis largas semanas. Tenía la cabeza embotada por el agotamiento, y los dedos doloridos después de trabajar en su colección de joyas, y seguía adelante por simple obstinación. Eso sí, su duro trabajo comenzaba a dar frutos.

No intentaba convencerse de que era feliz, pero sabía que había tomado las mejores decisiones posibles para garantizarse un buen futuro. Sunny Skipjack había acertado al decirle que debería buscar una clientela mucho más exclusiva. Los encargados de las boutiques a los que les había enseñado sus diseños se habían mostrado encantados con el contraste de las líneas modernas y las antigüedades, y los pedidos habían comenzado a llegarle antes de lo que había imaginado. Si su objetivo en la vida fuera convertirse en diseñadora de joyas, estaría eufórica, pero ése no era su objetivo. Ni hablar. Por fin sabía lo que quería hacer.

El coche todavía la seguía, y los haces amarillentos de sus faros iluminaban el húmedo asfalto. Tenía los pies mojados porque las deportivas de loneta que llevaba no eran impermeables. Se arrebujó en la gabardina morada que había encontrado en una tienda de segunda mano. Las persianas de seguridad estaban bajadas en los escaparates de las tiendas por las que pasaba: la tienda de saris, la tienda coreana de menaje de hogar, hasta el restaurante chino. Todas estaban cerradas.

Apretó el paso, pero el sonido del motor siguió acompañándola. No era producto de su imaginación. El coche la estaba siguiendo, y todavía le quedaba una manzana para llegar a casa.

Por el cruce pasó un coche patrulla a toda velocidad con las sirenas aullando y las luces encendidas. Al ver que la limusina, con sus amenazadores cristales tintados, se ponía a su altura, se le aceleró la respiración. Empezó a correr, pero el coche la siguió. Vio con el rabillo del ojo que alguien bajaba una de las ventanillas traseras.

—¿Te llevo?

La última cara que habría esperado ver la estaba mirando desde la limusina. Se tropezó y estuvo a punto de irse al suelo de lo mareada que estaba. Después de todo lo que había hecho para que no la siguiera, allí estaba. En esa ventanilla abierta, con la cara en penumbra.

Llevaba semanas trabajando hasta la madrugada, concentrada en el trabajo para no pensar, negándose a acostarse hasta caer rendida por el cansancio. Se sentía vacía, hueca, incapaz de hablar con otra persona, mucho menos con él.

—No, gracias —consiguió decir—. Casi he llegado a casa.

—Estás un poco mojada. —La luz de una farola dejó a la vista un pómulo afilado.

No era justo que le hiciera eso. No iba a permitírselo. No después de todo lo que había pasado. Echó a andar de nuevo, pero la limusina la siguió.

—No deberías salir sola —lo escuchó decir.

Lo conocía lo bastante como para saber qué significaba su repentina aparición. Le remordía la conciencia. No le gustaba hacerle daño a la gente y necesitaba asegurarse de que no le había infligido una herida de por vida.

—No te preocupes por eso —replicó.

—¿Te importaría subirte al coche?

—No hace falta. Casi he llegado a casa. —Se dijo que no hablaría más, pero la curiosidad pudo con ella—. ¿Cómo me has encontrado?

—No ha sido fácil, en serio.

Meg mantuvo los ojos al frente y no aminoró el paso.

—Uno de mis hermanos —aventuró—. Has conseguido que se vayan de la lengua.

Debería haber supuesto que acabarían cediendo. La semana anterior Dylan se había pasado a verla desde Boston para decirle que las llamadas de Ted los estaban volviendo locos y que tenía que hablar con él. Clay le había mandado una ristra de mensajes de texto. «El tío parece desesperado —decía el último—. ¿Quién sabe de lo que es capaz?»

«¿Qué va a hacer? —le había contestado ella—. ¿Fallar un tiro a dos metros de distancia?»

Ted esperó a que pasara un taxi antes de volver a hablar.

—Tus hermanos sólo me han dado problemas. Clay me dijo que habías salido del país. Se me olvidó que era actor.

—Te dije que era bueno.

—Tardé un poco, pero al final caí en la cuenta de que no aceptarías dinero de tus padres. Y no te imaginaba saliendo del país con el dinero que sacaste de tu cuenta.

—¿Cómo sabes lo que saqué de la cuenta?

Aunque estaba oscuro, lo vio enarcar una ceja. Resopló, asqueada, y siguió caminando.

—Sabía que comprabas tus materiales en Internet —siguió él—.

Así que hice una lista con tus posibles proveedores y se la di a Kayla para que los llamara.

Meg rodeó una botella de whisky rota.

—Estoy segurísima de que estuvo encantada de ayudarte.

—Les dijo que tenía una boutique en Phoenix y que estaba tratando de encontrar al diseñador de unas joyas que había visto en Texas. Les describió algunas piezas y dijo que quería venderlas en su tienda. Ayer consiguió tu dirección.

—Y aquí estás. Has hecho el viaje en balde.

Ted tuvo el descaro de parecer enfadado al preguntarle:

—¿Te importaría que siguiéramos con esta conversación en la limusina?

—Ni hablar.

Que se las apañara él solito con los remordimientos y la culpa. La culpa no era el paso previo al amor, una emoción de la que no quería volver a saber en la vida.

—En serio, necesito que subas a la limusina —masculló.

—En serio, necesito que te vayas a la mierda.

—Vengo de allí, te lo aseguro, y la experiencia no me ha gustado un pelo.

—Lo siento.

—Joder. —La puerta se abrió, Ted bajó sin esperar a que la limusina parara y, antes de que Meg se diera cuenta, la había cogido en brazos para meterla en el vehículo.

—¡Pero bueno! ¿Qué haces?

La limusina se detuvo por fin. Ted la soltó dentro, se sentó a su lado y cerró la puerta con fuerza. Se escucharon los cierres de seguridad de ambas puertas.

—Considérate oficialmente secuestrada.

El coche arrancó de nuevo, pero el conductor estaba oculto tras el panel de separación. Meg aferró el picaporte para abrir, pero no le sirvió de nada.

—¡Déjame salir! Esto es increíble. ¿Me puedes explicar qué te pasa? ¿Estás loco o qué?

—Mucho.

Evitó mirarlo durante todo el tiempo que le fue posible. Sin embargo, si seguía retrasando el momento él lo interpretaría como un signo de debilidad. Así que volvió la cabeza despacio.

Estaba tan guapo como siempre, con esos ojos ambarinos y esos pómulos afilados, esa nariz recta y ese mentón de cine. Llevaba un traje formal de color gris marengo, una camisa blanca y una corbata azul marino. No lo había visto tan arreglado desde el día de su fallida boda, y tuvo que esforzarse para contener la emoción que la embargó.

—Lo digo en serio —le aseguró—. Déjame salir ahora mismo.

—No hasta que hayamos hablado.

—No quiero hablar contigo. No quiero hablar con nadie.

—¿A qué viene eso? Si te encanta hablar...

—Ya no. —El interior del vehículo tenía asientos enfrentados y luces azules en el techo. Vio que un enorme ramo de rosas descansaba en el asiento que tenía en frente, junto al bar. Se metió la mano en el bolsillo de la gabardina en busca del móvil—. Voy a llamar a la policía y a decirles que me han secuestrado.

—Preferiría que no lo hicieras.

—Estamos en Manhattan. Aquí no eres Dios. Seguro que te encierran en la isla de Rikers.

—Lo dudo, pero prefiero no arriesgarme. —Le quitó el teléfono de la mano y se lo metió en el bolsillo interior de la chaqueta.

Puesto que era la hija de un actor, Meg se encogió de hombros como si estuviera aburrida.

—Muy bien. Habla. Y date prisa. Mi prometido me está esperando en casa. —Pegó la cadera a la puerta para mantenerse tan lejos de él como le fuera posible—. Ya te dije que no tardaría mucho en olvidarte.

Ted parpadeó y después cogió el ramo de rosas y se las dejó en el regazo.

—Pensé que te gustarían.

—Pues te equivocaste. —Y le tiró el ramo a la cara.

Cuando las rosas lo golpearon en la cabeza, Ted reconoció que el encuentro no marchaba muy bien, aunque eso era justo lo que se merecía, por supuesto. Secuestrarla había sido un error de cálculo, otro más que añadir a la lista. Aunque no lo había planeado de antemano. Su intención había sido la de presentarse en la puerta de su apartamento con el ramo de rosas y con una romántica declaración de amor eterno, tras lo cual la cogería en brazos y la metería en la limusina. Sin embargo, en cuanto el vehículo enfiló la calle y la vio caminando por la acera, el sentido común lo abandonó.

Hasta de espaldas, con la cabeza gacha para protegerse de la lluvia y cubierta por la larga gabardina morada, la había reconocido. Otras mujeres caminaban con pasos largos, con el mismo movimiento decidido de brazos, pero ninguna le provocaba la sensación en el pecho que sentía cuando veía a Meg.

La tenue luz azul del interior de la limusina lo ayudó a distinguir en la cara de Meg las mismas ojeras que él tenía desde hacía semanas. No llevaba cuentas de colores ni las monedas que estaba acostumbrado a ver colgando de sus orejas. No llevaba pendientes, y eso denotaba una vulnerabilidad que lo afectó profundamente. Llevaba vaqueros, ya que asomaban por debajo del borde de la empapada gabardina morada, y las deportivas de loneta estaban chorreando. Tenía el pelo más largo que la última vez que la vio, cubierto de gotitas de agua, y su color rojo resplandecía. Quería verla tal como era antes. Quería besar esos pómulos que habían perdido el lustre y devolverle el brillo ardiente a su mirada. Quería hacerla sonreír. Reír a carcajadas. Conseguir que lo quisiera tanto como él la quería.

Meg tenía la mirada clavada en el panel de separación tras el que se encontraba el chófer de su madre, y mientras la observaba se negó a considerar siquiera la posibilidad de que hubiera llegado tarde. Seguro que lo del prometido era mentira. Claro que, ¿qué hombre se resistiría a enamorarse de ella? Tenía que asegurarse.

—Cuéntame más cosas sobre este prometido tuyo.

—Ni hablar. No quiero que te sientas peor contigo mismo de lo que ya te sientes.

Estaba mintiendo. O, al menos, rezó para que así fuera.

—¿Crees saber cómo me siento?

—Ya te digo. Te sientes culpable.

—Cierto.

—La verdad, ahora mismo no tengo fuerzas para consolarte. Como puedes ver, me va genial. Así que sigue con tu vida y déjame en paz.

Por su aspecto, no parecía que le fuese muy bien. Parecía agotada. Y lo peor era ese retraimiento que percibía en ella, esa seriedad, que no encajaba en absoluto con la mujer graciosa e irreverente que él había conocido.

—Te he echado de menos —confesó.

—Me alegro de oírlo —replicó ella con una voz tan distante como las montañas que había temido que estuviera escalando—. ¿Te importaría llevarme a mi apartamento, por favor?

—Dentro de un rato.

—Ted, lo digo en serio. No tenemos nada de lo que hablar.

—Puede que tú no, pero yo sí. —Ese empeño en alejarse de él lo asustaba. Había presenciado en más de una ocasión lo testaruda que podía llegar a ser y no le gustaba nada ver esa faceta de su personalidad jugando en su contra. Necesitaba encontrar el modo de traspasar su escudo de hielo—. Se me había ocurrido que... que podíamos dar un paseo en barco.

—¿¡Un paseo en barco!? Ni de coña.

—Sabía que era una idea ridícula, pero el comité para la reconstrucción de la biblioteca insistió en que contigo era lo mejor. Olvídalo.

Meg había levantado la cabeza nada más escucharlo.

—¿Has hablado de esto con el comité para la reconstrucción de la biblioteca?

El arranque de furia le dio esperanzas.

—Bueno, a lo mejor lo mencioné de pasada. Necesitaba una opinión femenina, y me convencieron de que todas las mujeres apreciaban los grandes gestos románticos. Hasta tú.

Sí, estaba echando chispas por los ojos.

—Es increíble que hayas hablado de nuestros asuntos personales con esas mujeres.

«Nuestros asuntos personales», repitió Ted para sus adentros. En plural, no en singular. Decidió presionarla un poco más.

—Torie está muy cabreada contigo.

—Me da igual.

—Y lady Emma también, pero es más sutil. Las ofendiste mucho cuando cambiaste de número de teléfono. No deberías haberlo hecho.

—Diles que lo siento mucho —replicó con ironía.

—El paseo en barco fue idea de Birdie. Se ha convertido en tu más firme defensora por lo de Haley. Acertaste en lo de no involucrar a la policía en ese asunto. Haley ha madurado mucho en estas semanas, y no soy de los hombres a los que les cuesta admitir que se han equivocado.

Sus esperanzas aumentaron al verla apretar los puños sobre la gabardina mojada.

—¿Con cuántas personas más has hablado de nuestros asuntos?

—Con unas pocas. —Hizo una pausa para ganar tiempo mientras se devanaba los sesos en busca de la mejor forma de jugar sus cartas—. Kenny no me sirvió de mucho. Skeet sigue cabreado conmigo. ¿Quién iba a pensar que se pondría de tu parte? Y Buddy Ray Baker me dijo que te regalara una Harley.

—¡Ni siquiera conozco a ese tío!

—Sí que lo conoces. Trabaja por las noches en Comida y Gasolina. Te manda recuerdos.

La indignación le había devuelto el color a sus preciosas mejillas.

—¿Hay alguien con quien no hayas hablado? —le preguntó.

En vez de contestar, Ted alargó un brazo para coger la servilleta que descansaba junto a la cubitera donde, en un alarde de optimismo, había puesto una botella de champán para que se enfriara.

—Déjame secarte un poco.

Meg le quitó la servilleta y la tiró al suelo. Ted decidió acomodarse en el asiento y actuar como si lo tuviera todo controlado.

—Lo de San Francisco fue un poco aburrido sin ti.

—Siento mucho que tuvieras que malgastar el dinero de esa manera, pero seguro que el comité para la reconstrucción de la biblioteca te dio las gracias por tu generosa contribución.

Admitir que no fue la persona que había hecho esa puja final tal vez no fuera la mejor manera de convencerla de que la amaba.

—Me pasé toda la tarde sentado en el vestíbulo del hotel, esperándote —confesó.

—La culpa se te da bien. Conmigo no funciona.

—No lo hice porque me sintiera culpable.

La limusina se acercó a la acera y el conductor, siguiendo las instrucciones que Ted le había dado previamente, se detuvo en State Street, justo enfrente del Museo Nacional de los Indios Americanos. Seguía lloviendo, y debería haber elegido otro destino, pero no habría podido llevársela a la residencia de sus padres en Greenwich

Village y no se imaginaba confesándole sus sentimientos en un bar ni en un restaurante. Además, no pensaba decir nada más con el chófer de su madre pegando la oreja al otro lado del panel. A la mierda con todo. Con lluvia o sin ella, ése era el lugar elegido.

Meg miró por la ventanilla.

—¿Por qué nos paramos aquí?

—Para poder hablar en el parque. —Ted desactivó el cierre centralizado, cogió el paraguas del suelo y abrió la puerta.

—No quiero pasear. Estoy mojada, tengo los pies helados y quiero irme a casa.

—Dentro de un rato. —La cogió por el brazo y se las apañó para sacarla a ella y al paraguas.

—¡Está lloviendo! —gritó Meg.

—Son cuatro gotas. Además, ya estás mojada, ese pelo rojo debería mantenerte calentita y el paraguas es muy grande. —Lo abrió, la instó a rodear la limusina y después subieron a la acera—. Me han dicho que hay unos cuantos muelles desde los que se puede montar en barco. —La empujó hacia la entrada de Battery Park.

—Te he dicho que no quiero montar en barco.

—Vale. Nada de barcos. —De todas formas, no pensaba hacerlo. Habría necesitado planearlo todo con minuciosidad, y no se encontraba en un estado muy propicio para tanta organización—. Sólo he dicho que hay muelles. Y una vista magnífica de la Estatua de la Libertad.

Meg pasó por alto la relevancia del comentario.

—¡Joder, Ted! —exclamó al tiempo que se volvía para mirarlo.

El buen humor y el rápido ingenio que siempre parecían acompañarla brillaban por su ausencia. No le gustaba nada verla así, sin sus sonrisas, y sabía que él era el culpable.

—Vale —añadió Meg—, acabemos con esto. —Miró ceñuda a un ciclista que pasó junto a ellos—. Di lo que tengas que decir para que pueda irme a casa. En metro.

«¡Y una mierda!», exclamó Ted para sus adentros.

—Trato hecho. —La instó a entrar en Battery Park y enfilaron el sendero más cercano al paseo principal.

Una pareja compartiendo paraguas debería ser una imagen romántica, pero no lo era si uno de los dos componentes de dicha pareja se esforzaba por mantenerse lo más lejos posible del otro. Cuando por fin llegaron al paseo, Ted tenía la chaqueta empapada y los zapatos chorreando.

Los puestos de los vendedores ambulantes habían desaparecido, y sólo unas cuantas almas atrevidas caminaban por el húmedo pavimento. El viento había arreciado y sentía su gélido azote en la cara. A lo lejos, la Estatua de la Libertad vigilaba el puerto. Estaba iluminada, ya que era de noche, y se distinguían perfectamente las luces de la corona. Un lejano día estival, él había roto una ventana, había desplegado una pancarta en contra de las armas nucleares y había encontrado por fin a su padre. En ese momento, con la presencia de la estatua infundiéndole valor, rezó para encontrar el futuro.

Hizo acopio de valor.

—Meg, te quiero.

—Sí, vale. ¿Ya me puedo ir?

Ted señaló la estatua con la cabeza.

—El momento más importante de mi infancia tuvo lugar justo allí.

—Sí, ya me lo has contado. Tu acto de vandalismo juvenil.

—Sí. —Tragó saliva—. Y me parece adecuado que el momento más importante de mi vida como adulto tenga lugar aquí también.

—¿El más importante no debería ser el día que perdiste la virginidad? ¿Cuántos años tenías, doce?

—Meg, escúchame. Te quiero.

No le hizo ni caso.

—Deberías ir a terapia. Te lo digo en serio. Tu sentido de la responsabilidad ha llegado a límites exagerados. —Le dio unos golpecitos en el brazo—. Ted, se acabó. No tienes por qué sentirte culpable. Yo he pasado página y, la verdad, empiezas a darme un poco de lástima.

Ted no pensaba tirar la toalla.

—La verdad es que quería mantener esta conversación en Liberty Island. Pero, por desgracia, me vetaron la entrada de por vida, así que es imposible. Cuando tenía nueve años no me pareció importante, pero ahora mismo me fastidia.

—¿Podrías acabar ya con esto? Tengo papeleo que rellenar y necesito hacerlo esta noche.

—¿Qué tipo de papeleo?

—La solicitud de admisión. Empiezo la universidad en enero. Aquí, en Nueva York.

Ted sintió un nudo en el estómago. Eso no era lo que esperaba escuchar.

—¿Vas a volver a la universidad?

La vio asentir con la cabeza.

—Por fin he descubierto lo que quiero hacer con mi vida.

—¿No te vas a dedicar al diseño de joyas?

—Eso es para pagar las facturas. Bueno, casi todas. Pero no me satisface.

Él quería ser lo que la satisficiera.

A partir de ese momento, Meg empezó a hablar sin necesidad de que la animara. Por desgracia, el tema no era su relación.

—En verano tendré la licenciatura en Ciencias Medioambientales y empezaré el máster.

—Es... es genial —mintió—. Y después ¿qué?

—Podría trabajar para la agencia que gestiona la red de parques nacionales o para algún otro organismo dedicado a la conservación de la naturaleza. O tal vez sea capaz de dirigir un programa de protección en concreto. Hay muchas opciones. En el campo de la gestión de los residuos, por ejemplo. Mucha gente no lo ve como una opción muy glamurosa, pero el vertedero me resultó fascinante desde el principio. Mi trabajo ideal sería... —Y dejó la frase en el aire de repente—. Me estoy congelando. Vámonos.

—¿Cuál es tu trabajo ideal? —la instó. Ojalá dijera algo sobre ser su mujer y la madre de sus hijos, pero le parecía poco probable.

Meg contestó con rapidez, como si hablara con un desconocido.

—Me encantaría dedicarme a transformar vertederos en zonas recreativas. Y sí, tú eres el responsable. En fin, que ha sido divertido volver a verte, pero me largo. Y esta vez, no intentes detenerme. —Le dio la espalda y se alejó. Una pelirroja muy seria y enfadada, dura como la piedra y que ya no lo quería en su vida.

Lo atenazó el pánico.

—¡Meg, te quiero! ¡Quiero casarme contigo!

—Me resulta raro —replicó ella sin volverse siquiera—. Hace mes y medio me dijiste que Lucy te había roto el corazón.

—Me equivoqué. Lucy me rompió el cerebro.

Eso consiguió que se detuviera.

—¿El cerebro? —Se volvió para mirarlo.

—Sí, el cerebro —repitió en voz más baja—. Cuando Lucy me abandonó, me rompió el cerebro. Pero cuando tú te fuiste... —Para su horror, se le quebró la voz—. Cuando tú te fuiste, me rompiste el corazón.

Por fin había logrado ganarse su atención completa, aunque Meg no parecía extasiada ni muy dispuesta a arrojarse a sus brazos. Por lo menos lo estaba escuchando.

Ted bajó el paraguas, dio un paso al frente y se detuvo.

—En mi cabeza, Lucy y yo encajábamos a la perfección. Teníamos muchas cosas en común y lo que hizo no tenía sentido alguno. El pueblo entero se compadecía de mí, y no estaba dispuesto ni mucho menos a que vieran lo mal que me sentía. Perdí... perdí el rumbo. Y, de repente, tú apareciste en el medio. La espinita que se me clavó en el costado, la mujer que me devolvió a la normalidad. Salvo que... —Inclinó los hombros y la lluvia se le coló por el cuello de la camisa—. La lógica puede ser a veces tu peor enemigo. Si me equivoqué tanto con Lucy, ¿cómo iba a fiarme de lo que sentía por ti?

Meg se quedó muy quieta, mirándolo en silencio, escuchándolo.

—Ojalá pudiera decirte que descubrí lo mucho que te quería cuando te marchaste del pueblo, pero estaba demasiado enfadado contigo por haberme dejado tirado. Como no tenía mucha práctica con ese sentimiento, tardé bastante en comprender que en realidad estaba enfadado conmigo mismo. Fui un terco, me comporté como un imbécil. Y estaba asustado. Porque nunca me ha costado trabajo conseguir lo que quiero. Salvo en tu caso. Contigo todo era difícil. Los sentimientos que me provocabas, tu empeño en obligarme a verme como realmente soy. —Apenas podía respirar—. Meg, te quiero. Quiero casarme contigo. Quiero dormir contigo todas las noches, hacerte el amor, tener hijos contigo. Quiero que discutamos, que trabajemos juntos... quiero que estemos juntos. Así que, a ver qué haces, ¿vas a seguir mirándome sin decir nada o vas a compadecerte de mí y a decirme que todavía me quieres aunque sea un poquito?

Meg siguió mirándolo en silencio. Fijamente. Sin sonreír.

—Creo que me lo pensaré un poco antes de darte una respuesta.

Y con eso se volvió y lo dejó solo bajo la lluvia.

Ted soltó el paraguas, se acercó a la barandilla mojada y rodeó el frío metal con los dedos. Le escocían los ojos. Nunca se había sentido tan vacío ni tan solo. Con la vista clavada en el puerto, se preguntó qué podría haber dicho para convencerla. Nada. Era demasiado tarde. Meg no tenía paciencia para aguantar a la gente que no sabía lo que quería. Había reconocido la derrota y había decidido seguir adelante.

—Vale, ya lo he pensado —la escuchó decir a su espalda—. ¿Qué me ofreces?

Ted se dio media vuelta con el corazón en un puño y la cara mojada por la lluvia.

—No sé... ¿mi amor?

—Eso ya lo sé. ¿Qué más? —Parecía una mujer feroz, fuerte y cautivadora. Tenía las pestañas húmedas por la lluvia y sus ojos no eran ni azules ni verdes en ese momento, más bien grises. Tenía las mejillas sonrojadas, su pelo parecía una llamarada y sus labios eran un premio a la espera de que los reclamara.

Ted tenía el corazón a mil.

—¿Qué quieres?

—La iglesia.

—¿Quieres vivir otra vez en ella?

—Es posible.

—Entonces, no. No te la doy.

Meg pareció sopesar la idea. Ted esperó mientras la sangre le atronaba los oídos.

—¿Qué te parece si te pido el resto de tus posesiones terrenales? —le preguntó ella por fin.

—Son todas tuyas.

—No las quiero.

—Lo sé. —Algo se extendió por su pecho, algo cálido y lleno de esperanza.

Meg lo miró con los ojos entrecerrados mientras el agua le goteaba por la nariz.

—Como mucho, veré a tu madre una vez al año. En Halloween.

—Deberías reconsiderarlo. Fue ella quien hizo la última puja en secreto para que ganaras.

Eso logró desconcertarla por fin.

—¿Tu madre? —le preguntó—. ¿No fuiste tú?

Ted mantuvo los codos pegados a los costados para no abrazarla.

—Yo seguía en la fase del enfado. Dice que eres... voy a citarla textualmente. Dice que eres «magnífica».

—Qué curioso. Vale, a ver qué te parece esto para cerrar el trato.

—¿Quién ha dicho que tengamos que cerrar un trato?

—Yo. —Meg adoptó una actitud insegura por primera vez en toda la noche—. ¿Estás dispuesto a... a vivir en otro sitio que no sea Wynette?

Debería haberlo imaginado, pero no se le había pasado siquiera por la cabeza. Por supuesto que Meg no quería volver a Wynette después de todo lo que había sufrido en el pueblo. ¿Y qué pasaba con su familia, con sus amigos, con sus raíces? Unas raíces tan enterradas en ese suelo rocoso que se había convertido en parte de ese lugar.

—Vale —respondió con los ojos clavados en la cara de la mujer que había conquistado su alma—. Renuncio a Wynette. Viviremos donde tú quieras.

Meg frunció el ceño.

—¿De qué estás hablando? No me refería a vivir en otro sitio para siempre. ¡Madre mía! ¿Estás loco o qué? Wynette es tu hogar. Pero lo de la licenciatura iba en serio, así que tendremos que buscar una casa en Austin, siempre y cuando me admitan en la universidad de Texas, claro.

—¡Dios, claro que te admitirán! —Se le quebró la voz de nuevo—. Te construiré un palacio. Donde tú quieras.

Meg por fin parecía tan extasiada como él se sentía.

—¿De verdad renunciarías a Wynette por mí?

—Renunciaría a mi vida por ti.

—Vale, ahora me estás acojonando. —Sin embargo, no parecía muy preocupada. Más bien estaba eufórica.

La miró a los ojos, con la intención de hacerle comprender que hablaba muy en serio.

—Tú eres lo más importante para mí.

—Te quiero, Ted Beaudine.

Por fin había dicho las palabras que Ted tanto anhelaba escuchar. Y tras eso, con un chillido de felicidad, se arrojó a sus brazos y pegó su empapado cuerpo al suyo. Le enterró la fría y húmeda cara en el cuello, y después de acercar sus húmedos y cálidos labios a la oreja, susurró:

—Luego solucionaremos esos problemillas que tenemos cuando hacemos el amor.

Ni hablar, pensó Ted. No pensaba cederle la delantera así sin más.

—Ni de coña. Los vamos a solucionar ahora mismo.

—¡Eso está hecho!

En esa ocasión, fue Meg quien lo arrastró de vuelta a la limusina. Después de darle la dirección al chófer a la carrera, procedió a besarla hasta dejarla sin aliento mientras recorrían el corto trayecto hasta el Hotel Ritz de Battery Park. Entraron en el vestíbulo sin equipaje y chorreando agua. Y no tardaron en acomodarse en una cálida y seca habitación con vistas al oscuro y lluvioso puerto.

—¿Quieres casarte conmigo, Meg Koranda? —le preguntó mientras la metía en el cuarto de baño.

—Desde luego. Pero pienso conservar mi apellido sólo para fastidiar a tu madre.

—Genial. Quítate la ropa.

Meg lo obedeció mientras él hacía lo mismo, manteniendo el equilibrio sobre un pie, apoyándose el uno en el otro, enredándose con las mangas de las camisas y las perneras de los pantalones. Una vez que se desnudaron, Ted abrió el grifo de la acogedora ducha. Meg entró en primer lugar, se apoyó en la pared y separó las piernas.

—Demuéstrame que sabes usar tus poderes para el mal y no sólo para el bien.

Ted soltó una carcajada y se acercó a ella. La cogió en brazos, la besó y procedió a hacerle el amor como nunca se lo había hecho a nadie. Después de lo que pasó aquel espantoso día en el vertedero, se había prometido que jamás volvería a perder el control con ella, pero sólo con verla, con sentir su cuerpo, olvidó todo lo que sabía sobre la forma correcta de hacerle el amor a una mujer. Porque ésa no era una mujer cualquiera. Era Meg. Su preciosa, irresistible y graciosa Meg. El amor de su vida. Y... ¡Dios, si no tenía cuidado acabaría ahogándola!

Cuando por fin recuperó el sentido común, descubrió que seguía enterrado en su cuerpo mientras ella lo miraba desde el suelo de la ducha con una sonrisa radiante.

—Vamos, pídeme perdón —le dijo—. Sé que lo estás deseando.

Tardaría cien años en entender a esa mujer.

Meg se lo quitó de encima, alargó el brazo para cerrar el grifo y lo miró con expresión picarona.

—Ahora me toca a mí.

Ted descubrió que no tenía fuerzas para resistirse.

Cuando por fin salieron de la ducha, se envolvieron en un par de albornoces, se secaron el pelo el uno al otro y se metieron en la cama sin pérdida de tiempo. Justo antes de acostarse, Ted se acercó a la ventana para correr las cortinas.

Por fin había dejado de llover y, a lo lejos, la Estatua de la Libertad le devolvió la mirada... con una sonrisa.

Epílogo

Meg se negó a casarse con Ted hasta conseguir su licenciatura.

—Los genios tienen que casarse con licenciadas —le dijo.

—Pues este genio se muere por casarse ahora mismo con la mujer que quiere, no esperar a que consiga su título.

Sin embargo, pese a sus protestas, Ted sabía lo importante que era para ella, aunque jamás lo admitiría.

La vida en Wynette era muy aburrida sin Meg y todos la querían de vuelta, pero pese a las numerosas llamadas telefónicas y a alguna que otra visita de varios residentes a su apartamento de Austin, se negó a poner un pie en el pueblo hasta la boda.

—Estaría tentando al destino si regresara antes de tiempo —les dijo a los miembros del comité para la reconstrucción de la biblioteca cuando se presentaron en su puerta con una jarra Rubbermaid del mojito de Birdie y media bolsa de nachos—. Sabéis que me pelearía con alguien en cuanto lo hiciera.

Kayla, que reducía las calorías comiéndose únicamente los nachos rotos, rebuscó en la bolsa.

—No sé a qué te refieres. La gente se esforzó desde el primer momento para que te sintieras parte del pueblo.

Lady Emma suspiró.

Shelby le clavó un dedo a Zoey.

—Es porque Meg es una yanqui. Las yanquis no saben apreciar la hospitalidad sureña.

—Y que lo digas. —Torie se lamió la sal de los dedos—. Además, nos roban los hombres en cuanto nos descuidamos.

Meg puso los ojos en blanco, se bebió su mojito y las echó a todas para poder terminar el trabajo sobre eutrofización. Después, se marchó para supervisar la labor de una estudiante de Bellas Artes a la que había contratado para que la ayudara a realizar los pedidos que seguían encargándole desde Nueva York. Pese a las airadas protestas de Ted, de los padres de ambos, del comité para la reconstrucción de la biblioteca y del resto de los habitantes de Wynette, Meg seguía pagándose sus gastos, aunque había suavizado su postura al aceptar el Prius rojo que Ted le había comprado como regalo de compromiso.

—Tú me has comprado un coche y yo sólo te he hecho un mísero clip para los billetes.

Sin embargo, a Ted le encantaba su clip para los billetes, que Meg había realizado a partir de un antiguo medallón griego con la efigie de Gaia, la diosa de la Tierra.

Ted no pudo pasar todo el tiempo en Austin que habían pensado en un principio y, aunque hablaban varias veces al día, se echaban de menos con desesperación. No obstante, tenía que estar en Wynette. El grupo de selectos inversores que había reunido para construir el *resort* de golf estaba completo. En dicho grupo se encontraban su padre, Kenny, Skeet, Dex O'Connor, un par de golfistas profesionales de mucho renombre y varios empresarios texanos, entre los cuales no estaba incluido ningún magnate de la fontanería. Por sorprendente que pareciera, Spencer Skipjack había resurgido de la nada balbuciendo que deberían olvidarse de ese minúsculo «malentendido». A lo que Ted respondió que no había malentendido alguno y que debería concentrarse en seguir haciendo inodoros.

Ted se había reservado un tanto por ciento de la inversión que le otorgaba el control, de modo que pudiera construir justo lo que tenía pensado. Estaba emocionadísimo por el proyecto, pero también sobrepasado, y dado que las obras comenzarían poco después de la boda, su agenda se vería todavía más apretada. Aunque había comentado muchas veces lo mucho que necesitaba a alguien a su lado que compartiera su visión y en quien pudiera confiar a ciegas, hasta que Kenny no fue a verla un día para mantener una conversación muy seria, Meg no se dio cuenta de que Ted quería trabajar con ella.

—Sabe lo importante que es para ti conseguir ese máster —dijo Kenny—. Por eso no te lo ha pedido.

Meg no tardó ni cinco segundos en decidir que su máster podía esperar. Trabajar con el hombre que quería en ese proyecto era el trabajo de sus sueños.

Ted se puso loco de alegría cuando le dijo que quería trabajar con él. Hablaron durante horas del futuro y del legado que querían construir juntos. En vez de una tierra contaminada, crearían un lugar donde todas las familias, no sólo las ricas, pudieran reunirse para comer al aire libre o para jugar; un lugar donde los niños pudieran coger luciérnagas, escuchar el trino de los pájaros y pescar en agua limpia.

Al final, Meg fijó la fecha de la boda. Se celebraría un día antes de que se cumpliera un año de la boda fallida de Ted y Lucy, una decisión a la que Francesca se opuso frontalmente. Seguía quejándose cuando Meg, con el título en la mano, regresó a Wynette tres días antes de la boda.

Mientras Ted se marchaba a toda prisa al pueblo para inaugurar una nueva exposición en la biblioteca reconstruida, Meg se dejó caer en uno de los taburetes de la cocina de su futura suegra para desayunar. Francesca le pasó una tostada.

—Tenías un montón de días para escoger —dijo—. De verdad, Meg, si no te conociera, diría que intentas gafar la ceremonia.

—Todo lo contrario. —Meg untó la tostada con mermelada de frambuesa—. Me gusta el simbolismo de erigir una nueva vida a partir de las cenizas de un trágico pasado.

—Eres tan rara como Ted —replicó Francesca, exasperada—. No sé cómo he tardado tanto en darme cuenta de que sois perfectos el uno para el otro.

Meg sonrió.

Dallie apartó la vista de su taza de café.

—A la gente del pueblo le gusta que sea rarita, Francie. Así encaja mejor.

—Es más que rarita —añadió Skeet desde detrás del periódico—. Ayer me abrazó de buenas a primeras. Casi me da un ataque al corazón.

Dallie asintió con la cabeza.

—Es así de rara.

—Eh, que estoy aquí —les recordó Meg.

Sin embargo, Skeet y Dallie se pusieron a discutir cuál de ellos era el más indicado para darle clases de golf, con independencia de que Meg ya hubiera escogido a Torie.

Francesca hizo otro intento para que le desvelara cómo sería su vestido de novia, pero Meg se negó a hablar del tema.

—Ya lo verás al mismo tiempo que el resto.

—No entiendo por qué Kayla lo ha visto y yo no.

—Porque ella es mi estilista y tú sólo eres mi futura y entrometida suegra.

Francesca no se molestó en discutir el segundo calificativo, sólo la primera parte.

—Sé tanto de moda como Kayla Garvin.

—Seguro que más. Pero no vas a verlo hasta que entre en la iglesia. —Le dio a Francesca un beso pringoso en la mejilla antes de marcharse al hotel para ver a su familia. Poco después, llegó Lucy.

—¿Seguro que quieres que esté allí? —le había preguntado Lucy por teléfono cuando Meg le pidió que estuviera entre sus damas de honor.

—No podría casarme sin ti.

Tenían muchas cosas de las que hablar, de modo que se fueron a la iglesia para poder ponerse al día sin que nadie las escuchara. Ted las encontró tumbadas a un lado de la charca. La incomodidad inicial entre los antiguos amantes se había desvanecido, así que podían charlar como los buenos amigos que siempre debieron ser.

La cena de la víspera de la boda se celebró en el club de campo, al igual que la primera.

—Es como si estuviera en un bucle temporal —le susurró Lucy a Meg poco después de llegar.

—Salvo que ahora te puedes relajar y disfrutar del momento —replicó Meg—. Será muy divertido, ya lo verás.

Y lo fue, ya que los lugareños acorralaron a Jake y a Fleur para cantarles las alabanzas de Meg.

—Su hija ha sido la mejor empleada ejecutiva que he tenido en el hotel —les dijo Birdie con devoción—. Casi lo llevaba ella sola, yo no tenía que mover un dedo.

—Es brillante, sí —replicó su madre sin echarse a reír.

Zoey se dio un tironcito de uno de sus exquisitos pendientes egipcios.

—No sabe lo mucho que ha mejorado mi joyero. —Se metió la

mano en el bolsillo, donde Meg sabía que guardaba un collar con tapones de botellas que se pondría en cuanto apareciera la madre de Hunter Gray.

—El club de campo no ha sido el mismo desde que se marchó —aseguró Shelby—. No saben lo difícil que es dar con una persona que distinga entre el té normal y el té light.

En ese momento, le llegó el turno a Kayla, pero Birdie tuvo que darle un codazo en las costillas para que dejara de mirar a los guapos hermanos Koranda. Kayla parpadeó y se apresuró a cumplir con el deber de darle brillo a la reputación de Meg.

—Juro que cuando se fue engordé cinco kilos de lo deprimida que estaba. Sus joyas eran lo que mantenía a flote mi tienda. Además, es la única mujer, además de Torie, capaz de apreciar las últimas tendencias de moda tanto como yo.

—Sois un encanto —masculló Meg. Y después, en voz alta, les dijo a sus padres—: Reciben terapia de electroshock todas juntas. Así les hacen descuento de grupo.

—Qué desagradecida es —le dijo Shelby a lady Emma.

Torie cogió una tartaleta de cangrejo.

—Siempre podemos ponerla al frente del comité municipal de parques infantiles. Eso le enseñará a ser respetuosa.

Meg gimió, lady Emma sonrió y Lucy se quedó a cuadros.

—¿Qué ha pasado? —le preguntó cuando se quedó a solas con Meg—. Encajas a la perfección. Y no es un halago.

—Lo sé —replicó Meg—. A mí también me sorprendió.

Sin embargo, Lucy seguía sin dar crédito.

—Conmigo siempre eran muy amables, pero nada más, y eso quiere decir que no era lo bastante buena para ellos. Yo, la hija de la ex presidenta de Estados Unidos. A ti, en cambio, doña Fracasada... a ti te adoran.

Meg sonrió e hizo un brindis hacia las Piradas de Wynette.

—Nos entendemos a la perfección.

Fleur se llevó a Lucy, Ted se acercó a Meg y, juntos, vieron como Kayla y Zoey acorralaban a los hermanos de Meg. Ted bebió un sorbo de vino.

—Shelby le ha dicho a tus padres que está convencida de que estás embarazada.

—Todavía no.

—He supuesto que seguramente me lo dirías a mí primero. —Miró a las mujeres—. O tal vez no. ¿Estás segura de que quieres vivir aquí?

Meg sonrió.

—Sería incapaz de vivir en otro lugar.

Ted entrelazó sus dedos.

—Una noche más y se acabó este absurdo periodo de abstinencia. No entiendo cómo me dejé convencer.

—No creo que puedas llamar «periodo de abstinencia» a cuatro días.

—Pues a mí me lo parecen.

Meg soltó una carcajada y lo besó.

Sin embargo, a la tarde siguiente, estaba hecha un manojo de nervios y ni Lucy ni sus cinco damas de honor eran capaces de tranquilizarla. Georgie y April, junto con sus famosos maridos, habían llegado desde Los Ángeles, mientras que Sasha lo hizo desde Chicago. Como no le parecía bien casarse sin Torie y lady Emma, las incluyó. Las cinco estaban despampanantes con sus vestidos gris perla sin mangas y de corte sencillo, cada cual con botones diferentes en la espalda.

—Kayla va a venderlos por eBay en cuanto termine la boda —anunció Torie cuando se reunieron todas en el nártex antes de la ceremonia—. Dice que vamos a sacar un pastón.

—Que donaremos a obras benéficas —apostilló lady Emma.

Como era de esperar, a Fleur se le llenaron los ojos de lágrimas al ver a Meg vestida de novia. Al igual que les sucedió a Torie y a lady Emma, aunque por distintos motivos.

—¿Estás segura? —le susurró Torie cuando las damas de honor se colocaron en sus respectivos puestos.

—Algunas cosas están predestinadas.

Meg aferró con fuerza su ramo mientras Lucy le arreglaba la corta cola. El vestido, formado por un corsé con mangas de farol y una falda de media capa con mucha caída que se amoldaba al cuerpo, tenía un enorme escote en V en la espalda. Como complementos, llevaba el corto velo de novia de su madre y una tiara de cristales austríacos.

Las trompetas sonaron, la señal para que Ted entrara desde el lateral de la iglesia junto con Kenny, su padrino. Aunque Meg no podía ver al novio, sospechaba que el consabido rayo de luz había escogido ese preciso momento para colarse por las vidrieras y colocarle otro de esos ridículos halos.

Tenía el estómago cada vez más revuelto.

Lady Emma había colocado a las damas de honor. Con una creciente sensación de pánico, Meg vio cómo April salía en primer lugar, seguida de Torie y de Sasha. Tenía las manos sudorosas y el corazón le latía demasiado deprisa. Georgie desapareció. Sólo quedaban lady Emma y Lucy.

Lucy le susurró:

—Estás preciosa. Gracias por ser mi amiga.

Meg intentó sonreír, de verdad que sí. Pero lady Emma ya se dirigía al pasillo central y sólo quedaba Lucy, y ella estaba helada.

Lucy hizo ademán de moverse.

Meg la agarró del brazo a toda prisa.

—¡Espera!

Lucy la miró por encima del hombro.

—Ve a buscarlo —le dijo Meg, presa del pánico.

Lucy la miró boquiabierta.

—Es broma, ¿verdad?

—No. —Jadeó en busca de aire—. Tengo que verlo. Ahora mismo.

—Meg, no puedes hacerlo.

—Lo sé. Es espantoso. Pero... Ve a buscarlo, ¿vale?

—Sabía que era una mala idea venir —masculló Lucy antes de inspirar hondo, esbozar la sonrisa que tenía reservada para los actos públicos y recorrer el pasillo.

Lucy mantuvo la sonrisa en su lugar hasta detenerse delante de Ted.

Ted la miró. Ella le devolvió la mirada.

—Ay, Dios —dijo Kenny.

Lucy se humedeció los labios.

—Esto... Lo siento, Ted. Lo siento de verdad. Pero... Meg quiere verte.

—Te aconsejo encarecidamente que no vayas —susurró Kenny.

Ted se dirigió al reverendo Harris Smithwell:

—Disculpe un segundo.

La multitud enloqueció al verlo recorrer el pasillo sin mirar a izquierda ni a derecha, sino con la vista clavada en la mujer que lo esperaba al otro lado del santuario.

Al principio, Ted sólo se fijó en esa preciosa cara enmarcada por el velo. Estaba blanca, al igual que los nudillos de la mano que aferraba el ramo de novia. Se detuvo delante de ella.

—¿Un día duro? —le preguntó.

Meg apoyó la frente en su barbilla, clavándole en un ojo la tiara que le sujetaba el velo.

—¿Sabes cuánto te quiero? —le preguntó ella a su vez.

—Casi tanto como yo te quiero a ti —contestó, tras lo cual le dio un beso en la nariz para no estropearle el maquillaje—. Por cierto, estás guapísima. Pero... juraría que ya he visto antes este vestido.

—Es de Torie.

—¿De Torie?

—Uno de sus vestidos viejos. Es casi obligado, ¿no?

Ted sonrió.

—Espero que sea el vestido con el que se casó con Dex, no el que llevara a alguna de sus bodas fallidas.

—Ajá. —Asintió con la cabeza y sorbió por la nariz—. ¿Estás... estás completamente seguro de esto? Soy muy desordenada.

Ted la miró con devoción.

—Cariño, también se puede ser demasiado ordenado.

—Es que... Afrontémoslo. Soy lista, pero no tanto como tú. Quiero decir que... Bueno, poca gente es tan lista como tú, pero... El caso es que puede que tengamos niños tontos. Bueno, no tontos del todo, pero... relativamente hablando.

—Lo entiendo, cariño. Casarse por primera vez puede ser una experiencia aterradora para cualquiera, incluso para una persona tan valiente como tú. Por suerte, yo ya tengo experiencia con las bodas, así que te puedo echar una mano. —En esa ocasión, se arriesgó a estropearle el maquillaje dándole un tierno beso en los labios—. Cuanto antes acabemos con esto, antes podré desnudarte, perder el control y humillarme otra vez.

—Es verdad. —Por fin tenía un poco de color en la cara—. Estoy comportándome como una tonta. Pero es que sufro mucha presión. Cuando estoy estresada, a veces se me olvida que soy lo bastante buena para ti. Demasiado buena, de hecho. Porque sigues teniendo el defecto de querer complacer a todo el mundo y eso.

—Tú me protegerás de mí mismo. —«Y de todos los demás», pensó.

—Va a ser un trabajo a jornada completa.

—¿Estás preparada para afrontarlo?

Meg por fin sonrió.

—Lo estoy.

Ted la besó de nuevo.

—Sabes cuánto te quiero, ¿verdad?

—Sí.

—Estupendo. Que no se te olvide. —La cogió en brazos y, antes de que pudiera decirle que no era necesario, que ya se había tranquilizado y que tenía que dejarla en el suelo en ese preciso momento... Ted echó a andar por el pasillo—. Ésta no se me escapa —les anunció a todos.

Nota de la autora

Todos los libros que escribo son historias independientes, pero no puedo evitar las apariciones estelares de mis personajes. En este libro aparecen viejos amigos: Francesca y Dallie Beaudine de *Fancy Pants*; Nealy Case y Mat Jorik de *First Lady*; Fleur y Jake Koranda de *Glitter Baby*; Kenny Traveler y Emma (esto... perdón, lady Emma) de *Lady Be Good*, donde también se incluye la excéntrica historia de amor de Torie y Dex. A Meg seguro que la visteis en *Lo que hice por amor*, y seguro que recordáis a un Ted bastante más joven en *Fancy Pants* y en *Lady Be Good*. Y sí, Lucy Jorik se merece un final feliz. Mientras escribo esto, ya estoy trabajando con ahínco en su historia.

Tengo que darles las gracias a muchas personas por todo el apoyo que me han brindado, incluyendo a mi irresistible y querida amiga y editora Carrie Feron; a Steven Axelrod, mi agente desde hace tanto tiempo; y a mis maravillosas animadoras de HarperCollins, William Morrow y Avon Books. Sí, sé lo afortunada que soy al teneros de mi parte.

No sé qué habría hecho sin mi capaz ayudante, Sharon Mitchell, que hace que mi mundo funcione de maravilla. Muchísimas gracias a mi inigualable asesor de golf, Bill Phillips. Y también a Claire Smith y a Jessie Niermeyer por compartir sus «Historias del carrito de las bebidas».

Un fuerte aplauso para mis compañeras escritoras: Jennifer Greene, Kristin Hannah, Jayne Ann Krentz, Cathie Linz, Suzette Van y Margaret Watson; y otro muy especial para Lindsay Longford.

Un montón de abrazos para todos los nuevos amigos que he hecho en Facebook y para las increíbles y extraordinarias Seppies de mi foro.

Susan Elizabeth Phillips

http://www.susanelizabethphillips.com